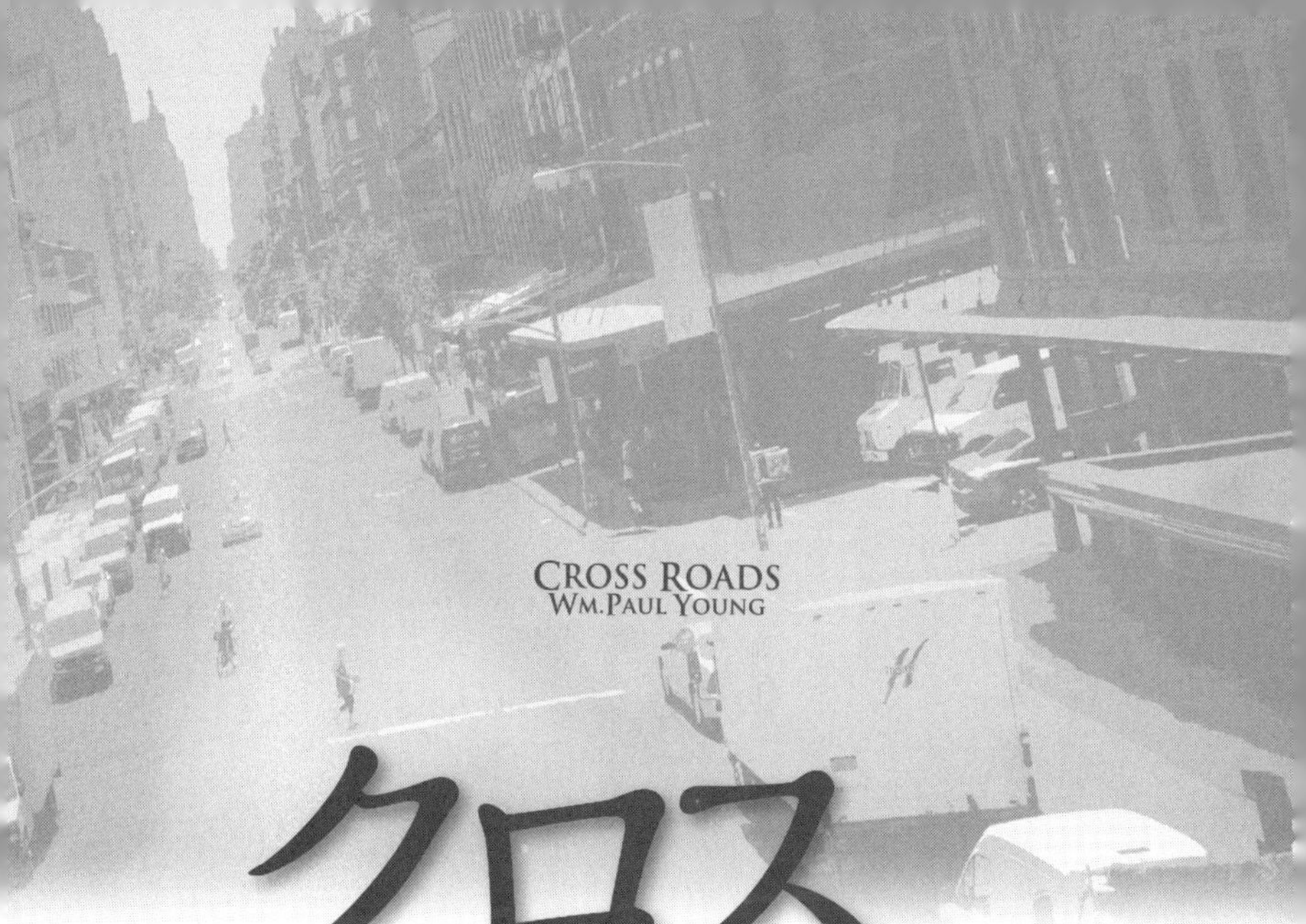

CROSS ROADS
WM.PAUL YOUNG

クロスロード

回復への旅路

ウィリアム・ポール・ヤング［著］
結城絵美子［訳］

CROSS ROADS

This edition published by arrangement with
FaithWords, New York, New York, USA
through Japan UNI Agency, Inc., Tokyo

この本を、孫たちにささげます。
両親から受け継いだものをそれぞれの個性に反映させ、
未開拓の宇宙のような存在であり、
喜びと驚嘆をもたらし、
私や妻の心と生活に深く永遠に影響を及ぼし続ける孫たちに。
いつかこの本を読んでくれる日が来たら、これは、
きみたちの祖父、きみたちの神、きみたちの世界を
より深く知るための小さな窓になってくれるかもしれません。

目次

〈主な登場人物〉

★アンソニー・スペンサー（トニー）★物語の主人公。四十五歳、オレゴン州ポートランドに住むビジネスマン。脳出血で倒れオレゴン健康科学大学病院に搬送され、そのまま昏睡状態に。

★アイルランド人のジャック★トニーが昏睡から目覚め、不思議な荒野で最初に出会う人物。

★「イエス」と名乗る男★荒野で出会いトニーを導く。美しい濃い茶色の瞳をもつ。

★グランドマザー★荒野で出会うネイティブ・アメリカンの老女。「イエス」とともにトニーを魂の旅へと導く。

★マギー・サンダース★オレゴン健康科学大学病院に勤務するベテラン派遣看護師。モリー親子とルームシェアをしている。アフリカ系アメリカ人。

★モリー・パーキンス★シングルマザー。息子キャビーと娘リンジーの母。

★キャビー・パーキンス★十六歳。ダウン症候群の少年。深い内面をもつ。

★リンジー・パーキンス★十四歳。急性骨髄性白血病と闘っている。

★ガブリエル（ゲイブ）★トニーの息子。五歳の時に肝臓がんで亡くなっている。

★ローリー★トニーの元妻。ガブリエルの母親。

★アンジェラ★トニーの娘。母親のローリーのそばで暮らす。ガブリエルの妹。

★ジェイコブ・スペンサー（ジェイク）★トニーの弟。幼い頃、両親を亡くしたのちに離れ、疎遠になる。

★クラレンス・ウォーカー★マギーが通う教会の若き長老。警察官。マギーに好意をもっている。

第1章　迫り来る嵐

最も哀れな人とは、自分の夢を金銀に代えた者のことだ。

カリール・ジブラン

オレゴン州ポートランドの冬は時として猛々しく、春に戦いを挑む冬将軍が、何とかそこに居座ろうとして突然みぞれを吐き出してみせたり、雪を吹きつけてくることがあった。――結局は無駄な抵抗に終わるに決まっているのだが。

しかし、その年は違った。冬は、まるで打ちのめされた女性のようにうなだれて、白と茶色のまだらになった薄汚れたドレスをまとい、さっさと出ていってしまった。必ず戻ってくるという、恨み言とも捨て台詞《ぜりふ》ともつかない一言を残して。去っていったことにもほとんど気づかないほど、あっさりした退却だった。

だが、アンソニー・スペンサーにとっては、冬の終わり方なんかどうでもよかった。冬はただ単に不愉快な季節だし、春だってたいしていい季節とはいえない。もしそんなことができるなら、冬も春もカレンダーから追い出してやるだろう。じめじめした雨ばかり降る秋と一緒に。

一年の中で、彼にとってまあまあの季節と思えるのは五か月だけだった。変わりやすい天気が延々と続くほかの季節より、気候が安定している分だけまだましというものだ。春になるたび、彼は、どうして俺はいつまでもノースウェストにいるんだろう、と思った。しかも毎年、同じ季節に同じことを思っている。結局、うんざりするようなおなじみのものには、一種の心地よさがあるのかもしれない。具体的に何かを変えようとするのは億劫《おっくう》だった。安定を求める彼の性質や習慣は、何かを変えようとする努力を評価しようとしなかった。お決まりのものに嫌気がさすことがあるとしても、少なくともそこには先を予測できる安心感がある。

彼は椅子の背にもたれかかりながら、書類の散らばった机の上のコンピュータ画面に目をやった。キーボードをたたくたびに、画面上のリストがスクロールされていく。すべて、彼が所有する不動産だ。今いる場所の隣にあるマンションの一室のほか、戦略的に場所を選んで構えたダウンタウンのメインオフィス。これは中規模のオフィスビルの中階にある。そして隠れ家として使っている海岸沿いの別荘と、ウェストヒルズにあるそれよりも大きな家。

画面を見つめながら、彼は右手の人差し指でせわしなく自分の膝をたたいた。まるで世界が息を止めてしまったような静寂。孤独にもいろいろなスタイルがある。

ビジネス関係や社交の場で会ったのでなければ、誰もトニーを感じのいい人間だとは思わないだろう。彼はいつでも自分の利益になるチャンスを逃すまいと心に決めていた。そのため、愛想のいい社交的な態度で笑顔を振りまき、相手の目をしっかりと見つめ、固い握手を交わしたが、それはひとえに誰が自分のビジネスに役立つ情報を持っているかわからないからだった。

彼がさも興味ありげに数々の質問を投げかけてくると、相手は大事な話をしているという緊張感を覚えながらも、同時にそれが延々と続くむなしい会話であることも感じ取ってしまうのだった。

面倒見がいい人として通っていたのも、彼が「思いやり」の利用価値をよく知っていたからにすぎない。誰かの世話をしてやれば、その分、扱いやすくなるというものだ。お粗末な試みを何度か経験したあとで、彼は、いかなるレベルの友達も作るには価しないという結論に達していた。見返りが小さすぎて割に合わない。誰かのために本気で具体的な世話をするような時間もエネルギーも持ち合わせてはいなかった。

彼が「成功」と定義するものは、不動産の売買や有効活用、さまざまな投機的事業、保有数や評価額が伸びていく有価証券明細書であり、その世界では手強い取引相手として一目置かれ、恐れられていた。トニーにとっては幸せなどつかの間の感傷にすぎず、うまくいきそうなビジネスの話や勝利の後味に比べれば、取るに足りないものだった。

『クリスマス・キャロル』に出てくる守銭奴のスクルージのように、彼は、自分への尊敬ではなく恐れのために必死で働く従業員の尊厳を踏みにじってやることを楽しみにしていた。言うまでもなく、彼は愛にも同情にも価しない男だったのだ。

それでも、トニーは笑うとハンサムに見えないこともなかった。六フィート（訳注・一フィートは約三〇・五センチ）強と背が高く、四十代半ばになっても薄くなる兆しのない豊かな髪は、こめかみのあたりが白くなり始めている。一見してアングロ・サクソン系とわかる容貌だが、ちょっとした翳《かげ》りや繊細さがそれに柔らかな印象を添えていた。特に、めったにないことだが、何かの拍子につい ほほえんでしまうような瞬間に、ビジネスマンとしての鎧《よろい》がほころび、デリケートな素顔が色濃く現れた。

一般的な見方をすれば、彼は裕福で、ビジネスにおいて成功しており、結婚相手としては有望な独身男性だった。適度に女好きで、お腹がたるまない程度には運動をして、男性としての魅力は保っている。そんな彼のもとには、複数の女性たちが寄ってきては去っていったが、賢い女性ほど、彼との関係には何の価値もないことを悟るのが早かった。

トニーには同じ女性との二度の結婚歴がある。一度めの結婚の時はトニーもローリーもまだ二十代前半で、息子と娘を授かった。その娘は怒りをはらんだ若い女性に成長し、彼から遠く離れ、母親のそばで暮らしている。息子については、またあとで触れよう。

どこにでもあるありふれた話だが、その結婚は、歩み寄りがたい性格の不一致、不満、思いやりの欠如のために離婚に終わった。そしてその結婚生活の最後の何年かで、トニーはローリーの自尊心を粉々に砕いてしまった。

しかし彼にとって面白くなかったのは、彼女があっさりと優雅に去っていったことである。これでは、彼の全面的勝利とは言いがたい。そこでトニーはそれから二年かけて彼女を必死で口説き落とし、ついに盛大な再婚式を挙げ、そして二週間後に二度めの離婚届を彼女に突きつけた。二度めの結婚式で結婚証明書にサインをする前から、こうするつもりですべてを整えていたのだと、人々は噂《うわさ》した。

今回はローリーも激怒して彼をさんざん罵ったが、トニーは彼女を経済的、法的、心理的に打ちのめしてしまった。すべてを無慈悲なゲームと考えていた彼にとっては、これで完勝というわけだ。

もちろん、そう思っていたのは彼一人だったが。

この離婚・再婚・二度めの離婚の過程で彼は娘を失うことになった。スコッチ・ウイスキーを飲み過ぎた夜には、まるで暗がりにたたずむ亡霊のように娘の思い出がよみがえってくることもあったが、それもすぐに仕事の忙しさや成功の陶酔感の向こうに押しやられた。深酒のそもそもの理由は息子のことだったが、その記憶がもたらすチクチクした痛みと、それと同時にしばしば彼を苦しめる偏頭痛は、薬局で買う薬で紛らわしていた。

もし、自由というものがだんだん広がっていく性質のものだとすれば、悪に侵されていくということも同様だった。小さな言い訳や自己正当化が、長年の間に積もり積もるとんでもない要塞を築く。ヒトラー然《しか》り、スターリン然り、あらゆる一般人然りである。心の中の家は気高く美しいが、もろくもあり、その土台や壁に埋め込まれた裏切りや嘘によって、思いもしなかったような傾き方をしてしまう。

人間の魂とは不可思議なもので、このアンソニー・スペンサーにさえ、「心の深み」というものが存在するのだ。彼は、独自の太陽系と銀河を持つどんどん広がっていく内なる宇宙の中に生み出され、その宇宙ときたら、想像もできないような均整美と優美さを備えているのだった。この宇宙の中では、カオスにさえちゃんと役割があり、秩序はその副産物だった。

星々は重力に反してダンスをし、それぞれの自転が混ざり合い、相手を変えながら宇宙のワルツを踊り、空間と時間と音楽を共有しつつ広がっていく。その過程で、痛みと喪失が激しくぶつかり合い、深い亀裂を生じ、その中に非常に繊細な建物が崩れ落ちていく。その崩壊は、自己防衛、恐れ、自己中心、野心の上にさざ波を立て、優しさのすべてを凍りつかせてしまう。

その宇宙に存在した柔らかな心は石になり、体の中の硬い小さな岩のように殻に閉じこもる。かつては内なる不思議の気高さを表していたものが今では拠りどころをなくし、うわべだけのものになり、そのさまは己の空虚さに苦しみながら死んでいこうとする星のようだった。

孤独も喪失も、それがもたらす自暴自棄も、それぞれ一つだけでも大変な重荷だったが、全部合わさると、ほとんど耐えがたいまでの荒廃となった。そしてこれらのものは、トニーの言葉にナイフを潜ませ、誰をも寄せつけない壁を築かせ、彼自身を武器のような存在に仕立て上げていった。だが、彼自身はそれによって、孤立してはいるものの、安全な場所に隠れているかのような錯覚に陥っていた。

トニーの中では今、かすかな真実の音色――創造性のかけら――は、ほとんど聞こえなくなっていた。彼の人生のサウンドトラックはあまりにもお粗末で、せいぜいお決まりのセールストークのBGMにしかならない。

道で彼に出会った人は挨拶のしるしにうなずいてみせるが、洞察力の鋭い人たちは、彼が立ち去ると道ばたにつばを吐いた。しかしその一方で、彼のうわべにだまされて、おべっかを使い、こびへつらい、何か命令されることを待ち望み、何とかして少しでも認めてもらい、好意を勝ち取ろうとする人々もたくさんいた。いわゆる成功を収めると、自分の重要性やアイデンティティーを確かめたい人々や、成功者を利用してやろうという下心のある人々が寄ってくる。感覚というものは、たとえそれが間違っていても本人にとっては現実なのだ。

トニーはアッパー・ウェストに広大な家を持っていたが、ビジネスのためのパーティーでも開かないかぎり、そのうちのほんの一部しか使わなかった。本当は、そこに住み続けることにもうんざりしていたのだが、妻を打ち負かした記念にその家を所有し続けていた。

ローリーは最初の離婚の際にその家の所有権を獲得していたが、二度めの離婚の時、積もり積もっていく弁護料を払うためにそれを売り払っていた。トニーは第三者を通してそれをはした金で買い取り、その上、売却手続きが終了したその日に警察を差し向け、驚きのあまり呆然《ぼうぜん》としている元妻をその家から立ち退かせるというサプライズまでやってのけた。

トニーは椅子の背から体を起こすとコンピュータのスイッチを切り、スコッチに手を伸ばした。それから椅子を回転させ、ホワイトボードに書いてある名前のリストを見つめた。椅子から立ち上がると、そのリストから四つの名前を消し、一つを書き加えた。そしてまたドスンと椅子に腰を下ろし、四本の指で机をたたき、馬が走るような音を立てた。いつもより機嫌が悪い。

仕事の関係で、ボストンで開かれるあるカンファレンスに出席しなくてはならなかったのだが、それは興味が持てるような内容ではなかった。そのうち、人事管理のことでちょっとした問題が起こり、予定より一日早く帰らなければならなくなった。部下が対処すればいいようなことで呼び戻されたことにはいらいらしたが、うんざりするセミナーを抜け出し、これまたうんざりする毎日ではあるものの、自分でコントロールしやすい日常生活に戻ってこられたことはありがたかった。

ところが、何かが変わっていたのだ。はじめはうっすらとした影のような不安だったものが、今でははっきりとした警告音を発していた。ここ二～三週間、誰かにつけられているような気がしてならなかった。最初は、働きすぎでストレスがたまり、そんな錯覚をするのだと思おうとした。しかし、一度心にまかれた不安という種は、肥沃な土に根を広げ始め、常に警戒状態にある心から栄養を吸い取りつつ、神経を研ぎすませていった。

彼はいろいろな小さい出来事に気づくようになった。それは、一つひとつを取ればどうということのないものだったが、全部合わせて考えると大きな警告音を鳴り響かせ始める。例えば、メインオフィスに向かう道で、時々黒いSUV車があとをつけてくる。ガソリンスタンドの従業員が数分間、クレジットカードを返すのを忘れていた。セキュリティ会社が知らせてきたところによると、その区画で彼の家だけが停電するということが三度あった。しかもそれは、三日連続で、三回ともきっかり二十二分間続いた。

トニーはどんな些細《ささい》な変化にも目を光らせるようになり、他人が自分を見る目つきまで気にするようになった。コーヒーショップの店員、ビルの一階の入り口にいる警備員、職場のスタッフさえもが彼のほうを盗み見、彼がそちらを見ると慌てて目をそらし、何かに忙しいふりをしていることにも気づいた。

互いにまったく関係のないはずの人々が、まるで示し合わせて自分を苛立《いらだ》たせているような気がした。自分だけが知らない秘密でもあるかのように。そう思うとますます周囲に気を配るようになり、そうするとますます妙なことに気がつくのだった。彼にはもともとパラノイア的なところがあったが、最近はそれがエスカレートし、常に何かの陰謀を疑うようになり、心がざわざわし、気の休まる時がなかった。

トニーは、ベッドルーム、キッチン、バスルームのついた小さなプライベートオフィスを持っていたが、その場所は、彼の顧問弁護士でさえ知らなかった。それは、マカダム通りを下っていった川のそばにある彼の隠れ家で、数時間、姿を隠したいときや、世間から隔絶された夜を過ごしたいときに使っていた。このオフィスが入っているビルも彼が所有する不動産だったが、数年前に架空のペーパーカンパニーに所有権を移してあった。彼はこのビルの地下室の一部に最先端の監視システムとセキュリティ対策を導入していた。ほとんど顔を合わせることもなく雇われた元請け業者以外、この部屋を見た者はいない。工事関係者に賃金をはずみ、地方の行政機関の要所要所に寄付をしておいたおかげで、この建物の見取り図さえ、人目に触れないようになっていた。

今は使われていない守衛室の後ろに錆《さ》びついた電話接続箱があり、そこに隠されているキーパッドに正しい暗証番号が打ち込まれると、壁が横にスライドし、スチールの防火扉と最新の監視カメラと扉を開くためのキーボードが現れる。

その部屋は、ビルのほかの部分からほとんど完全に独立しており、独自の電源とインターネット・アクセスを持っていた。その上、彼のコンピュータの所在地を突き止めようという動きをセキュリティシステムが感知すると、自動的にシャットダウンされ、機械的に生み出された新しい暗証番号を打ち込むまでシステムが再開しないようになっていた。そしてこの作業ができるのはビジネス街にある彼のオフィスの机の上か、もしくはこの秘密の部屋の中のどちらかに限られた。

トニーはこの部屋に入る前に、携帯電話の電源を切り、ＳＩＭカードを外すのを習慣にしていた。その部屋には、電話帳に番号を載せていない固定電話もあり、必要なときだけ線をつないで使っていた。

部屋の中には見るべきものはたいしてない。家具も装飾品もシンプルで素っ気ない。彼以外、この部屋を見る人はいないのだから、彼がよければそれでいいのだ。壁際には本がずらりと並んでいるが、そのうちの多くはページを開いてみたことさえない。彼の父親の所蔵品だったものだ。ほかには、母親が彼や彼の弟に読み聞かせてくれたクラシックな本もある。特にC・S・ルイスやジョージ・マクドナルドの本は子ども時代のお気に入りだった。オスカー・ワイルドの版の古い『ドリアン・グレイの肖像』は、彼がよく視線をやる場所に飾ってある。

本棚の片端にところ狭しと詰め込んであるおびただしい数のビジネス書は彼の知恵袋であり、よく読み込まれ、あちらこちらに印が付けてあった。壁にはエッシャーとドゥーリトルの作品が無造作に掛けられ、部屋の隅には蓄音機が置いてある。遠いむかしを思い出させてくれるレコードのコレクションも持っていた。

この秘密のオフィスには、そのほかにも重要な私物や書類が保管されていた。不動産の譲渡証書、権利書、そして、特に重要なものとして彼の公的な遺言書がある。トニーはしょっちゅうこれを見直し、誰かが彼を怒らせたり喜ばせたりするたびに、その名前を書き加えたり削除したりしては、自分の財産のことを気にしている人々が、自分の死後、これを見てどう思うだろうかと想像するのだった。

彼の総合弁護士ではなく、個人的なことだけを任せている顧問弁護士が、このオフィスの鍵をビジネス街にあるウェルズ・ファーゴ銀行の貸金庫の中に保管していた。貸金庫は、トニーの死亡証明書が発行されて初めて開けられることになっている。そこには秘密のオフィスの所在地を書いた紙と中に入る方法、厳重にガードされた地下の秘密の入り口を開ける暗証番号のありかが記されていた。

もし、正式な死亡証明書を持たずにこの貸金庫を開けようとする者が現れた場合、銀行はただちにそれをトニーに知らせることになっていた。そしてもしそんなことが起これば、顧問弁護士は問答無用で解雇され、毎月最初の営業日に支払われていた報酬も即座に止められると言い渡されていた。

トニーは以前に書いた古い遺言書をこれみよがしにメインオフィスの金庫の中に入れていた。何人かのビジネスパートナーや同僚が、仕事のためにその金庫を開けるのだが、トニーは密《ひそ》かに、彼らのうちの誰かが好奇心に負けてその遺書を盗み見すればいいのにと願っていた。中身を知ってぬか喜びし、後に実際の遺言書に書かれていることを知ってがっかりするところを想像して楽しんでいたのだ。

プライベートオフィスに隣接する建物をトニーが所有していることは周知の事実だった。二つのビルは似たような構造で、一階部分が店舗で上階がマンションになっている。共同で使っている地下の駐車場には監視カメラが設置されていた。そのカメラは駐車場全体をくまなく映し出しているように見えるが、実は抜け道になっている通路だけは死角になっていた。トニーはそこを通って誰にも知られずに自分の隠れ家に入ることができた。

自分がこの界隈《かいわい》に定期的に姿を見せることの口実にするために、トニーはこのオフィスの隣のビルの二階にある、ベッドルームが二つついた部屋を、わざと大っぴらに買ったのだった。かなり大きめのマンションで見栄《みば》えもよかったので、ウェストヒルズの家やデポー湾の別荘より、ここに帰ることのほうが多かった。

この部屋から地下駐車場を通って秘密のオフィスに行くまでの時間を計ってみると、三分もかからないことがわかった。この隔絶された安全な場所にいるとき、トニーは、自分のほかの家やビジネス街のオフィスから送られてくる監視カメラ映像を通して外の世界とつながっていた。こういった過剰なまでの電子機器は、彼にとっては保身の道具だった。隠しカメラが設置されていないのは、他人が彼に断ってから使うことのあるベッドルームとバスルームだけだ。トニーはいろいろな意味で嫌なやつではあるが、のぞきの趣味はない。

トニーが車でそのビルの駐車場に入っていくのを見かけた人は、彼がマンションで眠るために帰ってきたのだと思い、たいていはそのとおりだった。そこに出入りする彼の姿は周辺の日常生活の一部であり、彼の存在も不在も誰も気にしなかった。そしてそれこそが、トニーの望んでいたことだった。ところが、最近はそれでも安心できなくなっていた彼は、辺りのようすによりいっそう注意を払うようになっていた。

いつものお決まりの行動も少しだけ変えてみた。それは、自分を尾行しているのかもしれない人物を視野に捉えつつ、相手からは疑われることのないくらいの微妙な変化だった。

それにしてもわからないのは、そもそもなぜ、自分が尾行されなければならないのかということだ。どんな理由や目的があるのだろうか。これまでにいろいろな人とのしがらみを絶ち、切り捨ててきた。恐らくそういったことの中に、その答えがあるのだろう。金がらみのことに違いない、と彼は思った。今までだって、結局全部金だったじゃないか。別れた妻の差し金だろうか？　それともビジネスパートナーたちが彼の取り分を奪取する手はずを整えていたのだろうか？　あるいはライバルの仕業か。

トニーは何時間も、何日もかけて過去や現在の取引の財務データを見直し、合併した企業や買収した会社におかしな金の流れがないかを洗い出そうとしたが、何も見つからなかった。それから複数の不動産の取引の詳細を見直し始めたが、途中で自分が何を探しているのかわからなくなった。何か、いつもと違うもの。彼の周りで何が起こっているのかを説明してくれそうな何か。データに微妙な違和感を覚え、ビジネスパートナーが何かしたのかと思っても、すぐにそれは、自分自身が編み出した経営上の処理法だとわかって終わる。

最近の厳しい経済状況の中にあっても、トニーのビジネスは安定していた。ビジネスパートナーを説得して、流動資産を維持し続けたのはトニーだった。そして今、彼らは吟味しながら慎重に不動産を購入し、新たな事業に参入し始めていた。自衛的になって貯蓄集めに走り、貸し渋っている銀行の助けを借りる必要もない。彼は今やオフィスのヒーローだった。しかしその事実も彼に安堵感を与えてはくれなかった。一息つけるのはほんのつかの間だ。それに、成功を収めれば収めるほど、周囲の期待も大きくなっていく。まったく疲れる生き方だった。しかし、彼にとって、これ以外の生き方は無責任で怠惰だとしか思えない。

トニーがメインオフィスで過ごす時間は短くなっていった。どちらにしろ、部下や同僚も彼のそばにいたいと願っていたわけではない。パラノイアがひどくなるにつれて彼は不機嫌になり、ちょっとでも普段と違うことがあると苛立つので、彼がよそで仕事をしてくれるほうがありがたかったのだ。オフィスの彼の部屋の明かりが消えていると、皆安堵のため息をつき、彼がいるときより熱心に、創造的に、集中して仕事に取り組み始める。細々した点にまで目を光らせ、部下の神経を弱らせるような権力を振るうことは、トニーがしばしば自慢した戦略だったのだ。

しかし、同僚や部下の前から姿を消し、つかの間の現実逃避をしているこの場所にいる時こそ、誰かに狙われている、監視されているという不愉快な恐怖は逆に表面化した。さらに悪いことに、また激しい頭痛がし始めた。この偏頭痛は普通、視野が狭まってきたときに起こり、そのすぐあとにはろれつが回らなくなり、言葉をまとめられなくなるのが常だった。

これらの兆候はすべて、彼の頭蓋骨の中の右目の後ろあたりに、間もなく目に見えない一撃が加えられようとしていることを警告するものだった。光と音に敏感になっているときは、彼は念のため、秘密のオフィスにこもる前に、個人秘書にそのことを知らせるようにしていた。

鎮痛剤を飲み、ホワイトノイズ（訳注・むかしのテレビのいわゆる「砂嵐」の音のことで、安眠効果があるとされている）に包まれて、頭痛が、笑ったときか頭を振ったときしか気にならないほどに軽減するまで彼は眠った。

トニーはスコッチが頭痛を和らげるのだと、自分自身を言いくるめていた。もう一杯飲むためなら、どんな口実でもでっち上げられる。

（まったく、何で今なんだ）偏頭痛が一度も起こらない時期が何か月も続いていたのに、最近はまた毎週のように苦しめられていた。ここのところ彼を消耗させている思いがまた頭をよぎる。誰かに毒でも盛られたのではないだろうか。絶望的な疲れが増し加わり、処方された睡眠薬を飲んで眠ったあとでさえ、それは癒えなかった。

ついに医者に予約を入れたが、その後、ある企業の買収にかかわる問題が発生したため、会議に出席しなければならなくなり、医者のほうはキャンセルしてしまった。

決まりきった日常生活の中に不確実性が忍び込むと、人は自分の人生を振り返って考え始める。全体的に言えば、トニーには自分の人生について不満はなかった。ビジネスにおいて、たいていの人よりは成功している。うまくいかなかった養子縁組のもとに育った人間としては、そして、そのことについて泣くのをやめた人間としては悪くない人生だ。もちろん、多くの過ちを犯して人を傷つけてきたが、誰も傷つけない人間などいるだろうか？　孤独だったが、たいていの場合、その孤独を好んでいた。

ウェストヒルズに家を持っていたし、デポー湾には別荘を持っていたし、ウィラメット川のそばにはマンションも持っている。強力な投資もしていたし、やりたいことはほとんど何でもできる自由もある。孤独だったが、たいていの場合、その孤独を好んでいた……。

自分で設定した目標はすべて実現した。少なくとも、現実的な目標はすべて。そして四十代になった今、彼は空虚な思いに苛《さいな》まれながら、したたり落ちてくるような後悔と闘っていた。そしてその思いを、人間が自分自身から自分を守るために心の中に持っている秘密の金庫にしまい込む。確かに彼は孤独だったが、たいていの場合……。

ボストンからポートランドに戻ってきたトニーは、そのままメインオフィスに直行し、そこで二人の同僚と突発的な口論をしてしまった。その時、信頼できる人間のリストを作ろう、と思いついた。「信頼できるはず」の人々のリストではなく、彼が実際に信頼している人々のリストだ。秘密を打ち明け、夢を分かち合い、弱さをさらけ出せる相手。

この思いつきを実行するために、トニーは秘密のオフィスに閉じこもり、ホワイトボードを引っ張り出し、スコッチを片手にさまざまな名前を書いたり消したりし始めた。それは決して長いリストにはならなかった。最初に書き出されたのは、ビジネスパートナーたち、何人かの部下、仕事以外の場所で出会った一人か二人の名前、クラブで知り合った人と、旅先で出会った人の名前が一つずつだった。

しかし、何時間か黙って考え続けたあと、トニーはリストから名前を削り始め、残ったのは六名だった。椅子に深く座り直し、頭を振る。リスト作りは無駄な作業に終わったようだ。彼が本当に信頼していた人々は皆、もうすでに死んでいた。もっとも、最後に名前が書かれた人物だけは、死んだと言っていいのかどうか、多少疑問が残ったが。

六名の名前が連なるリストのうち、最初に書かれたのは彼の両親、特に母親のことが真っ先に頭に浮かんだ。両親の思い出がこんなにも理想化されてしまったのは、時の経過とトラウマによるものだということは、彼も頭ではわかっている。両親を恋しく思うあまり、彼らの欠点はなかったことにされてしまった。

トニーは、色あせた一枚の写真を大切に保管していた。パーティーに参加しまくるようになったティーンエイジャーが、遊びに夢中になってそれまでの評判を台無しにする直前に撮られた最後の一枚だ。金庫を開けてその写真を取り出すと、ラミネート加工してあるにもかかわらず、しわを伸ばすように優しくなでた。まるでその愛撫《あいぶ》が、写真に写っている彼らに伝わるかのように。

父親は、通りがかりの人に声をかけ、今はもう存在しないファレル・アイスクリーム店の前でこの写真を撮ってもらったのだった。ひょろっとした体つきのトニーは十一歳で、彼の前には七歳の弟ジェイコブが立っている。一家は何か面白いものを見たらしく、一斉に笑っており、上を向いて笑っている母親の顔には、その瞬間を楽しんでいる美しい表情がくっきりと刻まれていた。父親は、顔を歪《ゆが》めるようにしてにやっと笑っている。にやっと笑うだけでも、この父にとってはたいしたことなのだ。

トニーはこの時のことをはっきりと覚えていた。エンジニアをしていた父は、普段はあまり感情を表さない人だったのに、この時は思わず笑ってしまったのだ。めったにないことなので、とても貴重な瞬間だった。この時笑った理由は何だったのか、トニーは思い出そうとして、長い時間、写真を見つめていた。しかし、そこに答えを見出そうとする彼の苛立ちとじれったさをよそに、写真は何も語らなかった。

彼のリストの次に名前がくるのはマザー・テレサだった。その次がマハトマ・ガンジーとマーティン・ルーサー・キングだ。皆、人類の理想のような偉人たちだが、人間的で繊細で、すばらしい人たちだ。だが、今はもう、皆、この世にはいない。

小さなメモ帳を引っ張り出していくつかの名前を書くと、そのページを引きはがし、人差し指と親指につまんでもてあそんだ。どうしてこの人たちの名前を書き出したりしたのだろう？　ほとんど無意識のうちに書いてしまったのだ。最後までリストに残るこの人たちは、多分、彼の心のいちばん深いところ、「真実」とさえ言える部分を映し出しているものなのだろう。切望と言ってもいいかもしれない。「切望」は彼の大嫌いな言葉だったが、どこかでそれに引かれてもいた。表面的には弱さを感じさせるが持久力があり、彼の人生におけるほかの何よりも、ずっと長く彼につきまとっていた。

この三つの象徴的な名前は、最後の名前と同様、彼よりも偉大な存在を代表していた。歌ったことのない、それでいて懐かしい歌の一節、そうなっていたかもしれない別の自分、親密な関係、甘やかな憧れ。

最後の名前は最も難解で、かつ、最も単純明快な存在を指していた。イエス。ベツレヘムに生まれた世界への贈り物。大工であり、人間の世界に来た神とされている男。信仰深い人たちの間では、死んではいないことになっている。

トニーは、自分がなぜこの名前をリストに書いたかわかっていた。この名前は、彼の母親の思い出を最も強く呼び覚ます名前なのだ。母はこの大工を愛しており、何をするにしてもすべてのことを彼と一緒に行っていた。父ももちろんイエスを愛していたが、母のようにではない。

母がくれた最後の贈り物は金庫の中にしまわれており、同時に、彼の秘められた心を隠す建物の基礎部分に埋められていて、所有するすべてのものの中でいちばん大切な宝だった。

彼の人生から、両親が突然奪い去られてしまう二日前に、母はどういうわけかふらりとトニーの部屋にやってきた。その日の記憶は彼の心に刻み込まれている。トニーは十一歳で、部屋で宿題をしていた。ふと気がつくと、母が部屋のドアにもたれかかって立っていた。小柄な彼女は花柄のエプロンをつけて、料理の手を止めて来たのだろう、片方の頬に小麦粉がついている。固く結わいた髪のほつれ毛を払った時についたのに違いない。彼女が泣いていたことにトニーが気づいたのは、その小麦粉の上を涙が伝った跡がついていたからだ。

「ママ、どうしたの？　大丈夫？」本を閉じて立ち上がりながらトニーは聞いた。

「大丈夫よ」握った手の甲で涙を拭いながら母は大きな声で答えた。「何でもないの。あなたも知ってるでしょ。ママは時々、いろいろなこと……例えば、あなたやジェイコブのことなんかで感謝の思いがあふれてくると感傷的になっちゃうのよ」ちょっと間を置いて、母は続けた。「どうしてかわからないけど、トニー、あなたも大きくなったなあと、ふと思ったの。あと二年もすればティーンエイジャーの仲間入りよね。それからもう少し経つと、あなたは車を運転して大学に行ってしまうんだわ。そして結婚する。そんなことを考えていたら、どんな気持ちになったと思う？ママは嬉《うれ》しかったの。胸が張り裂けそうなくらい。トニー、あなたのことを神様にとても感謝してるのよ。だから今日はあなたのために、あなたの大好きなデザートを作ることにしたの。マリオンベリーのパイとキャラメルロール。ところが、料理をしながら窓の外を見て、私たちの人生に与えられてきたもののすべて、特にあなたやジェイクのことを考えていたら、ママは急にあなたに何か特別に大切なものをプレゼントしたくなっちゃったの」

トニーは、母が手のひらをぎゅっと握りしめ、その中に何か持っていることに気づいた。それが何かはわからないが、背の高さではすでに息子に追い抜かれている小柄な女性の小さなこぶしの中に収まる何かだ。母はゆっくりと手を開いた。そこには、小麦粉がついたネックレスが載っていた。金の十字架が付いた、繊細な女性向けのデザインのものだった。

「これをあなたに持っていてもらいたいの」と、母は手を差し出した。「あなたのおばあちゃんにもらったものなのよ。おばあちゃんは、おばあちゃんのお母さんからもらったの。だからママもいつの日か娘にあげようと思っていたけど、これから娘が生まれるとは思えないしね。そして、どうしてかはわからないんだけど、あなたのことを考えて祈っていたら、これは今日、あなたにあげるべきだと思ったの。今日こそその日にふさわしい、って」

ほかにどうすればいいかわからなかったのでトニーが手を差し出すと、母はそこに、精巧に細工され金の十字架が付けられたネックレスをするりと落とした。

「いつか、これをあなたの愛する女性にプレゼントしてほしいの。そしてこのネックレスの由来を彼女に話してあげてね」母の顔を涙が伝っていく。

「でもママ、その時になったらママがプレゼントしてくれたらいいよ」

「いいえ、アンソニー、ママにはわかるの。理由はわからないけど、これをあげるのはあなたの役目よ。ママではなく。誤解しないでね。あなたが結婚する時には、ママだってその場にいるつもりよ。でも、ママが自分の母親からこれをもらったように、ママはこれをあなたにあげたいのよ。あなたが未来の奥さんにプレゼントできるようにね」

「でも、誰にあげればいいかなんて、どうやったら……」

「わかる日が来るわ」トニーの言葉を遮って母が言った。「ママを信じなさい。わかる日が来るのよ」

それから母は腕を伸ばし、小麦粉がつくのもかまわずに彼をぎゅっと抱きしめ、なかなか離さなかった。トニーも小麦粉のことは気にしなかった。彼には母のすることの意味はわからなかったが、それが重要だということはわかっていた。

「イエス様から離れてはだめよ、アンソニー。イエス様のそばにいれば、あなたが道を間違うことはないわ。そしてこのことを忘れないで」母は腕をほどき、体を離して彼の目をじっと見つめて言った。「イエス様は決して、あなたのそばを離れないわ」

その二日後、母はこの世を去った。トニーよりほんの少し年上の人間の自分勝手な振る舞いの犠牲になったのだ。あのネックレスはまだ、金庫の中にある。彼はそれを誰にも贈らなかった。母には何か虫の知らせのようなものがあったのだろうか？　トニーは、あれは思い出を与えるために神が与えてくれたサインか何かだったのだろうかと、何度も考えた。

母を失ったことは、彼の人生をめちゃくちゃにしてしまった。あれ以来彼は、今の彼を形造った人生の道を突っ走ってきた。強く、荒々しく、他の人間が嫌がるようなことを踏み越えていく人生だ。

それでも時折、ぎすぎすした感情と感情の合間に切ない願いのようなものが滑り込み、彼に歌いかける瞬間があるのだが、その歌が聞こえ始めるとすぐに、彼はそれを心の中から閉め出してしまうのだった。

イエスは今でも彼の手をつかんでいるのだろうか？　トニーにはわからなかった。でも恐らく、そんなことはないだろう。彼はもはや、母とは似ても似つかない人間だったが、母の影響で、聖書と、彼女が好きだった本は読んでいた。ルイス、マクドナルド、ウィリアムズ、トールキンなどの著書の中に、母の面影を探し求めたのだ。短い間だったが、イエスについてもっと学ぶため、高校の聖書研究会に入ったことさえあった。

しかし、里親制度のために彼と彼の弟は家から家へ、学校から学校へ渡り歩かなければならず、クラブ活動も養子縁組も苦痛以外の何ものでもなくなった。そして、イエスもほかのみんなと同じように「さようなら」と言って去ってしまったように、彼には思えた。

「はじめまして」のあとには必ずすぐに「さようなら」が来ることを悟ってからは、クラブ活動も

そういうわけで、彼のリストにイエスの名が連ねられたことは、自分でもちょっと意外なことだった。イエスのことなど、もう何年もろくに考えたこともないのに。大学時代の短期間、求道心を新たにした時期もあったが、さまざまな議論や学びの後、彼はイエスを、すでにこの世を去った偉人の一人と見なすようになった。

しかし、それでもトニーは、母がなぜあんなにもイエスを愛したのかは理解できた。どうして愛さずにいられるだろうか。イエスは男の中の男、それでいて子どもと仲がよく、宗教や文化から閉め出された人々に親切だった。あわれみ深く、その思いやりは人々に影響を与えた。権力者に立ち向かいつつ、その立ち向かっている相手をさえ愛した男。トニーが時折、こんな自分でありたいと願いつつ、実際には持っていない資質のすべてを、イエスは備えていた。

恐らくイエスの人生とは、自分の人生よりも偉大な、見習うべき模範なのだろう。しかし今となっては遅すぎる。年を取るにつれて、自分も変われるという望みはどんどん薄れていくようだった。

それに、彼には神のことがよくわからなかった。イエスと結びつけて考えると、ますますわからない。もし神が存在するなら、そいつは悪意に満ちたひどい神に違いない。気まぐれで、信用のできないやつで、控えめに言っても冷たく暗い存在で、よそよそしく、人のことなんか少しも気にかけない神だ。遠慮なく言わせてもらうなら、子どもの心を踏みにじって面白がっている怪物のようなやつだ。

「これはみんな、ただの願望だな」リストをくちゃくちゃに丸めながらそうつぶやくと、彼は腹立たしそうにそれを部屋の向こうのゴミ箱に投げ入れた。生きている人間は誰も信用できない。

トニーはバルヴェニー・ポートウッドの新しいボトルに手を伸ばすと、グラスにたっぷり注ぎ、コンピュータに向き直ってスイッチを入れた。

画面に正式な遺言書を呼び出すと、そこに大幅な改訂を加えることによって自分の疑念や嫌悪感を表明することに時間を費やし、それを印刷して署名し、日付を書き加えた。そして以前の遺言書と一緒にそれを、いろいろなものが積み重ねられている金庫の中に放り込み、鍵を閉めてアラームをかけ直すと、机のライトを消した。

暗くなった部屋の中で、彼は自分の生き方について、また、自分を付け回しているのかもしれない誰かのことについて考えながら座っていた。スコッチを飲み干しかかっていることには、ほとんど気がつかないまま。

第2章　塵《ちり》から塵へ

神は不思議な方法で働き、驚くべきみわざを行う。
海の上に足を踏み出し、嵐を乗り物とされる。
ウィリアム・クーパー

カーテンのかかっていない窓を通して、強烈な朝日がトニーを責めるかのように射し込んでくる。明るい日差しの中で迎えた二日酔いは、偏頭痛の発作を引き起こし、その日一日を台無しにする。しかし、その日は、何かが違った。トニーは、どうやってマンションに帰ったかを思い出せなかっただけではなく、今までに経験したことのないような痛みを覚えていた。

ソファの上に身を投げ出して意識を失っていたので、この首や肩の凝りは、不自然な体勢で眠ったせいなのかもしれない。しかし、頭蓋骨に響き渡るような激しい頭痛は、これまでに味わったことのないものだった。まるで頭の中で雷鳴がとどろき続けているようだ。何かまずいことが起こっている！

急に吐き気が込み上げてきてトイレに突進したが間に合わず、昨夜から胃の中に残っていたものをすべてぶちまけてしまった。しかも、痛みはそのあとますます強まってきた。トニーは生々しい恐怖を感じた。かたくなに無視し続けてきた病への恐れが、今、どんどん広がっていく不確実性に勢いを得て、獣のように荒れ狂っている。怯える自分を励ましながら、彼はよろよろとマンションのドアの外に出た。頭が爆発するのを防ぐかのように、両手で両耳をしっかりと押さえている。

玄関の壁にもたれかかり、いつも身につけているスマートフォンを必死に探したが、ポケットから出てきたのは鍵の束だけだった。そのうち、突然頭の中が何かに洗い流されたかのような感覚に襲われ、真っ白になった。この窮状から彼を救ってくれるはずの電子機器が、今すぐ必要なのにどうしても見つからない。

その時、スマートフォンは、彼がいつもキッチンの椅子の背に掛ける上着のポケットの中にあるかもしれないとひらめいた。しかしマンションのドアは、彼が出た時にオートロックがかかってしまっている。片目がよく見えないので、もう片方の目を細めながら、ぼんやりと見えるキーパッドを見つけ、暗証番号を打ち込もうとするがその番号を思い出せない。いろいろな数字が頭の中から転げ落ちていくばかりで、意味のある数字が出てこないのだ。目を閉じて懸命に集中しようとした。心臓がドキドキと音を立てている。頭の中は燃え盛るようで、絶望感が膨れ上がっていった。

こらえきれずにすすり泣き始めたトニーは、自分が泣き出したという事実に猛烈に腹を立て、怒りに任せ、奇跡を願ってキーパッドに当てずっぽうの数字をたたき込み始めた。しかし、やがて目の前が暗くなり、彼は膝から崩れ落ち、その拍子にドアに頭を打ちつけた。さらなる痛みが加わった。ドアの側柱にぶつけたところから、血が流れて顔を伝う。

混乱と激痛の末、ついにトニーは自分がどこにいるのか完全にわからなくなった。目の前には見たことのないキーパッドがあり、片手には見知らぬ鍵の束を握っている。もしかすると、近くに車があったのではないだろうか？　よろめきながら廊下を進み、絨毯《じゅうたん》が張ってある階段を下り、地下の駐車場に出た。次はどうすればいい？　リモコン式の車のキーのボタンを全部押してみると、三十フィートも離れていないところで、グレーのセダンのライトが光った。しかしその時また、目の前が暗くなり、彼は再び膝を折った。四つんばいになりながら、必死に車を目指す。それに命がかかっているかのように。そしてついにトランクにつかまって立ち上がれるところまでたどり着き、やっと一息ついたかと思うと、次の瞬間、世界がぐるりと回転し、トニーはまたもや倒れてしまった。今回は、心地よい空白が彼を包み込み、苦痛も焦りもすべて消えていった。

もし、彼が倒れるところを見ていた人がいたら（実際にはいなかったのだが）、走っているトラックの後ろから、ジャガイモを詰めた袋を放り投げたようだったと証言したかもしれない。まるで骨などないかのようにぐにゃりとした体が、全体重を丸ごとそのまま重力に引き渡した。後頭部はトランクに激しくぶち当たり、その勢いで体が前のめりに回転し、コンクリートの床にぞっとするような音を立てて頭が再び打ちつけられた。左耳から血が流れ出し、額と顔からの出血が血だまりを作っていく。

約十分後、薄暗い地下の駐車場を、車のキーを探しながら忙しげに歩く女性が、倒れているトニーの足につまずいた。構内に彼女の悲鳴が響き渡ったが、誰の耳にも届かない。ガタガタ震えながら、彼女は救急車を呼ぶために携帯を取り出した。

ずらりと並ぶ画面の前に座った救急通信オペレーターがその電話を受けたのは、午前八時四十一分だった。「こちら救急です。救急要請場所はどちらですか？」「ああ、どうしよう！　この人、血まみれなんです！　多分、死んでるんじゃないかしら」ヒステリックに叫ぶ女性は、パニック寸前だった。

こういった通報者への対応を訓練されているオペレーターは、ゆっくりした口調になって相手に話しかけた。「どうぞ落ち着いてください。あなたが今いる場所を教えていただけますか？　すぐに救急隊員を派遣しますので」

通報者の話を聞きながら、オペレーターはこちら側の音声が相手に聞こえないようにしながら、別のラインでポートランド消防署の宿直救急隊員に事前通知を入れた。彼女は素早く、通報から得た情報とコードを通話記録に打ち込んでいく。その間も、通報者とのやりとりは続いている。「では、今の状況を伝えていただけますか？」と言ってからまたこちらの音声を切り替え、救急隊員にこう告げる。「消防十号車へ、救急隊三百三十三号緊急出動願います。マカダム通りとリチャードソン通りの交差点、USバンクの北、ウェストン・マナーの下、川の横の地下駐車場」それから再び通報者に話しかける。

「わかりました。ありがとうございます。落ち着いて深呼吸をしてみてください。意識不明の男性が倒れていて、出血しているわけですね。今、救急隊員がそちらに向かっています。二分以内に到着しますので。その場に留まってしばらくお待ちいただけますか？　ええ、ええ、大丈夫です。救急隊員が着くまで、この電話は切りませんから。本当に助かりました！　もうじき到着しますからね」

ポートランド消防署の隊員たちは、現場に到着するとトニーの居場所を突き止め、初期評価を下し、体を固定するための医療処置を始める前に、隊員の一人が取り乱している通報者をなだめながら、聞き取り調査を始めた。

アメリカン・メディカル・レスポンス（ＡＭＲ）の救急車が到着したのは、そのわずか一分後だった。

「やあ、どんな具合だ？　状況を教えてくれ」ＡＭＲの隊員が聞いた。

「あそこにいる女性が、四十代くらいの男性が自分の車の横に倒れているのを発見したんです。吐《と》瀉《しゃ》物からはアルコールの匂いがしますね。頭に大きな切り傷があり、顔も怪我《けが》しています。呼びかけには反応しません。頸椎《けいつい》の固定と酸素マスク装着は済んでいます」

「バイタルは？」

「血圧二百六十―百四十、心拍数五十六、呼吸数は十二ですが不規則です。瞳孔の拡大が見られ、左の耳から出血しています」

「頭部の損傷がだいぶ深刻そうだな」

「ですね。私もそう思いました」

「よし、では担架に乗せよう」

彼らは慎重にトニーを担架に乗せた。ＡＭＲの隊員たちが点滴を始める間に、消防隊員たちはトニーの体をしっかりと固定した。

「相変わらず、反応はまったくありません。呼吸も不安定ですね」消防隊員が言う。「気管挿管はどうしましょうか」

「したほうがいいな。だが、先に救急車に乗せてからにしよう」

「大学病院、受け入れ可能です」救急車のドライバーが無線で連絡する。その間に、隊員たちはトニーを担架ごとストレッチャーに乗せ、救急車の中に入れた。

しかし、トニーの血圧、心拍数は急降下し、ついに心停止状態になってしまった。エピネフリンの注射など、さまざまな処置が矢継ぎ早に行われた結果、心臓は再び動き始めた。

「大学病院、こちら救急隊三百三十三号。我々はそちらの救急センター・コード3に向かいます。患者は、四十代男性、地下駐車場で倒れているところを発見されました。頭部に重傷を負っており、我々の到着時にはすでに意識不明で呼びかけに対する反応なし。昏睡レベルは五。頸椎を固定。短時間心停止したが、エピ一ミリグラム投与したところ、脈が再開。最後の血圧は八十―六十。心拍七十二。呼吸数十二で現在気管挿管を準備中。そちらには五分以内に到着予定。質問があればどうぞ」

「いや、大丈夫。マンニトール五百CC投与して」

「了解」

「救急隊三百三十三号は消防隊員二人とともに患者を搬送します」

サイレンが鳴り響き、救急車は駐車場を出た。曲がりくねった道を登り、丘の上に街を見下ろすガーゴイル（訳注・西洋建築の屋根に設置される怪物の形をした彫像で、雨樋《あまどい》の機能を持つ）のように鎮座しているオレゴン健康科学大学病院に着くまで五分もかからなかった。

トニーは外傷患者がトリアージを受ける蘇生室に運び込まれた。医師、看護師、検査技師、研修医の一団が駆けつけ、それぞれに自分の果たすべき役割を果たしながらの大騒ぎとなる。

担当医は最初に対応した隊員から納得できる情報を得るまで、何度も口を挟みながら矢継ぎ早に質問をした。それからやっと役目を終えた隊員たちは、こういう任務につくたびに陥るアドレナリン過多の状態から、ようやく解放された。

最初に施したＣＴスキャンと、その後のＣＴ血管造影の結果、トニーにはくも膜下出血と、前頭葉に脳腫瘍があることがわかった。数時間後、トニーは七Ｃ棟、神経疾患・集中治療室（ＩＣＵ）の十七号室に収容されていた。体に付けられたたくさんのチューブと医療機器によって命を支えられている彼は、今や厳重な看護態勢の下にあった。

トニーは、自分が空を漂い、上のほうへ向かっていくのを感じた。まるで、優しく、それでいて強い力に引っ張られていくような感じだった。その力は、何か形あるものの力というよりは母の愛のようで、トニーはそれにあらがうことができなかった。何かと戦って疲れ果てていたようなぼんやりとした記憶がある。だが、それはもう、遠い世界の話のようだ。

上に昇っていきながら、ふと、自分は死んだのではないかと思い、それはすぐに確信に変わった。上昇していくのを何とかやめようと試みた。あたかも自分には、そこへ行くのをやめる力があるかのように。……しかし、「そこ」とはいったいどこのことだ？　「無」という空間だろうか？　あるいは、自分は今、個であることをやめて、霊の集合体のようなものに溶け込もうとしているのか？

いや、彼は遠いむかしに、死とは単なる終焉《しゅうえん》だという結論に達したはずだ。意識がなくなり、何も感じなくなり、塵に返っていくという厳然たる事実があるだけだ。

そういう死生観は、彼の自己中心的な生き方に対するうしろめたさを和らげてくれた。すべて終わったあとに振り返ってみれば、彼が自分自身のことをいちばんに考え、自分の人生だけではなく、ほかの人の人生をも、自分自身の利益のために利用しようとしたのは当たり前のことではないか？絶対的な正しさとか真理というようなものは存在せず、ただ社会的道徳観といったものがあるだけで、人はやましさのゆえにそれに従うだけだ。

トニーの死生観によれば、死には意味も何もないはずだった。生もまた暴力的かつ進化論的に無意味で、より利口な者、ずるい者が、限られた時間、サバイバルゲームを生き延びているだけのことにすぎない。今から千年後、もしまだ人類が生き残っていたとしても、トニーという人間が存在したことを知る者は誰もいないし、ましてや彼がどんな一生を送ったかということを気にかける者などいはしない。

ところが、目に見えない流れに乗って上のほうに浮かんでいくうちに、ふいに、その死生観が醜悪なものに思えてきた。トニーの中の何かが、「人生の幕が下ろされたあとには何も残らない」とか、「すべてはただ利己主義な存在の集合体の一部にすぎず、引いたり押したりする駆け引きの中で最も有効な在り方は他を操作して支配するエゴイズムである」というような哲学を受け入れるのは嫌だと思うようになっていた。だが、そうではないとするなら、どう考えるべきなのか？

過去のあの日、彼の何よりの希望が死んだのだ。あの、十一月の嵐の日、横殴りの雨の中、彼は、愛しいガブリエルを納めた小さな棺《ひつぎ》を見つめて立っていた。最初の一杯の土をなかなかかけることができず、シャベルを握ったまま立ち尽くしていた。

まだ五歳になったばかりなのに、ほとんど息もできないような状態で、彼の小さな息子は、すべての美しいもの、善なるものを失うまいと雄々しく戦っていた。そしてそのまま、彼を最も愛する者の優しい手からもぎ取られていったのだ。

ようやく墓穴に土を投げ入れた時、トニーの粉々に砕かれた心も、すべての希望も、一緒に埋められたのだった。涙は出なかった。ただ、神に対する燃えるような怒りがあった。超越的な存在への怒り、息子を救うことのできなかった自分自身の無力さへの怒りがたぎっていた。哀願も、約束も、祈りも、すべて空にぶち当たり、彼の無力をあざ笑うむなしさとなって跳ね返ってきた。ガブリエルの声が聞けなくなった今、彼にとって意味あるものは、もう何もなかった。

そんなことを思い出しているうちに、上に上がっていく速度は落ち、気がつくと墨を流したような漆黒の空間に漂っていた。心には疑問が浮かんでくる。もしゲイブが、あのかわいい大切な子が生きていたら、俺もこんなにも惨めな存在にはなっていなかっただろうか?

次に、三つの顔が思い浮かんだ。彼のひどい仕打ちで失ってしまった三人の顔だ。ローリー。恋人だった少女。そして、二度、彼の妻になった女性。アンジェラ。トニーが自分を憎んでいるのと同じくらい、彼のことを憎んでいるであろう娘。そしてジェイク。……ああ、小さな弟、ジェイク。兄さんを赦《ゆる》してくれ。

だが、それもみんな過ぎたことだ。希望こそ、彼の本当の敵なのだ。「もし、こうだったら」とか、「どんなふうになっていたのだろう」とか、「こうなるべきだったのに」とか、「こうだったのかもしれないのに」という思いはどれも、エネルギーを吸い取るものであり、成功を妨げるものであり、つかの間の現実逃避にすぎない。

何か大切にすべきことがあるという考え自体が嘘であり、思い込みであり、偽りの慰めなのだ。人はただ、死んでいくのだから。そして、死んでしまったら、あとに残るのはまだ生きている者たちが見る幻影であり、しばらくすれば消えていく思い出だけだ。善かれ悪しかれ、彼の人生が意義を持っていたかのように見えるはかない蜃気楼《しんきろう》なのだ。もちろん、何事にも意味がないならば、希望こそ敵だという考え自体、ばかばかしいということになる。「希望」というものが神話にすぎないなら、それは敵にすらなり得ないのだから。

とにかく、死は死であり、そこですべてが終わる。しかし、彼はそこで考え込んだ。いや、これも理論的な信念とは言えない。この説をとるならば、死そのものに意味があることになる。くだらない。こんなのはみな、むなしく無益な人生から目を背けるための、つじつまの合わないばかげた考えだ。トニーは考えるのをやめた。

彼の体はまた上昇し始め、遠くのほうに針の穴のような小さな光が見えてきた。そこに近づくにつれて、あるいは引き寄せられるにつれて（どちらが正しいのか彼にはわからなかったのだが）、その光は輝きと存在感を増していった。これが彼の死が行き着く先なのだろうか。彼は今やそれを確信していた。

以前、人は死ぬ時に光を見るが、それは神経回路の最後の炎にすぎないと考えられているという記事を読んだことがある。脳というのはあきらめが悪いらしい。ぼんやりとした思考や記憶の切れ端でさえも、ごわごわした固い手の中の水銀のようにこぼれ落ちやすいものを、何とか必死でつかみとろうとする。

トニーは流れに身を任せた。すると、目に見えない川に呑み込まれたかのように、重力に逆らう波に乗せられて、彼の意識は光のほうに引き寄せられていった。光は、顔を背け、目を細めなければならないほど輝きを増していった。それは彼を刺し通すようでもあり、温かく包み込むようでもあった。トニーはその時初めて、自分を支えてきたものが何であったとしても、それは冷たかったのだということに気がついた。そして、まぶしさに顔を背けていても、彼の中の何かが、このまばゆい光に本質的に備わっている誘う力に反応するかのように、そちらに向かってしまうのだった。

突然、彼の足はごつごつした岩場のようなところに触れた。両手は、壁のようなものを触っている。土と葉っぱの匂いがした。恐ろしい考えが頭をよぎった。ひょっとすると、自分はもう埋葬されて、墓穴から上を見上げているところなのだろうか？　恐怖を感じて、息を吐き出してみた。まだ完全に死んではいないのに、そうとは知らずに会葬者が集まってきているのだろうか。

しかし、そんな心配もつかの間だった。すべて終わったのだ。彼はあきらめて力を抜き、胸の前で腕を組んで終焉に向かって身をゆだねた。するとあの光が強烈に輝き始め、顔を背けずにはいられなくなった。光の洪水は恐ろしいほどの勢いで、それでいて心を浮き立たせるような明るさだった。トニーはその光のほうに押し出されていき、あまりのまばゆさに目が見えなくなった。

第3章　むかしむかし

きみもいつか、おとぎ話を読めるほどに成長する。

C・S・ルイス

太陽？　太陽の光だ！

しかし、なぜここに太陽の光が射しているのだろう？　何を考えようとしても、すべての知覚が刺激されすぎたせいで考えをまとめることができなかった。トニーは再び目を閉じ、日光が彼の顔を温め、その冷たい体を金色の毛布でくるむのに任せた。ほんの一瞬、すべてがどうでもよくなった。だが、すぐに夜明けに白み始めた空のように、どう考えても非現実的なこの状況への疑念が、つかの間の心地よさを破った。自分は今、どこにいるのだろう？　どうやってここにたどり着いたのだろう？

トニーは恐る恐る開けた目を、周囲の明るさに慣らすため、すぐに細めた。すると自分が、見覚えのあるジーンズを履き、干潮のデポー湾を歩く時に使っていたトレッキングブーツを履いているのがわかった。トニーはいつも、仕事のときに着るスーツよりも、こういう服装でいるほうが心地よかった。まず頭に浮かんだのは、このブーツは海辺の別荘のクローゼットにしまってあったはずだが、ということだった。オレゴンの海岸の大むかしの溶岩の上を歩いたせいで、それとわかる傷がついている。

　辺りを見回すと、ますます混乱した。彼がどこにいるのか、あるいはどの時点にいるのかを指し示す手がかりはまるでない。彼の後ろには、恐らく彼がそこから放り出されたのだと思われる小さな黒い穴が口を開けている。その穴は、人が辛うじて通り抜けられるくらいの大きさで、中をのぞいてみても奥は見えなかった。トニーは振り返り、手をかざして太陽の光を遮りながら周囲のようすを観察した。心の中には次から次に疑問が湧いてくる。

　とにもかくにも、彼は今、ここにいるのだ。この場所に追い出されたのか、送り届けられたのか、引き寄せられたのかは知らないが、暗いトンネルをくぐって、今この山の中の小さな草原の真ん中に立っているのは確かだ。草原には、オレンジ色のアゴセリス、紫のアネモネ、繊細な白のヒューケラ・グラブラ、デイジーのような黄色いアルニカがまき散らされたようにあちこちに咲き乱れていた。

　それは、思わず深呼吸をしたくなるような光景だった。そして彼が実際にそうすると、草原の芳香とともに、まるで近くに海があるかのように潮の香りもした。空気はその光景にふさわしく、澄んで乾いている。眼下には広大な谷が広がり、その周りをカナダのロッキー山脈にも似た山の連なりが取り囲む。まるでパノラマのポストカードのような風景だ。谷の中央には、湖が午後の日差しを受けてきらきらと輝いている。入り組んだ岸辺が、彼のいるところからは見えない谷と河口に影を投げかけている。

足元から三十フィートほど先で、草原は急に途切れて峡谷になっている。千フィートはある高い崖だ。すべてが息をのむほど美しく、鮮明で、トニーの知覚は研ぎすまされていくようだった。

彼が立っている草原は、崖と急峻な山に挟まれた場所で、その長さは百フィートそこそこだった。彼の左に広がる花が散りばめられた草地は、切り立った岩肌にぶつかって途絶え、右側には一本の道が伸びていて、ずっと先のほうで濃い緑の木々の中に消えていた。

かすかなそよ風が頬をなで、髪をくすぐり、花の香りを運んできた。空中に漂う芳香は、まるで女性が通ったあとの残り香のように、すぐには消えなかった。

トニーは身じろぎもせずに立っていた。そうすれば、頭の中の嵐が静まるとでもいうかのように。滝から落ちる水のように、疑問があふれ出ていた。自分は夢を見ているのか。気が狂ったのか。それとも死んだのか？　いや、違う。死についての彼の考えが完全に間違っていたのでない限り、これはあまりにも理解に苦しむ状況で、まともに受け止めることはできない。トニーは何かを確かめるように、手を伸ばして自分の顔を触ってみた。

最後の記憶は何だった？　いろいろな人の顔や偏頭痛のことが思い出され、それから突然頭の中で警報が鳴り響いた。そうだ、マンションで、どうしようもない頭痛に襲われて、爆発しそうな頭を手で押さえていたのだ。それから駐車場に転がり出て、自分の車を探していた。そのあとは、光のほうに引き寄せられていったのが最後の記憶だ。そして今、ここにいる。ここがどこなのか、見当もつかないが。

恐らく、まだ死んではいない。病院で、嵐のような頭痛を静める薬を投与されているのかもしれない。そしてその薬の副作用で、頭の中で実生活の延長上に広がるような幻覚が生み出されたのだ。ああ、ひょっとして実際には、暴れる患者用に壁にクッションを張った病室で、拘束衣を着せられてよだれを流しているのだったらどうしよう？　それくらいなら死んだほうがましだ。だが、同時に、意識不明に陥った人や正気を失った人が、内面では実はこういうことを体験しているのだとしたら、それは大きな慰めだとも思った。

涼やかな風がまた吹いてきて、彼の顔をなでた。胸に込み上げてくるものを感じながら大きく息を吸う。しかし、この込み上げてきた感情の正体は何なのだ？　陶酔感？　いや、何かもっと実体のあるものだ。それを表す言葉を見つけることはできなかったが、はるかむかしの思い出でありながら、決して消えることのないファーストキスの記憶のように、その思いは確かにトニーの中で響いていた。

さて、それはそうと、今、この状況をどう考えればいいのだろう？　何もせずにじっとして次に起こることを待つほかには、二つの選択肢があるように思えた。そして彼は、ただ待つという態度など、何事につけとったことがない。

この崖から飛び降りたらどうなるか試してみる、という案を含めれば選択肢は三つになるが、トニーは笑いながら肩をすくめてこの案は却下した。実行すれば、自分が夢を見ているのか、あるいはすでに死んでいるのか、すぐにわかりそうなものではあるが。

穴のほうを振り返ったトニーは、それが消えているのを見て驚愕《きょうがく》した。花崗岩《かこうがん》の岩肌に、跡形もなく吸収されてしまっている。その穴の中に戻ってみるという選択肢は消えた。残る選択肢は一つだ。そこに見えている道を歩いていくしかない。

トニーは歩道の始点に立って迷った。森の中の薄暗さに目が慣れるのを待つ。背後に広がる魅力的な温かい草原を振り返ると、そこを去ってひんやりとした得体の知れない森に入っていくのはためらわれる。もう一度、森の暗さに目を慣らし、三十フィートも行かないところで、小道が緑の中に消えていく辺りを見つめた。

森の中の空気は心地よく感じられる程度に冷たく、太陽の光は木々の葉を通して地面に影を落としている。その光の中を埃《ほこり》が舞い、時折虫も飛んでいく。青々とした下草を区切るように伸びる砂利を敷いた道は新しく、まるで最近、彼のために作られたかのようだった。

森の香りが漂ってくる。命と朽ちたものの混ざったような匂いで、湿った松の老木の、カビのような、それでいて甘い香りだった。その香りを胸いっぱい吸い込みたくて、トニーはもう一度深呼吸をした。それは酔ってしまいそうな香りで、スコッチを思い出させた。彼の大好きなバルヴェニー・ポートウッドのようだが、もっと深く、混じりけがなく、後味が強い。誰にともなくにやりと笑い、トニーは森の奥に入っていった。

百ヤード（訳注・一ヤードは約〇・九メートル）も行かないうちに、三叉路《さんさろ》に出た。一本は右のほうに緩やかに曲がり、もう一本は左に降りていき、三本目は真っすぐ進んでいく道だった。トニーはしばし立ち止まり、どの道を行くか考えた。

結果が予測できないばかりか、現在の状況についても何もわからない状態で何かを決断するというのは、妙な気がするものだ。どこから来たのかもわからず、どこへ行くのかもわからず、どの道を選んだらどうなるのかということも一切知らないまま、進むべき道を決めなければならないのだ。

迷いながら立っているうちに、トニーは前にもこれと同じ経験をした、という思いに打たれた。まったく同じ、というわけではない。だが、確かに同じ類いの経験をしたという既視感がある。人生はいつも選択の連続で、いくつもの交差点を通り過ぎてきた。そのつど彼は、自分はどの道を選択すべきか完全に理解しており、また、正しい道を選択できたのは自分の正しい識別力と卓越した判断力のおかげだと、自分にも周囲にも思い込ませようとしてきた。

知的な予見者のような雰囲気を醸し出すことによって何とか未来に起こることをコントロールし、不確実性の中から確実性を引き出そうとやっきになったものだった。今思えば、偶然に起こることとその結果は決して予測できないものであり、マーケティングやイメージ戦略といったものは、それを補うための方法にすぎないのだが。「こうなるだろう」という見込みは往々にして外からの要因によって外れてしまうことがあり、状況をコントロールしようとする者の期待を裏切るのだった。

それでも、彼は未来を予測できるという幻想を作り上げ、それを吹聴するのがお決まりのやり方になっていた。だが、先がまったく見えないときに予見者を気取らなくてはならないというのは、神経を擦り減らすような苦しみだった。

彼は今、どの道を行ったらどうなるかという手がかりを一切与えられないまま、三つの選択肢の前にたたずんでいる。ところが驚いたことに、「何もわからない」ということの中には思いがけない自由があった。もしかしたら間違った選択をしたかもしれないと後悔させるような判断材料自体が何もないのだから。

今この瞬間、彼はどの道でも選ぶことのできる自由を持っている。それは、炎と氷の間に張られたロープの上を歩くような感覚で、わくわくすることでもあり、ぞくぞくするような恐怖でもあった。

それぞれの道を目の届く範囲で観察しても意味はない。最初は良さそうに見えた道が、角を一つ曲がればどうなるかわかったものではない。この状況における自由の重さに、彼は凍りついたように立ち尽くしていた。

「港につながれた船で航海はできない」そうつぶやくと、彼は真ん中の道を選び、戻る時のために道の位置や形を心に刻んだ。しかし、戻るといってもどこへ？　見当もつかなかった。

選んだ道を二百ヤードも行かないうちに、道はまた三つに分かれた。またしても、どの道を行くか判断し、選ばなければならない。トニーは頭を振って、ほとんど考えもせずに右のほうに登っていく道を選び、心の中の地図に「右」と書き込んだ。しかし歩き始めて一マイル（訳注・一マイルは約一・六キロ）の間に、そんな分かれ道が二十以上出てきたので、彼はもと来た道を戻れるように覚えておこうとするのをあきらめた。

もし、できるだけ戻りやすいようにと考えるなら、常に真ん中の道を選ぶべきだったが、彼はそうはせずに右、左、上り坂、下り坂、そして真ん中、と、ありとあらゆる選び方をした。そして、完全に迷ってしまったと感じたが、最初は迷子ではなかったのかと言えばそうではないし、どこか目指している場所があるのかと言えばそれもなかったので、ますます混乱してしまうのだった。

（もし、これでどこにもたどり着かなかったらどうなるんだろう？）と彼は思った。ゴールも目的もない旅だとしたら？　到着しなければ、というプレッシャーが消えると、知らず知らずのうちに足取りは遅くなり、辺りのようすに目が向くようになった。

その森は、まるで彼と一緒に呼吸をしているかのように、生命《いのち》にあふれる場所に感じられた。虫の羽音、彼の姿に反応する鳥の声と飛び交う羽の色、時折、藪《やぶ》の中をゴソゴソと動いて彼を驚かせる目に見えない動物。目的もなく歩くという行為——タイムスケジュールも課題もない——には、こんな豊かさがあったのか。どこにいるのか完全にわからなくなってしまったという焦りが次第に和らいでくるのを感じた。

しばらく行くと、小道は成熟した森の奥深くへと彼を導いていった。見事な大木が肩を並べ、ねじれた太い枝が重なり合い、光を遮って根元の地面に濃い影を落としていた。

（大木なんてものには縁のない人生だったな）と思って彼は肩をすくめた。（金にならないものには興味がなかったからな）

やがて道は、ごつごつした岩肌の裂け目の下にさしかかった。洞穴のようだが、完全な洞穴ではない。そこを通り抜ける時は、今にもその裂け目が閉じてつぶされてしまうのではないかという気がして、足を速めずにはいられなかった。

また、彼の選んだ道は、焼け跡のような場所も通っていった。森の中心が焼き払われ、切り株や老木の残骸が残っている。しかし、そこには新しい芽吹きもあって、焼け野原から養分を得て、以前のような野原、いや、それよりもっと豊かな野原に育っていこうとしていた。

そのうち、一本の道は、古い干上がった砂地の川床に合流した。もう一本の道はベルベットのような苔《こけ》の上に辛うじて見分けられる登り坂で、その柔らかな道には足跡も残らなかった。そしてそのあとにもいくつもの十字路、いくつもの分かれ道が続いたのだった。

複数の選択肢から一本の道を選ぶという決断を何度も繰り返しながらさまよい歩くハイキングは数時間にも及んだ。しかしやがて、分かれ道は次第に少なくなり、選択を迫られる場面もめっきり減った。

一本道は狭い車道ほどの幅にまで広がり、その両側に生えている木々と藪は次第に密度を増していき、やがて通り抜けることができないほど厚い垣根のようになった。

恐らく、ようやくどこかにたどり着こうとしているのだろう。そう思うと足が速まった。今や立派な大通りとさえ言える道は、緩やかに下り始めた。木々はみっしりと生い茂り、トニーは、緑と茶色のカーペットが敷かれた廊下の上に、青地に白い雲が浮かぶ天井がついている建物の中を歩いているような気がしてきた。

角をもう一つ曲がったところで、彼は立ち止まった。足元から四分の一マイルほど登ったところで、エメラルドグリーンの壁が石の壁に変わっている。その先に壮大な石造りの建物があり、それを取り囲む城壁に大きな扉が埋め込まれていた。道はそこで終わっていた。その建物は、トニーが以前、本の中の写真や、博物館に展示されているレプリカで見たような要塞都市に似ていたが、それよりもずっと大きかった。

これは、想像上の要塞の想像上のドアに違いないと思いながら、彼はそちらのほうに歩いていった。人の心が想像の産物を生み出す力を持っているということについて、トニーはこれまで疑問に思ったことはなかった。それは進化の過程で偶然飛び出してきた最も驚くべき能力の一つだ。しかし、それにしてもこの想像上の建物はあまりにも壮大で、どこからこんなものが出てきたのか、驚くばかりだった。

きっとこれは、神経を刺激する薬の影響で想像力がかきたてられ、子どもの頃に読んだ城や城壁が出てくる物語のイメージを寄せ集めて作り出したものなんだ、とトニーは考えた。それにしても、あまりにもリアルで、手で触れられそうなほどだ。目を覚ましてからも細かいことまで鮮明に覚えていて、一歩踏み出すまで夢だと割り切れないほどリアルな夢のようだ。この要塞もそれと同じだ。リアルだが、現実であるはずがない！　驚くほど生々しい夢の中に入り込んでいるのだとしか、考えようがなかった。

そう思うと、突然、気が楽になった。まるでこの結論をずっと待っていて、ようやく論理的な答えを得たような気がした。そうだ、そういうことだったのだ。これは夢なのだ。向精神薬の影響で活発になっている想像力が映し出しているものなのだ。トニーは両手を上げて叫んだ。

「夢だ！　これは俺の夢なんだ！　信じられないね！　俺もたいしたもんだ！」

その声が遠くからこだまになって返ってくるのを聞いて、彼は笑い出した。俺の想像力もなかなかのものじゃないか。この幻覚映画のサウンドトラックの音楽に合わせるかのように、トニーは踊り始めた。両手を上げたまま、上を向き、左へゆっくり回り、次は右へ。決して踊りが得意なわけではないが、ここには誰もいない。恥ずかしい思いをすることもない。踊りたければ踊ればいいのだ。これは彼自身の夢であり、その中ではすべての力も権威も彼のもので、何でも好きなようにできるのだから。

ところが事はそんなふうには進まなかった。自分の仮説を証明するかのように、トニーは手のひらを巨大な岩に向かってかざし、魔法使いの弟子のように呪文を唱えた。「開け、ゴマ!」しかし、何も起こらない。まあ、いい。試してみただけだ。つまり、こんな鮮明な夢の中でも、自分のコントロール力は無限ではないということがわかったわけだ。

今さら後戻りもできないので、壮大な要塞に引き寄せられるように、トニーは自分の想像の世界を前に進んでいった。これらはすべて彼の心が生み出したものなのだから、その一つひとつに意味があるに違いない。それも、かなり重要な意味かもしれない。しかし、ドアの前までたどり着いても、トニーにはそれが何を意味するのか、どれくらい重要なのか、さっぱりわからなかった。

しかしそれも、自分が小さく思えるほどの巨大なドアを備えた建物を見ているうちにどうでもよくなってきた。トニーは時間をかけてそのドアを観察したが、触りはしなかった。入り口であるには違いないのだが、そのドアにはノブもなければ鍵穴もなく、それを開ける手段というものが目に見える範囲では何もない。恐らく、内側からしか開けられないのだろう。ということは、このドアの向こうに、それを開けるべき誰かがいるということになる。

「なるほど。なかなか興味深いね」独り言を言いながら、ノックしようとこぶしを振り上げた瞬間、トニーは凍りついた。ノックの音がする。だが、彼がしたのではない。彼のこぶしはまだ宙に浮いている。自分のこぶしに目をやりながら、トニーの頭は混乱していた。自分ではない誰かがノックする音を聞いたのだ。しっかりとした大きなノックだった。そしてまた、もう一度聞こえた。トントントンと三回、ドアのあちら側から聞こえてくる。

ひょっとしてやっぱり、何かの拍子に自分のこぶしが音を立てたのではないかと、トニーは顔の前でそれを振り回してみた。しかし、何も起こらない。

それから、三回目のノックが聞こえた。同じようにトントントンと三回。はっきりと、だが、激しいノックではない。彼はドアに近寄っていってしげしげと眺めた。すると、先ほどはなかったはずの留め金が見える。こんなものをどうやって見落としたのだろう？　恐る恐る手を伸ばし、その冷たい金属に触れてみる。それはドアを支える柱のようなものを持ち上げるレバーだった。この支柱もまた、さっきまではなかったはずのものだ。何も考えず、命令に従うかのようにトニーがそのレバーを持ち上げて脇に寄ると、巨大なドアは音もなく動き、内側に開いた。

扉の向こうには、トニーが見たことのない男がドアの側柱にもたれて立っていた。その顔には、歓迎を表すほほえみが広がっている。しかし、トニーがいちばん驚いたのは、その男の後ろに、トニーが今歩いてきたばかりの道が見えたことだった。彼はいつの間にか建物の中にいて、気がつかないうちにそのドアを中から開けたようだった。ゆっくりと辺りを見回して確認してみたが、やはりそうだ。間違いない。彼は城壁の中にいて、遠くに広々とした土地を見渡していた。巨大な城壁に閉じ込められた要塞と、荒涼としてどこまでも続く土地は対照的だった。

壁に手を伸ばして体を支えながら、トニーは後ろを振り向いた。あの男はまだそこにいて、さっきと同じように側柱に寄りかかりながら彼にほほえみかけている。めまいの発作に襲われたように、世界が傾いたように感じた。足元がふらつき、膝ががくがくする。視界が暗く狭くなるおなじみの症状まで現れてきた。きっともうすぐ夢から覚めようとしているのだ。物事にきちんと筋道が通り、少なくとも、何についてわからないかがわかる世界に戻ろうとしているのだ。

力強い腕がトニーを優しく支え、さっき開けた扉の反対側の壁に寄りかからせた。

「さあ、これを飲みなさい」ぼんやりした意識の中で、トニーは、冷たい液体が口の中に注がれるのを感じた。水だ！　水を飲むのは何時間ぶりだろう。ああ、きっと脱水症状を起こしていたのだ。

何しろ森の中をずっと歩いてきたのだから。いや、違う。そうではなくて、本当は駐車場に倒れていたはずではないか。そして今は、この要塞のような城にいる？　城に……誰と一緒にいるのだろう。王子とか？

ばからしい。トニーは考え込んだ。頭が混乱しているのだ。（俺はお姫様じゃないんだからな）心の中でそうつぶやいて笑った。ゆっくりと水を飲むうちに、霧が晴れるように彼の意識もはっきりしてきた。

「言わせてもらえば」と、声がした。トニーの推測によればイギリスかオーストラリアのアクセントだ。「きみがお姫様だっていうなら、きみは家庭に似合わないのと同じくらい、童話にも似合わないね」

トニーは壁にもたれかかって、水筒を差し出しながら彼の上に浮かんでいる紳士を見上げた。ヘーゼルナッツ・ブラウンのきらめく瞳が彼を見つめ返している。ずんぐりした体格で、トニーより一インチ（訳注・一インチは約二・五センチ）か二インチ、背が低そうだった。年は五十代後半か、あるいはもう少し上かもしれない。広い額と後退し始めた生え際が、彼を知的に見せていた。その大きなおでこに深遠な考えが詰まっているかのように。

　彼の服装は時代遅れで、しわの寄ったフランネルのズボンと、着古して擦り切れた茶色のツイードのジャケットを着ていた。サイズも少し、彼には小さすぎるようだ。家に閉じこもってばかりいる色白の学者のように見えるが、手は分厚くざらざらしていて、肉屋のようだった。子どものようないたずらっぽいほほえみを浮かべながら、トニーが何とか考えをまとめて口を開くのをじっと待っている。

「えーっと、あのー」トニーは咳払いをした。「あの歩道はみな、ここで終わっているんですか？」

かなり表面的な質問のように思えるが、これは、無数にある質問の最初の問いにすぎない。

「いや」彼は力強い深い声で答えた。「その逆だね。すべての道はここから始まっていたんだ。近頃は、人が通ることもほとんどなかったがね」

　トニーにはその答えの意味がわからなかったし、何だか含みのある返事のように思えたので、単純な別の質問をすることにした。

「あなたはイギリス人ですか？」

「は！」彼は頭をのけぞらせて笑った。「断じて違うね！　アイルランド人さ。つまり、真のイギリス人ということだ」そして前屈みになりながらこう続けた。「正確に言うなら、私はアイルランドで生まれたが、イギリス文化の中で育った。私が若い頃は、そこにたいした違いはなかったんだがね。だから、まあ、きみの誤解は完全に許容範囲内だ」

　そう言ってもう一度笑うと、彼は降りてきてトニーの隣の平たい岩の上に膝を抱えるようにして座り、膝の上に肘をついた。二人は、森に遮断されている後ろの道を振り返った。

「まあ、ここだけの話だけど」アイルランド人はまた口を開いた。「イギリスが私の人生に与えてくれたものについて、感謝の念が増してきていることは認めるよ。だが、彼らは大戦の時に、敵を砲撃しようとしてその手前にいる我々のうちの何人かを誤って殺してしまったからね。我々が彼らの陣営にいたことを神に感謝する数学者は、ごくまれなんじゃないかな」

自分の皮肉に満足したのか、彼は胸ポケットからパイプを取り出すと深く吸い込み、それから、嘆きを吐き出すため息のように煙を吐き出した。煙のいい香りがしばらく宙を漂っていたが、やがて、さらに強い森の芳香に吸い込まれていった。彼はトニーのほうを振り向きもしないでパイプを差し出した。

「吸うかい？　テトリーズ・ライトウェイト（訳注・英国製スモーキング・パイプ）でスリーナンズを吸えるってことが、イギリスに感謝したいもう一つのことだね」彼はちょっと頭を下げてみせて自分の言葉を締めくくった。

「あ、いや、僕は吸わないもので」トニーは答えた。

「それは結構だね、ミスター・スペンサー」皮肉な口調で彼は答えた。「私もよく、体に良くないって言われていたもんだよ」

そう言いながら彼は、火がついたままのパイプの丸い頭の部分を下にしてジャケットのポケットに戻した。ポケットには、もともとの生地とは違う布――ズボンの生地かもしれない――で当て布がしてある。恐らく、パイプの燃えさしで焼け焦げを作ってしまったのだろう。

「あなたは僕のことをご存じなんですか?」そう聞きながら、トニーは自身の記憶をたぐってみたが、何も思い出せない。

「私たちは皆、きみのことを知っているさ、ミスター・スペンサー。だが、すっかり失礼してしまったね。申し訳ない。私はジャックだ。ついにこうして顔と顔を合わせてきみに会うことができて、大変光栄だよ」

彼はそう言って手を差し出し、トニーは身についた習慣から反射的にその手を握った。

「僕はトニーです。……でも、もうご存じみたいですね。どうして僕のことを？　どこかでお会いしましたか?」

「直接会ったことはなかったね。私をきみに紹介してくれたのは、きみのお母さんだ。きみが私のことを多少なりとも覚えていてくれたのは、ちょっとした驚きだったね。自分のことをそんな印象的な存在だと思ったことはないからね。それでもやっぱり、子どもの頃に受けた影響というやつは、善かれ悪しかれ生涯残る人格形成に大きくかかわるものなんだな」

「でも、いつ……」すっかり混乱したトニーは、言葉に詰まった。

「前にも言ったとおり、私たちはみんな、きみのことを知っている。知るというのは重層的なことでね。自分自身の魂についてさえ、ベールが取り除かれ、隠されていたものが白日の下にさらされる時が来るまで、私たちはほとんど理解できないものさ」

「すみません、何ですって?」いらいらしてくるのを自覚しながらトニーは彼の言葉を遮った。

「あなたがおっしゃることは、僕にはさっぱりわかりませんね。それに、率直に言って、どうでもいいことのように聞こえますよ。僕は自分がどこにいるのか、そもそも自分が誰なのかさえわからなくなっているんです。そんな時に、あなたのおっしゃっているようなことは何の役にも立ちませんね」

「そうだろうね」なだめるように、ジャックは生真面目にうなずいてみせた。

トニーは両手の中に顔を埋めて冷静になろうとし、じりじりと増してくる苛立ちに必死であらがおうとした。二人はしばらくの間、黙ったまま座って、道のほうを眺めていた。

「アンソニー、きみは私のことを知っているんだ。熟知しているとは言わないし、本当の意味で知っているというわけでもない。だが、きみは私を知っているから、ここに私を呼び出したんだ」

トニーは、ジャックの確信に満ちて落ち着いた声にじっと耳を傾けていた。

「私はきみの若かりし日に影響を与えたのだよ。ものの見方を導き、世界観を与えたとでも言おうか。もちろんそれはとっくに色あせてしまっているけどね。それでもまだ、根っこは残っている」

「僕が呼び出したですって？　僕はあなたも、ほかの誰も、呼び出した覚えなんかありませんよ。あなたにもちっとも見覚えはありませんしね」トニーは断言した。「あなたのことは知りません。アイルランドのジャックなんて、まったく覚えがない！」

ジャックは相変わらず穏やかな声で答えた。「きみが私を思い出して会いたがってくれたのは何年も前のことだ。それもせいぜい、ぼんやりとした懐かしさのようなものでしかなかっただろう。もし、私が一冊の本を持ってきて、きみがそのページの香りを嗅いだらきっと思い出す助けになったはずなんだが、持ってこなかったんだ。私たちは、実際に会ったことはない。少なくとも個人的に会うのは今日が初めてだ。私はきみが生まれる少し前に死んだと言ったら、きみは驚くかな？」

「いや、むしろそう言ってもらったほうがまだましですよ！」かんしゃくを起こして、トニーは跳ね上がるように立ち上がった。足がふらついたが、彼は怒りのあまり、来た道を数歩戻りかけた。それからふと立ち止まり、向きを変えると問い返した。

「僕が生まれる少し前に死んだとおっしゃいましたか？」

「ああ、そう言った。同じ日にケネディが暗殺され、ハクスリーも死んだ。トリオで真珠の門にゴールって言われたもんさ」両手の人差し指と中指を曲げ、「真珠の門」を「　」で囲うジェスチャーをしながら彼はそう言った。「オルダスの顔は知ってるだろう？　彼の言うとおり、まさに『すばらしい新世界』さ！」（訳注・ジョン・F・ケネディと英国の小説家オルダス・ハクスリー、C・S・ルイスは同じ日に死んでいる。C・S・ルイスは家族や親しい友人の間ではジャックと呼ばれていた。真珠の門とは天国の門のこと）

「アイルランドのジャック、それでもあなたは僕を知ってるとおっしゃるんですね？　それじゃ……」と言いながら、トニーはまた彼に近づいていった。心の中では怒りと恐れが限界に達しそうになるのを感じていたが、何とか平静を装いながら彼は聞いた。「僕はいったいぜんたいどこにいるんでしょうね？（Where the hell am I?）」

ジャックは立ち上がると、トニーの鼻先から一フィートも離れていないところまでにじり寄った。そして黙ったまま少し頭を上げ、まるで別の会話に耳を傾けているような素振りをしたあと、ゆっくりと強調しながらこう言った。

「確かに『地獄（hell）』という言葉は、ここにふさわしい言葉かもしれないね。まあ、同時に『故郷』という言葉もまた、ふさわしいのだがね」

その言葉の意味を理解しようとしながらトニーは一歩下がった。

「つまり、ここは地獄だと？　僕は地獄にいるって言うんですか？」

「厳密に言えば違う。少なくとも、きみが想像しているような地獄ではない。ダンテがどこかそこらへんに隠れていたりはしないからね」

「ダンテ？」

「『神曲・地獄篇』を書いたダンテだよ。悪魔が大きなフォークを持っていたりするだろう？　かわいそうに彼は、今でも謝り続けているよ」

「『厳密に言えば違う』とおっしゃいましたね。厳密にはって、どういう意味です？」

「トニー、きみは厳密に言って地獄とはどういうところだと思っているのかな？」

ジャックは落ち着いた穏やかな口調で聞いた。今度はトニーが黙る番だった。彼との会話はどうも、予期しない方向にばかりいく。だが、トニーはこの紳士に興味をそそられ、調子を合わせることにした。何と言っても彼から役に立つ情報を、少なくとも参考くらいにはなりそうな情報を得られるかもしれないのだ。

「さあ、どうでしょう。わかりませんね。……厳密なところは」

地獄について誰かと話すときはいつも仮定に基づいていて、こんなに直接的な質問をされたのは初めてだった。そんなわけで、トニーの答えは自分の意見というより質問のようになってしまった。

「炎の中で永遠に苦しんで歯ぎしりする場所、とか、そんなんじゃないですか？」

　ジャックは続きを待つように、立っている。

「えーと、神が罪人に怒ってそいつらを罰している場所？」トニーはさらに続けた。「あとは……、悪人が神から引き離されていく場所で、いい人たちは天国に行く？」

「で、きみはそれを信じているのかい？」また頭を上にかしげながらジャックが聞いた。

「いいえ」トニーはきっぱりと答えた。「僕は、死ぬってことは、ただ死ぬだけだと思っています。虫に食われて塵に返るだけですよ。理由もへったくれもない。ただ死ぬんだ」

　ジャックはにやりと笑った。「死んだことのない者の意見だな。もう一つ、質問してもいいかな？」

　かすかにうなずくトニーに、ジャックはかまわず続けた。「きみが信じていること、つまり、死とは単に死ぬことだというそれは、本当のことかい？」

「もちろん！　僕にとっては本当ですよ」トニーは断言した。

「私は、きみにとっては本当のことかとは聞いていない。もちろん、きみにとっては本当のことだろうさ。だが、私が聞いたのは、それは真実か、ということだ」

　トニーはうつむいて考え込んだ。「おっしゃる意味がわかりません。何が違うんです？　僕にとって現実なら、それが真実でしょう？」

「いやいや、それはまったく違うさ、トニー！　話をもっと複雑にしてしまうようだがね、きみにとって現実であっても、実際にはまったく存在しないということがあるんだ。一方で、『真実』は、きみにとっての現実がどうであれ、あるいはきみが何を現実だと認識しようと、それとはまったく関係なく存在する」

トニーは手のひらを上げて肩をすくめ、頭を振った。

「すみません、僕の理解力を超えています。僕にはわかりません」

「おや、でもきみには自分で思う以上に理解力があるはずだよ。話をわかりやすくするために例を一つ挙げてもいいかい?」

「やめてくださいなんていう選択肢はあるんですか?」トニーは困惑したまましぶしぶそう言った。だが、今は苛立ちよりも好奇心のほうが強くなっている。この紳士の言葉にはどこか、賛辞が隠されているような気がした。どこが、とははっきり言えないのだが、何となくそう感じるのだ。

ジャックはほほえんだ。「きみに選択肢があるかって? うん、いい質問だね。だが、それについてはまた別の機会に。私が言いたいのはこういうことさ。世の中には、ホロコーストなどなかったと本気で信じている人々がいる。月を歩いた人間などいないと信じている人々もいる。地球は平らだと信じている人々もいる。ベッドの下には怪物がいると信じている人々も。彼らにとってはどれも現実だが、どれも真実ではない。身近なところで言えば、きみのローリーも……」

「ローリーに何の関係があるって言うんです」強い警戒心を見せながらトニーが遮った。「彼女のことをご存じなんですね。それなら言っておきますけど、もし彼女がそこらへんに隠れているとしても、僕は彼女とは話したくありませんので」

ジャックは、降参した、というふうに両手を上げた。

「トニー、落ち着いてくれ。私はただ、例として挙げただけでね。きみを非難するつもりはないんだ。続けていいかな？」

トニーは腕を組んでうなずいた。「ええ、どうぞ。すみません。おわかりだと思いますが、僕にとって愉快な話ではなかったもんですから」

「ああ、わかっているとも」と言って、ジャックは再び話を始めた。「だが、その話もまた今度にしよう。私の質問に戻らせてもらうよ。ローリーは、自分に対するきみの愛が現実だと信じていた時期はあるかな」

ずいぶん大胆で、こんな場面で聞くにしては恐ろしく立ち入った質問だったが、トニーは少し間を置いてから、さばさばと答えた。

「ええ。彼女が僕の愛を現実だと思っていた時期は、恐らくあったと思いますよ」彼はそう認めた。

「それは彼女にとって現実だったと思うかい？」

「彼女がそう信じたなら、現実だったでしょうね。ええ、彼女にとっては現実でした」

「では、もう一つ教えてくれ。彼女への愛は、きみにとっては現実だったのかな？　トニー、きみは本当に彼女を愛していたかい？」

それを聞いたとたん、とがめられているような気がして、自衛心がぐっと高まるのを感じた。いつもだったら、ここで話題を変えるところだ。気の利いた冗談や皮肉を言って爆発しそうになる感情をそらし、言葉の川の流れを変えて無害で無意味な会話にもっていかなければ。だが、今のトニーに失うものはなかった。この男にまた会うことはないだろうし、この瞬間の会話に興味をそそられてもいた。

「正直なところですか?」トニーは一瞬沈黙してから続けた。「正直に言えば、僕は彼女を愛するすべを知らなかったと思いますね。もっと言えば、彼女に限らず、誰のことをもね」

「正直に話してくれてありがとう、アンソニー。私も、きみの言うとおりだと思うよ。だが、肝心なのは、たとえそれが実際には存在しなかったとしても、彼女はきみの愛を信じて、それが彼女にとっての現実になったことだ。そして彼女はその現実に基づいて彼女の世界を構築したんだ。……二度もね」

「何もわざわざ、その話題を持ち出さなくてもよさそうなもんですけどね」トニーは小声で文句を言い、遠くに目をやった。

「単に事実を述べただけさ、きみ。責めているわけじゃないんだ。次の例を挙げていいかな?」トニーが気を取り直すのを確認してからジャックは続けた。

「この例話を進めるために、仮に神が本当に存在するとしよう……」

「僕はそういうことは全然信じていないんです」トニーは遮った。

「別にきみに何かを信じさせようとしているわけじゃないよ、トニー」とジャックがなだめる。「それは私の役目ではないのでね。覚えておいてほしいんだが、私は死んでいるし、きみは……ややこしいことになっている。私はただ、現実と真実の違いを説明するための仮定をしようとしているだけなんだ。それが、私たちの会話のテーマだっただろう?」ジャックはそう言うとほほえみ、トニーもつられてほほえまずにはいられなかった。ジャックにはどこか、人の敵意や怒りを取り除いてしまうような掛け値なしの善良さがあるのだ。

「そういうわけで、この神はいついかなる時も善であり、決して嘘をつかず、ごまかさず、いつでも真実だけを語ると仮定しよう。その神が、ある時きみのところに来てこう言うんだ、アンソニー・スペンサー。『トニー、私の愛からおまえを引き離せるものは何もない。死も命も、御使《みつか》いも地の支配者も、今日起こることも明日起こることも、高いところから来る力も下から来る力も、私が創造した宇宙にあるどんなものも、私の愛からおまえを引き離す力を持っているものはない』だがきみは、神がそう言うのを聞いても信じない。信じないでいるそのことが、きみにとっての現実となる。そしてきみは、神の言葉を信じないという世界を作り上げる。あるいは、神の愛、神そのものさえ信じないという世界を。それをきみの人生の土台とする。さて、そこで質問だ。きみが神の言葉を信じられないという事実は、神が嘘を言ったということになるかな？」

「ええ」間髪を入れずに答えたトニーは、少し考えてから言い直した。「いいえ。ちょっと待って。考えさせてください」

　ジャックは黙ってトニーが頭を整理する時間を与え、待った。

「いいでしょう」トニーは口を開いた。「あなたが言うように、もしこの神が真実で、それから……現実に存在する神なら、その場合は、僕が何をどう信じようと、少しも影響しないでしょうね。ええ、あなたのおっしゃることがわかり始めましたよ」

「そうかね？」ジャックはさらに話を深めた。「では、もう一つ聞かせてほしい。もし、きみが神の言葉を信じないことにするとしたら、きみは神との関係において何を経験するだろうね？」

「えーと、その場合は多分……」トニーは考え込みながら言葉に窮した。

「分離、かな?」トニーに代わってジャックが答える。「トニー、きみはきっと神と分離しているという感覚を持つだろうね。なぜなら、それがきみが現実だと思ったことだからだ。現実とは、きみが信じたことなのさ。たとえそれが実体のないものだとしてもね。神はそんな分離はあり得ないと言っている。何ものも神の愛からきみを引き離すことはできないと言っているんだからね。きみのどんな振る舞いも、経験も、死や地獄でさえも。だがきみはそれを想像することはできる。ただし、きみが現実だと信じている分離は、偽りに基づいてきみが作り出したきみだけの現実だというわけだ」

うんざりしてきたトニーは顔をそらし、髪をかき上げながら尋ねた。

「じゃあ、どうしたら何が真実かわかるんですか? そもそも真実って何です?」

「おやおや!」ジャックは大きな声を上げてトニーの肩をぴしゃっとたたいた。「ポンテオ・ピラト(訳注・イエスが無実の罪で訴えられていることを知りながら、死刑を宣告したローマ人の総督)も死者の中でそう言っているよ。それにしても、彼は究極のアイロニーだな。歴史の転換点に立って、真実を目の前にして顔と顔を合わせていながら、その真実は存在しないと宣言したんだ。人間がやりがちなことさ。もっと正確に言うならば、真実自身に向かって、あなたは存在しないと言ったわけだ。人類にとって幸いなことに、ピラトには現実を『真実ではない』ものに変える力はなかったけれどもね」そこで一息つくと、ジャックはこう付け加えた。「そしてトニー、きみにもその力はない」

凍りついたような時間がほんのいっとき流れ、それから地面がかすかに揺れた。まるで、足元のずっと下のほうで小さな地震が起きたようだった。ジャックは謎めいたほほえみを浮かべ、「おや、きみとの会話はここまででいったん終わりのようだな」と告げた。

「待ってください」トニーは引き留めようとした。「聞きたいことがあるんです。どこに行くんですか？　もう少し時間はないんですか？　僕はまだ、自分がどこにいるのかわからないんですよ。僕は何でここにいるんですか？　ここが厳密に言うと地獄じゃないって言うなら、どこなんですか？　それにあなたは、ここが厳密には故郷ではないというようなことも言ってましたよね。あれはどういう意味ですか？」

ジャックは最後にもう一度トニーのほうを振り返って言った。「トニー、地獄というのはね、真実でないものを信じてその中で生きることを言うのさ。まあ、きみはそれを永遠に続けることもできる。だが、本当のことを教えてあげよう。きみがそれを信じようと信じまいと、また、それがきみにとって現実であろうとなかろうと」そこでたっぷり間を取ってから、ジャックは続けた。「きみが死や地獄について何を信じようと、それは『分離』ではない」

地面が再び揺れた。さっきより強い揺れで、トニーは石の壁に寄りかかって体を支えた。振り向くと、ジャックの姿はもう見えず、夜のとばりが降りていた。

トニーは不意に、自分が体の芯から疲れていることに気づいた。彼は再び座り込んで、巨大な建物に寄りかかった。道のほうを振り返ると、宵闇の中で、辺りのものは濃い灰色の影になっていた。口の中が乾いてからからになっていることに気づいたトニーは、ジャックが水筒を置いていってくれていたらいいのだが、と思って手探りをしたが、何もなかった。膝を体のほうに引き寄せ、寒さから身を守るようにしてうずくまった。彼の体から一片残らずぬくもりを奪い取ろうとするかのように、冷気が容赦なく服の中に忍び寄ってきていた。

追い打ちをかけるように氷のような風が吹き始め、さっきまで渦巻いていたトニーの疑問は今や小さな紙片のようにまき散らされてしまった。これですべて終わるのだろうか？　ついに？　むなしさと空虚感が込み上げ、トニーからわずかに残った温かみまで奪い去ろうとしていた。

その光が現れた時、トニーは自分では抑えようもなく震えていた。青みがかった光の中に、彼が今まで見た中で最も美しい濃い茶色の瞳があった。どこか見覚えがあるような目だが、それが誰なのかは思い出せない。誰か、とても大事な人なのだが……。

意識を失うまいとして、トニーは必死に問いかけた。「僕は、誰ですか？　いや、違う、僕は、どこにいるんですか？」その男性は座ってトニーを抱き寄せ、トニーの口に温かい飲み物を優しく注ぎ込んだ。冷えきった体の中を温かい液体が下りていき、そのぬくもりが体全体に広がっていくのがわかる。震えがおさまっていき、やがて止まった。トニーはその男性の腕の中でリラックスしていくのを感じた。

「大丈夫」その男性はささやいた。「大丈夫だよ、トニー」

「大丈夫？」トニーはまた、目の前が暗くなっていくのを感じた。まぶたが重くなり、頭が働かなくなってくる。「大丈夫だって？　僕は大丈夫だったためしがない」

「しーっ！」再び声がする。「少し休む時間だ。僕はどこにも行かない。いつでもきみを支えているよ、トニー」

「あなたは誰です？」

彼が答えたとしても、トニーには聞こえなかった。夜が毛布のように優しく彼を包み込み、彼は夢を見ることも、何かを願うことさえもせずにぐっすりと眠った。

第4章　ふるさととは、心の帰る場所

すべての人がそうであるように、
私もどこにいようと故郷に帰りたくなる。
マヤ・アンジェロウ

太陽の光？

また、太陽の光が見える。だが、今回の光は前ほど強烈ではなく、柔らかい。トニーはハッと目を覚ました。ここはどこだ？　そう思ったとたん、いろいろな記憶がよみがえった。トンネル、いくつもの分かれ道があったあの遊歩道、ドア、アイルランド人のジャック、そしてもう一人の男性。もう一人の男性？　それが最後の記憶だ。まだ夢を見ているのだろうか？　夢の中で夢を見たのか？　今まで眠っていたのか、あるいは、眠っている夢を見ていたのだろうか。カーテンを通して入ってくる日差しで部屋の中は明るく、自分が間に合わせのベッドルームのような部屋で目を覚ましたことがわかった。たるんだスプリングの上に、薄いマットが乗せられている。彼がくるまっていた毛布はぼろぼろにほつれていたが、清潔ではあった。

カーテンを引いて外をのぞくと、城壁の門からかいま見たのと同じ、荒れ果てた田舎の風景が見えた。これは、いつ起こったことなのだろう。夕べか、昨日か、それとも実は起こっていないことなのか。はるか向こうに石の城壁が見え、その内側は傾斜のある開けた土地だ。そこに木々が、ある場所には固まって、別の場所には一本だけ、と無秩序に生えている。建物もいくつか点在しているが、どれも平凡で特筆すべきことはない。

ドアをノックする音が聞こえた。前と同じように三回のノックだ。トニーは壁に寄りかかり、また自分の立っている場所が内外逆になっても驚くまいと、心の準備をした。

「どうぞ？」招き入れるというよりは、相手の出方を伺うような声色《こわいろ》になった。だが、そんなことはどうでもいい。

「ドアを開けてくれるかい？」ドアの外から、うっすら聞き覚えのある声がした。「手がいっぱいで、開けられないんだ」

「ああ、もちろんです。すみません」謝りながら、トニーはドアを開けた。

そこには見覚えのある男性が深い茶色の瞳で真っすぐにこちらを見つめて立っていた。それを見てトニーは急に「大丈夫だ」という言葉を思い出した。この男性が彼に「大丈夫だ」と言ったのだ。その言葉に安心したのだが、今になってみると困惑させられる言葉でもある。

「やあ。入ってもいいかな？」彼はコーヒーと焼き菓子を載せたお盆を持って笑っていた。年の頃はトニーと同じくらいに見える。ジーンズと作業着のようなシャツを着て、太陽と風にさらされたような日に焼けた肌をしていた。

トニーは突然、自分が青と白の病院のガウンを着ていることに気がついた。冷たい風が、ガウンの後ろが開《あ》いていることを教えてくれる。それが妙にしっくりくるようでもあり、落ち着かないようでもあった。後ろがむき出しになっているような気がして、片手でガウンをつかみ、できるだけたぐり寄せた。

「ええ、もちろん、どうぞ。すみません」もう一度謝りながら、次にどうするべきかわからないまま脇に体を寄せ、男性が入ってこられるようにドアを押さえた。

「きみの好物を持ってきたよ。バリスタのコーヒー、ブードゥー・ドーナツのマックミンビルクリームとマンゴータンゴ。これで一日の始まりが最高になりそうだろ?」

「ああ、ありがとうございます!」トニーは湯気の立つ大きなマグカップを受け取った。完璧な泡の上に細かい装飾が施されたバニラ・ラテが入っている。一口すると、飲み下す前にその香りを口の中で楽しんだ。それからスプリングベッドの上にそっと腰掛け、「あなたは飲まないんですか?」と尋ねた。

「ああ、僕は紅茶党なんだよ。それに今朝はもうたっぷり飲んだんでね」彼は、トニーのそばに椅子を引き寄せて座った。「恐らく、きみには少なからぬ質問があるんじゃないかと思ってね。聞いてくれたら、できるだけわかりやすく答えるよ」

「僕は夢を見ているんですか?」

彼は椅子の背にもたれてほほえんだ。「だとしたら、きみはその夢の中の登場人物にそれを聞いているわけだね。満足してもらえるような答えではないかもしれないが……きみは夢を見ているのかどうか？　そうとも言えるし、そうでないとも言える。いいかい、夢を見ているかどうかというより、きみが本当に聞きたかったことに答えよう。アンソニー、きみは今、昏睡状態にあって、丘の上のオレゴン健康科学大学病院にいるんだ。そして同時に、ここにもいる」

「何ですって？　僕が昏睡状態？」

「そう。それが、僕が今ここで確かに言ったことだ」

「昏睡状態？　僕が？」トニーは座り直し、無意識のうちにもう一口熱いコーヒーをすすった。

「じゃ、これは？」コーヒーに目をやりながら聞く。

「コーヒーだね」

「もちろん、コーヒーですよね。でも、ねえ、これは現実なんですか？　どうやったら昏睡状態でラテが飲めるんです？」

「それはちょっと難しいところで、説明してもわからないんじゃないかな」

「信じられませんよ、僕が昏睡状態だなんて」トニーは驚きのあまり、そう繰り返した。

その男性は立ち上がると、トニーの肩に手を置いた。

「いいかい、僕はちょっとやることがあるので外にいるよ。きみは頭の中を整理して、質問が整ったら外で会おう。きみの洋服はそのクローゼットの中にある。ブーツもそこにあるよ。用意ができたら来てくれ」

「わかりました」やっとの思いで答えたトニーは、その男性が部屋を出ていくのもほとんど見ていなかった。彼の言ったことは、不思議とつじつまが合う。もし自分が昏睡状態にあるなら、今まで起こったことはすべて、潜在意識の深いところから出てきたものだ。そのうちのどれも記憶にはないが。そして、そのうちのどれも現実でも真実でもないのだろう。そう思うと、トニーはアイルランド人のジャックを思い出し、ひとりでにやりと笑った。何だか少しほっとした。少なくとも、自分はまだ死んでいないのだ。

彼はラテを一口すすってみた。確かにラテの味がする。だが恐らくそれは、脳の中に記憶から疑似体験を引き出すような仕組みがあるせいなのだろう。例えばコーヒーの味の記憶とか……と、考えながら、彼はマンゴータンゴに手を伸ばした。まあ、とにかく、何かそんなものだ。しかし、これはすごい。もしこのテクニックをどうにかして売りに出せたら大もうけだ。カロリーの心配も、コーヒーや砂糖が及ぼす悪影響の心配もない。それどころか、実際の食品を用意する必要すらない。

俺が今経験しているのは、完全な錯乱状態というものだな、と彼は頭を振った。そういう言い方さえ適当かどうか疑わしかったが。現実ではなく、あとで思い出されることもないであろう出来事を、経験と呼べるだろうか？

ドーナツの最後の一口をかじりながら、トニーは、そろそろドアの外で待っているものと直面しなければ、と思った。どうせ、彼がここにいることさえ、あとで思い出すはずもないのだから、何がどうなろうと失うものはない。そう思いながら素早く着替え、自分の想像力が、顔を洗うためのお湯を用意しておいてくれたことに感謝した。それから深呼吸を一つすると、部屋の外に出た。

彼がいたのは、むかし、牧場によくあった平たい屋根がついた一階建ての家だったことがわかった。木造の家のペンキははがれ、どこもかしこも古びてくたびれている。寂しげでがらんとしていて、トニーがなじんできたような家よりずっと質素で、見栄えも良くなければ派手なところも少しもない家だった。彼がいた部屋はポーチに面していたが、そのポーチもかなり傷んでいる。先ほどの男性はポーチの手すりに寄りかかり、草を一本くわえてトニーを待っていた。

トニーはその男性と並んで立ち、広々とした土地を眺めた。それは、統一感のない奇妙な土地だった。ある部分はいくらか手入れがされているのだが、大部分は放ったらかされて荒れ放題になっている。壊れた柵のすぐ後ろに、辛うじて元は庭だったとわかる場所があり、アザミとイバラと雑草が生い茂っていた。その真ん中に樫の古い大木があり、そこからぼろぼろのブランコがつり下がり、風に揺られてかすかに動いている。その向こうには、刈り込みもされておらず、実りもない果樹園が見える。

一口に言って、その土地は荒れ果てたまま放置され、やせ衰えていた。ただ、ところどころに山の野花が咲き、バラも点々と見えるのが救いだった。花々は、死んだような土地の傷を覆い、その寒々しさを和らげてくれていた。

多分、土の成分に何か問題があるのだろうと、トニーは考えた。水と日光はふんだんにある。だが、植物にはやはり土が重要だ。その時、そよ風が吹いてトニーには間違いようのない香りを運んできた。ジンチョウゲの甘い優しい匂いだ。この匂いを嗅ぐと母を思い出す。ジンチョウゲは母の好きな花だった。

もしこれが、彼の仮説どおり、脳が記憶している感情やイメージをつなぎ合わせている現象なのだとしたら、彼がこの場所で驚くほどくつろげることにもうなずける。ここには何か、心に訴えかけるもの、響いてくるものがあった。だが、あの男性が言った「大丈夫だ」という言葉は、トニーの脳が選ぶ言葉らしくなかった。

「この場所は何なんですか？」トニーは聞いた。

「住居さ」遠くを見やりながら男性が答える。

「住居？　住居って、どういうことです？」

「住居っていうのは、住む場所、居住する場所、家、ってことさ」

そう答える男性の口ぶりからは、彼がこの場所を気に入っているようすが感じ取れた。

「家？　ああ、ジャックも何だかそんなことを言ってましたよ。でも彼は、正確な意味での家じゃないとも言っていたな。正確な意味での地獄じゃない、とも。どういう意味かわからないけど」

男性はにやりと笑って答えた。「きみはジャックを知らないようだね。恐ろしく言葉にたけた男なんだよ」

「彼の言うことは僕にはさっぱりわかりませんでしたよ。ただ、一つだけわかり始めたことがあるんです。現実と真実の違いですよ」

「ふむ」彼はそうつぶやくと、トニーの思考を妨げまいとするかのように沈黙した。しばらくの間、二人は並んで立ち、同じ景色を別々のまなざしで眺めていた。一人の目は思いやりに満ち、もう一人の目には不安と動揺の色があった。

「あなたがここを『住居』と呼ぶ場合、それはあの古いくたびれた家のことを指しているんですか？　それとも、ここらへんの土地も含めて？」

「全部含めて、さ。きみが昨日見たものも、それ以外のものも。この囲いの中のものも、外のものも全部。でもここが」と、彼は手を広げて囲いの中全体を指し示して言った。「中心なんだ。住居の中心であって、ここで起きたことがすべてを変える」

「持ち主は誰なんです？」

「いないよ。ここは誰かに所有されるような場所ではないんだ」

「所有される」という単語を彼は区切るように発音し、その言葉自体が彼にとっては不快でなじめないものであることを表現したようだった。

「ここは自由で開かれた制限のない場所であるべきで、誰かに所有されたりはしない」

次の質問をどんな言葉で投げかけようかとトニーが考えている間、短い沈黙が訪れた。

「じゃあ、ここは誰に『帰属する』んですか？」

答える前に、彼の唇に笑みがこぼれた。「僕さ！」

「あなたはここに住んでいるんですか？」考えるより先にそう言ってしまったが、もちろんそうに決まっていた。この男性はトニーの潜在意識の中にあるいろいろなものが投影されてできた存在で、どういうわけかトニーは今、その彼と会話をしているのだから。おまけに、実際にはどこでもないこの場所に、誰かが住んでいるわけがないではないか。

「ああ、僕が住んでるよ」

「ひとりで住んでいて楽しいですか？」

「どうだろうね。ひとりで暮らしたことはないからな」

この答えに、トニーは好奇心をそそられた。

「どういう意味です？　ほかに誰もいないでしょ。ああ、そうか、ジャックのことですか？　ほかにも誰かいるんですか？　僕もそのうち会えるかな」

「いや、ジャックのことではないよ。でもほかの人たちにはもうじき会えるさ」一息ついて、彼は付け加えた。「急ぐことはない」

トニーが少し気まずさを覚えるほどの沈黙が訪れた。彼と会話を続けながら、トニーは自分が今見ているものの元となっているはずの記憶やイメージを呼び起こそうとしていたが、何も思い浮かばなかった。関連づけられるような映像も思い出も何もない。どんなに思い出そうとしても、ここにあるものと結びつくようなものは何もなかった。これが全部、昏睡状態にある彼の、もうろうとし、混乱した脳が生み出した幻影などということがあり得るのだろうか？　わけがわからなかった。

「で、どれぐらい前からここに住んでいるんですか？」

「四十年ちょっと。言ってみれば、一生の間ずっとってところかな。あっという間さ、本当に」

とっさに「まさか」と返して頭を振ったトニーの声には、「信じられない」という響きがあった。どこのまぬけがこんな荒れ地に四十年も住もうというのか。自分なら四十時間でおかしくなってしまう。四十年なんてとんでもない。

トニーは隣に立つその男をそっと盗み見たが、彼は気づいていないか、あるいは単に気にしていないかのどちらかだった。彼はすでに、この男性に好意を持っていた。彼は、ありのままの自分でいることに心地よさを感じ、身の回りのすべてのものと調和を保てる珍しい人間の一人のように思えた。何かを企んでいるようすもないし、誰かを利用しようとしたり抜け駆けしたりしようとしている気配もない。そこが、トニーが知っているほとんどの人と違った。彼に似合うのは多分、「満ち足りる」という言葉だ。普通なら、こんな孤独な場所でいったい誰が正気の状態で満ち足りることなどできるだろうか。

トニーにとっては、「満ち足りる」と「退屈」は同義語だった。もしかするとこの男性は、単に他の場所を見たことのない世間知らずで、無教養なだけかもしれない。だが、彼がここにいるのは、トニーの潜在意識に潜む何か意外なものが投影されているせいなのだ。そこにはきっと意味があるに違いない。

「あなたがここにずっと住んでいたというならお聞きしたいんですけど、あなたはいったい誰なんです？」核心を突く質問を投げかけてみた。

彼がゆっくりとトニーに顔を近づけたので、トニーはその驚くほど深い瞳をのぞき込むことになった。

「トニー、僕は、きみのお母さんが、決してきみを離れないと教えた者だ」

彼の言葉を理解するまでに一瞬の間があき、次の瞬間、トニーは後ろに一歩下がった。

「イエス？　あなたは、イエスなんですか？」

彼は何も答えず、トニーをじっと見つめ返していた。ついにトニーは視線をそらし、頭を働かせるために地面をにらみつけた。そして、急にすべてのつじつまが合うことに気づいた。もちろん、彼はイエスだ！　自分はあのリストにイエスの名を書いたではないか。薬の影響下にある昏睡状態の中で呼び出すのに、イエスに勝る人はいない。深層意識の中にあるすべての原型の中の原型、神経回路の最も奥深くにあるイメージだ。そして今、彼はここに立っている。実在する者としてではなく、物質的な存在でもなく、神経作用による幻影として。

顔を上げた瞬間、彼は平手でトニーの顔をぴしゃりとたたいた。軽い痛みは感じるが、跡は残らない程度の強さだった。トニーは心底びっくりして、それからすぐに怒りの感情が湧いてくるのを感じた。

「きみの想像力がどんなにたくましいかを実感できるように、手伝ってあげたのさ」そう言って笑う彼の目は相変わらず優しく親切そうだった。

「実際に存在しない幻影がこんなふうに人を引っぱたけるなんて、驚きだろ？」

これがもしほかの誰かだったら、トニーは恥にまみれ、激怒していただろう。だが、彼は今、ただひたすら驚いていた。

「なるほどね！」ようやく頭が回り始めるとトニーはきっぱりと宣言した。「ほら、これが証拠だ。本物のイエスが人を引っぱたくはずがない！」

「どうしてそんなことがわかるんだい？　きみの個人的な経験から？」

イエスと名乗る男は面白がっているようすでにやりと笑った。

「いいかい、トニー、きみが自分で僕のことを、薬で混乱した潜在意識が生み出したイエスだと決めつけ、このジレンマを引き起こしているんだよ。僕は、僕が名乗っているとおりの者なのか、あるいはきみが潜在意識で信じている人の顔を引っぱたくイエスなのか、どっちだろう？」

トニーが考え込んでいる間、イエスだという男は腕を組んで、そんな彼を見守っていた。トニーはついに顔を上げて答えた。

「多分、僕を引っぱたいた人がイエスだと信じざるを得ないんだろうと思います」

「は！　それはよかった。死んだ人間でも血を流すってわけだ！」イエスは笑ってトニーの肩に腕を回した。

「つまりきみは、たとえそれが真実ではなくても、おまけにそれがきみの人生を複雑なものにするとしても、自説を曲げることはしないわけだ。なかなか大変な生き方だね。でも、まあ気持ちはわかるよ」

「死んだ人間でも血を流す」とはどういう意味だろう、と、煙に巻かれたような思いになりながら、トニーは肩をすくめて笑った。

二人はまるで行き先が決まっているかのように、一緒に階段を下り、林のほうに向かって丘を登り始めた。下から見ると、その木立はその辺りのいちばん高いところに固まって生えているように見える。近くの灰色の城壁に溶け込んでいるが、トニーがジャックに出会った場所よりは上のほうだ。そこまで行けば見晴らしもよく、城壁の中を全部、そして多分、城壁の外のずっと向こうの峡谷まで見渡せるだろう。

トニーは歩きながら、ビジネスマンとしての自分が気になって仕方ないことを尋ねた。

「こんな退屈で荒れ果てたところに四十年以上だなんて。気を悪くしないでいただきたいんですけど、これが、あなたが今まで管理してきたもののすべてなんですか？」当てこすりだったとしたら、これは不発に終わった。カッとしたりムッとしたりする代わりに、イエスを名乗る男は、トニーの嫌みな質問をそのまま受け入れた。

「そう言えるかもね。あんまりうまくいっているようには見えないだろ？　でもこれは、かつての姿の影にすぎないんだ。むかしはここも生き生きとして壮大な庭だったんだよ。美しくて自由だった」

「僕はただ……」トニーは弁解しようとしたが、イエスは笑顔でそれを遮った。

「ただ、あんまり庭のようには見えないなって……」トニーはつぶやいた。

「ああ。手を入れている最中なのさ」と言って、イエスはあきらめと決心が混ざったようなため息をついた。

「なかなか大変そうな仕事ですね」あまり否定的な感じを与えないように気を遣いながらトニーは付け加えた。むかしからの習慣で、会話の中で優位に立とうとする癖をどうしても抑えられない。

「時間はかかるかもしれないけどね。勝算はあるよ」返ってきたのは穏やかな返事だった。

「本当に、失礼なことは言いたくないんですけど、あなたのやり方はあまりにも時間がかかりすぎるとは思いませんか？　この土地をきれいにならして、何かを植えて、土を豊かにして植物を成長させるために、できることはいっぱいあるでしょう？　ここには可能性があると思うんですよ。重機を使って、プロを何人か雇えばだいぶ時間を短縮できるでしょう。ブルドーザーが二台くらいあればいい。城壁にも崩れ始めているところが何か所かありましたよね。技師と建築家と石工を呼んだほうがいいですよ。そうしたら、半年もあればここもすっかり整備されるでしょう。ああ、それからあの家を一度ぶっ壊して、建て直すための人員もいるな」

「ここはね、トニー。生きている土地であって、工事現場じゃないんだ。生身で呼吸をしているんだよ。でっち上げた作り物じゃない。もしきみが、誰かと関係を築いていくときにテクニックを駆使しようとしたり、何かを学びつつある相手を急《せ》かしたり、時が満ちる前に理解と成熟を強制したりするならば、これが……」と言って、イエスは目の前に広がる土地を指し示しながら続けた。

「これが、きみのなれの果てだ」

イエスが、「そうするならば誰でもこうなる」という一般論として「きみのなれの果て」と言ったのか、それとも、実際に「これがきみだ」と言ったのか、トニーにはわからなかった。だが、後者だと言われるのを恐れて、尋ねることができなかった。

「僕たちにできるのは」とイエスが続ける。「この土地が納得できるスピードと方向に従って動くことだけなのさ。敬意をもって尊重し、土地に本心を語らせなければいけないからね。だから、尊敬のゆえにその土地の『現実』に即した考えに従う。それでいて、どんな犠牲を払おうとも、真実を愛する者でい続けることを選ばなければならない。そういうふうにこの土地に生きるのでなければ、それは、この土地を攻撃し、略奪し、利用しようとするのと同じことなんだ。そうしたら、この土地が癒される希望は消えてしまう」

「あのー」イエスの言っていることを理解しようと努めているうちに、トニーはだんだん不安になってきた。

「あなたは暗喩を使って話していらっしゃいますよね。で、僕はだんだん、わけがわからなくなってきたんですよ。あなたはこの土地のことをどこかの個人のことみたいに、それも、あなたがよく知っている大事な人のことのように話していましたけど、そんなわけないですよね。ここにあるのはただの土と岩と丘と、花と雑草と水だけなんだから」

「そう思っているから」と言いながらイエスはトニーの肩を優しくつかんで言った。「きみには僕の言っていることがわからないのさ。きみは何度も暗喩を使ってきたけど、僕は一度も使っていないよ。きみは暗喩の中に暮らしてそれを信じているから、真実を見ることができないんだ」

トニーは立ち止まり、両手を上げて土地全体を指し示しながら芝居がかった態度で言い張った。

「だって、これは土だ！　生きている人間なんかじゃない！　土だ！」

「ああ、トニー、きみは確かにそう言っていたね。土に帰るだけだ、って。土にね！」

これこそ、何かずっと引っかかっていたことだ！　そのことに思い当たると、ショックで足がふらつくように感じた。トニーは顔を上げるとイエスの目を見つめ、恐る恐る疑問を口にした。

「ひょっとしてあなたは、城壁の内側だけじゃなく、壁の向こうにあるものも全部ひっくるめて生きている存在だって言ってるんですか？」

イエスは彼を真っすぐに見つめ返しながら答えた。

「僕が言っているのはそれだけじゃないよ、トニー。いいかい、その『生きている土地』はきみだ！」

「僕？　まさか、そんな。そんなこと、あり得ない。そんなわけがない！」

トニーは見えないこぶしで腹を殴られたような衝撃を受けた。向きを変えてよろめきながら数歩歩き、後ろを振り返り、遠くを見た。一瞬のうちに、その景色がまるで違って見えるようになっていた。ようやく目が開かれたのだ。だが、今となってはもう絶対にそれを見たくない。

彼はすでに高みから見下ろすようにして、人ごとのようにこの土地のことを「誰のものでもない失われた土地」で、くず同然の手を入れる価値もない土地だと決めつけていた。それがこの土地に対する彼の評価だったのだ。失礼な態度はとらなかったし、前向きなことも言ってみせたが、それは本心ではなかった。植物は全部アスファルトの下に埋めてしまい、コンクリートとスチールで作ったものを置けばいいと思っていた。こんな見苦しい価値のないものは、破壊するしかないと思っていた。

トニーは膝をつき、両手で目を覆った。その姿はまるで、古い嘘がもぎ取られたあとに大きく口を開いたむなしさをふさぐため、新しい嘘をひねりだそうとしているか、あるいは、そこに身を隠し、安堵と慰めを見出せる新たな妄想を作り上げようとしているかのようだった。

だが、一度見てしまったものを見なかったことにはできない。彼の中の正直さが、顔からその両手を引きはがし、彼の明瞭さが、耳をふさぐことを禁じた。トニーはもう一度、今度は注意深くしげしげと辺りを見回した。心惹《こころひ》かれるものや、愛着を感じるものは何もない。ここは何の役にも立たない無駄な土地で、完全に徹底的に荒れ果てており、この世界の在りようを表している嘆かわしい傷のような場所だ。もしこれが本当に自分の心の中の風景なのだとしたら、あまりにも残念だとしか言いようがない。

泣くことは弱者がすることであり、トニーが忌み嫌うことだった。少年の頃に、二度と涙に溺れたりはしないと誓っていた。だが、今はこらえきれなかった。すすり泣きはやがてむせび泣きに変わっていった。長年かけて築いてきたダムが決壊し、トニーはなすすべもなくその流れに身を任せるしかなかった。彼は今、押し寄せてくる激しい感情のゆえに震えているのだろうか。それとも、地震のせいで実際に地面が揺れているのだろうか。彼にはわからなかった。

「そんなはずはない。まさか、そんなはずはない」と泣き叫びながら、イエスから目をそらしていた。そうしているうちに、彼の心の奥底から、自分でも思いがけない慟哭《どうこく》がまた湧き上がってくるのだった。「こんなの、勘弁してくれ。お願いです。嘘だと言ってください」トニーは懇願した。「僕はこんな、うんざりするような惨めな役立たずの人間なんですか？　これが僕の人生のすべてで？　僕はこんなに醜くて辟易《へきえき》するようなやつなんですか？　お願いだから、そんなことはないと言ってください」

自己憐憫《れんびん》と自己嫌悪に打ちのめされ、魂が粉々に砕けてしまいそうだった。ショックのあまり、地面に膝をついて突っ伏すと、イエスもひざまずいてトニーを抱きかかえたので、彼はその腕の中で声を上げて泣いた。イエスの抱擁は力強く、耐えがたい痛みと喪失感を、優しさと思いやりでしっかりと受け止めてくれた。正気を保たせてくれるのは、目の前のこの男性だけのような気がした。

激情にもみくちゃにされ、自分の心がどこかにさまよい出てしまったような気がした。これまで現実だと思ってきたこと、正しいと思ってきたことが、すべて塵や灰のようになってしまった。だが、その時、まったく違う思いが稲妻のようにひらめいた。もし、今、本当に自分の気持ち、心、魂を探し当てたのだとしたらどうだろう？　トニーは固く目をつぶり、もう二度と目を開きたくないと願いながらすすり泣いた。自分の恥ずべきあんな姿、なれの果てはもう見たくない。

イエスはすべてを理解して、涙でぐしゃぐしゃになったトニーの顔を自分の肩に押し当てた。感情の波が少しおさまってきたかと思うと別の感情が膨らんできて彼を打ちのめし、再び自分を失いそうになる。その苦痛があまりにも激しくて、内面が全部外に飛び出してしまいそうだった。いくつもの波に押し流されるうちに、長年にわたって押さえつけられ、解き放たれる時を待ちわびていた感情がようやく声になって表出する。

やがて感情の嵐は少しずつおさまっていき、弱々しくなり、消えていった。訪れた静けさの中で、トニーが時折肩を震わせる。その間ずっと、彼は決して離れることのないイエスの腕の中にいた。ようやく本当に落ち着いた時、イエスが口を開いた。

第5章　そして一つ

痛みは私たちに生きていることを思い出させるが、
愛は、なぜ生きているのかを思い出させる。
トリスタン・オウェイン・ヒューズ

「いいかい、トニー、聞いてくれ」イエスは幼い息子にするように、トニーの髪をなでながら言った。

「人間は誰でも、自分自身の中の宇宙なんだ。きみの母親と父親は、神とともに、誰にも消すことのできないきみの魂の創造に加わった。きみの両親は、創造の協力者としてきみに肉体や遺伝子やその他のものを与え、きみという独自の存在を生み出した。欠点がないとは言わないが、驚くべき存在だ。僕たちは、彼らが持っているものを彼らのタイミングと歴史に合わせて受け取り、そこに僕たちだけが与えられるもの、つまり命を加えた。きみは生ける不思議として母親の胎内に宿り、多元的宇宙の中の一つの宇宙として生まれてきたんだ。孤立もしていなければ、断絶もしていない。むしろ複雑に絡み合い、共同体として生きるようにデザインされている。神もまた共同体だからね」

「は！　生ける不思議ですって？」洪水のような涙を流した影響からまだ抜けきれず、鼻をすりながらトニーは言った。涙はもう流し尽くしたはずだと思ったが、まだ多少残っていたとおぼしきものがあごを伝って落ちた。

「まさか」

「『まさかそんな者ではない』と言うためには、まずは何者かである必要がある」イエスは言った。「イメージや見かけじゃわからないものだよ。外に現れているものより、中身のほうが深いんだ。見る目があるならね」

「見たいかどうかが問題ですよね」トニーはつぶやいた。「辛すぎますから。それに、僕はこんなの全部信じませんよ。あなたが現実の存在だということも含めてね。だけど、それでも恥ずかしいことに変わりはない。何も見えなかった頃に戻りたいですよ。何も見たくなかった」

「その痛みは現実であり、真実のものさ。トニー、僕の言うことを信じてほしい。取り組むこともなく、痛みを感じることもなく、犠牲を払うことも、喪失を感じることもない変革なんてあり得ない。そんなものはただの幻想さ」

「まっぴらですね」ぶるっと身震いしながらトニーはきっぱりと言い放った。「変革なんて僕には無理です。それに『信じてくれ』ですって？　それは僕のためにある言葉ではありませんね。信じるなんて、僕らしくないことなんです」

「そのとおりだね」イエスは笑って続けた。「僕らしいことだ」

トニーはまだ身動きもせず、目もつぶったままで、うつむいてイエスの胸にもたれかかっていた。

まるでばかみたいだし、無防備すぎるとは思ったが、動きたくなかった。

「どうしたらいいかわからなくなりました」トニーは打ち明けた。「今、僕が誰にいちばん会いたいかわかりますか?」と言って目を開くと、大きく息をついて続けた。「心の底から母に会いたい」

イエスがどこかから、たたんである赤いハンカチを取り出してトニーに渡すと、トニーは素直に受け取って鼻をかんだ。

「トニー、きみのお母さんは、きみが信頼した最後の人だね。誰かを信じるとか、そういうことは自分の力でできることではない。自分のやり方でできることでもない。きみは共同体の中で生きるようにと、共同体によって造られたものだから。共同体そのものである神のかたちに造られた存在なんだからね」

「神が共同体?」

「いつでもそうさ。きみをひとりにはしないと言っただろう? それに僕は僕だけでは何もしない。僕らしさの中心にあるものは『関係』だ」

「何をおっしゃっているのか、さっぱりわかりません」

「いいさ。わかると思って言ったわけじゃない。これは経験するものだからね」

トニーはもう一度深呼吸してから口を開いた。

「で、僕にはいったい何が起こったんでしょう。この場所がもし本当に僕なのだとしたら、いったいどういうわけでこんな命のない荒れ果てた無用の土地になってしまったんです?」

「きみの立場から言うなら、きみに命が宿ったあと、その内側で大きな喪失や小さな喪失が日々積み重ねられ、嘘や裏切りが身近なものになり、必要とした時に両親はおらず、法的な援助もうまく機能せず、自分を守るために選んだ方法はきみを生き延びさせもしたが、きみを癒してくれるものに対して心を閉ざすことにもなってしまった、というところだろうね」

「じゃあ、あなたの立場から言えば？」

「僕に言わせれば、あれは命ではなく死だった。本来、そんなふうにはデザインされていなかった虚構の姿だ。愛ではなく、光でもなく、真実でも自由でもない。つまり、死だ」

「つまり、僕は死にかけてるってことですか？　だから、こんなふうに？」

「トニー、きみは母の胎に宿った時から死に向かっているんだよ。そして、死は確かに恐ろしい悪だが、人間はそれを実際以上に破壊力のあるもののように想像している。ちょうど光が死の影を、きみという背景に恐ろしく大きく照らし出しているようなもので、きみはその影におびえているんだ」

「よくわかりません」

「これは深い話でね。今日、全部をわかろうとしなくてもいい。今きみが理解すべきことは、きみが死を恐れるおもな理由は、命についてのきみの理解がとても狭くて浅いからだということだ。命の無限の広がりは、死の力と存在をいつでも吸収して消滅させてしまうんだ。きみは死は終わりだと信じている。どんなに大事なこともそこで終わってしまうと。だから死はきみにとって巨大な壁であり、喜びも愛も関係も断ち切ってしまう避けがたい障害なんだ。でも本当は……」とイエスは続けた。

「死はそういうものの影にすぎない。きみが死と呼んでいるものは、本当はちょっとした別離であって、きみが思い描いているようなものではない。きみは自分に関心を集中させ、きみ自身の存在を、最後の息を引き取る瞬間への恐怖に基づいて定義したんだ。そのほうが、どこにでも存在する死——きみの言葉、きみの感触、きみの選択、きみの悲しみ、きみが信じないと決めたこと、きみの嘘、きみの判断、きみが赦さないこと、きみの偏見、きみの権力への渇望、きみの裏切り、きみの隠蔽——を認めるより楽だったんだ。『死ぬ』という出来事は、そういうさまざまな死の一つの小さな現れにすぎない。だけどきみは、自分が毎日死の海で泳いでいることにも気がつかないで、それを死の全部だと思っているんだ。トニー、きみは死のためにデザインされているわけじゃない。そして死も、この宇宙に存在するはずではなかった。死という出来事に本来備わっているものは約束だ。この海での洗礼は、救いであって溺れることではないんだよ。人間は命を抹殺し、その命ならざるものを自分たちの経験の中に持ち込んだ。だから僕たちは、きみたちを尊重するために、それを最初からタペストリーの中に織り込んだのさ。きみはこれから、死という出来事から解放されるまで、命と死の間に横たわる緊張を味わうだろう。だけどきみはそれを、共同体と関係の中で干渉されながら解決するようにデザインされている。閉ざされたこの場所みたいな自己中心的な孤立の中ではなくてね」

「ここに来るまでの道、たくさんの遊歩道もなくなってしまうんですか?」

「トニー、あれはみんなここから始まっていた道なんだ。この損なわれた場所からね。誰もあの道をたどってここに来る者はいない。みんな行ってしまった」

ほんの一瞬、獲物に忍び寄る獣のように深い悲しみが湧いてきたが、すぐに消えた。トニーは自分の胸に浮かんだ思いを認め、思い切って口に出した。

「僕が追い払ったんでしょう？　ただいなくなったわけじゃない」

「きみが死の問題を解決しない限りは、トニー、きみの世界の人々は皆、苦痛をさらに大きくする存在か、死者でしかないだろうな。場合によっては、彼らを単に追い出すよりも、この土地のどこかに埋めてしまうほうが簡単だろうよ」

「つまり死の勝利ってわけですか？」

トニーは彼が何を聞きたがっているのかわかっていた。そして彼が本当にイエスなら……自分で言っているとおりの存在なら、その答えも知っているはずだ。

「そう思える時もあるだろうね。でも、答えはノーだ。命の勝利さ。命は勝利し続けている。僕が、その生ける証拠だよ」

「じゃあ、あなたはただの神話でもなければ子ども向けの物語でもないと？　あなたは本当に、あなたが死からよみがえったことを僕に信じろとおっしゃるんですか？」トニーはイエスの口からその答えを聞きたかった。

「そうじゃなかったと信じるのはもっと難しいと思うけどね。つまり、僕は、めちゃくちゃに打たれて、拷問そのものである十字架にかけられて、槍《やり》で脇腹から心臓まで刺し貫かれて、死者として葬られ、だけどどういうわけか生き返って、体に巻かれた布を自分でといて、巨大な岩を転がしてどけて、見張りをしていた選り抜きの衛兵たちを制圧して、活動を始めたというわけだ。それも、よみがえったという虚偽の『真実』を広めるために？　なるほど、それは確かに信じやすそうな話だね？」

　トニーはイエスの顔をちらっと盗み見た。彼の言葉はユーモアと自信に彩られていたが、その根底には嘆きがあった。

「ただの物語ですよ！」トニーは声を張り上げた。「我々に気休めを与えるための、あるいは、人生には何か意味や目的があるとだますための物語です。弱い人間が悪い人間のためにでっち上げた、倫理観を養うための話です」

「トニー、僕は死からよみがえった。僕たちは、死の力と支配という幻想を打ち破った。パパなる神は聖霊の力において僕を命をかけて愛し、いかなる別離のイデオロギーもその愛には永遠にかなわないということを示したんだ」

「僕がそんなこと、一切信じないってことはおわかりでしょう？」トニーはぴしゃりとはねつけた。

「僕はいまだに、あなたが実際に存在するっていうことすら信じていないんだ。つまりね、確かにイエスという名前のユダヤ人のラビは存在したんでしょう。彼はいいことをたくさんしたに違いない。だから人々は彼が行ったといういろんな奇跡の話を作り上げ、死からよみがえったことにさえした。そこから宗教が始まったんだ。だけど実際には彼は死んだんだ。他の人間と同じように彼も死んだ。そして死は死なんだ。だからね、今あなたは存在していないんですよ。あなたは、僕の無意識の中に残っていた母の声の残響にすぎないんだ」

「きみにはもうちょっとで説き伏せられちゃうところだな」かすかに皮肉っぽい調子でそう言うと、

イエスは笑った。「きみが今この瞬間に陥っている状態はね、信仰の危機ってやつさ。肉体の死の瞬間によく起こることなんだけどね。でもそのときに、こんなふうに直接のやりとりをするようなことは今までなかったし、きみは実際、まだ死んでいないんだから、何か特別な不思議なことが起こっている最中なのかもしれないね」

トニーは驚愕した。「つまりあなたは、僕が今、なぜここにいるか知らないってことですか?」

「知らないよ！　パパは今のところ、その理由を僕に教えていないんだ」イエスはトニーのほうに体を傾けて秘密を打ち明けるような調子で続けた。「僕がサプライズ好きだってことをパパは知っているもんでね」

「ちょっと待ってください。僕は、あなたは神だってことになってると思っていたんですが?」

「神だってことになってるんじゃない。僕は神だよ！」

「それならどうして、僕がここにいる理由を知らないんです?」

「だからさっき言ったように、パパがまだ僕に教えていないからさ」

「でも、あなたが神ならすべてをご存じのはずでしょう」

「知ってるよ」

「でも、今、知らないって……」

「トニー」イエスが遮った。「きみは『関係性』ということを考慮に入れていない。全部、孤立した一人ひとりという基準で考えている。きみの質問に対する答えは、きみにとってはちんぷんかんぷんだろう。さっぱりわけがわからないと思うよ。だってきみにはそれを理解するための枠組みみすらないんだからね」

イエスの言うとおり、さっぱりわからないというようすでトニーはうなずいた。

「僕にまつわる不思議の一つは、いつでも神であり、同時に人間になったということだけど、これは、与えられた役を演じている俳優みたいなものではないんだ。そうではなくて、文字どおり完全に、永遠の現実として、人間になったということなんだよ。そして僕は、完全な神、完全な創造者であることをやめたことはない。僕の中に宇宙全体があり、僕がそれを全部抱え、維持しているということは、時が始まった頃からの真理なんだ。今、この瞬間もね。そしてその中にはきみだって含まれている。他のすべての被造物と一緒にね」

トニーは理解しようと努めながら、それでいて同時に内心ではあらがいながら頭を振った。

イエスはさらに続ける。「だからもちろん、僕は神としての能力を発揮すれば、きみがここにいる理由を知ることはできるさ。だけど僕は父なる神との関係の中に生きていて、彼は僕にそれを教えなかった。そして僕は、もし僕がそれを知るべき時が来たら彼が教えてくれると信じている。その時まではきみと一緒に、この時間と空間を何も知らないまま歩いていくよ。信仰と信頼をもってね。そしてサプライズを楽しみにする。パパは僕たちのために何かを準備しているからね」

「まったくあなたには驚かされるな」トニーは両手を上げて頭を振った。「僕はすっかり混乱してしまいましたよ」

「これでもいちばん簡単な答えにしたんだけどね」と言ってイエスは笑った。「少しはわかるんじゃないかと思って」

「それはご親切に！」トニーはぴしゃりと言った。「つまり、今までの話を要約すると、もし僕が正確に理解しているとしたら、あなたは神だけど僕がここにいる理由はご存じないってことですね？」

「そのとおり。でも僕の父と聖霊は知っているし、必要とあらば僕も知るということだよ」

トニーは立ち上がって体をはたくと、また頭を振った。どうしてこれが自分の潜在意識の投影だなどということがあり得るだろうか。今までの会話は、自分が考えたこともない内容で、まったくわけがわからない。

二人はゆっくりと向きを変えると、また丘を登り始めた。

「ちょっと整理させてください」とトニーは口を開いた。「父なる神がいて、それがあなたのパパだということは、あなたは子なる神なんですね？」

「それと聖霊がいる」とイエスが答える。

「聖霊は何なんですか？」

「神だよ」

「キリスト教の話ですね？　つまり、あなたを信じる人は三人の神を信じることになるわけですか？　クリスチャンは多神教者なのかな？」

「クリスチャン以外にも僕を信じている人たちはたくさんいるよ。『信者』っていうのは行動であってカテゴリーじゃないからね。クリスチャンと呼ばれるようになったのは、たった二千年ぐらい前からさ。それ以前の彼らは多神教者だったかい？　とんでもない」

これから話すことはとても重要だということを示すように、イエスは立ち止まり、トニーのほうに向き直って言った。

「注意深く聞いてくれ、トニー。神は――ここが重要なところだよ――神は、たった一人だ。神からの独立を選ぶという闇によって、人間はこの真理の単純明快さに対して目を覆われてしまった。だからいちばん大事なことから整理しよう。神は一人だ。細かいことについての意見の違いはあるし、その細部もそれについての意見の不一致も重要なことではあるんだけど、でも、ユダヤ教徒も、どんな宗派のクリスチャンも、あらゆる種類のイスラム教徒も、この一点については意見が一致している。神は唯一だ。二人ではない、三人でもない、それ以上でもない。ただ一人だ」

「でも、あなたはさっき……」トニーが口を挟もうとしたが、イエスは片手を上げてそれを制した。

「それを最初にうまく祈りの形にしたのがユダヤ教徒のシェマ（訳注・ユダヤ教徒が一日に二度以上唱える典礼の祈り）さ。『聞け、おお、イスラエルよ、主は私たちの神、主はただ一人』でも、ここでいう『一人の神』は複数の人格を指しているんだ。『さあ人を造ろう。われわれのかたちとして、われわれに似せて』ってやつさ。（訳注・旧約聖書の創世記一章二六節にある神が人を創造するときの描写の中で、神の主語が複数形になっていることを指している）これは、神が一人であることと矛盾しているわけではなくて、『一人の神』の性質がどんなものであるかを表しているだけなんだ。基本的にユダヤ人の理解に根ざしているし、僕はあの言葉を意識して注意深く使った。『一人』というのは本質的な単数形だけど、複数の人格がある。共同体なんだ」

トニーが「でも……」と口を開くと、イエスは再び片手を上げたのでトニーは黙った。

「これはあまりにも単純化しすぎた話だけどね、でも、僕の大好きなギリシャ人たちは、特にプラトンやアリストテレスなんかから始まってるんだけど、世界を一つの神だと考えるようになったんだ。ただし彼らは、『複数の人格』の部分はわからなかったから、すべての存在や関係性を超越する分かち難い一つの神、物事の原動力であり、人格を持たず、交流はできないが、少なくとも善い存在である神、というものを考え出した。

それから、僕が現れた。シェマに少しも矛盾せず、でもそれを拡大するようなかたちで。そして端的な言葉でこう宣言した。『父なる神とわたしは一つであり、我々は神である』と。これは本質的な関係性を示す宣言だった。そして、きみも知ってのとおり、これで万事解決だ。宗教家たちは彼らのイデオロギーと教義を整え、みんなそれに賛同して幸せに暮らしたというわけさ」イエスは、何か言いたげに眉を上げて自分のほうを見ているトニーにちらっと目をやった。

「皮肉だよ、トニー」イエスはにやっと笑い、二人はまた向きを変えて歩き始めた。

「さっきの話に戻ると、僕が人間として現れたあとの最初の何百年かは、イレナエウスやアタナシウスみたいにそれを理解できた人々がたくさんいたんだ。彼らは神の存在そのものを、関係性があり、三つの人格を持ち、すばらしく親密な調和のとれたものだと考えていた。『調和』だよ、トニー。孤立でもなく、独立でもなく、一つなんだ。そして違いの部分が関係性になる。三つの人格は間違いなく一緒にいる」イエスはそこで言葉を区切った。

トニーはイエスの言ったことを何とか理解しようとしながら頭を振った。こんな会話は今までにしたことがないので、勝手がわからない。興味はそそられたが、それがなぜなのかはよくわからなかった。

「それからどうなったか知りたいかい？　どこで脇道にそれてしまったのか」

　トニーがうなずいたので、イエスは続けた。

「物事を個別に考えたがるギリシャ哲学は、二人だけ例を挙げるとまずアウグスティヌスに、そして次にアクイナスに影響を与えた。その結果、関係性を軽視する宗教としてのキリスト教が誕生した。ルターやカルバンのような改革者が現れると、彼らはギリシャ哲学の影響を至聖所の外に追い払おうと奮闘した。ところが彼らが死んでしまうとすぐに、ギリシャ哲学の影響を受けた教義が戻ってきた。間違った考えに固執するその執念たるやなかなかのものさ。そう思わないかい？」

「ちょっとわかってきましたよ」と、トニーは認めた。「もっとも、話の中身をちゃんと理解できたという自信はありませんけど。興味をそそられることではありますが、僕にはあまり関係のあることだとは思えませんね」

「ああ、きみが知っておくべきことはこれだけさ。つまり、すべての存在の中心にあるものは、自己犠牲と自分よりも他者を愛する愛の調和だということ。これより深くシンプルで純粋なものはない」

「すばらしいですね。もしそれが……」

「さあ、着いたよ」トニーの言葉を遮るようにイエスが言った。道は木立の中に入り、人が一人通れるほどの幅にまで狭まっていった。先を歩いていたトニーは、道がそれていなかったことにほっとした。木立を抜けて空き地に出ると、彼はイエスがいなくなっていることに気づいた。空き地は視界を遮るほどの巨大な岩に突き当たっていた。土の階段が土でできたみすぼらしい家に伸びている。広さはせいぜい二部屋ぐらいしかなさそうだが、そこからは峡谷全体が見渡せそうだ。

トニーは木製のベンチに腰掛けた女性のシルエットに気づいた。座ったまま、恐らく彼女の家だと思われる建物の壁に寄りかかっている。そしてそこにはすでにイエスが立っていて、彼女に話しかけていた。イエスの手は親しげに彼女の肩に置かれている。

百段かそこらの階段をトニーが上っていくと、その女性は肩を丸めた老女だということがわかった。漆黒の髪を二つのお下げに編み、色とりどりのビーズを巻き付けている。流れるような更紗《さらさ》のドレスを着て、たくさんのビーズで華美な装飾が施されたベルトを締め、日差しと星をデザインしたキルトを肩にはおっていた。目を閉じて顔を上に向けている。彼女はネイティブ・アメリカンだった。

「アンソニー」二人のもとにトニーが到着すると、イエスが声をかけた。「こちらはウィヤン・ワナギ。彼女のことはクエンシー、あるいは、もしそうしたければグランドマザーと呼ぶといい。きみは彼女と話すことがあるはずだよ。彼女はきみがここに来た理由を知っているから。だから僕はしばらく席を外すことにするよ。と言っても、僕は決していなくなりはしないんだけどね」そう言うと、あっという間にイエスはいなくなった……わけではないのだろうが、見えなくなった。

「ありがとう、アンポ・ウィカピ」彼女は優しい声で言った。

「お座り！」深い響きのある声でそう言うと、彼女はベンチの自分の隣のスペースを身ぶりで示したが、目は閉じたままだった。トニーはその言葉に従った。しばらくの間、二人は黙って座っていた。彼女は目を閉じたまま、トニーは眼下にマントのように広がる土地を見下ろしていた。ここからだと、遠くにあの城壁を見渡せた。少なくとも数マイルはあるだろう。左には、今日の出発点であるあのガタガタの農場風の家がはっきりと見える。もし、イエスの言ったことが本当なら、この荒れ果てた場所も彼の心の中の風景ということになる。故郷と呼べるような場所でもないが、地獄でもなかった。地獄ではないという言葉は、さっきよりは真実味を帯びてきていた。

二人は何時間にも思える時間を黙っていたが、実際には十数分だったのだろう。じっとしていることにも沈黙していることにも慣れていないトニーは、心の中にプレッシャーがのしかかってくるのを感じながら耐えていた。

ついに咳払いをして「あなたは……」と口を開くと、「しーーっ！　邪魔しないでおくれ！」と遮られた。

トニーは我慢できなくなるまで待ってから、もう一度口を開いた。

「邪魔をするなって、あなたは何をしてるんですか？」

「庭仕事さ。雑草だらけだからね」

「ああ」残念ながらさっぱり意味がわからなかった。「そうすると、僕はここで何をしているんでしょうかね？」

「かき回しているだけだね」と彼女は答えた。「座って、息を吸い、息を吐いて、静かにしておいで」

そこでトニーは座って静かにしているように見せかけたが、心の中ではあらゆる思いやイメージ、疑問が、水かさを増していく川のように膨れ上がってきていた。トニーは身についた癖で、右足のかかとを上げると、せわしなくとんとんと地面を打ち始めた。自分では、いらいらと緊張を抑えようとするこの神経質な行為に気づいてもいない。

彼女は目を閉じたままわずかに腕を伸ばすと貧乏ゆすりをしている膝の上に手を置き、その動きを止めた。

「何でそんなに急いで走っているんだい？」彼女の声は柔らかく、その外見よりはずっと若かった。

「走ってなんかいませんよ」彼は答えた。「あなたに言われたとおり、こうして座っているじゃないですか」

彼女はその力強く皮の厚い手をどけなかった。トニーはそこから温かみが広がっていくのを感じた。

「アンソニー、おまえはどうしていつも、招待されると、何か期待されているんだと考えるんだい？」

トニーは笑った。答える必要がないことはわかっていた。彼の思いは彼女にはお見通しだ。招かれるときは、いつも何かを期待されていた。時にはあからさまに、たいていは言外に、でも必ずいつも何かを求められていた。それ以外にこの世界を生きる方法などあっただろうか？　だが、彼女にそう問われて、トニーはふと、不思議に思った。

「えーと、それじゃ僕たちはただここに座って、それから……」と、ひとり考え込んだ。

「違うよ、アンソニー。ただ座っているんじゃない。祈っているんだよ」

「祈る？　あなたは誰に祈っているんです？」

「誰かに祈っているんじゃない」まだ目を閉じたままで彼女は答える。「誰かと祈っているんだ」

しばらく答えの続きを待とうとしたが、それはトニーにはやり慣れないことだった。「じゃあ、誰と祈っているんですか？」

「おまえとだよ！」彼女は顔をくしゃっとさせて笑った。午後の光が反射してしわを目立たなくさせている。「私はおまえと祈っているんだよ」

「でも」彼女の目に映っているかのように頭を振ってみせながらトニーは言った。「僕は祈っていませんよ」

彼女はほほえむだけで、口を開かなかった。二人はそのまま一時間ほど座っていた。トニーはその間、自分の心配や恐れを想像上の小さな舟に乗せ、近くを流れている小川に流すところを思い浮かべた。それは、裁判所に命じられて参加したアンガー・マネージメントのクラスで習ったやり方だった。

それぞれ小さな積み荷を乗せた舟は一艘ずつ流れていき、ついに最後の舟もなくなるころ、彼はこの女性と座っていることに心地よさを感じ始めていた。澄んだ空気を深々と吸うと、なぜかわからなかったが、自分は今安全だと感じた。

ついに口を開いたのはトニーのほうだった。「すみません、あなたのことを何てお呼びすればいいんでしたっけ」

彼女は笑った。ぱっと明るくなって表情が和らいだ顔は、夕暮れの中で輝くようだった。

「私はグランドマザーという名前で知られているんだよ。あんたは私をグランドマザーと呼べばいい」

トニーも笑った。「なるほど。では、グランマ」と言って彼女の手を軽くたたいた。

彼女はそこで初めて目を開いた。トニーは、自分がまたあのすばらしい茶色の光の源をのぞき込んでいることに気づいた。イエスの目だ。いや、でも違う。

「グランマじゃないよ」彼女は訂正した。「グランドマザーだ。わかったかい?」彼女がうなずきながらそう言うと、トニーも思わずうなずき返した。

「あ、ええ、わかりました。グランドマザー」弁解するように口ごもりながら答える。「でも、その違いがよくわからないんですが」

「だろうね。でも教してあげるよ」

「何ですって?」トニーは驚いて聞き返した。「あなたは僕が理解さえできないことについて教してくれるんですか?」

「愛《いと》しい子よ、よくお聞き」と言って彼女は間を置いた。トニーは「愛しい子」というその呼びかけに、何か痛みと懐かしさの混ざったようなものを感じた。その余韻に浸っていると、彼女はそれを知っているかのようにしばらく黙って待っていた。

「おまえが誰かを、そしてそれにもまして自分自身を赦さなくてはならないことは、それ自体が害となるような無知についてさ。人が人を傷つけるのはわざととは限らない。むしろ、無知のために傷つけてしまうことのほうが多いんだよ。それ以外のとるべき態度を知らないから、それ以外のやり方を知らないから、という理由でね」

トニーは話題を変えたくなってきた。彼女の話は触れられたくないところを突いてくる。今日はもう、充分に長い一日を過ごした気分だ。

「ところで、あなたはどちらにお住まいなんですか？」隣にある離れ家のような建物に、誰かが住めるとは思えなかった。家というよりはガーデニングの道具をしまっておくような小屋にしか見えないのだ。

「私のいるところすべてが私の住まいさ」素っ気ない返事が返ってきた。

「あ、いえ、そういう意味ではなくて……」と言うトニーを彼女は遮った。

「おまえが聞きたがっていることはわかっているよ、アンソニー。でもおまえは何を聞いているのかわかっていない」

トニーは何と答えたらいいのかわからず、彼らしくもないことだが、言葉に詰まってしまった。ありがたいことに、彼女のほうから助け舟を出してくれた。「さて」と、グランドマザーは立ち上がって伸びをしながら言った。

「何か食べる物を持っているかい？」

空っぽだとはわかっていたが、念のためポケットを探りながらトニーは答えた。「いいえ。すみません」

「いいよ」と彼女はほほえんだ。「私がたくさん持っている」

そう言うとひとりでくすくす笑いながら、土でできた小屋のほうにぶらぶらと歩いていった。ひび割れた壁の隙間から、暖かそうな日光が射し込んでいる。トニーも立ち上がると、沈む夕日の中で色がかすみ、やがて影になっていく景色にもう一度目をやった。あの古いぼろぼろの農場風の家の中、あるいはそのすぐそばに、白い小さな点のような明かりがいくつか、ちらちらと不規則に光るのが見えた。あんな遠くの土地のいちばん端っこに複数の明かりが見えることにトニーは驚いた。あの辺りで、あの家以外の建物を見た覚えはない。もっとも、探したりもしなかったのだが。

もう一度伸びをして体をほぐすと、数フィート先の入り口まで歩いていき、立ち止まって中をのぞいた。外から見た感じよりも中は広く見えたが、それは彼女の部屋の使い方のせいでそう見えているだけかもしれない。

壁のそばで火が焚《た》かれており、立ちのぼる煙は複雑に重ね合わせた布の中に導かれ外に出ていた。雨が降っても炎に当たらないようにしながら煙だけ排出するための工夫らしい。

「入ってもいいですか？」とトニーは尋ねた。

「もちろんさ。おまえはいつでも歓迎だよ」彼女は温かく手招きをした。トニーは床の上に毛布のような布を見つけると、礼儀に反することにならないかどうか、少し心配しながらそこに座った。布は驚くほど柔らかく上等なものだった。彼女は気にしていないようだったので、トニーはそこに腰を落ち着け、彼女が火にかけられたシチューのようなものと、石の上で焼いているパンのほうにかがみながら体を揺するようすを見ていた。素朴ながらも魅力的なその光景に、彼は思わずほほえんでいた。

シチューとパンの間を、まるでダンスのようにリズミカルに動く彼女にしばらく見とれていたが、やがて「一つ聞いてもいいですか？」と口を開いた。

「私が何でこんな『あばらや』に住んでいるのか知りたいんだろう？　『あばらや』っていうのは、教育のある文明人のおまえ自身が使った言葉だったね？」

否定してみせても無駄だろう。「ええ、それが不思議だったんです。なぜなんです？」

「これが、おまえが私にくれることのできた精一杯だからさ」手を休めずに彼女は答えた。

「何ですって？　僕があなたにあげた？　そんなことをした覚えはありませんよ。僕ならもっとましな家を建ててたでしょうね。こんなのじゃなくて。何でそんなことを……？」

「いいんだよ、アンソニー！　私は何も期待していないんだから。こんなに小さな場所であっても、おまえの心の中に居場所を見つけることができて嬉しいよ。私は身軽だしね」何か思い出すことでもあるかのように、彼女は笑った。「だからおまえがくれたささやかな贈り物の中に私の住まいをこしらえたのさ。何も気にすることはないよ。恥ずかしがらなくてもいい。私は本当に感謝しているんだからね。それに、ここに住むのは楽しいんだよ！」

「じゃあ……、これが僕だということは……、どういうわけかこれが僕の世界だということは、その中でこんなちっぽけな場所しか、僕はあなたに差し上げなかったっていうことなんですか？　そしてイエスにはもう少し広い場所をあげたけど、それだってせいぜいあんなくたびれた牧場の家だったと……？」急に悲しくなったが、その理由はわからなかった。

「彼だってここにいることを喜んでいるよ。喜んで招きを受け入れたんだから」

「招き？　彼を招いたことなんかないと思いますよ。それにあなたのことだって。あなたがどなたかもよくわからないし。招くほどよく知っている人なんて、僕にはいないかもしれない」

彼女はシチューを混ぜていたスプーンをなめながら彼のほうに向き直った。

「おまえの招きではないよ、アンソニー。もしすべてがおまえ次第だったとしたら、私たちは恐らくここに住むことはできなかっただろうね」

またわからなくなってきた。トニーはとまどいながら聞いた。「僕の招きじゃないとしたら、誰の招きなんです？」

「父の招きさ。パパである神だよ」

「イエスの父……、つまり、父なる神ってことですか？」驚きと混乱を覚えながら聞いた。「何で神があなたをここに招くんですか？」

「おまえが神について何を信じていようといまいと――ちなみに、おまえが信じていることで正しいことはほとんどないんだけどね――、そういうものに関係なく、パパである神はおまえのことを、ただならぬ愛情をもって気にかけているのさ。だから私たちがここにいる。ここで彼の愛情を分かち合っているんだよ」

そう言うと、彼女はおたまでシチューをすくい、ナプキン代わりの清潔な布切れと一緒にトニーに手渡した。

彼は怒りを感じていた。彼女は痛いところを突いた。すべてを危険と嘘をはらんだものにしている隠されていた部分を。彼女が誰であろうと、また、イエスに惹かれたのと同じくらいこの女性に惹かれていたとしても、彼女は、トニーの根源的な問いかけ、痛みの中心だと彼が自覚しているものを暴いたのだ。

もし神がいるなら、それは人の心をもてあそぶ詐欺師のような怪物に違いない。人がどれほどの苦しみに耐えられるか、実験して見ているのだ。人が何かを慕い求める気持ちをもてあそぶために、最初は信頼させるようなことをしておいて、あとで大切なものを奪うのだ。

心のうちに湧いてきた怒りに自分自身驚いて、落ち着くために料理を一口、口に運ぶと、効果はてきめんだった。その味が、彼の激しい怒りを取り去り、すっかり落ち着かせてしまった。

「ワオ！」彼が叫ぶと、「いい言葉だね。『ワオ！』私の好きな言葉の一つさ」と言って、彼女はくすくす笑った。「たくさんお食べ、アンソニー」

トニーは、彼に背を見せて自分も料理をすくって食べている彼女を見つめた。炎が彼女の威厳のある姿を際立たせ、部屋を芳香で満たし、礼拝の雰囲気を醸し出しているように思えた。イエスやこの女性が、彼らが口にする神と、どんなふうにであれ関係しているとはとても信じられなかった。彼女は、トニーが緊張していることに気づいていたとしても、それを表には出さなかった。

「じゃあ、その父なる神もここに……僕の世界に住んでいるんですか？」土地の下のほうに見えたいくつかの光のことを思い出しながらそう聞いたが、言葉には冷ややかさが漂った。

「いいや、彼はここに住んではいないよ。アンソニー、おまえは彼のために場所を設けたことはないからね。少なくともこの壁の内側では。もちろん、彼はいなくなったことはないけど、壁の外の森の中でおまえを待っているよ。関係を強要する方じゃないからね。相手をとことん尊重する方さ」

彼女の言葉のトーンは羽毛のように優しかった。失望を感じさせてくれたほうがまだ対処しやすくて気が楽だったのに、とトニーは思った。優しさはつかみどころがなくて漠然としている。また怒りが込み上げてきそうなのを感じた彼はすぐにそれを押さえ込み、シチューをもう一口すると、話題を変えた。

「これは本当にすばらしい味ですね！　何か僕の知らないスパイスが入っているな」

彼女は嬉しそうに、にっこりした。「全部手作りだよ。門外不出の家伝のレシピさ。聞かないでおくれよ」彼女が手渡してくれた平たいパンをシチューに浸して食べると、これもまた初めての味だった。

「レストランを開いたら、大もうけができますよ」

「いつだってビジネスマンなんだね、アンソニー。喜びも楽しみも、商品にしないと価値を見出せないのかい？　川をせき止めて沼にしちまうようなもんだね」

何てつまらないことを言ってしまったのだろうと気づき、トニーは謝り始めたが、彼女は片手を上げてそれを制した。

「アンソニー、おやめ。私は事実を口にしただけで、責めているわけじゃないんだよ。私はありのままのおまえしか見ていないし、おまえという人間を知っているんだからね。でも私は、おまえがどんなかたちに造られ、どんなふうにデザインされたかも知っている。だから今は失われているそういうおまえを深みから呼び出そうとしてもいるわけさ」

素の自分を暴かれてしまったような気がして、トニーはまた落ち着かなくなった。

「えーと、ありがとうございます、グランドマザー」と言いながら無難な話題を探し、話が途切れないようにした。「食べ物と言えば、今の僕の状態では……つまり、昏睡状態にあるときに、何か食べる必要なんてあるんでしょうかね?」

即座にはっきりとした答えが返ってきた。「いいや! おまえは病院でチューブを通して栄養を与えられているからね。この食事を出すことは私のアイディアじゃないんだよ」

グランドマザーは持っていたボウルを下に置き、椅子の上で身を乗り出し、トニーの注意を引きつけた。「いいかい、アンソニー。おまえは死にかかっているんだよ」

「ええ、知っています。イエスが、僕たちはみんな……」

「いいや、アンソニー、そういうことじゃない。おまえは今、オレゴン健康科学大学病院の病室に横たわっていて、肉体的な死という出来事に近づいているところだ。死にかかっているんだよ」

トニーは座り直し、彼女が言ったことを飲み込もうとした。「つまり、だから僕はここにいるんですか? 死にかかっているから? みんなここに……ここがどこかよくわからないですけど……この、何か自分自身に介入してこられるような場所を通るんですか? これは何か試験みたいなものなんですか? で、受かったらどうなるんです? 魂が救われる?」

ぞくぞくして毛が逆立つような気がするのと同時に、頭に血が上り、苛立ちが込み上げてきた。

「もしあなたがたが神なら、どうにかしてくれたってよかったじゃないですか。どうして僕を癒してくれなかったんですか? どうして誰か教会の人をよこして僕が死ななくてすむように祈らせてくれなかったんですか?」

「アンソニー」と彼女は口を開いたが、彼はもう立ち上がっていた。

「僕は死にかかっているんだ。それなのにあなたはここに座っていて何もしてくれない。僕はあなたの目にはかなわなかったのかもしれない。確かに僕の人生はめちゃくちゃでしたよ。でも、だからって、僕はあなたにとって何の意味もない存在なんですか？　僕には何の価値もないんですか？　ただ僕の母は僕を愛していて、その母は善良な信仰深い人間だったっていうだけじゃだめですか？　どうして僕はこんなところにいるんだ！」声はだんだん高くなり、恐れの隙間から怒りがほとばしり出た。どうにかしてこの状況をコントロールしたかった。「どうして僕をここに連れてきたんですか？　僕がどんなにつまらないがらくたかってことを見せつけたかったってわけですか？」

がっくりと肩を落とし、トニーは暮れ始めた外に出ていった。拳を握りしめ、部屋の中からこぼれてくるちらちらと揺れる光でようやく見える階段の端を行ったり来たりしていたが、やがて何か決意したように戻ってくると、身を屈めて再び部屋の中に入ってきた。

グランドマザーは身動き一つせず、あの瞳で、ただじっと彼を見つめた。先ほどの感情の爆発からまだ一時間も経っていないのに、またしても心の中の別のダムが決壊しそうになっているのを感じた。持てる限りの力を振り絞ってそれを止めようとしたが、無理だった。走ってその場を去るべきだと思ったが、足は根が生えたように動かず、心の中にさまざまな思いが駆け巡り、次々と言葉が湧き出てくる。歯止めがきかなくなりそうだった。次の瞬間、トニーは惨めな思いと怒りに駆られながら、腕を振り回してわめき始めた。

「あなたは僕にどうしろって言うんですか？　罪を告白すればいいんですか？　僕の人生にイエス

彼を招き入れろ、とでも？　もう、ちょっと間に合わなかったようですけどね。そうでしょ？　僕がだったら僕のめちゃくちゃな人生のど真ん中に正しい道を見出してくれたんでしょうけどね。僕が自分のことをどれくらい恥じているかわかりますか？　わからないでしょう？　僕はね、自分のことが大嫌いですよ。この事態をどう考えればいいんだ。どうすればいいんだ。わかりませんか？

僕が願っていたのは……」ふいに、その答えが自分でもはっきりとわかって愕然《がくぜん》とし、あまりのことにがっくりと膝をついた。顔を覆った両手を涙が伝う。「わかりませんか？　僕が願っていたのは」と、彼はついにそれを口に出した。彼の人生全体を支配してしまうほどの力を持ちながら、ずっと深いところにあったので自分でそれを口にするまでは気づかないでいた信念を。

「僕が願っていたのは……死がただの終わりだったらいいのに、ってことですよ」あとはむせび泣きに変わり、言葉にならなかった。

「そうでなけりゃ、どうやって自分のやったことから逃げられるんです？　どうやって自分自身から逃れられるんですか。もしあなたの言ったことが本当なら、僕には望みがない。わかりませんか？　死がただの終わりじゃないなら、僕には何の希望もないんですよ！」

第6章　白熱する会話

光を放つためには、
燃やされることに耐えなければならない。
ヴィクトール・フランクル

目が覚めた時、トニーはまだグランドマザーの小さな小屋にいた。身を起こしてみると、外は真っ暗で、夜の冷気が入り口に掛けてある厚い布の隙間から忍び込んできて背筋をぞくりとさせた。焚き火のそばで、二つの影が身を寄せ合って何か話し合っている。イエスとグランドマザーがささやき声で、その夜起こった地震のせいで大きく壊れた城壁のことについて何か話しているのだった。トニーが目覚めたことに気づくと、二人は声を普通のボリュームに戻して彼を会話に招き入れた。

「おかえり、トニー。よく帰ってきたね」イエスが言った。

「ありがとうございます……と言うべきなのかな。僕は今までどこにいたんですか?」

「昏睡状態と激怒が混ざり合ったところとでも言おうかね」グランドマザーがほのめかした。

「ああ、そうか。すみませんでした」

「謝ることなんてないさ」イエスは励ますように言った。「きみが自覚できたことはすごいことなんだよ。気まずいかもしれないけど、あれを過小評価しちゃいけない。とても深い本音だったと思う」

「それはそれは」うめくように言って、トニーは毛布の上に倒れ込んだ。「死にたい気持ちでいっぱいですよ。そうしたらどんなに楽か」もう一度体を起こして座ったところで、ふと気になることがあった。「でも、だとしたらどうして、僕は必死で生きようとしているんでしょうね」

「それは、生が正常な状態で、死はそうじゃないからさ」イエスが答えた。「きみは死ぬためにデザインされたのでも造られたのでもない。だから、本能的に死と戦う。きみは死にたいんじゃなくて、自分の存在より大きなものに身をゆだねたくなってしまっただけさ。自分のコントロールが及ばないものに飲み込まれてしまえば、罪悪感と恥から逃れられるかもしれないと思って。つまり、死にたいくらい自分を恥じているってことだ」

「ほかにも同じような人たちがいたのを思い出すね」とグランドマザーが口を挟んだ。

「ああ、それを聞いて気が楽になりましたよ」トニーは頭の上まで毛布を引っ張り上げながら言った。「いっそ撃ち殺してください！」

「もし聞く気があるなら、それよりいい考えがあるんだけどね」

トニーはゆっくりと毛布を脱ぎ捨てて立ち上がると、椅子を持って火の前に引っ張っていった。

「どうぞ、ぜひ聞かせてください。別にほかにすることがないからってわけじゃないし、ここ以外ならどこでもいいから逃げたい気もするけど、まあ、話してみてください。聞いたからって同意するとは限りませんけど。それに、僕はまだ、これが本当に信じていいことなのかどうか……。こんなところでふらふらしてるなんてね」

グランドマザーはにやっと笑いながら言った。「心の準備ができたら教えておくれ。時間ならたっぷりあるからね」

「わかりました。聞きますよ。僕を撃ち殺すよりもっといい考えがあるんですよね？」そりゃあ、いい考えに違いない、とトニーは思った。神の考えなのだから。むしろ、そんなことがあり得るのだろうか。全知全能の神が「いい考え」だって？　そう思いながら、彼を見つめている二人を見つめ返し、もう一度言った。「どうぞ。聞く準備はできました」

イエスが口を開いた。「トニー、これは招待であって、プレッシャーをかけるつもりじゃないんだ」

「ええ、言ってください」ため息をつきながらトニーは答えた。「僕はそれに賛成するのかな？　時間の節約に協力できるかもしれないですからね」

イエスがグランドマザーのほうを見ると、彼女はうなずいた。

「さあ、話を進めましょうよ。僕はどうすればいいんですか？」

「何に賛成するのか、知りたくないのかい？」イエスが聞いた。

「賛成するかどうか、自由に決めていいんですか？　強制されるのじゃなく？」

「自由に決めていいよ」

「そうですか。じゃあ、あなたを信じますよ」座り直しながら、今自分で言ったことに少し驚いていた。「認めたくないんですけど、この『わからない』っていう状態がだんだん気に入り始めてるんです。わかっていただきたいんですけど、前だったらこんなこと絶対しなかった。つまり、保証や守秘義務契約もなしに誰かを信頼するという危険を冒すなんてことは……。守秘義務契約を取り交わしたりはしないでしょうね？」

「今まで、そういうものが必要だったことはないね」イエスは声を出して笑った。

「で、僕はどうすれば？」

「僕たちは……ちょっと待って。火が消えるのを最後まで見届けよう」

奇妙な解放感がトニーを包んだ。恐らくさっきの告白と、感情の爆発によるカタルシスのせいだろう。ともかく、心が軽くなったことを感じながら、パチパチと音を立てながら明るく揺らめき燃え上がる炎のそばに椅子を引き寄せた。

「イエス、僕はあなたに言いましたっけ、あなたの目は……」最初に心に浮かんだとおりに「美しい」と言いたかったのだが、妙な感じに聞こえるのではないかと思い、別の言葉を探した。「すばらしいですね」

「ああ、ありがとう。パパ譲りさ」

「ヨセフのことですか？」トニーは聞いた。

「ヨセフじゃないよ。ヨセフは僕の義理の父だ。遺伝的なものは引き継いでいない。養子だからね」とイエスが答えた。

「じゃあ、あなたが言ったのは父なる神のことですか？」

「ああ、僕の父なる神のことだよ」

「僕はあなたの父である神のことはどうしても好きになれないんですよ」トニーは打ち明けた。

「きみは彼のことを知らないのさ」そう言ったイエスの声はきっぱりしていたが、温かみがあり、優しかった。

「知りたいとも思いませんね」

「もう遅いよ、兄弟。父と僕はそっくりだからね」

「へええ」トニーはうめくように言った。それから彼らはしばらくの間口をつぐみ、熱気を出しながら赤々と燃え盛る炎に見とれた。沈黙のあとでトニーが口を開いた。「あなたのお父さんというのは、旧約聖書の神ではないでしょう？」

その質問に答えたのはグランドマザーだった。立ち上がって伸びをしながら「やれやれ、旧約の神！　彼にはぞっとさせられるね」と言うと、幾重にもつるしてある毛布の向こうの寝室に引っ込んでしまった。イエスがトニーのほうを振り返り、二人は笑った。それからまた、消えかかった残り火に視線を戻した。トニーは声をひそめて聞いた。

「イエス、あの女性……グランドマザーって実際のところ、誰なんです？」

「聞こえたよ」奥の部屋から声がしたが、トニーは笑ってやり過ごした。

イエスはトニーのほうに身を乗り出して答えた。

「彼女はきみと同じでね、ラコタ族さ」

「僕と同じ？」トニーは驚いた。「僕と同じってどういう意味です？」

「トニー、僕たちはみんなどこかの部族に属している。二本足の世界の者なら誰でもね。僕の部族はユダで、きみにはラコタ族の血が流れている」

「僕に？」信じられない、という顔をし、「彼女は僕の……」と言って言葉を区切った。「僕の本当のグランドマザーなんですか？」

「血と水と霊においては、そうだね。ただ、肉においては違うよ。きみは彼女とは関係ない。でも、彼女はきみと関係があるんだ」

「どういうことか、わかりません」

イエスはほほえんだ。「わからないけど、驚いたかい？　きみの疑問に別の答え方をしてみよう。あの強くて勇敢で美しい女性は聖霊さ」

「あの人が？　あのインディアンの女性が聖霊ですって？」

イエスがうなずくと、トニーは頭を振った。「僕の想像とはだいぶ違うな。僕は聖霊っていうのは、ほら、もっと霊っぽいっていうか、ゆらゆらしてるっていうか、そういうものだと思っていましたよ」

「まさか」と、ささやき声になり、「ぼろ小屋に住んでいる」と言ってから、さらにほとんど聞き取れないほどに声を落として付け足した。「年老いた女性だなんて思わなかった」

「はは！」イエスは笑い出し、奥の部屋からまた声がした。

「霊っぽくゆらゆらもできるよ！　おまえがそういうのを願うなら、私はそういうふうにもなれるとも。それから、私がぼろ小屋を好きだとは思えないって考えているなら、それはおまえが私のことをよくわかっていないからだよ」

　この二人の肩肘を張らない気さくな関係は、トニーには驚きを伴うほどの新鮮さだった。隠れた緊張感のようなものは一切なく、気まずくなりそうな雰囲気も、触れてはいけない話題もない。言葉に出さない底意というものすら、感じられなかった。それはひたすら真実で、確かで、思いやりにあふれ、気楽で、楽しげな関係で、トニーには危険に思えるほどのものだった。

　それから少しして、イエスがほとんどささやくような声で告げた。

「トニー、きみはこれから旅に出る……」

　トニーは笑って答えた。「何だかグランドマザーが言うほうが似合いそうな台詞ですね。まるで……」腕を広げて周りを指し示しながら、言葉を続けた。「まるで、これが旅じゃないみたいじゃないですか？」

　イエスは優しくほほえんだ。「いかにも彼女が言いそうなことだね。ともあれ、この『旅』で重要なことは、きみは決してひとりじゃないってことを忘れないようにすることだ。たとえどんなふうに見えたり思えたりしたとしても」

「それって、本当に必要な忠告なんですか？」手を伸ばしてイエスの腕に触りながらトニーは言った。「僕はさっきから、リスクを負ってでもあなたを信じることにしたってことを思い出さないようにしていたんですよ。だから、僕をこれ以上ナーバスにしようとしているんだったら、それは大成功です」

　イエスはまた静かに笑って、自分が確かにトニーの目の前に、トニーのために存在しているということをきちんと請け合ってやり、彼を安心させた。

「僕はきみをナーバスにしようとしているんじゃないよ。ただ、僕が絶対にきみを離さないということを知っておいてほしかったんだ」

トニーは深く息を吸って、適切な言葉を探した。

「僕はあなたを信じていると思います。ほかの何かを信じているのと同程度には。どうしてか、理由はわからないんですけど、多分母の影響かな」そこで一息ついてさらに続けた。「それはさておき、いろいろとありがとうございます。僕はほら、ここに来るまでにずいぶんぼろぼろになっちゃったから」

イエスは黙って彼の肩をたたき、気持ちはわかっていると、沈黙のうちに告げた。

「グランドマザーと僕は、きみに贈り物をしたいんだ。きみが旅の途中で誰かに譲ることのできる贈り物をね」

その言葉が合図だったかのように、グランドマザーが奥の部屋から毛布を持って現れ、床に広げるとその上に座った。三つ編みをほどいていたので、漆黒の髪は緩やかに広がり、彼女のしわくちゃだが喜びに満ちた明るい顔に陰影を添えている。そのたたずまいも動作も、のんびりとくつろいでいた。

彼女は伸びをして、ボタンが外れた上着からのぞいているあごの下をかいた。

「私ももう年でね」とつぶやく。「だからって今さら何ができる?」

「何だってできるでしょう!」からかうようにトニーが答えた。この女性は宇宙よりも年をとっているはずだ。「エクササイズだって、ダイエットだって」と言いながらほほえむと、彼女もほほえみ返した。

グランドマザーがトニーの隣の椅子にどすんと腰を下ろして、居心地のいい姿勢を探して身じろぎをすると、上着のひだから幾筋かの光がこぼれ出た。彼女がその組み合わせ方を迷いもせずに器用な手つきで編み始めると、指に触れられた光は各々の色を混ぜ合わせながら輝き始める。トニーはそれを呆然と見つめていた。

アクアマリンのような光の中に見える虹が、ちらちらと波打つ緑や赤や紫の影になり、その中を白い光が貫いていた。新しい色の影が現れるたび、かすかな音が生まれるようで、それが溶け合ってハーモニーになるのを、トニーは体の中で確かに感じ取れた。彼女の指と指の間で光が形を作り、光の隙間から見える闇が三次元、あるいはそれ以上の何かのように見える。

その動きのパターンはどんどん複雑になり、突如として真っ暗なスペースに色とりどりのダイヤモンドを散らした花火のような小さな爆発が起こり始めた。しかし花火と違ってそれは消えず、最初は黒い空間できらきらと輝きながら揺れていたが、各々の光の調子がそろってくるとダンスのようになっていった。それは、正確な振り付けがされているようでありながら、なおかつ自由に動いているように見えるダンスだった。まったくうっとりするような光景で、気がつくとトニーは、息を詰めてそれを見つめていた。

ふと気づくと、ささやき声のようなかすかなそよ風が吹いてきて、グランドマザーが生み出した光を思いがけない方向に揺らし、壊してしまいそうになった。彼女が腕を広げてその美しい光を抱え込むようにすると、それは想像を絶するようなすばらしいデザインになり、トニーの頭は、その目が見ているものを消化できないのではないかと思うほどだった。彼は胸の内側でハーモニーを聞き、彼女の腕の中のデザインが複雑になればなるほどその音色も高まっていった。

きらめく細い光が目的と意図をもってもつれ合い、その一本一本が粒子と波をあわせ持ち、不規則ながらも確かな糸となり、混乱した秩序の鎖となっていた。

突然、グランドマザーは小さな女の子のように笑い出すと、この壮大な光を集めて手のひらの中に収めてしまった。こうしてショーは終わり、今は彼女の指の間から光の拍動が垣間見えるだけだった。

グランドマザーは、口をあんぐり開けているトニーにほほえみかけた。

「気に入ったかい?」

「言葉もありませんよ」やっとの思いで彼はそう言った。「今まで見たもの、聞いたもの、あるいは感じたものの中で、いちばんエキサイティングでした。あれは何だったんですか?」

「ひもさ」彼女はこともなげに答えた。「あやとりって知ってるだろう?」

指を操ってひもで形を作るあのシンプルな遊びを思い出しながらうなずいた。子どもの頃にやったことがある。

「あれは私のあやとりさ。あれをやると集中できるんだよ」

無知をさらけ出すような質問はしたくなかったが、どうしても聞かずにはいられなくて、ためらいながらトニーは聞いた。

「じゃあ、僕が見たあれは……あやとりであれ何であれ、あなたがさっきしていたあれは、ただ行き当たりばったりに形を生み出していたんですか？　それとも、何かをデザインしていたんですか？」

「すばらしい質問だね、アンソニー。おまえが見たもの、聞いたもの、感じたものは、特定のあるものをほんのちょっとだけ表現してみたものさ」

「その特定のものっていうのは何ですか？」トニーは知りたくてたまらなかった。

「愛さ！　自分を与え、相手を尊重する愛だよ！」

「あれは愛だったんですか？」信じられないという調子でトニーは言った。

「愛のかけらを表してみたのさ。子どもの遊びみたいなもんだよ。だけど、中身は本物で真実だよ」

トニーが座り直してその言葉の意味を考え込むのを見て、グランドマザーはまたほほえんだ。

「それからね、アンソニー、おまえは気づかなかったようだけど、あのささやかな表現には、わざと外してある大事なものがあるんだよ。おまえはあの光のハーモニーを聞いたし、感じもしただろう？　少なくともその表面だけでもね。だけど、メロディーは聞かなかったはずだよ。そのことに気づいたかい？」

そのとおりだった。確かにトニーが聞いたのは響き合うハーモニーだけで、そこには主旋律がなかった。

「どういうことですか？　欠けていたメロディーは何だったんですか？」と彼は聞いた。

「おまえさ、アンソニー！　おまえがそのメロディーなのさ。おまえが見て、言葉にできないほどすばらしいと思ったものが存在する理由、それがおまえなんだよ。だから、おまえ抜きではあれには何の意味も形もない。おまえがいなければ、あれはただ……粉々に砕け散るだろうね」

「僕には……」トニーは土の床を見つめながら口を開きかけた。その時、足の下でかすかに地面が揺れたような気がした。

「いいんだよ、アンソニー。信じられないんだろう？　おまえは今、道を見失って深い穴の底から小さな景色を見上げているようなものだからね。でもおまえは絶対、このテストに落第することはない。道を見失ったからって、愛はおまえを責めないからね。そして愛はおまえをそのままそこにひとりで放ってはおかない。もっとも、隠れている場所から無理やり引っ張り出すようなこともしないけどね」

「あなたはどなたです？」トニーは彼女の目をのぞき込んだ。その中には、さっきまで彼女の両手の中にあったものが見えそうだった。「聖霊」という言葉は漠然としていて、あまり意味がある言葉には思えなかった。

　彼女は迷いもためらいもないまなざしで彼を見つめた。「アンソニー。私はおまえには想像もつかない存在だけど、おまえの最も切なる願いの拠りどころさ。私はおまえに対する愛であり、おまえにはそれを変える力はない。私はおまえが信頼していい存在であり、風の中の声であり、月の中のほほえみさ。水である命を生き返らせるものであり、どこにでも吹いている風で、ふいにおまえをつかまえてハッとさせるもの。炎であり、おまえが真実ではないと信じるものや、おまえを傷つけ、自由を奪うものに対して燃える怒りをもって立ちはだかるもの。機《はた》を織る者であり、おまえは私のお気に入りの色。そして彼は……」と言って、彼女はイエスのほうに頭を傾けながら続けた。「彼は、タペストリーさ」

聖なる静けさが訪れ、しばらくの間、彼らは赤く輝く熾火《おきび》を見つめていた。呼吸するように強弱をつけて光を放っていった埋み火《うずび》は、やがて突然、目に見えない誰かに吹き消されたかのように揺れて消えた。

「時間だよ」グランドマザーがささやくと、イエスは腕を伸ばしてトニーの手を取った。

「さっき話した贈り物というのはね、トニー、きみがこれから始める旅の中で、誰か一人を癒すことができる、というものなんだ。いいかい、一人だけだよ。そしてその一人を選んだ時、きみの旅は終わる」

「僕が誰かを癒せる？　僕が、誰でも僕が選んだ人を癒せるっていうんですか？」思いがけない申し出に驚きながらトニーは尋ねた。

そう言いながら、トニーはほとんど自動的にたった五歳で彼の手からすり抜けていってしまったガブリエルのことを思い、次いで、ＩＣＵに横たわる自分自身の体のことを思った。

彼は燃えさしに目を落としながら、今自分の頭に浮かんだことを誰にも知られたくないと願ったが、同時に、そんなわけはないだろうとわかっていた。そして咳払いをしながら、確認するためにもう一度聞いた。「誰でも、ですか？」

「すでに死んだ者以外ならね」とグランドマザーが答えた。「不可能なことではないが、普通は、しないほうがいいことなんでね」

彼女を遮るように、トニーがまた口を開いた。目の前のものがコマ送りになったようにゆっくりと見え、ろれつが回らない。「確認させてください。誰でも⁉　誰でも癒したい人を癒せる。癒せる⁉」ちゃんとした文章になっているかどうか自信がなかったが、グランドマザーとイエスには通じただろうという確信があった。

イエスが彼のほうに身を傾けて答えた。「本当のところ、きみひとりでは誰も癒すことはできない。でも、僕がきみと一緒にいる。そしてきみが選んだその誰かのために祈れば、僕はきみを通してその人を癒す。ただし、この肉体の癒しというのは突きつめて言えば一時的なものさ。信仰によって人を癒す者だって、最後には死ぬんだからね」

「誰でも？」

「そうだよ、トニー。誰でもだ」イエスはほほえんでいた。だがその笑顔が次第に崩れ落ちていき、トニーは腕を伸ばしてそれを食い止めようとした。

「わかりました。それじゃ」とつぶやいたが、それはほとんど聞き取れないほど不明瞭だった。

「お聞きしますけど、それが実現するためには、僕はそれを信じないといけないんですかね？」もう一度焚き火のあとに目をやると、わずかな残り火があるだけだったが、そこからは依然として強い熱が発せられていた。答えが返ってきたのかどうか、定かではない。だが思い返してみると、イエスが「癒しとは、きみ次第のものではないんだよ」と言ったような気がする。

トニーは仰向けに倒れ、滑り落ちていった。

第7章　滑り出す魂

目的地に近づくほど、滑り出してしまう。

ポール・サイモン

ポートランドの夜は更けた。空を覆いつくす雲と雨の上のどこかには満月があるはずであり、満月の日はいつもそうであるように患者が増え始めると、オレゴン健康科学大学病院の救急病棟の待合室は騒がしくなってきた。

だが、七階にある神経疾患のＩＣＵの中は静けさが保たれていた。聞こえてくるのはモニター装置や他の電子機器が立てる規則正しい音と、医療スタッフたちがきびきびとした動きで、決まった手順通りに処置をするときに立てる音だけだった。

脳神経外科の部長であるビクトリア・フランクリン医師は、その夜、研修医たちを引き連れて回診をしていた。研修医たちは母鶏のあとを追うヒナたちのように彼女のあとを追いながら、それぞれ、何とか恥をかくことなく自分を印象づけたいと願っていた。フランクリン医師は小柄なアフリカ系アメリカ人で、服装は少し流行に乗り遅れているが、その目つきや物腰で人々の注目を集めるような女性だった。

彼女が次に訪れたのは十七号室。ベッドの端まで歩いていくと、研修医長がタブレットをたたき、患者についての情報を呼び出した。

「この患者はミスター・アンソニー・スペンサーです」と彼女は説明を始める。「二週間後に誕生日を迎えると、四十六歳になります。過去に二度、当院に通院履歴があります。一度はアキレス腱断裂で、二度めは肺炎です。それ以外はおおむね健康でした。搬送されてきたのは昨日で、頭部の二か所に外傷があり、額の裂傷はかなり深く、あとは倒れた時に脳しんとうも起こしたようです。左耳から出血していました」

「その出血は何を意味するかしら？」フランクリン医師が質問する。

「頭蓋底のバトル兆候です」研修医が答える。「この患者は救急隊員が救命処置をした時点で重体で、すぐにここに搬送されて画像を確認したところ、くも膜下出血が確認され、さらに前頭葉に大脳鎌髄膜腫が認められました」

「ということは？」とフランクリン医師。

「外傷と動脈瘤《どうみゃくりゅう》と腫瘍が混在しているという非常に珍しい状況です」

「腫瘍は脳のどちら側にあるの？」

「それはわからないのですが、彼は右手に腕時計をはめていました」

「それは何を意味するの？」別の研修医のほうを振り返りながらフランクリン医師は質問を続けた。

「ええと、彼は左利きだということですか？」

そういった質問と答えがしばらく続いたあと、医師と研修医たちが十七号室を出て、隣接するドレーンベッカー子ども病院の十階にある次の回診先の部屋に入ると、さらに白熱した問答が繰り広げられた。

モリー・パーキンスは怒りと疲れを感じていた。シングルマザーの生活はいつでも大変だが、今日のような日は本当にもう限界だと感じる。神は抱えきれないほどの重荷を与えないはずだったが、今の彼女はその重荷につぶされてしまう一歩手前だった。神は、彼女が自分で抱え込んでしまった重荷は自分でどうにかすべきものと見なしているのだろうか？　ほかの人が彼女に負わせた重荷についてはちゃんと考慮してくれるだろうか？　そうだといいけど、と、モリーは思った。

モリーが当直医と話していたことは、彼女にとってはもう四か月もほかの人々と話し合ってきたことの繰り返しだった。彼女の苦しみがこの医師のせいではないことはわかっている。だが、今はそんなことはどうでもよかった。気の毒にも彼女のストレスのはけ口になってしまったこの医師は、親切に、そして忍耐強く、モリーに気持ちを吐き出させてやっていた。

彼女の大切な十四歳の娘・リンジーは、二人が立っている場所からほんの少し離れた場所に横たわり、死にかけていた。リンジーは、どんどん悪化していく白血病だけではなく、病と闘うための薬によっても痛めつけられていた。その小さな震える体はどんどん弱っていく人間の孤島のようだった。

病院には、こんなふうに自分自身の体の中の闘いに閉じ込められている人間がほかにいくらでもいることはモリーもよくわかっていた。だが、今、この瞬間、あまりにも疲れきっている彼女には自分の娘のこと以外、考える余裕はない。

ベストを尽くして働く熱心な医者のうち、今日の当直医のように同情心の強い優しい人たちは、仕事中は気丈に振る舞っていても、家に帰って気が緩むと、自らの無力を思って枕を涙でぬらすこともあった。

彼らもまた、若い無垢《むく》な命が、何とか助けようとする医師の手をすり抜けて逝ってしまうことがあるのに、それでもなお自分たちは生き続け、笑い、遊び、愛する生活を営んでいくことに恐ろしいほどの罪悪感を感じることがあるのだ。

モリーのように無数の不確実性の中を漂っている親たちは、何か確かな答えや保証を必要としている。たとえ、そんなものはどこを探してもないとしても。そして医師たちが提供できるのは、事実の詳細と、統計と、これから試みようとする治療法についての説明で、それはこれから起こるかもしれない危険、あるいは必ず訪れるであろう辛い事実がもたらす衝撃を、多少は和らげているのかもしれなかった。幸いにも功を奏した治療もあったが、次々に試していく中では、そうでないもののほうが多くなってきたように思える。

「明日また、一連の検査をすることになっています、パーキンスさん。それによって、白血球がゼロに近づく最悪の状態がどれくらい先かがわかるでしょう。こういう話はもう何度もお聞きになっているでしょうから、繰り返しが煩わしかったら申し訳ないのですが。明日の検査には立ち会われますか？　もし可能であれば、リンジーにとってはそのほうが心強いでしょう」

「ええ、立ち会います」と言いながら、モリーは、思いどおりにまとまってくれたことのないブロンドの束をぐいっと引っ張った。

上司は今度は何と言うだろう。彼の忍耐もそろそろ限界を迎えるに違いない。彼女の穴を埋めるのも大変なのだ。モリーは時間給で雇われている従業員にすぎず、タイムカードを打たなければ給料をもらえないだけだが、それでも仕事のスケジュールを狂わせることにはなる。同僚たちも彼女の状況に理解を示し、柔軟に対応してくれているが、モリーは心苦しくてしかたなかった。彼らにもそれぞれ都合はあるし、伴侶や子どもたちが家で待っているのだから。

彼女は近くの椅子に座っている十六歳の息子・キャビーに目をやった。彼は待ち時間をつぶす時によく持ってくる友達や親戚の写真が貼ってあるアルバムを熱心に眺めながら、そよ風に吹かれているように、あるいは何かのリズムに合わせているように、体を前後に揺らしていた。熱中しているように見えるので、今は安心だ。でも、時々ようすを見るようにしなければ。

キャビーはモリーの視線に気がつくと顔を上げ、輝くような笑顔を見せて手を振った。モリーは投げキスを返した。キャビーは彼女の初めての子どもで、これが真実の愛だと彼女に感じさせてくれる存在だ。

元夫のテッドは、アーモンドの形をした目と小さなあごをもった赤ん坊の丸い顔を目にする瞬間までは、モリーの傍らにちゃんといた。ところが彼の心を燃え上がらせていたロマンティックな理想主義は、日々求められる献身と責任という現実にぶち当たると、急速にしぼんで消えてしまった。

二人とも健康で、若さから来る楽観主義に満ちていて、世間の常識をばかにしていた。そんな二人だったから、出生前訪問も断り、二人の医療プランの中で無料で受けられた検診も受けなかった。だが、いずれにしろ、彼女は他の選択肢を選ぶことはしなかっただろう。息子に知的障害があるとわかった時の最初のショックが過ぎると、彼女は自分の内側から、この赤ん坊に対する猛烈な愛情が湧き上がってくるのを感じた。

テッドの顔に浮かんだ失望に満ちた苦い表情を、彼女は忘れることができない。モリーが障害を持ったこの小さな息子を愛し始めたことを知ると、テッドは彼女への愛をも失ってしまった。モリーは弱くなることも逃げることも拒んだが、テッドはその両方を選んだ。

ある種の男たちは、受け入れがたい運命や困惑するような出来事に見舞われたり、望ましくない注目を集めたり、予想しなかったようなかたちで子どもに自由な人生を邪魔されそうだと感じると、自分の卑劣さをたいそうな言葉を使ってごまかしながら、するりと逃げてしまう。

テッドはまわりくどい別れの言葉を告げることさえしなかった。キャビーが生まれて三日後に、モリーが働いていたバーの上にある三部屋の小さなアパートに戻ると、テッドはそこに存在した痕跡さえ残さず消えていた。それ以来、今に至るまで彼を目にすることはなく、連絡さえ来たことがない。

予期せぬ出来事というものは、人の心の奥底にあるものを引っ張り出す。ささやかな曖昧さ、ばれてしまった小さな嘘、ちょっと余計だった二十一番染色体、現実に取って代わられた理想に満ちた想像の世界。そのような予想していなかったほとんどすべてのものが、人生の歯車を止め、表面的な自制力を失わせて本来の傲慢さをあらわにさせる。

幸いなことに、男たちに比べてほとんどの女性は、逃げるということを選択肢にしない。モリーは今度のことで失うものもあったが、心からの愛を息子に注ぐことでその穴を埋めることができた。

彼女は息子に、曾祖父《そうそふ》の名前を取ってカーステンと名付けた。ただ単に、その名前が好きだったし、曾祖父についてはよい話ばかり聞かされていたからだ。「キャビー」というのは、本人がその名前を自分で言いやすいように変えた呼び方だった。タクシーよりはいいわ、とモリーは思った（訳注・タクシーを意味するキャブでなくてよかった、の意味）。

キャビーを家に連れて帰ってから約一年後、モリーは、いつもパブにいて女性のあとを追いかけ回しているような男に口説かれた。その男は親切で思いやり深そうな顔をして近づいてきて、彼女はそれに引っかかってしまった。

彼女だってわかってはいたのだ。けれども、日々のしかかってくる重荷が警戒心を鈍らせ、心を苛む孤独が彼女を押しとどめようとする理性を押し流してしまった。

彼にとっては、彼女はただの「獲物」であり、自分勝手な一夜限りの遊び相手にすぎなかった。けれども彼女にとっては、その情事は人生を変えてしまうものとなった。ソーシャルサービスと、何人かの友達と、家族のような交流のある教会の助けを借りて、モリーは引っ越し、新しい仕事を見つけ、九か月後にリンジー・アン・マリー・パーキンスを産んだ。

三千四百グラムの黒髪の健康な赤ん坊は、彼女を待ち望んでくれていた人々の中に迎え入れられた。それから十四年たった今、リンジーは死の床に横たわり、ダウン症候群の十六歳のキャビーは八歳児の心のまま、生き生きとして健康でいる。

「ごめんなさい」モリーがつぶやくと、医師はうなずいて理解を示した。「検査は何時からっておっしゃいましたっけ？」

「できるだけ二時近くに始めたいと思っています。そのあと、午後いっぱいかかるような検査なのですが、大丈夫ですか？」

スケジュールをどう変更すればそれが可能になるかを考えている間、彼は待っていてくれた。そしてモリーがうなずくと、「前回の検査結果についてざっとおさらいをしましょうか？」と言い、すぐそばの彼の部屋を指差しながら続けた。「二、三分待ってくだされぱコンピュータの画面上でそのデータをお見せできますから。そのあと、必要なサインをいくつかいただいて、質問があれば何でも聞いていただいて結構です」

キャビーにもう一度目をやると、彼はまだ写真に夢中になっていた。周囲のことはまったく目に入らないようすで、ハミングをしながら見えないオーケストラを指揮するかのように腕や手を大きく動かしている。いつもなら、病院でボランティアをしている若者の一人が彼の面倒を見てくれるのだが、今日はまだ誰も来ていないようだ。

データの確認、サイン、質問、説明は、モリーが思ったより長引き、気がつくとずいぶん時間が経っていた。彼女は最後に、予想のつく答えに対して覚悟を決めながら、思いきって尋ねた。

「リンジーにはどれくらい可能性が残っているんでしょう。つまり……あの、こんなに時間をとって説明してくださって本当に感謝してるんですけど、でも、本当のところ、娘にはどれくらいチャンスが残っているのかしら？」

医師は手を伸ばしてモリーの腕に触れた。

「申し訳ないんですがパーキンスさん、本当にわからないんですよ。現実的には、骨髄移植をしない限り五十パーセント以下でしょうね。リンジーの化学療法には一定の成果はありますが、ご存じのようにこれは副作用も強く、体をひどく消耗させますからね。でも彼女にはガッツがあるし、時にはそれが決め手になりますから。検査を続けながら次の手を考えましょう」

キャビーからずいぶん長い間目を離してしまったことに気づいたのはその時だった。壁の時計に目をやると、二十分近く経過している。（しまった！）彼女は慌てて、明日の検査に来ることを約束してその場を辞した。恐れたとおり、キャビーの姿は消えていた。アルバムは持っていったらしく、あとにはバッグだけが残っている。中には、持ってきた覚えのない金魚の形をしたクラッカーが入っていた。

モリーはもう一度時計を見た。マギーがいる時間だったらよかったのに！　だが、この時間はシフトを終えて、恐らくもう家にいる頃だろう。マギーはこの病院の血液・腫瘍内科で働くベテランの派遣看護師だった。モリーの親友で、二人はアパートをシェアして一緒に暮らしている。

廊下を進み、まず最初にリンジーがいる九号室の方に向かった。リンジーはぐっすり眠っていて、キャビーはそこにはいなかった。何人かと短い会話を交わしたあと、キャビーはこちらのほうには来ていないと確信し、モリーはメインホールに戻った。

選択肢は二つある。外来診療科のほうに戻るか、エレベーターのほうに行ってみるか。キャビーの性格をよく知っている彼女は、エレベーターのほうに向かった。あの子はいつもボタンの類いを押すのが好きだ。中でもよく押すのが彼女をいらいらさせるツボだったが。そう思うと、弱々しく心配げではあったがほほえみがこぼれた。

キャビーはかくれんぼが大好きだったので、モリーが時折、彼を捜すために協力を仰がなければならなかった地元の警察や消防署では、二人の名前は有名だった。キャビーがいつの間にか家を抜け出し、モリーが気づかないうちに戻ってきていたことは一度ならずあった。

何週間、時には何か月も経ってから、家の中で見覚えのない装飾品や、何かの部品がキャビーの部屋に隠されているのを見つけることがあった。キャビーは恥ずかしがり屋で自分の写真を撮られるのは嫌いなくせに、カメラが好きで、写真を撮るのも大好きだった。

ある時、彼は隣の家で鍵がかかっていないドアを見つけ、中に入ってカメラを持ち出した。そして、家に帰るとそれをベッドの下に隠した。二か月後、キャビーの部屋でそれを見つけたモリーが問いただすと、彼は悪びれもせず彼女を隣家に連れていき、どこかにカメラを置き忘れたと思っていた持ち主に返した。そんなキャビーだったので、どうか放射線科に紛れ込んでいませんように、とモリーは願った。

目撃情報を頼りに進んでいくと、子ども病院とメイン病棟をつなぐ空中通路にたどり着き、そこに彼のアルバムが落ちていた。さらに進むとエレベーターがあり、その先は、ここだけは勘弁してほしいと思っていたICUだった。キャビーには社会的な儀礼とかタブーといった概念がない。誰とでも友達になりたがり、相手が目覚めていようが意識不明だろうが、気にしない。おまけに光るものとボタンが大好きな彼が迷い込んだとあっては、このICUは今や悪夢のような状況だ。

看護師やボランティアスタッフ、病院の職員たちの手を借りてキャビーを探すうちに、最後は神経疾患のICU、十七号室にいるらしいということがわかった。どういうわけか彼は幾重もの警備の目をくぐり抜け、恐らくは見舞客の誰かのあとについて中に入ってしまったらしい。モリーは静かに部屋に近づいていった。キャビーを驚かせたくなかったし、どんなかたちであれ十七号室の患者や見舞客に迷惑をかけたくなかった。

モリーが居場所を突き止めるまでの約五分間、キャビーはその部屋の中にいた。部屋の中は薄暗く、静かだった。そしてキャビーを大喜びさせたのは、この部屋いっぱいの電子機器だった。その一つひとつがそれぞれ違う音、違うリズムで規則正しく動いている。彼はたちまちこの部屋が好きになった。ここは外よりも涼しい。しばらく部屋の中を見て回るうちに、キャビーはここにいるのが自分だけではないことに気がついてびっくりした。誰かがベッドに寝ている。

「起きて！」キャビーはそう言って男の人の腕を押したが、彼は動かない。

「しーっ！」まるでほかにも誰かこの部屋に人がいるかのようにキャビーはささやいた。

男の人はぐっすり眠っていたが、その口からチューブが突き出ているのが苦しそうに見える。キャビーはそれを引っこ抜いてやろうとしたが、しっかりと固定されているのがわかるとあきらめ、関心はすぐにこの男の人の体につながれている一連の機械へと移っていった。色の変わる光や、機械の上に現れる緑色の波線や、ついたり消えたりする光に夢中になって見入る。

「キクマース！」キャビーはお気に入りのフレーズを唱えた。ボタンやスイッチがあちらこちらにあり、次になすべきことはわかっていた。大きなつまみをひねろうとした瞬間、彼はふと思いついて、眠っている男の人のほうにかがみ込むと額にキスした。

そのとたん、大声がした。「何なんだ⁉　これは⁉」

キャビーは凍りつき、目だけを動かした。彼の指はひねろうとしたつまみの数センチ上で止まっている。男性のほうにちらっと目を動かしたが、彼はまだ身じろぎもしないで眠っている。

誰か別の人がこの部屋にいる。だが、部屋の薄暗さに目が慣れても、やはり誰もいるようには思えない。キャビーはゆっくりと指を口にあて、できるだけ大きなささやき声で言った。「しーっ！」

ドアが開いたのはその瞬間だった。

「キャビー！」

モリーが彼を見つけたのだ。ゲームは終わり、キャビーはすぐさま彼女の腕に抱きすくめられた。モリーが一緒に探してくれていた人々に謝っている間、キャビーはにっこりほほえんでいた。

トニーは落下していた。心地よい温かさの中を真っ逆さまに、漆黒の闇に包まれて仰向けに落ちていた。何もできないまま、「運ばれていく」という感覚を楽しんでいると、最後にブンブンという音やビーッという機械音がして光が点滅している部屋にたどり着いた。

下をのぞいたトニーは、そこに自分自身の姿を見て驚愕した。しかも、彼が見ている「自分」はかなり具合が悪そうだ。

「何なんだ!?　これは!?」と叫びながら、彼はどういういきさつでこうなったのかを思い出そうとしていた。さっきまで、グランドマザーの土でできた小屋にいたはずだ。居間の焚き火の前に、イエスと一緒に。彼女は何と言ったのだったか？　ああ、そうだ。「時間だよ」だ。そして今、彼はここにいる。病室で、たいそうなチューブを取り付けられ、ハイテクの機械につながれている自分を見下ろしながら。

薄明かりの中で、小さな指が下から上がってきて、自分の唇があると思われるあたりにあてがわれるのが見えた。

「しーっ！」誰かが大きくささやいた。

確かに口をつぐんだほうがよさそうだ、とトニーは思った。ドアが開いてそこに女性が立っているのだから。彼女は疲れきったようすだが、ほっとしているようでもあった。大きな声で「ベイビー」だか「コーヒー」だか、いずれにしろトニーにとっては何の意味もなさない言葉を発しているのが聞こえる。しかしそれを聞いていると何か心地よいものが降りかかってくるような気持ちになり、続いて、さまざまな映像が混ざり合いながら目に飛び込んできた。

病室の床、家具、機械を目の端に捉えながら、最後はこの見知らぬ女性の腕の中に飛び込んでいった。本能的に彼女のほうに腕を伸ばしたがその手は何にも触れない。自分の体がここにあるという感覚はあるのだが、どこにも触ることもつかむこともできない。そうする必要もなかった。まるでジャイロスコープ（訳注・金属製のコマのような回転儀）の中に閉じ込められたように、体の外で何が起ころうと、彼自身は見えない力によってしっかりと直立させられている。

外の動きと一致しているのは、彼がぶら下がっているところの目の前にある窓から見える風景だけだ。その風景は時々、ほんの一瞬だけ暗くなる。あの女性と衝突したはずなのに、衝撃らしきものは何も感じなかった。そのくせ、彼女の香水と、緊張からくる汗が混じった香りは感じられる。

俺は一体、今、どんな世界にいるのだろうか。

第8章　人の魂とはいったい？

私はよく聖書を読んだ。
理解の及ぶかぎり、正しく読もうとした。
それは明かりを灯すことにほかならない。
ブラインド・ウィリー・マクテル

トニーはごちゃ混ぜになった映像を何とか整理して理解しようとしたが、まるで宇宙のカーニバルのぐるぐる振り回される乗り物に乗せられてしまったかのようで、考えをまとめることなど到底できなかった。

あの女性は身を屈めるようにして彼の顔の真ん前に自分の顔を近づけて言った。「キャビー、勝手にかくれんぼを始めるのはやめてちょうだい。特にリンジーのところに来ている時はね。わかった？」

厳しい中にも優しさのあるその口調に、トニーは思わず、この誰だかわからないキャビーという人物と一緒にうなずいていた。そのあとすぐに、彼は病院の廊下を静かに歩き始めていた。エレベーターで下に下り、駐車場に向かい、古いモデルのシェビー・カプリスに乗り込む。

（すごいオンボロだな）と辛辣な批評をしたすぐあとに、良心の疼《うず》きを感じた。この習慣はすぐには変えられそうにない。

丘を下りていくと、トニーはやっと自分がどこにいるのかわかった。オレゴン健康科学大学病院と市街地の間にある森林地帯を走る曲がりくねった道だ。彼のマンションに向かっているのかと思うほどだったが、車はマカダム通りにあるそのマンションを通り過ぎ、ウィラメット川にかかるセルウッド橋を渡り、マクローリン大通りに向かい、ミルウォーキー・ハイスクールの裏道に入っていった。

トニーが理解したのはこういうことだった。彼は今、誰かの頭の中にいるのだ。恐らく、この車を運転している女性の息子でキャビーという名前の誰かだろう。もし自分がしゃべったら、その声は誰かに聞こえるのだろうか？　確かめるために、トニーは小さな声で呼んでみた。

「キャビー？」

すぐに頭が持ち上がった。

「なに？」滑舌の悪い返事があった。

「何も言ってないわよ、キャビー！」運転席から声がする。

「もうすぐうちに着くわよ。今日はマギーが夕ご飯を作ってくれているの。デザートにルートビア（訳注・米国で人気の炭酸飲料）とバニラアイスがあるわよ。食べたい？」

「たい！」

「夕飯が終わったら、もう寝る時間よ。いい？　今日は大変な一日だったし、明日はまたリンジーに会いに病院に行かなくちゃいけないから。わかった？」

「かった！　キャビー、行く！」

「いいえ、明日はだめよ、キャビー。学校があるでしょ？　それに明日の夕方は、マギーがあなたを教会に連れていきたいんですって。どう？　行く？　教会に行って友達に会ってくる？」

「ん！」

この会話でトニーは、自分が、コミュニケーション能力に秀でているとは言えない男の子の頭の中にいることがわかった。さらに、このキャビーの目を通して外の世界を見ていることもわかったが、これは窓から外を見るのとほとんど同じだった。

キャビーが何を見るにしても、彼の目が開いている限り、自分の視線もそこに合わせられるというのは妙な感覚だった。瞬間的に訪れる暗闇がキャビーの瞬《まばた》きだということに、トニーもようやく気がついた。

バックミラーに映るキャビーの顔を見られないかとあがいたが、キャビーの視線の中には入ってこず、見ることができなかった。

「キャビー、きみは何歳だい？」トニーは聞いてみた。

「じゅうおくさい」即答したあと、キャビーは声の主を捜してきょろきょろし始めた。

「そうね、あなたは十六歳よ、キャビー。ママの大きな坊やだわ。あなたを愛している人は誰？　キャビー」

運転席から柔らかな答えが返ってくる。それは心地よく本来の自分を取り戻させてくれるような言葉だった。キャビーがリラックスしたのがトニーにも感じられた。

「ママ！」

「今日も大正解！　これからもずっとよ、キャビー。ママはいつでもあなたを愛してるわ！　あなたはママの太陽よ！」

うなずきながら、キャビーはまだ後部座席に隠れているはずの誰かを探していた。

車は、つつましやかな住宅が建ち並ぶ一帯のつつましやかな家の前に来ると、私道に乗り入れた。モリーの車より少し新しいセダンが前の道に停めてある。運転席側の後ろのタイヤの上の部分が大きくへこんでいた。

彼らは小さな玄関を通り抜け、キャビーは心得たようすでコートを脱ぎ、壁のフックにそれをつるし、マジックテープをはがしてブーツを脱いだ。そして、もう一組のブーツをちょっとずらすと、ぴったりの位置にそれを片付けて母親のあとについていった。中ではもう一人の女性が、コンロの上で湯気を立てているすばらしい匂いのする鍋をのぞき込んでいた。

「マギー・バディー（友達）！」大声で呼びながらキャビーは彼女の腕の中に飛び込んでいった。頑丈そうでがっしりとしていながら均整のとれた体つきの黒人の女性で、病院の制服の上にエプロンをかけている。

「まあ、誰？　このハンサムさんは！」抱きしめていた腕を伸ばしてキャビーに輝く笑顔を向けながら彼女は言った。

「キャビー！」彼は名乗りを上げた。トニーはこの少年の彼女に対するまぶしいくらい真っすぐな愛情を感じた。この少年の目を通して外の世界を見るだけでなく、トニーには、彼の内面の世界からほとばしり出る感情を感じ取ることもできたのだ。この少年の魂、そしてすべては、この女性に対する完全なる信頼を叫んでいた。

「なるほど。もしキャビーでないとしたら、きっと私の大好きなカーステン・オリバー・パーキンスね。シャビー（みすぼらしい）どころかキャビー、スペシャル・ハグをしてくれる？」

二人は盛大なハグをした。キャビーは頭をのけぞらせて笑いながら叫んだ。

「おなか、すいた！」

「そうでしょうとも！　一日お忙しかったみたいだからね！　さあ、手を洗っていらっしゃい。その間にあなたの大好きなきのこと豆の手作りヌードルスープをよそっておいてあげるからね」

「かった！」キャビーはバスルームに駆け込むと石けんに手を伸ばし、蛇口をひねった。トニーは鏡をのぞき込み、自分がその頭の中に忍び込んでいる若者の顔をようやく初めて見ることができた。一目見て、トニーにはキャビーがダウン症候群であることがわかった。これで彼のコミュニケーション能力や、周りとのやりとりについての説明がつく。キャビーは鏡に顔を寄せ、まるでトニーのことが見えているかのようににっこりとほほえんだ。彼の内側も外側も照らし出すような顔いっぱいに広がる美しい笑顔だった。

トニーはこれまで「知恵遅れ」の人を見たことがなかった。そういう言葉でよかったかどうかも自信がなかったが、確か、最近は「知的障害」とか何とか、そんなふうに呼ぶようになっていただろう。

仕事以外のことについての彼の意見のほとんどには、それを裏付ける論拠も経験もなかったが、自信はあった。キャビーのような人々は、非生産的なくせに税金ばかり使い、彼らに存在価値を見出しているのはその家族だけだ。彼らの存在が容認されているのは、社会の寛大さによるのであって、彼ら自身に価値があるからではない。トニーはカクテルパーティーの席で、そんな意見を良心の呵責《かしゃく》を少しも感じることなくべらべらとまくし立てていたことを覚えている。「知恵遅れ」だの「障害者」だのに人々を分類し、そのグループごとに評価を下す。それがすべての偏見というものの核心だったのではないかとトニーは思った。一人ひとり、誰かに愛され、誰かを愛している個人として考えるより、そちらのほうがずっと簡単だったのだ。

食事の時間になると、三人は小さなテーブルを囲んで手をつなぎ、モリーがキャビーのほうを向いて言った。

「キャビー、今日は誰のことを感謝しようか？」

返ってきた答えは、本人たちがそのことを知っているかどうかは別として、この三人の心に感謝を覚えさせた人々の長いリストだった。イエス、リンジー、お医者さん、看護師たち、スープに入っている豆を育ててくれた農家の人、バターやミルク、そして特にアイスクリームのために毎日乳搾りをしてくれている人、学校の友達であるテッド、ルートビアを作ってくれた人、その他大勢の神の愛を表すために一役買ってくれた人々。感謝の祈りの最中にキャビーがパンを一口盗み食いするのを見たトニーは、吹き出しそうになった。

食事の時間、トニーはいろいろなことを聞いたり経験したりした。キャビーが何か食べると、トニーは実際にスープや焼きたてのパンの風味を感じることができた。また、それがキャビーの体内でどんなふうに響き合うか知ることができたが、バニラアイスクリームとルートビアのときにはそれが特に顕著だった。

キャビーの目を通して、マギーとモリーの間で交されるジェスチャーや主語を省略した会話を見聞きするうちに、トニーは、リンジーがキャビーの妹で、重病のためオレゴン健康科学大学病院のキャンパス内に二つある子ども病院のうちの一つのドレーンベッカーに入院しているらしいことを知った。

モリーはすでに次の日の仕事を休めるように連絡を済ませてあり、モリー親子とこの家をシェアしているマギーがキャビーの面倒を見ることになっていた。彼を学校に迎えに行き、夕方一緒に教会に連れていくことになるだろう。

キャビーが寝る前にトイレに行ったときは、トニーは意識的に目をそらした。それでも、これまでの人生でずっと当たり前だと思っていたあの解放感を感じることができた。このような小さなさまざまなことが「お決まりの毎日」を作り上げていたのだ。その大部分はことさら考えもしなければ気にもしないようなことだが、実は極めて根源的なことなのだ。

キャビーはスパイダーマンのパジャマを着て歯を磨くと、ベッドにもぐり込んだ。

「できた！」彼が叫ぶとすぐにモリーが部屋に来て、てんとう虫型の常夜灯をつけ、天井の明かりを消した。彼女はキャビーが寝ているベッドの端に腰掛け、ほんの短い間、背を丸めて両手の中に顔を埋めた。トニーは、キャビーの気持ちが彼女に寄り添い、何か言いたがっているのを感じた。

だが、彼にできた精一杯のことは母親の背中を優しくたたくことだけだった。

「だいじょーぶ、ママ。だいじょーぶ？」

モリーは深呼吸を一つすると答えて言った。「ええ、キャビー、大丈夫よ。ママにはあなたとリンジーがいるわ。それにマギーとイエス様もね。今日は大変な一日でママはちょっと疲れちゃったの。それだけよ」

それからモリーはキャビーの胸の上に頭をもたれかけさせて、トニーが長い間耳にしなかった歌を歌い始めた。「主われを愛す」、これを聞くのはいつ以来だろう？　ずっとむかし、まだ小さな男の子だった頃だ。この女性の声の中に、トニー自身の母の声がよみがえってきた。母親の歌を聴くうちにふいに深い悲しみを感じ、涙がこぼれ落ちていくのを感じた。

キャビーもゆっくりたどたどしく、一本調子に歌い始めた。「しゅーあれーをあーいーすー」トニーも歌おうとしたが、歌詞を思い出せなかった。思い出があふれ出て、切なさが込み上げてきて、気持ちが千々に乱れた。

「キャビー、あなたどうして泣いてるの？」息子の涙を拭いてやりながらモリーが尋ねた。

「かなしい！」指で胸をたたきながらキャビーが答える。「かなしい！」

トニーは目を覚ました。耳の中に涙がたまっている。体を起こすと深いため息をついた。グランドマザーが彼の胸をたたいて起こしているところだった。彼が起きるとコーヒーのように見えるがお茶の香りがするカップを渡してくれた。

「さあ、鼻をかみなさい」きれいな布を渡しながら彼女は言った。「おまえにいいインディアン・ネームをあげなきゃね。『大いに泣く者』だよ」

「何でもいいですよ」やっとの思いでトニーは答えた。彼はまだ思いがけない感情の嵐の余波の中にいて、なかなかそこから抜け出せずにいた。

ようやく口を開けるくらい落ち着くと、すぐに尋ねた。

「どうしてこんなことが起きたんです？」

彼女はにやりと笑った。「パワーあふれるクォンタムファイアー《量子の火》さ」彼女はさらに続ける。「ところで、この質問をしているのは誰なんだい？　オレゴン州ポートランドの病院で意識不明になっている男が自分の魂の中にいるラコタ族の女に、自分がオレゴン州ポートランドの特別な少年の中に入っちまったのはどうしてなのか、って聞いているわけかい？」そしてくすくす笑いながら「何も説明の必要なんかないじゃないか」と付け加えた。

「それはそうですけど」と言ってトニーも笑ったが、すぐに真面目な顔に戻ってこう聞いた。

「じゃあ、あれは全部本当のことなんですか？　リンジーは本当に病気で、キャビーも、何というか……ほら、ああいうふうで、彼の母親もマギーも実在する？」

「現実に今、起こっていることだよ」グランドマザーが答えた。

「で、今は現実じゃない？」

「別の種類の現実さ」彼女は低い声でつぶやいた。「というより、むしろ『中間の時間』だね。それ以上聞かないでおくれ。さあ、これをお飲み」

　トニーはこわごわとカップを口に運んだ。どんな妙な味がするのだろうと恐れていたのだが、自分の予想が外れていたことがすぐにわかった。その飲み物がのどを通って胸に下りていくと、体全体がすっかり温まり、驚くほどの満足感が広がった。

「おまえのそのどちらの質問にも答えるつもりはないよ」トニーが質問しようとしていたことを見越してグランドマザーが言った。「私を信じなさい。おまえはその答えを聞きたくないはずだよ。それから、私がそのことで大もうけできるだろうとも言わないでおくれよ」

　彼は横目でグランドマザーを見たが深入りはせず、次の質問を投げかけた。「じゃあ、僕はなぜあそこにいたんですか？　そしてなぜここに帰ってきたんですか？」

「おまえがあそこにいたのにはたくさんの理由があるよ」グランドマザーは言った。「パパがすることに理由が一つしかないなんてことはないのさ。そしてたいていの理由はおまえたちにはわからないし、それが存在することすら知りもしないだろうよ。みんな一つの織物の部分部分なのさ」

「じゃあ、そのうちの一つだけ教えてもらえませんか？」トニーは頼んだ。

「理由の一つはね、いいかい、おまえの母親がおまえのために歌った歌を聞くためだよ。ほかに何もないとしても、それだけで充分だろう」

　彼女は炎の中に薪《まき》をもう一本投げ入れると、その位置をずらしながら焚き火の形を整えた。トニーは彼女の答えを聞いて呆然とし、切羽詰まった気持ちになってきて、しばらく口を開くことができなかった。

「そうですね」やっとの思いで彼は言った。「それだけでも充分でした。でもとても辛くもありましたよ」

「いいんだよ、アンソニー」

静かな時間が流れていった。トニーは黙って火を見つめていた。グランドマザーは椅子を引き寄せ、体が触れるくらい近くに座った。

「じゃあ、どうして僕は今、あそこではなくてここにいるんですか？」

「キャビーが眠っているからさ。あの子はおまえに夢の中に入ってきてほしくなかったんだよ」まるでそれが最も論理的な答えであるかのように彼女は答えた。

「あの子がそうしてほしくなかった？」トニーは炎を見つめているグランドマザーに目をやった。

「どういうことですか、あの子がそうしてほしくなかったって。彼は僕が彼の中にいることを知っているんですか？」

「あの子の霊は知っているね」

トニーは何も言わず黙って待っていた。何か言いたげに眉を持ち上げている。彼が聞きたがっていることを彼女が承知しているのはわかっていた。

「どれ、人間にわかるように説明してみようかね」と彼女は口を開いた。「一つの単体でありながら、同時に霊、魂、体で構成された存在であるということは、聖霊なる神、父なる神、子なる神の三位一体の神を説明しようとしているようなものなんだよ。理解というものは経験と関係性の中にあるのさ」

次に何をどのように聞いたらいいかわからないまま、トニーは先を待っていた。グランドマザーは続けた。

「キャビーはおまえと同じように、霊が魂と混ざり合い、魂が体と混ざり合った存在さ。だけどそれは単に混ざり合っているだけじゃない。それはダンスであり相互関与なのさ」

「ありがとうございます」トニーは椅子に深く座り直すと、あの飲み物の香りを楽しみながらゆっくりともう一口飲んだ。「よくわかりましたよ、グランドマザー」

「皮肉だって神に由来するものなんだよ、ほんとの話」グランドマザーはトニーの皮肉を封じ込めた。

トニーはほほえんでみせたが、グランドマザーが無表情のままでいるのを見て、ごまかせないことを悟り、あきらめた。

「わかりましたよ。もう一度説明してください。あの子がそうしてほしくなかった、っておっしゃいましたよね？」

「アンソニー、おまえと同じように、キャビーの肉体は損なわれていて、魂も押しつぶされて曲がっている。それでも彼の霊は生きていて健やかなのさ。だが、そうは言っても、彼の霊は、彼の中の損なわれて押しつぶされている部分――魂と体とのかかわりに服従しなければならない。言葉ってのは、コミュニケーションにとって、時にまったくの役不足なんだよ。私が『彼の体』とか『彼の魂』、『彼の霊』と言うと、それぞれがその人間が持っているものの一部のように聞こえるだろう。でも、『おまえはおまえの体であり、おまえはおまえの魂であり、おまえはおまえの霊である』というふうに理解したほうが事実に近いんだよ。おまえは混ざり合った存在だ。それも全体的に混ざり合いながら多様性が調和していて、それでいて根源的に一つの単体なんだよ」

「僕にはよくわかりませんね。でも、あなたのことは信じます。正確には何を信じているのかよくわからないけど、あなたのおっしゃったことを理解するというよりは知覚できるような気がするんです」そう言ってちょっと間を置くと、トニーはこう付け加えた。

「彼のことは気の毒だと思いますよ」

「キャビーのことかい？　あの子もおまえについて同じことを言っていたよ」

トニーは驚いて顔を上げた。

「そうさ、あの子を気の毒がる必要はない。彼の損なわれている部分は、ただおまえの損なわれている部分より目につきやすいってだけのことさ。あの子は損なわれた肉体を身にまとっているから誰にでもそれが見えるが、おまえは損なわれた部分を中に閉じ込めて厳重に隠しているだろう。キャビーには思いやりとこまやかな感受性があって、その点ではおまえよりずっと優れているよ。あの子にはおまえに見えないものが見えるし、誰かのいい点にも悪い点にも、おまえより早く気づくことができる。あの子の知覚はおまえのよりずっと鋭い。それがただ、損なわれた世界を反映している損なわれた体と魂の中に収まっているというだけのことなのさ」

グランドマザーの言葉はさらに続く。「だからって、そういうことを比べて落ち込むんじゃないよ。おまえとキャビーは別々の旅路を歩いているんだから。それぞれに特別な個性のある人間としてね。人生ってのは絶対に、比べたり競争したりできないものなんだよ」

トニーは深いため息をついて聞いた。「じゃあ、魂っていうのはいったい何なんでしょうね？」

「ああ、それは難しい質問だね。確かな答えというもののない質問さ。さっきも言ったように、それは所有するものではなく、そう生きるものなんだよ。『そう覚えるキャビー』、『そうイメージするキャビー』、『それを作るキャビー』、夢見る者、感情を表す者、意図する者、愛する者、考える者。ただキャビーの魂は、損なわれた肉体を持つキャビーによって、限られた空間の中に閉じ込められている」

「何だかフェアじゃありませんね」

「フェア？」グランドマザーはうめいた。「そりゃ、いいね。アンソニー、損なわれた人間であふれている損なわれた世界に、フェアなことなんてありゃしないよ。正義はフェアであることを目指している。だけどあっちでもこっちでも失敗してるね。恵みと赦しについてはフェアなんてことはあり得ない。罰だって公平さをもたらしてくれるわけじゃないからね。告白だってそうさ。物事を公平にするわけじゃない。人生ってのは、正しい行いに対して公正な報酬を与えてくれる場所じゃないんだよ。契約だって、弁護士だって、病気だって、権力だって、公平かどうかなんておかまいなしさ。だからそんな意味を失った言葉は忘れたほうがいいね。そうすればむしろ『あわれみ』とか『優しさ』とか『赦し』、『恵み』というような生きている言葉に焦点を当てることができる。おまえは自分の権利や、これこそ公平だと考えていることについては心配するのをやめたほうがいいかもしれないよ」そこで言葉を切ると、彼女は目を上げた。「ただの事実を言ってるだけだけどね」

二人はしばらくの間、黙ったまま下火になっていく火を見つめていた。

「どうして彼を治してやらないんですか？」トニーが静かに口を開いた。グランドマザーも静かに答えた。「アンソニー、キャビーは壊れたおもちゃじゃない。治してやるようなものじゃないんだよ。家の一部を修理するのとはわけが違う。あの子は人間で、永遠に存在する生きた魂で、モリーとテディがあの子の命を宿した時から……」

「テディ?」トニーは遮った。

「ああ、テディ。テッド。セオドア。モリーのむかしの恋人でキャビーの父親だよ。そして、そうだよ、彼はモリーと自分の息子を捨てたのさ」

トニーはグランドマザーの顔を見た。きつく結んだ口元が沈黙のうちに彼の非難と批判の気持ちを表している。

「アンソニー、おまえはその男のことを何も知らないだろう。今の会話の切れ端から何かを決めつけているだけだろう? おまえが人間のくずだと決めつけた人のことを見るとき、私が思うのは失われた羊、失われた金貨、失われた息子……」彼女は彼のほうを見てうなずきながら続けた。「失われた孫息子さ」

グランドマザーは、トニーが、自分が物事や他人のことをどう見ているかについてほのめかされたことをじっくりと考え始めるのを見守っていた。トニーは落ち着かなくなってきた。彼は今や心の中で、自分が長年にわたって密かに培ってきた巨大な闇と向き合っていた。そして、正当化しようとすればするほど、その闇は大きくなっていった。

どんなに自分の気持ちを操作しようとしても、隠そうとしても、他人を裁きたいという最初の気持ちは大きく、恐ろしいまでに膨れ上がっていくばかりで、しまいには彼の中で今までいいものと見なされていたものまで破壊してしまいそうな勢いだった。

その時肩に手が置かれるのを感じ、暗闇に捕らわれそうになっていた彼は正気に戻された。グランドマザーが自分の顔を彼の顔に押し付けた。トニーは少しずつ気持ちが落ち着いていくのを感じた。

「これは自己嫌悪するための時間ではないんだよ、アンソニー」彼女は優しく言った。「おまえは子どもの頃、生き延びるために人を裁くことを覚えなければならなかったんだ。そのことを理解しなくちゃいけないよ。それはおまえとおまえの弟を守るためには有効な手段だった。おまえたちが生き延びてこられた一つの理由は、おまえがその方法を知っていたおかげなんだからね。とは言え、それを使い続けていたら、今度はそれがおまえを衰弱させ、破壊してしまうのさ」

「自分でもそれはよくわかりましたよ。本当に醜悪だ。だけどどうやったらそれをやめることができるんです？」

「やめられるよ。おまえがほかの何かを信頼し始めたらね」

暗い波は引いていった。だが、それが消えてなくなったわけではないことをトニーは知っていた。モンスターは、ただその辺りに隠れて次の機会を待っているだけだ。今はただ、彼の目の前にいるこの女性の手前、鳴りをひそめただけなのだ。これはもはや、ゲームやわくわくする冒険などではなかった。これは戦争だ。しかもその戦場は彼自身の心や感情の中であり、むかしの古い傷が、今になってふつふつと湧いてくる感情とぶつかり合っていた。

グランドマザーがまた別の飲み物をトニーに渡した。今度のは土臭くて栄養価の高そうなやつだ。

飲んでみると、その液体がのどを下りて体中に広がり、指先やつま先にまで届くのがわかった。ぽかぽかするような感じが背骨を滑り落ちていく。グランドマザーは満足そうにほほえんだ。

「それが何か、聞くんじゃないよ。答えもしないし売りもしないからね」彼女は小さな声で言った。トニーは笑って答えた。「僕たちはキャビーのことについて何か話し合っていたんじゃありませんでしたっけ?」

「それはまた今度」とグランドマザーは応じた。「今は戻る時間だよ」

「戻る？　キャビーの中に?」彼が尋ねると彼女はうなずいた。

「僕が戻るためにあなたは、あのー、何もしなくていいんですか?」トニーは聞いてみた。

「あのクォンタム《量子》ファイアー《の火》かい?」彼女は寛大な表情で顔中に広がる笑顔を見せた。「あれは子どもの遊びみたいなもんさ」と言って腰を振りながら「ラズル・ダズル！」と呪文を唱えるふりをしたが、すぐにやめて真面目に答えた。「いいや、何にも必要ないよ。ただ、一つだけ言っておこう。アンソニー、おまえが困った場面に出くわしたら——今がその時だとおまえにはわかるはずだから——そのときはターンするんだよ」

「ターン?」わけがわからず、繰り返した。

「そうさ、ターンだよ。わかるだろ……」と言うとグランドマザーは足を上げて飛び上がり、四分の一回転のターンをした。「ラインダンスをするときみたいに、こうさ」

「ちゃんと覚えられるように、今のをもう一回やってもらえますか?」トニーはからかうように言った。

「いいや」と答えて彼女はにやりと笑う。「一度で充分だよ。もう一回見られるなんて期待しないことだね」二人は声を出して笑った。

「さあ、お行き！」ほとんど命令するように彼女が言い、彼は出発した。

第9章　嵐のような会衆

私を傷つけるわけではないのに、
私が恐れている唯一のもの、それは女性だ。
エイブラハム・リンカーン

トニーが戻った時、キャビーはちょうど朝食を終えたところだった。皿に残った食べかすから察するに、メニューはチキンと豆とチーズのブリトーだったらしい。彼の中に残る満足感は、これが明らかに彼の好物だったことを示している。

「キャビー、学校に行くまで二十分くらい遊んでていいわよ。今日はママはリンジーのところに行かなくちゃいけないから、マギーが迎えにいくからね。そして夜はマギーが教会に連れていってくれるから。いい？」

「かった」

「それからね、今日の夕飯はマギーがチキンを焼いてくれるからね。それにマギーはあなたに鶏の骨を外させてくれるんですって！　わかった？」キャビーは大喜びで片手を上げ、母親が立ち止まってパチンと自分の手のひらを合わせてくれるまでそのままで待っていた。幸せいっぱいのキャビーは小走りで寝室に駆けていき、ドアを閉めた。そしてベッドの下からギターケースを引っ張り出すと蓋を開けた。中には小さな赤いおもちゃのギターと、高価そうなコンパクトカメラが入っている。中身を確認して満足すると、蓋を閉めて留め金をかけ、それをまたベッドの下に戻した。キャビーは辺りを見回して、お気に入りの絵本を持ってくるとページを繰り出した。出てくる動物を順番に指差しながら何かをつぶやくので、トニーには彼が一つひとつの動物をちゃんと認識していることがわかった。ところがある動物のところにくると、キャビーはその名前の読み方がわからなかったらしく、困ったようにその絵を指でたたきながらそこで止まってしまった。

トニーはたまらずに口を開いてしまった。「ク・ズ・リ」とっさに言ってしまってから彼は凍りついた。

キャビーも凍りついた。ぴしゃりと絵本を閉じると、十秒ほど身動きもしないで座っていたが、目だけは声の主を捜して素早く動いていた。それからまたゆっくり絵本を開くと、あの絵を繰り返し指でたたいた。

「クズリ」もう手遅れだと悟りながら、トニーはあきらめの口調で答えた。

「キックマース！」歓声を上げながら、キャビーは体を前後に揺すり、手を口に当てた。

「キャビー⁉」別の部屋から母親の声がする。「ママは何て言ったっけ？　その言葉は言っちゃだめって言ったでしょ？」

「かった！」大きな声で返事をすると、体を二つに折り曲げ、顔を枕に押し付けて笑いと喜びを隠し、「キックマース！」とささやいた。それからもう一度座り直し、絵本を開くと、今度はゆっくりと確信を持って絵を指し示した。彼がそうするたびに、トニーは「クズリ」と言ってやった。キャビーはそのつど、笑いの発作を起こして枕に顔を押し付けた。キャビーはベッドから床に転げ落ちると、そこに誰も隠れていないことを確かめるために素早く目を走らせた。クローゼットの中も確かめたが、いつも入っているもの以外は何もなかった。ためらいがちに鏡の後ろものぞいてみた。最後には部屋の真ん中に立って、大きな声で「ジェン」と言った。

「どうしたの？ キャビー」母親の声が近づいてくる。

「キャビー、あとでまたやってやるから、今は静かに！ しーっ！」トニーは頼み込んだ。

「ううん！」キャビーは母親に向かってそう叫んでから「キックマース！」とささやき、また体を二つ折りにした。

トニーも笑っていた。不思議な体験に対するこの少年の純粋な喜びが彼にも感染したのだ。

キャビーは一生懸命笑いをこらえ、シャツをまくり上げると不思議な声の出所を探し始めた。へそを調べ、もう少しでズボンまでずり下げそうになったところでトニーが止めた。

「キャビー、ストップ。僕はきみのズボンの中にはいないよ。僕は……」何と説明したらいいのか一瞬考えた。「僕はきみの心の中にいるんだよ。きみの目を通して外の世界を見て、きみの耳の中に直接話しかけられるんだ」

キャビーは自分の目を覆った。「うん、きみがそうやると、僕は見えないよ」トニーが答えた。キャビーは何度も目を覆ったり、その手を外したりし、トニーはそのつど、見えないとか見えるとか答えてやった。このゲームは果てしなく続き、永遠に終わらないのではないかと思い始めたころ、キャビーは鏡の前に歩いていった。そして、そこに声の主を見つけられるのではないかと思っているように、自分の両目を近くでじっと眺めた。それから、唇をすぼめ、意を決したようすで一歩後ろに下がり、鏡の中の自分を見つめながら両手を胸に当てて自己紹介した。「キャビー」「キャビー」トニーも答えた。「僕の名前はト・ニー！　ト・ニー！」「ターニー」明瞭な発音ではなかったし、聞き取りにくかったが、彼にはちゃんとわかった。そして次の瞬間、トニーの不意をつくようなことが起こった。キャビーは顔いっぱいに広がる輝くようなほほえみを浮かべ、両手を心臓の上に置いて、優しい声でこうささやいたのだ。

「タニー、……おもだち！」

「そうだよ、キャビー」トニーの声も柔らかく優しくなった。「トニーとキャビーは友達だ」

「イエエエス！」そう叫んでハイタッチをしようと片手を上げた少年は、そこに誰もいないことに気づき、見えない声の主の見えない手をパチッとたたいた。

それからキャビーはまたもや思いがけないことを言ってのけた。鏡の中をのぞき込みながら、たどたどしい口調でこう聞いてきたのだ。

「タニー、キャビー、あいしてる？」

この三つの単語の質問に、トニーは固まってしまった。キャビーは一生懸命に言葉を発しながら、はっきりとした意思をもってこの質問をした。しかしトニーの中に答えはなかった。キャビーを愛しているかだって？　彼のことをよく知りもしないのに。そもそも自分は、誰かを愛するすべを知っているのだろうか。それどころか今までに愛を知ったことがあるだろうか。もしないのだとしたら、愛に出合ったとしてもどうやってそれがわかるだろう。

少年は上を向いて答えを待っている。

「ああ、愛してるよ、キャビー」とっさに嘘をついた。その瞬間、トニーはキャビーががっかりしたことに気づいた。どういうわけか、キャビーにはわかったのだ。彼は視線を床に落とした。だが、その悲しみはほんのいっときで消えた。また顔を上げるとキャビーは言った。

「いちか」

(いちか……?)トニーは考え込んだ。それからだんだんわかってきた。キャビーは「いつか」と言ったのだ。いつかトニーは彼を愛する、と。そうなればいい、とトニーは思った。もしかしたらキャビーには、彼にはわからないことがわかるのかもしれない。


彼らは、キャビーがそこで一日の大半を過ごす特別支援クラスに到着した。必然的にトニーもそこにいることになる。全部で十二人の発達遅滞の生徒が通う特別支援クラスは地元の普通高校と同じ敷地内にあったが、校舎は別々だった。

繰り返しの多い淡々とした授業の中で、キャビーがその障害にもかかわらず新しいことを身につけていくようすに、トニーは何度も驚かされた。キャビーの読解力は幼稚園児並みだったが、簡単な算数はできた。特に計算機の使い方が上手だった。午前中のうちに計算機を二つ、こっそり持ち出してバックパックの中に入れてきたのだ。

キャビーはまた、字を書くのも上手だった。まるで絵を描くように黒板の字を巧みに書き写していく。今使っているノートのほかにも、すでに何冊ものノートを書きつぶしている。

トニーはキャビーと自分自身の気を散らさないように、じっとなりをひそめていた。この少年はトニーと秘密を共有していることをはっきりと理解していて、ことあるごとに鏡を見つけては顔を近づけ、「タニー？」とささやいた。

「ああ、キャビー、ここにいるよ」とトニーは応じてやった。キャビーはにっと笑ってうなずくと、鏡の前から走り去った。

教師たちや職員、またボランティアの高校生たちの優しさと忍耐強さにもトニーは驚かされた。こんなふうに他人の日常生活のために時間と労力を費やす人間はどれくらいいるのだろう、と彼は思った。

お昼ご飯の時間になると、キャビーは朝食の残りのブリトーとチーズスティックを温め直したものと、いちじくのジャムが入ったクッキーを食べた。どれも好物らしい。

体育の時間はダンスと喜劇のようなドタバタが混ざり合った時間だったが、みな何とかやってのけた。トニーはまるでなじみのない世界に閉じ込められているようなものだったが、一つひとつの経験の中に確かなリアリティを感じていた。これが人生というものだ。普通の、それでいて同時に類いまれな、想像もつかないような人生だ。自分は今まで何をして生きていたのだろう？　頭に浮かんだ答えは「隠れていた」だった。それが全部ではないかもしれないが、部分的には真実を突いている答えだ。

ここの子どもたちと過ごす時間には、思いがけない楽しさと、心の痛みの両方があった。自分が親としてどんなに間違っていたか、苦痛をもって思い知らされるのだ。彼にも頑張っていた時期はあった。父親業の一環として本を読んでやったことさえあり、その時は真剣に、ベストを尽くして取り組んだものだった。

だが、ガブリエルが死んだあとは……。そういうことの一切をローリーに押し付け、自分は、業績や生産性、資産といった慣れ親しんだ安全な世界へと帰っていったのだった。そして心の痛みが表面に出てこようとすると、それを片隅に追いやって気がつかないふりをしようとした。

時間になると、病院の制服を着たままのマギーが迎えにきた。彼女が入ってくると、部屋がぱっと明るくなったような気がする。身のこなしはプロの看護師らしくきびきびしていて、性格は明るく社交的だ。

へこみのある車に乗せてキャビーを家に連れて帰ると、マギーは忙しそうに鶏の中にフィリングを詰めてオーブンに入れた。学校で、持っていた計算機を二つとも見つけられてしまったキャビーは少しいらいらしていたが、今はパズルに没頭し、塗り絵も少しやり、それから最近できるようになった「ゼルダの伝説」というゲームを始めた。それらのことをしながら、キャビーは数分ごとに「タニー?」とささやいて確かめ、トニーが返事をしてやると嬉しそうに笑った。

ローストチキンが充分に冷めると、キャビーは手を洗い、素早く器用に骨から肉を外していった。あごや口と同様、油でぎとぎとになった指は、鶏肉の中でも彼が好きな部分を選び出し、口に運んでいく。

その日の夕食は、チキンのほかにマッシュポテトと茹《ゆ》でたニンジンというシンプルな付け合わせだった。

「キャビー、教会に着ていく服を一緒に選んであげようか？」とマギーが聞くと、トニーはまるでマギーにもその答えを聞かせるかのように「僕が手伝うよ」とささやいた。

キャビーは小さな声で「いい」と答えて、にこにこしながら自分の部屋に向かった。二人はキャビーのクローゼットや引き出しの中を探し回り、これでいいだろうと二人とも思える服を選び出した。ジーンズとベルト、それに、ボタンの代わりにスナップのついた長袖のシャツ、黒のマジックテープがついたスニーカーだ。着替えにはそれなりに時間がかかり、特にベルトを締めるのに苦労したが、何とかやり遂げると、キャビーはばたばたとキッチンに戻り、着替えた姿をマギーに見せびらかした。

「まあ、すごいじゃない！」マギーは叫んだ。「なんてハンサムな青年なの？　それにその服、全部自分で選んだの？」

「タ……」キャビーが言いかけたとたんにトニーが割って入った。

「しーっ！」

キャビーも自分の唇に指を立ててささやいた。

「しーっ！」

「『しーっ！』ってどういうこと？」マギーは笑った。

「キャビーがこんなハンサムな青年に成長したのを見て、私が黙っていられるわけがないじゃない。世界中に言いふらしたいくらいよ。さあ、私が教会に行く支度を済ませるまで、ちょっとだけひとりで遊んでてね」

（教会か）とトニーは思った。最後の里親が信仰熱心な人たちだったが、その時以来教会には近寄っていない。あの頃、彼とジェイクは、何時間にも思える長い時間、固い木製のベンチに静かに座っていなければならず、それはまるで拷問のようだった。それほど座り心地が悪かったにもかかわらず、牧師の抑揚のない一本調子の説教を聞いているうちに、二人はよく眠り込んでしまったものだ。

ある晩の集会で、彼とジェイクがあることをもくろんで礼拝堂の前に出ていった時のことを思い出すと笑みがこぼれた。二人は里親の家での自分たちの評価を上げようと思って、「イエスを信じたい者は前へ」という招きに従って前に出たのだ。その作戦は成功した。回心したということで里親たちの関心を集め、最初はうまくいったと思ったのだが、すぐに、「イエスを心にお迎えした者」には、さまざまな決め事を作られた神への絶対的な従順が求められるのだという予想外の事実に突き当たることになった。

トニーはすぐに「落ちこぼれ」と見なされ、それは、「まだ信じていない」という状態よりずっと立場が悪いということに気づいた。里子として生きていくだけで充分大変なことなのに、その上、里親の好意からこぼれ落ちてしまったら、それはもう大災難と言わざるを得ない。

しかし、マギーとキャビーに関して言えば、二人とも教会に行くことをとても楽しみにしているようだ。トニーは興味を引かれた。彼が離れていた長い年月の間に、教会も変わったのかもしれない。

グラマラスな魅力があるマギーは、適度な濃さのメイクを施し、自分の魅力を引き立たせる服を着て、クラッチバッグの色に似合う赤いハイヒールを履いた。それから鏡の中の自分をさっとチェックし、洋服の小さなしわを伸ばし、お腹を引き締めて精一杯スマートに見えるポーズをとるとうなずき、コートを抱え、キャビーの手を取った。

一行はまもなくマラナサ・ホーリー・ゴースト教会の駐車場に着いた。ほどよい大きさの街の教会で、マギーはいつもここの礼拝に出席し、キャビーもたびたび連れてきていた。その日は平日の礼拝があり、そのほかに若者のための集会も行われていたので教会の中は老若男女が入り乱れ、聖なる活気に満ちていた。

さまざまな人種や年齢層の人々、経済的に余裕のありそうな人もなさそうな人も、皆同じように付き合っているようすにトニーは驚いた。

全体的に親しげな雰囲気のコミュニティといった感じで、誰とでも気軽にコミュニケーションがとれるようすは驚くほどだった。彼が覚えている教会の雰囲気とはまったく違う。

キャビーを子どもたちの部屋に連れていく道すがら、マギーはあちらこちらで立ち止まり、あの人やこの人とおしゃべりをした。彼女は本当に魅力的で、人を惹きつける性格の女性だった。マギーがある人との立ち話に夢中になっている時、キャビーがささやくのが聞こえた。「ターニー？」

「ここにいるよ、キャビー。どうした？」トニーは聞いた。

「あれ」

彼が指差した先には、お互いのことしか目に入らないといったようすのティーンエイジャーのカップルがいた。周りの世界は消え失せているようで、手をつなぎながら他愛もないことをささやき合っている。彼の宇宙と彼女の宇宙はくっ付き合っているのだ。トニーは心の中でほほえんだ。こんな無邪気な愛を目にするのはいったいいつ以来だろう。そういうものがあることさえ忘れていた。

一方キャビーは興奮しているらしく、トニーが実際そこに立っているなら、ぐいっと腕を引っ張っていただろうと思えた。

「どうしたんだ、キャビー？　大丈夫かい？」彼が聞くと、「ガーウフレンド」とキャビーがつぶやいた。なるほど、と思いながらトニーは聞いた。

「あの子かい？　あの子が好きなのかい？」

「ちが……」頭を振りながらキャビーは答える。「キャビー、ほしい」

キャビー、ほしい。今度こそ、彼の言いたいことがわかった。トニーは彼のひりひりするような強い憧れを感じ取ることができた。キャビーの目尻から涙が一筋流れ落ちた。

この少年は、恋愛という甘美な関係が自分の手の届かないところにあることをどのようにしてか知っていて、それに対する切望を今、トニーに打ち明けたのだ。トニーが冷ややかに相手を見下しながら楽しんできた「女性からの愛」という贈り物を、キャビーは決して経験することはないだろう。

トニーがぞんざいに扱ってきたものを、キャビーはとても大切に考えているのだ。トニーはまたもや、この十六歳の少年の心の成熟度について自分がどれほど浅はかな見方をしていたか、思い知らされた。そのことによって心が痛んだり、自分が恥ずかしくて赦せないというほどではなかったが、明るみに出された事実を気まずく感じた。どうやら、トニーの中に良心が育ちつつあるようなのだが、それが歓迎すべきことなのかどうか、彼には確信がなかった。

（まったく俺はろくでもないやつだな）と思いながら、トニーは辛うじてこうささやいた。

「残念だよね、キャビー」

キャビーはうなずき、まだそのカップルを見つめながら「いちか……」とささやき返した。

マギーはキャビーの手を引っ張って再び歩き始めたが、トニーはまだ心を揺さぶられたまま黙っていた。子どもたちの部屋に着いてマギーが中に入るように合図をした時、トニーは男の子が二人、くすくす笑う声を聞いた。そしてそのうちの一人が彼にも聞こえるほどの声で「ばかが来た」と言った。

キャビーもその声を聞いて二人のほうに向き直った。彼の目を通してトニーにも二人の不器用そうな中学生が見えた。キャビーはその言葉にふさわしく反応しようと精一杯頑張ったが、立てる指を間違えてしまった。肘を曲げ、人差し指を上に突き出してみせたのだ。学校の友達が教えてくれたことを正確に覚えていなかったらしい。

「違う指だ、キャビー。中指を立てるんだよ」トニーが教えた。キャビーは手のひらをじっと見てどれが中指かを決めかねていたが、ふいに両手を上げて全部の指をひらひらと動かしてみせた。

「は！」トニーは笑って言った。「いいぞ！　全部の指を立ててやれ！　よくやった！」

褒められたことが嬉しくて、キャビーはうつむいて笑った。それから、自分が注目されていることに気がつくと、片手を上げて振り始めた。トニーは面食らって「やめろよ、キャビー」とささやいた。

「気にしちゃだめよ、キャビー」とマギーが慰めた。「しつけのなってない子たちなのよ。おまけに自分たちがどれほど無知かってことも知らないくらいのばかだわ。それより、受付を済ませてきたからね。私は一時間くらいで戻ってくるから、そしたら家に帰りましょう。ここにはお友達もたくさんいるし、アリサもいるからね。アリサ、覚えてるでしょ？」

キャビーは同意のしるしにうなずき、部屋の中に入っていこうとしたが、どういうわけかドアのそばの隅っこまで戻ると、「バイ！　タニー！」とささやいた。

ふいを突かれたトニーが口を開く前に、キャビーは向きを変えてマギーの腕の中に飛び込み、彼女をぎゅっと抱きしめた。

「あらまあ！」驚いたようにマギーは言った。「どうしたのキャビー、大丈夫？」

彼は顔を上げてうなずくと、心からの笑顔を見せた。

「よかった！　じゃあ、用事があったら誰かに私を呼びにきてもらってね。どちらにしろ、すぐ戻るけどね」

「かった！」と言って、キャビーは何かを待っていた。

これまでに何千回もそうしてきたように、マギーは身を屈めておでこを突き出し、キャビーからのキスを受けた。だがこの時はなぜか、その瞬間、体を風が通り抜けたような感じがして、彼女は心の中で（ワオ！）とつぶやいた。（聖霊かしら。聖霊なら、もっともっと来ていただきたいわ！）

それからもう一度キャビーを抱きしめて、彼女は礼拝室に向かっていった。

トニーはまたもや滑り出していた。

何が起こっているのかはすぐにわかった。だが、どうすればこうなるのかがわかったのは、これが初めてだ。彼が滑り出したきっかけはキスだった。滑り出してからの感覚は、前回とまったく同じだった。仰向けの状態で落ちていき、温かく、抱きしめられているような感じがした。

そして次の瞬間、彼はマギーの目を通して外を見ていた。子どものように純真に物事に驚嘆するキャビーの魂は、鮮やかな赤や緑、青のようなシンプルな色を備えていたが、マギーの魂はもっと成熟して入り組んでいて、深く複雑な色合いと奥行きがあった。

自分の中にトニーがいることに気づかないマギーは、礼拝室に入る前にトイレに寄ることにした。そこでも彼女はたくさんの友達にうなずきかけて短く言葉を交わしたり挨拶したりしていたが、鏡に映る自分の姿をチェックし、服を整えて外に出ようとしたところで、用も足していくことにした。礼拝が正確にはどれくらいの時間続くかわからなかったし、礼拝中にその場を離れたくなかったのだ。

トニーは焦った。彼女が服を緩め始めたところで、彼は思わず叫んだ。「やめてくれ！」ほかにどうすればよかったというのだ。

そしてマギー・サンダースはその言葉どおり「やめた」。息も止め、動きも止め、ボタンを外す手も止め、すべてを止めて五秒ほどが経過した。それから、思いっきりかん高い声で叫んだ。

「男！　男がいるわ！」

大砲が紙吹雪の爆弾を発射したように、女性用トイレからたくさんの女性たちが飛び出していき、その場は大混乱となった。その人の波の中でマギーはどうにか服のボタンをはめた。

身振り手振りを交え、息をあえがせながら、彼女はドアの外に立っている女性たちと、騒ぎを聞きつけて走ってきた三人の案内係に向かって、何が起こったのかを説明しようとしていた。

人々はマギーの話を聞いて、彼女を何とか落ち着かせ、細心の注意を払ってトイレの中に入っていった。そして個室を一つひとつ全部調べ、モップが入った用具入れも調べてみたが、誰もいない。マギーは確かに男が彼女に話しかけたのだと言い張って皆にもう一度調べさせたが、その声を聞いたという女性はほかにはいなかった。いつも、男性から声をかけられることを夢見ているジョージア・ジョーンズを除いては。

女性用トイレの中に誰もいないことを確かめたあとで、案内係たちはマギーの周りに集まってきた。

「もしかしたら、主の声を聞いたんじゃないですか、マギー」一人が、何とか彼女を納得させようとして言った。「中を全部確かめましたけどね、誰にも見られずに男が逃げる道なんかどこにもありませんから」

「ごめんなさい」マギーは謝った。「何てお詫《わ》びしたらいいのかしら。でも、私、本当に男が『やめてくれ』って言うのを聞いたんです。それは確かなの」

それ以上どうしようもなかったので、集まってきた人々もその場を去り始めた。騒ぎを見聞きしたあとで、もう一度トイレに入ろうとする女性は一人もいなかった。だが、マギーは別だった。徹底的に恥をかいた彼女は、もう一度あの場所に戻って自分で確かめることにしたのだ。トニーがもし、壁に頭を打ちつけることができたなら、きっとそうしていたに違いない。彼女に対して、何てひどいことをしてしまったのだろう。

マギーはトイレの中をくまなく調べたが、やはり男はいなかった。彼女もついにあきらめて、顔を冷やして落ち着こうと蛇口をひねった。後ろから忍び寄る者がいないことを鏡ごしに確認すると、彼女は深いため息をついて、緊張を解き、興奮を鎮めた。リラックスすると、この騒動の前に何をしようとしていたのかを思い出し、個室に入り、また服のボタンを外し始めた。

「頼むからマギー、やめてくれ！」

マラナサ・ホーリー・ゴースト教会は、生粋の「聖霊派」で有名なフル・ゴスペル教会に比べるとかなり穏やかで上品な雰囲気の教会だったので、礼拝室では皆、静かに聖なる全能の神を思って黙想をしていた。だから、マギーが気がふれたように再びものすごい勢いで女性用トイレから飛び出してきて、両手を振り回し、飛ぼうとでもしているかのように走り抜けていった時、誰もが心底驚いた。

彼らも聖霊の働きを見たことは何度もあったし、意識的にそれに身をゆだねる者もいた。だが、聖霊に満たされることがあっても、それはいつでも慎ましく礼儀にかなった現れ方をしたし、女性がそういう状態になったときは人の目に触れないようにされた。特に、礼拝室の中に未熟なティーンエイジャーたちがいる時にはなおさらだった。

聖霊がこんな働き方をするところは誰も——フル・ゴスペル教会をのぞきに行ったことのある者でさえ——見たことはなかった。ミズ・マギー・サンダースは、小さな爆弾のように、二曲目の賛美歌「オー・ハッピー・デー」を歌っている最中の礼拝室に飛び込んできて、「霊に取り憑《つ》かれた！　霊に取り憑かれたわ！」と叫びながら真ん中の通路を駆け抜けていったのだ。

マギーがこの時、「いちばん適切な独身者」であるクラレンス・ウォーカーめがけて飛び込んでいったことはすばらしい偶然だったと、人々はあとで言い合うことになる。彼は文句のつけようがない人格者で、教会の中心的な人物であり、長老を務めていた。

長老にふさわしい反応を示し、クラレンスは騒ぎを聞きつけるとようすを見ようと立ち上がっていた。ただ残念だったのは、何が起こっているのかをもっとよく見るために、真ん中の通路に身を乗り出したことだ。線路を外れて暴走する列車のように、女性が彼めがけて突っ込んでくるのを見て、クラレンスは凍りついた。

マギーのスピードが最高潮に達したところで片方のヒールが取れ、彼女の体は宙に放り出された。腕を開いたクラレンス長老がそれを受け止める。彼のほうがほんの少し背が高かったが、彼女のほうがほんの少し体重はあった。二人は礼儀作法や神聖さを蹴散らしながら一塊《ひとかたまり》になって転がっていった。クラレンスは完全に息があがってしまい、マギーはそんな彼にまたがって肩を揺すり、その顔めがけて「霊に取り憑かれちゃったんです！」と言い続けていた。

聖歌隊の中には、「オー・ハッピー・デー」の三番を歌おうとする者も若干いたが、大半はどうすればいいかわからず、うろたえていた。それはあまりにもあっという間の出来事だったので、そこにいた者のうち少なくとも半数は、何かを聞きはしたものの、何も見ないうちに終わってしまった。そんなわけで彼らは、聖霊の働きを見たしるしに「アーメン！」と叫んだりハンカチを振ったりするべきかどうか確信が持てずに迷っていたが、後ろの列にいた何人かは、リバイバルが始まったのだと信じてひざまずいた。

案内係やそばに座っていた会衆の中の何人かは、もつれて倒れ込んでいる二人のもとに駆け下りていき、声に出して祈ったり手を差し伸べたりと、大騒ぎになった。

一人の屈強な若者が、マギーが叫ぶのをやめるまでその口を大きな手でふさぎ、別の二人が息も絶え絶えのクラレンス長老からマギーを引きはがした。二人はすぐに脇にある祈禱室《きとうしつ》に連れていかれ、聖歌隊指揮者のとっさの判断により、聖歌隊と会衆は心を安らがせてくれるような賛美歌「アメイジング・グレイス」を歌い始めた。

やっとのことで水を飲めるくらいには落ち着いたマギーに二人の女性が付き添い、彼女の手を軽くたたきながら、「神の祝福がありますように」「イエスの御名《みな》をたたえます」と繰り返しつぶやいた。マギーは恥ずかしさにうちのめされていた。彼女の耳には確かに男の声が聞こえた。それも二回。だが、そんなことはどうでもいい。今の彼女が望むのは、すぐにでもテキサスの遠縁の家に引っ込み、人知れず静かな暮らしをして、誰にも思い出されないまま死ぬことだけだった。

トニーは自分がしでかしたことに縮み上がるのと同時に、予想外の事の成り行きを心底面白がってもいた。閉じられたドアの向こうからは、まだ感動的な「アメイジング・グレイス」の調べが聞こえてくる。しかし、トニーはといえば、こんなことは初めてだったが、今にも教会の中で叫び出すかわめき散らすかしそうな気分だった。マギーの中を駆け巡ったアドレナリンの第二波がトニーをも興奮させ、彼は今、その余波でくらくらしているような状態だったのだ。

クラレンス長老はようやく落ち着きを取り戻し、息も整って普通にしゃべれるようになると、マギーの前に座って彼女の手を取った。彼女は彼の顔を見ることができなかった。二人はしばらく前に知り合っていて、クラレンスは、淡いほのかな感情ではあったが、間違いないく彼女に好意を抱いていた。しかし、マギーの今日の振る舞いは、彼が知っている彼女のものとはとても思えないものだった。

「マギー」と呼びかけたあと、彼は言葉に詰まった。本当は「マギー、いったいどうしちまったんだい？」と聞きたかったのだが、その代わりに彼は、静かな声で父親が娘に語りかけるようにこう聞いた。「マギー、僕に……僕たちに、訳を話してもらえるかな？」

マギーは死んでしまいたかった。彼女はこの男性に単なる好意以上のものを感じていたのだが、今や望みは完全に絶たれた。礼拝室の会衆と神の面前で、彼女がそれを床にたたき付けて打ち砕いたのだ。

マギーは深いため息をつくと、あまりの恥ずかしさにうなだれて、床を見つめたまま話し始めた。トイレにいる時に男性の声を聞いたこと、案内係たちが中を探してくれたが誰もいなかったこと、案内係の一人が、それは神の声かもしれないと言ったこと……クラレンスがこの説を信じてくれはしないかと最後のかすかな望みをかけたが、彼は聞き流した。（いいわ、どのみちそんなの本当のことじゃなかったんだもの）と彼女は思った。彼にそれを信じてもらおうと思ったことが間違いだったのだ。

そこで話を先に進めて、どんなに探しても誰も見つからなかったので彼女がトイレに戻ったところ、その声がもう一度話しかけてきたことを説明した。

「クラレンス……いえ、ウォーカー長老、あれは悪霊だったんだと思うんです」

そこまできてやっと顔を上げ、信じてほしいと目で懇願しながら彼の顔を見つめた。あるいはせめて、納得のいく説明を彼のほうからしてくれないだろうか。

「それ以外考えられないでしょう？」

「まあ、落ち着いて、マギー」彼がまだファーストネームで呼んでくれることが慰めだ。

「その声は何て言ったんだい？」

マギーは記憶をたどったが、確かなことは思い出せない。

「確か、『キリストは外に行った。やめろ、マギー！』じゃなかったかしら。そんな感じだったと思うんですけど、何しろあっという間の出来事だったので」

この女性の助けになるか、慰めになるようなことは何かないだろうかと考えながらクラレンスは彼女を見つめていたが、何も思いつかなかった。

彼が言葉に詰まっていることに気づいたマギーは、自分のほうから口火を切った。

「ウォーカー長老、キリストはどうして外に行ったんでしょう？　そして、どうして私はやめなくちゃいけなかったんでしょうか？」

クラレンスは頭を振り、知恵を求めて無言で祈りながら答えられずにいたが、神からは何の示唆もなかった。そこで別の角度から探ってみようと、こう聞いた。

「じゃあ、きみはその声は本当に悪霊だったと思っているわけだね?」

「どうなのかしら。突然頭の中にその声が響いたんです。悪霊ってそんなふうに頭の中に声を吹き込んだりしないですか? 私は悪霊に憑かれていると思います? クラレンス。あ、いえ、ウォーカー長老?」

「俺は悪霊じゃない!」トニーは決然として口を挟んだ。「悪霊がどんなものなのかはよく知らないが、俺はその一員なんかじゃない」

「ああ、どうしよう」マギーは驚愕して両目を大きく見開いた。「また私に話しかけてる!」

「誰が?」とクラレンス。

「悪霊です」と答えた彼女の顔は、怒りで赤く染まっていた。「私に話しかけるんじゃないわよ、このろくでもない……ああ、すみません、あなたに言ってるんじゃなくて、クラレンス。悪霊に言ったんです」マギーはどこに視線を合わせればいいのかわからなくなって、クラレンスの後ろの誰もいないスペースのほうに目を泳がせた。

「イエスの御名にかけて……」

「マギー」彼女の言葉を遮ってクラレンスが聞く。

「その声は何て言った?」

マギーは彼に視線を戻して答えた。「彼は、自分は悪霊じゃないって。それこそいかにも悪霊の言いそうなことだと思いませんか? 自分は悪霊じゃないなんて」

「僕の名前はトニーだ」何かの役に立てばとばかりにトニーは口を挟んだが、同時にこの状況を必要以上に面白がってもいた。

マギーは口に手を当て、唇に固く押し当てた指の隙間から言葉を絞り出した。「彼は、自分の名前はトニーだって言ってます」

クラレンスは吹き出しそうになるのをこらえて言った。

「きみには、自分は悪霊ではなくてトニーという名前だと主張する悪霊が憑いているっていうこと？」

マギーはうなずく。

クラレンスは唇の内側をかんで笑いをこらえながら、さらに尋ねた。

「マギー、きみの悪霊には名字はあるのかな？」

「私の悪霊？」その言い方に彼女は傷ついた。「彼は『私の』悪霊じゃありません。そして、もし私が悪霊に憑かれたのなら、それは『あなたの』教会で起こった出来事だわ」そう言ってしまってからすぐに後悔し、何とかごまかそうとさらに言い募った。「もちろん、彼に名字なんかありません。悪霊に名字がないことくらい誰だって知って……」

「僕には名字くらいあるさ」トニーは教えてやった。「僕の名字は……」

「しっ！」マギーは小声で応じた。「名字があるなんて嘘言ってるんじゃないわよ、この地獄の悪魔め！」

「マギー」トニーは黙らなかった。「僕はきみの友達のモリーのことを知ってる。リンジーのこともキャビーのこともね」

「どうしよう！」マギーはクラレンスの手を固く握りしめた。「何だか知り合いの霊みたいなんです。彼、モリーのことを知ってるって言いました。キャビーのことも……」

「マギー、落ち着いて聞いてほしい」優しく手をほどきながらクラレンスは言った。「今ここで、きみのために祈る必要がありそうだね。うん、みんなで祈るよ。僕たちがみんなきみのことを愛しているのは知ってるだろう？　今きみが経験しているようなことがどんなに大変なことか僕にはよくわからないけど、僕たちは皆、きみの助けになるためにここにいるってことをわかってほしいんだ。きみか、あるいはモリーやリンジーやキャビーに助けが必要になったら、必ず僕たちに知らせてほしい」

この言葉を聞いてマギーは、クラレンスやほかの人たちが、悪霊が彼女に話しかけていることを信じていないのだと悟った。これ以上は、何かをしゃべるだけ立場が悪くなるだけだ。その道の専門家に引き渡される前に口を閉じなければ。

その場にいた人が皆集まって彼女を取り囲み、イスラエル産の甘い香りがするオイルを塗り、この奇妙な事件に関して彼女を助けてくれるように優しい言葉を選びながら長い時間をかけて祈ってくれている間、マギーはされるがままになっていた。そしてそれは実際、効果があった。マギーは心に静けさと落ち着きが取り戻されるのを感じ、その場にいるにしては最大限に立ち直ることができた。

皆が祈り終わって立ち上がると、マギーも「まあ、大変、もうこんな時間！　急いでキャビーを迎えにいかなくっちゃ」と立ち上がった。何人かが彼女にハグをしている間、ほかの者たちは、マギーがもっているものが何であれ、それがうつるのを恐れていると思われないように気を遣っていた。

マギーがクラレンスに対して申し訳なさそうにもじもじしていると、彼は優しくほほえみながらハグをしてくれた。マギーは普通のハグよりほんの少しだけ長く彼を抱きしめた。恐らくこれが最後のハグになるだろうから、思い出にしたいと願いながら。

「皆さん、祈ってくださり、支えてくださってありがとう」と言いながら、（でも、理解はしてくれなかったわね）と心の中で付け加えた。だが、これは彼女自身にも理解できないことだ。いつかは笑い話にできるだろう。でも、今は、キャビーとモリー以外の誰にも会いたくなかった。これを聞いたら、モリーはひっくり返るだろう。

第10章　揺れる心

悲劇とは知恵を得るためのものであって、
それに引きずられて生きるためのものではない。
ロバート・ケネディ

マギーとキャビーが家に着くと、モリーは玄関のドアのところで二人を待ち構えていた。マギーが平たい赤いスリッパのようなものを履いて足を引きずって帰ってきたのを見て、彼女はもの問いたげに片方の眉を上げてみせた。裸足で車まで歩いていくには寒すぎたし、片足だけヒールをつけて歩くよりはいっそ、と思い、マギーはもう片方のヒールも取ってしまい、釣り合いを取ったのだった。ちぎれたストラップの代わりに、用具入れから拝借してきた粘着テープが付いている。洋服のあちこちが破れ、髪はぐちゃぐちゃのままだ。

「わぁ。すごい礼拝だったみたいね。行けばよかった」モリーが言った。

「聞いてよ」マギーは話し始めた。笑ったり頭を振ったりしながら靴を脱ぎ、ストッキングを履いた足でゴミ箱まで歩くと無造作に靴を投げ入れる。

「何が起こったかなんて、ぜーーーったい思いつかないわよ！　神様が介入なさらない限り、私、二度とあそこには戻らないわ。プラスチック爆弾をたっぷり使ってあそこに戻る橋を吹っ飛ばしてきたの」

「何があったっていうの？」モリーは疑わしそうな顔で聞いた。

「自分でもよくわからないんだけど、とにかくあんなことをしちゃったからには、私の今の願いはテキサスサイズの穴を掘って、そこにテキサスを放り込んじゃうことよ」

「マギー、自分で思うほどひどくないかもよ。何とかなるものよ、本当に。物事には落ち着く先ってものがあるんだから。さあ、何があったかちゃんと話してみてよ。あなたが言ってること、さっぱりわからないから」

「モリー」マギーは彼女の顔を見ながら話し始めた。マギーの使っているマスカラもほかの化粧品も、ウォータープルーフのものではなかったようだ。「オー・ハッピー・デー」を歌っている最中の礼拝室の廊下を、私が『悪霊に憑かれた』って叫びながら駆け下りていった時のみんなの顔を、あなたも見るべきだったわよ。みんな散り散りになりながら聖霊に祈ったり、イエスの御名を唱えたりしたのよ。それから私のくそヒールが――ごめん、今のはフランス語よ――ハイヒールが壊れて、私、もう少しでクラレンスを殺すところだったの」

　マギーは座り込むと泣き出してしまい、モリーは口をぽかんとあけて突っ立っていた。

「何てことをしちゃったのかしら」マギーはうめいた。「クラレンスを死ぬほど怖がらせちゃったのよ。素敵な、主イエスを愛するクラレンスを。私、外出恐怖症を宣言するわ。もう、家から一歩も出られない。今から私、そういう人間になるの。引きこもりになるわ。だからみんなには『訪ねて来ないで』って言ってね」

「マギー」と一言だけ言うとモリーは彼女をしっかりと抱きしめ、ぐしゃぐしゃになった顔を拭くためのペーパータオルを渡した。

「ねえ、顔を洗ってらっしゃいよ。ついでにパジャマに着替えてきて。その間にレモンドロップを作っておくから。こういう夜はこのカクテルを飲まなきゃ。それから全部詳しく話してちょうだい」

「そうね」ため息をつきながら、マギーはゆっくりと立ち上がった。「それに、一時間も前からトイレに行きたかったのよ。その点でも家に帰ってこられて嬉しいわ。だってほんとの話、トイレは自分の家のに限るわよ」

(またか)とトニーは思った。

マギーはもう一度ハグをしながら言った。「モリー、あなたがいなかったら、私、どうなってたかわからないわ。それと、キャビーとリンジーもね。でもあなたは、こんな破壊力のあるハリケーンと暮らすことになるとは知らなかったでしょうね。ものすごい混乱を引き起こしちゃったんだもの、私。あなたが通う白人の教会は、ちょっと大きめサイズの、でも落ち着きがあって優しくて物静かな黒人女性が紛れ込んで一緒に賛美したら嫌がるかしら？　手拍子だって、ちゃんと正規のリズムで打つって約束するから」

「いつでも歓迎よ、マギー」モリーは笑いながら答えた。「あの教会もちょっと活気づくと思うわ」

マギーは寝室とトイレに向かう途中の廊下で、すでにスパイダーマンのパジャマを着ているキャビーと出会った。両手を上げてそこに立っていたキャビーはマギーに「ストップ！」と要求する。キャビーらしくない言動だと思いながら、彼女は立ち止まった。「どうしたの、キャビー。何かあった？」

キャビーは彼女の胸を軽くたたき、真剣な顔で彼女を見つめながら「ターニー」と言った。それからもう一度胸をたたいて繰り返す。「ターニー」

「ごめんね、キャビー、すぐにわからなくて。私こういうの、苦手なのよ。ヒントをくれる？」

キャビーは一瞬考え込んだが、にこっと笑うと靴下を片方脱ぎ、その足を上げて空中でくねくねさせてみせた。

「足？　足がどうかしたの？」

キャビーはかぶりを振ってその場に座ると、両手でつま先を包み込み、親指だけが見えるようにして、それをマギーのほうに突き出し、「ター！（toe トゥ　つま先）」と言ってみせた。

「トゥ？」と、マギーは確認する。

そうだ、というしるしに素早く一回うなずいてほほえみ、立ち上がって足を指差した。つま先を宙に上げ、用を足すための壁を探して焦っている犬のようにくるくると回ってみせた。

マギーにはその意味がわからない。キャビーは回るのをやめ、唇をすぼめて考え込み、それからマギーの手を取って自分の膝に当てた。

「ニー？（knee　膝）」マギーは彼の期待どおりの答えを口にする。キャビーはまたつま先をくねくねさせた。「ニートゥ？　ニート？」そこまで来てやっと彼女もわかった。「トニー！　トニー？」

二度めはゆっくりと繰り返した。

キャビーは得意そうな顔を見せ、「ターニー！」と叫ぶと、何度も首を縦に振った。それからまた彼女の胸をたたいて「おもだち」と言った。

「トニーはあなたの友達なの？」驚きのあまりゆっくりした口調で彼女は確かめた。

「おもだち」それだけ言うと、キャビーはマギーにハグをし、任務終了とばかりに台所のほうにスキップしていった。あとに残されたマギーはぐったりと壁に寄りかかり、トイレに行って用を足している間に何か思いつくかもしれないと、ぼんやり考えていた。

二人のやり取りを全部見ていたトニーは、マギーよりもっとびっくりしていた。この少年はいったい何者なのだ。トニーがマギーの中にいることを、どうやって知ったのだろう？　だがさしあたって今は、あの大騒ぎを起こすことになったそもそもの原因に、また直面していることのほうが大変だ。トイレで用を足すという単純な行為が、こんなに大変な予期せぬ結果を生むとは、誰が考えただろう。

グランドマザーの言葉を思い出したのはその時だった。彼女は、難しい局面が来たらターンしろ、と言った。心の中でそうしようとしてみたが、何も起こらない。（ダンスみたいにだ）と自分に言い聞かせながら、ラインダンスでぴょんと飛ぶところを思い浮かべて真似をしてみる。今度はうまくターンできたらしい。彼女の目という窓から離れて、彼は今、暗闇を見ていた。

暗さに目が慣れるまでしばらく時間がかかったが、慣れてくると大きな部屋のようなところに立っていることがわかって驚いた。背後にあるのは、常に変わっていく景色を眺める窓のようなものだった。誰かが「目は心の窓」と言うのを聞いたことがあるが、それは恐らく本当のことなのだ。しかも、文字どおりの意味で。

彼は今、その目の内側からマギーの魂を見ていた。背後から入って来るトイレの明かりが、遠くの壁に淡い影を投げかけている。壁には写真や絵のようなものがたくさんかかっているが、遠すぎてはっきりと見分けることはできない。

あとで近くまで行って見ることもできるかもしれないが、今は彼女が用を足し終わったことを感じ取れたので、もう一度向きを変えた。

マギーはまず、すっかり取れかかっている化粧を完全に落とし、毎日のお決まりの肌のケアとチェックをし、完全なすっぴんになるとほっとした。

それからネックレスと、涙の形のペンダントと、五つの指輪を外し、鏡台の引き出しにしまった。すべてを所定の位置に戻した時、イヤリングが一つなくなっていることに気づいた。安いダイヤが付いているもので、母親からもらったものだ。自分で稼ぐ手段を持たなかった母が譲ってくれたそのイヤリングは、彼女の宝物だった。

多分、礼拝室でなくしたのだろう。明日の朝いちばんで電話をかけて、気をつけてもらっておこう。掃除機の中味を点検させてもらわなければいけないかもしれない。だが今は、何もできることはない。教会はすでに閉まり、鍵がかかっているのだから。そこで彼女は立ち上がってバスルームを後にすると、レモンドロップを楽しみにしながらキッチンに向かった。

モリーはレモンドロップのグラスの縁に薄く砂糖を塗って準備を整えてくれていた。この砂糖のおかげで最初の一口の酸っぱさが和らげられ、レモンドロップはゆっくりとなめらかに喉を下りていく。

マギーはキッチンに向かって置いてある大きな安楽椅子に心地よく収まり、モリーはその隣に自分の椅子を引っ張ってきて、ティーバッグを入れたままのお茶のカップを持ってそこに落ち着いた。キャビーはすでに、自分のベッドで気持ちよく眠りについている。

「さあ、それじゃ」いたずらっぽくほほえみながらモリーが言った。「全部話してくれる？　恐ろしいディテールも何もかも」

言われるままにマギーは話し出し、二人は女学生のように嬌声《きょうせい》を上げたり叫んだり、お腹が痛くなるまで笑ったりした。マギーがレモンドロップをちびちびと大事に飲んでいる間に、モリーのお茶は三杯目になっていた。彼女はお酒の味は好きだったが、自分の家族がこの恐ろしい液体にさんざん痛めつけられていたので、彼女自身は決して飲まないことにしていた。

「マギー、でもちょっとわからないのは……」と、モリーは正直に口にした。「トニーの部分なのよね。トニーって誰なのか、あなたには心当たりはないの？」

マギーは首を振った。「あなたも悪霊だと思う？　あなたに話せば何かわかるんじゃないかと思ったんだけど。キャビーはトニーは自分の友達だって言うのよ」

「あの子の友達？」モリーはちょっと考えてから答えた。「キャビーの友達にトニーなんていなかったと思うけど」そう言ってマギーの顔に目をやると、彼女はグラスを口に運ぶ手を止めて、驚きと恐怖で凍りつき、目を見開いている。

「マギー？　大丈夫？」手を伸ばして彼女の手からグラスを取り上げながらモリーは言った。「お化けを見てるような顔をしてるわよ」

「モリー」マギーはささやいた。「彼が何か言ってるのよ！」

「誰が？」モリーもささやき声で聞き返した。「っていうか、何で私たちささやき合ってるの？」

「私が悪霊だと思った男よ。彼が……」食いしばった歯と唇をわずかに動かしながらマギーは言葉を絞り出す。「自分の名前はトニーだって言うの！」

「トニー？　え、つまり、あのトニー？」モリーは反り返って笑い出した。「マギー、あなたったら私のことかつごうとして……」

だが、マギーは身じろぎもしない。そんな彼女を見て、モリーもこれは冗談ではないのだと気づいた。

「ごめんごめん、マギー。私には何も聞こえなかったもんだから、あなたが私をからかおうとしてるんだと思ったのよ」

マギーはまだ凍りついたまま座っていて、何かにすっかり気を取られているようすで宙を見つめていた。

「それで、あなたのトニーは何て言っているの？」マギーのほうに身を寄せながらモリーは聞いた。

マギーははっと我に返って答え始めた。「まず第一に、彼は『私の』トニーじゃないし、それに……」そこで彼女はいったん口をつぐんでから続けた。「彼、しゃべるのをやめないのよ。だから私、言葉を聞き取れなくて……トニー？」マギーは片手を上げて耳に当て、拡声器に向かっているかのようにしゃべった。「トニー？　トニー、私の声が聞こえる？　聞こえるのね。よかった。それじゃ、ちょっとの間、黙っててくれる？　ありがとう。助かるわ。ちょっとモリーに説明するから。ええ、そう。トニー？　わかった。ありがとう。ええ、そのあとですぐ、あなたとお話しするわ。モリー！」マギーの目はさらに大きく見開かれていた。「信じてくれないでしょうね。私だって信じられないわ。もしかして私、頭がおかしくなり始めてるのかも……。いいえ、トニー、私は落ち着いてるわ。ちょっと整理させてよ。ええ、そうね。トニー、黙ってて！　ええ、あなたにも話したいことはたくさんあるんでしょうよ。でも、あなたがこの状態になってからどれくらい時間が経ってるの？　勘弁してよ。私はたった今、このことを知ったのよ。だから一分か二分、時間をくれてもいいんじゃない？　そうしたら、今何が起こっているのか考えられると思うの。あなた、私をどんな混乱の中に突き落としたかわかってる？　いいえ、いいえ、謝らないでちょうだい。私はもうあそこに近づきたくもないわ。べらべらしゃべるのをやめて、ちょっとモリーと話させてちょうだい。いい？　わかったわ、ありがとう」

マギーはモリーのほうに向き直り、「あのろくでなしと話してたのよ」とささやいた。「あ、聞こえた？　どうすればあなたに盗み聞きされないで話せるのかしら。できない？　最悪。それじゃプライバシーもないじゃない」

そう言ってからモリーを見ると、彼女は片手を口に当て、目を大きく見開いてこちらを見つめていた。マギーは彼女のほうに身を傾けて苛立ちをぶつけた。「そりゃ、私は神様に私の人生にも誰かいい人を与えてくださいって祈ったわよ。でも、それはこんなのじゃないわ。私が思い描いていたのは……」と言って彼女は祈るように天を仰いだ。「例えばクラレンス長老みたいな。……ねえ、イエス様！」

それからほんの一瞬口をつぐむと、マギーは頭をかしげ問いただし始めた。「さあ、教えてちょうだい。あなたは黒なの、白なの？　どういう意味かって？　決まってるでしょ、肌の色よ。あなたは黒人なの？　白人なの？　まあ、何てこと！」モリーのほうを振り返りながら彼女は言った。「モリー、私の頭の中に白人の男がいるわ。トニー、そこにいる？　黒人の血も少し入ってるかもしれないって、どういうこと？　人類の起源はアフリカにあるからって？　それともインディアン？　例えばトント族みたいな、ああいうインディアンのこと？　それともインドから来たインディアン？　え？　混乱している？　あなたにはインディアンのおばあさんがいるの？　ああ、そう。それならそうね、あなたにはインディアンの血が流れてるわ。え？　生物学的な祖母じゃない？　どうでもいいわ、そんなこと。トニー、いいから今は黙ってて。モリーと話をさせてよ。いい？　しーっ！　しーーーーーっ！　ありがとう」

マギーはどすんと椅子に座ると、顔にかかる髪の毛をかき上げながらモリーの顔を見て尋ねた。「それで、あなたのほうは？　今日はどんな日だった？」

まだ状況が飲み込めなかったものの、マギーに調子を合わせてモリーも話し始めた。

「まあ、いつもどおりよ。変わったことはなかったわ。リンジーの検査に立ち会うために病院に行ったでしょ。今日はナンシーとサラが担当だったの。それと、あなたに言うのを忘れてたんだけど、昨日病院に行った時、キャビーがかくれんぼを始めちゃったのよ。結局、隣の神経疾患のＩＣ

Uで見つけたの。もうちょっとで死にかけてる人の医療器具のスイッチを切っちゃうところだったわ。たいした話じゃないでしょ？　あなたは？」

「ああ、私もよ。別に何も。ただ、悪霊に取り憑かれたと思って全世界の前で自分でもびっくりするような醜態を演じちゃっただけ。でも別に何も心配することなんてなかったのよ。ただ白人の男が私の頭の中に忍び込んだだけなんですもの。よくあることよ」

一瞬の沈黙が訪れた時、ふいにモリーの言ったことの意味がマギーの意識にのぼった。「モリー、ごめんなさい！　トニー騒ぎで頭がいっぱいで、リンジーのようすを聞くことさえ忘れてたわ。自分のことばっかりだったわね」

モリーに答える間も与えず、マギーは今度はトニーに向かってしゃべり始めた。「トニー、まだそこにいる？　いるのね。そうだと思った。あのねトニー、モリーにはかわいい小さな娘がいるの。リンジーっていうのよ。十四歳だけど、世界でいちばんかわいいベイビーなのよ。一年前……」と言って彼女は口をつぐみ、モリーのほうを見た。モリーはうなずいてみせた。「あの子は病気になったの。そして半年前に急性骨髄性白血病と診断されたのよ。最近はかなり調子が悪いの。で、私とあなたが教会で大騒ぎしていた頃、モリーはリンジーと一緒に病院にいたわけ。ここまではわかった？　よかった。ええ、私たちも本当に残念だと思ってるわ。でもこれが事実なの。もし祈り方を知ってるなら、祈ってくれてもいいわよ」

それからモリーのほうを振り向いてまた謝り始めた。「あなたがしゃべっていたのに邪魔しちゃってごめんなさい。あのね、これって、あなたと話している時に電話がかかってきて、その会話にあなたを入れられない感じなのよ。ごめんね」

「いいのよ。ただ、私には全然わからないんだけど」と言ってからモリーは話題を変えた。「リンジーは精一杯頑張ってると思う。明日か明後日には白血球の数値がゼロに近づくだろうと言われてるの。そうしたら、化学療法の次のクールに入るわ。私はずっと今後の見込みを聞いてるんだけど、あなたも看護師だからわかるでしょ？　みんなぬか喜びも絶望もさせたくなくて、あまり話してくれないのよ。オズの魔法使いと話ができたらいいんだけど」

「わかるわ、モリー。たいした慰めにはならないかもしれないけど、でも、リンジーは今、誰よりも優秀で親切な人々に囲まれて最善の場所にいるのよ。彼らが解決策を見つけてくれるわ。私も直接かかわれたらいいんだけど、そうはいかないでしょ？　私たちみたいに一緒に住んでいる間柄だと、いろいろと厄介な問題があるからね。『医療保険の携行性と責任に関する法律』とか何とか。私たちは神様がこの大変な状況のただ中にいてくださることを信じ続けなきゃね」

「そうしようと思うんだけど、マギー、でも時々、いつにも増して辛い日っていうのがあるのよ。で、そんなときには、神様は重要な人たちのために重要なことをしてあげるのに忙しくて私どころじゃないんじゃないかとか、それとも私が何か悪いことをしたから罰を受けているんじゃないか、とか考え始めちゃうの」

うなだれたモリーの目からまた涙がこぼれ落ちた。マギーは優しくモリーの手からカップを取り上げて近くのテーブルに置くと、抱き寄せて慰め、彼女が悲しみを言葉にして表すがままにさせた。

「もう、どう祈ったらいいのかさえわからない」泣きじゃくりながら、つっかえつっかえモリーは言う。「病院に行ってあっちの部屋こっちの部屋に回されるでしょ。そうするとそこには父親たち母親たちがいて、待っているの。もう一度ほほえんだり大笑いしたりできるようになる日を待っているの。もう一度生き始めるのを待っているのよ。私たちはただ、息をひそめて奇跡が起こるのを待っているんだわ。そして私はすごく自分勝手なことを願うの。何とかして神様の注意を引いて、私の娘を治してもらいたいって。もしくは、私が何をすれば願いを聞いてもらえるのか教えてほしいって。ほかのみんなもそうよ。自分の子どもたちのためにそう祈ってるわ。私、わからないの。辛すぎてわからない。どうしてリンジーじゃなきゃいけなかったの？　てんとう虫さえいじめたことのない子なのよ。とってもいい子で、きれいで、繊細で。ほかの人を傷つけておきながら健康な人たちがいくらでもいるのに、何でリンジーが……」心の中に溜め込んでいた怒りと絶望が、あふれる涙となってほとばしり出た。

マギーは何も言わずモリーを抱きしめたまま、髪の毛をなで、ティッシュを手渡した。沈黙が何よりも多くを語ることがあり、ただそばにいることがいちばんの慰めになることがある。

二人の会話を全部聞いていたトニーはすっかり感情移入してしまい、モリーに対するマギーの思いやりに心を打たれて引き込まれそうになっていた。それでもどうにか「向きを変える」と、奥に引っ込んだ。

もちろん、モリーに同情はしていた。彼女が今日一日どんなに辛いところを通ってきたか、それをいちばんよく知っているのは彼だった。だが、トニーは彼女のことも彼女の娘のことも知らないし、彼女自身がそう言っていたように、同じような、あるいはもっとひどい悲劇に耐えている家族はほかにもたくさんある。

　これは真剣に検討するケースではなかった。誰か一人だけを癒すことができるというチャンスについては、もっと大切な重要な計画があり、リンジーはそこには含まれない。神が彼をこんな状況の中に放り込んで、その目的からそらすようにしむけた気がして、少し腹を立てさえした。

「ありがとう、マギー」ほんの短い間でも重荷から解放された気がして、モリーはお礼を言った。もちろん、それはすぐに戻ってくる。彼女もそれはわかっていた。それでも、つかの間の息抜きができるではないか。もう一度鼻をかむと、彼女は話題を変えた。

「さあ、今度はあなたの新しいお友達について話してよ」真っ赤に腫れた目で、彼女はほほえむ。

「新しいお友達ね。は！」ブツブツ言いながらマギーは椅子に座り込んだ。「トニーのことでしょ？　彼は私の友達なんかじゃないわ」そう言ってから、よく響く深い声で笑いながら膝を打った。「でも、面白い話になりそうだってことは認めなくちゃね」独り言を言っているかのように彼女は続ける。「で、トニー、あなたは誰で、どうしてここにいて、キャビーはどうしてあなたのことを知っていて、しかもあなたがここにいるって知ってたの？」

　トニーが説明し始めると、マギーはそれをモリーに伝え、この途切れ途切れの会話もゆっくりとまとまり始めた。そこには驚くべき事実がいくつもあった。トニーは自分が倒れて昏睡状態に陥ったこと、また、イエスや聖霊に出会って彼らに旅に出るように言われてマギーやモリーの世界にやってきたことを簡潔に話した。

「じゃあ、あなたは私の頭の中に入る前にキャビーの頭の中に入ったっていうの？　だからキャビーはこのことを知ってるわけ？」マギーが尋ねる。

「そうとしか思えないね」とトニーは答える。そしてキャビーがかくれんぼの末に自分の病室に紛れ込んできたこと、自分がその神経疾患のＩＣＵにいた『死にかけてる人』だということ、その時にモリーの息子の中に滑り込んだことを説明した。キャビーと一緒に、あるいはキャビーの中で学校生活を過ごしたことも話した。

「キャビーはたいした子だね。彼がベッドの下にあるおもちゃのギターケースの中に誰かのカメラを隠していることは知ってるかい？」

マギーがこの言葉を伝えるとモリーは笑ったが、頭の中では別のことを考えているようだった。

「でも、あなたはどうやってキャビーの中に入って、それからマギーに移ったの？」彼女はそこにこだわった。

「よくわからないんだ」とトニーが答えた。「その部分に関しては僕にとっても謎がたくさん残ってる」どうしてキスのことを隠して嘘をついたのか、自分でもよくわからなかった。恐らく、情報とは自分を有利にしてくれる切り札であり、この二人のことさえまだ信頼していない自分は、それを取っておきたかったのだろう。あるいはもっと深い訳があるのかもしれない。いずれにしろ、それ以上深く考えることはなく、トニーはそのことを意識から追い出した。いつだってそうしてきたように。

「ふーん」信じられないという顔つきでマギーはつぶやいた。「で、どうしてあなたは今、私たちのこの世界にいるの？」

「それもよくわからないんだ」今度は、ほとんど本当の答えを返した。「このことに関しては神様に信頼するしかないだろうね」自分の口から出た言葉がプラスチックのまがい物のように思えて、彼は顔をしかめた。だが、質問を避けるためにはこれがいちばんの答えだったのだ。

「ところでマギー、きみとモリーはどんなふうに出会ったんだい?」話題を変えようとして彼は聞いた。

マギーは派遣の正看護師としてオレゴン健康科学大学病院とドレーンベッカー子ども病院で働いていることを説明した。派遣契約の条件を満たすために、毎月決められた時間数を働かなくてはいけないことになっていたが、彼女はいつもそれを大幅に超えて働いていた。ハリケーンに、ニューオリンズに住む家族を奪い去られたあと、彼女が逃れてきた西の果てがポートランドだったのだ。難を逃れた遠い親戚が何名かテキサスに移り住んだが、彼女はもっと遠くの緑の多い海沿いの場所で仕事を探したかった。そして丘の上の大きな病院にたどり着いたのだった。

「きみの方言はそこから来てるのか」とトニーが言うと、マギーは即座に言い返した。「方言じゃないわ。これは私の歴史よ」

「みんなそれぞれ歴史があるわよね」とモリーが加勢した。「それぞれの物語があるわ。私たち二人を出会わせてくれたのはキャビーなの。リンジーが病気になる少し前のことよ。私はこの家を見つけたんだけど、一人では家賃が払えなかった……」

「そして少し前にこの街に越してきていた私は、落ち着く場所を探してたってわけ」マギーが口を挟む。

「それである日」とモリーが言葉を継いだ。「キャビーと私がアパートのそばのスーパーにいる時、あの子がカートを押していてメロンの山に突っ込んじゃったの。マギーは『たまたま』そこに居合わせて片付けを手伝ってくれたんだけど、その間ずっと笑い続けていたのよ。それがきっかけになったの。マギーは私の祈りに対する答えだった。神様からのキスみたいな贈り物よ」

ほほえみながらマギーも言った。「私にとってのモリーと子どもたちも同じことよ。私にはあの『歴史』があるから、ふるさとっていうのは、自分が属する場所じゃなくて人だなって思うようになったわけ。今はここが私のふるさとよ」

彼女が本心から言っていることが、トニーにはわかった。彼女がしゃべっていると、それを感じ取ることができたのだ。すると急に寂しくなって、それを紛らわせるためにまた話題を変えた。

その後トニーは、人の頭の中に宿ってその人の目を通してものを見るというのがどんな感じのことか説明した。その人の視野に入っているものなら、その人自身がそこに焦点を当てていなくてもトニーはちゃんと見ることができた。マギーは自分が納得するまで、トニーにそれを実際にやらせてみた。トニーは彼女の最低限のプライバシーについての心配を取り除くため、どのようにして「向きを変え」、視線をそらすことができるかについても説明した。だが、それをした時に何が見えたかについては伝えなかった。誰かを癒せるという贈り物をもらったことについても、自分の魂の中に広がる荒野についても、何も言わなかった。彼にとっていまだに謎であるジャックのことも言わなかった。

二人はイエスのことについて次から次に質問したが、インディアンの老女の姿をした聖霊の話になった時には、彼が本気で言っているとは思えなかったようだ。

「こんなの信じられない！」話の途中でモリーが叫んだ。「マギー、私は今、あなたの中にいる男性に話しかけてるのよね？　これってすごい話よ。でも誰にも言えないわ。頭がおかしくなったと思われちゃうもの。自分でも思うわ。私たち、頭がおかしくなったのかも！」

マギーとモリーが向こう二日間くらいのスケジュールについて、やらなければならないことの段取りをつけるための相談を始めたのは、夜中過ぎのことだった。

「二人とも徹夜はしないでよ」くすくす笑いながらそう言い残すと、モリーはいつものようにキャビーのようすをのぞいてから自分の部屋に引き上げた。

マギーはしばらくの間黙って考え込んでいたが、やがて口を開いてこう言った。

「何だか、落ち着かないわ、こんなの！」

「そう？」と、トニーが応じる。

「あなたは私の心が読めるの？　私が考えていることがわかる？」

「いいや！　きみの考えていることはさっぱりわからないよ」

「ああ！」彼女は大きく安堵のため息をついた。「よかった。神様のせめてものあわれみね。私が何を考えているかあなたに知られていたら、私たち、とっくに離婚してるわよ」

「それならもう経験済みだ」と彼は打ち明けた。

「そのことについては、また今度聞くわ。もうくたびれちゃって寝たいの。あなたと一緒じゃどうしたらいいかわからないけど。ねえ、そのへんをぶらぶらしてきてくれる？」

「これがちょっとは慰めになるといいけど、僕はいつでもずっときみの頭の中にいるわけじゃないと思うよ」トニーは説明し始めた。「キャビーの中にいる時もそうだったんだ。どうやってかは知らないけど、あの子は僕に夢の中に入ってきてほしくないと神様に訴えて、僕は実際、入らなかった。イエスとグランドマザーのところに戻ってたんだよ」

「神様、私もこの人に私の夢の中に入ってきてほしくありません。アーメン！　……まだそこにいる？」

「ああ。悪いね！　何て言ったらいいか……」

「どうすればいいか、方法を見つけて教えてちょうだい。それまで私、ここに座って待ってるから」

マギーはそう言うとソファからフリースの毛布を持ってきて足の上に広げ、一晩そのまま過ごすこともできるように態勢を整えた。

「マギー？」ためらいがちにトニーが声をかけた。

「何？　トニー」と彼女が答える。

「ちょっと頼みごとをしてもいいかな」

「内容によるわね」

「明日、オレゴン健康科学大学に行きたいんだ。それで、ほら、あのー、僕自身を見てみたいんだよ」

「それが頼みごとなの？　病院に連れていってもらって昏睡状態の自分に会いたいってこと？」

「ああ。ばかげた頼みに思えるかもしれないけど、そうしたいんだ」

マギーはしばらく考えてから口を開いた。「できるかどうかわからないな。あなたが明日までここにいるとしても。神経疾患のICUは私の持ち場じゃないし、あそこはとても閉鎖的な場所なのよ。親戚とか、限られた人しか入れなくて、それも一度に二人までなの。それだって、病状に問題がなければの話よ。キャビーがあそこに入り込めたのは、まさに奇跡的なことだったわ。問題視されたのは確実ね。私が連絡して協力してもらえるような近親者はいないの？」

「いや、いない。まあ……いや、うん、いないと言っていいと思う」煮え切らないトニーからもっとちゃんとした返事を待っていたマギーは、もの問いたげに眉を上げた。

「ジェイコブという弟はいるよ。でも、彼が今どこにいるかは知らない。もう何年も話してないんだ。彼が唯一の肉親なんだけど、疎遠になっててね」

「ほかに家族は？」

「東海岸に元妻がいる。娘もそのそばに住んでるけど、僕は嫌われてるんだ」

「へええ。あなたの人間関係はだいたい全部そういう感じなの？」

「まあね。おおむねそうだね」トニーは認めた。「僕はいつでも相手の悩みの種になる傾向があるんだよ」

「じゃあ、私は私のこの悩みの種が取り去られるよう、神様に祈るわ。そういうふうに祈るけど、それでももし明日あなたがまだここにいたら、どうにか方法を考えてあなたが自分をお見舞いできるようにしてみるわよ」

「ありがとう、マギー。ところで、きみはもうベッドに行ったほうがいいよ。僕は今、別の場所に行きそうだから……」

どのようにしてかはわからなかったが、彼は自分がそこを去ろうとしていることに気づいていた。どういうことか考えているうちに、彼はもう移動していた。またもや、あの、眠っているような宙ぶらりんの空間へ。

第11章　中間の時間

人が煩わしいと見なすものこそ、
その人の生活そのものである。
C・S・ルイス

ハッとして目を覚ましたトニーは頭がもうろうとし、自分がどこにいるのかわからなかった。ベッドからはい出してカーテンを開けると、驚いたことにイエスの住居だと言われたあのぼろぼろの農場風の家に戻っていることがわかった。

だが、家は少し大きくなり、中の設備も整えられている。がっしりとしたベッドは念入りな作りで、最初に見た時より数段良くなっているのは、そのスプリングとマットレスだ。ベニヤ板だった床の一部も堅い板に替えられており、窓も、少なくとも一枚は密閉性の高い二重窓になっていた。

ドアをノックする音がした。前と同じように三回連続のノックだ。だが、ドアの向こうにイエスの姿を期待して開けてみると、そこにいたのは朝食とコーヒーの載ったトレイを持ってにこにこしているジャックだった。

「ああ、こんにちは。アイルランドのジャック！」トニーは大声で挨拶した。「またお会いできるんだろうか、と思っていたんですよ」

「またお目にかかれて嬉しいよ、アンソニー」とジャックはほほえんだ。トニーが脇によけて部屋に招き入れると、彼はトレイをサイドテーブルの上に置き、いい香りの黒い液体をかなり大きめのマグカップに注いだ。そして向きを変えてそれをトニーに渡しながら、「ブラックコーヒーだよ。これでよかったね？　僕が思うに、目覚めに紅茶では物足りないだろう」

トニーはうなずいて感謝の意を表し、コーヒーを一口飲んだ。それは絹のようになめらかに喉を下りていく。

「いい知らせがあるんだが」と言いながら、ジャックがトレイの蓋を開けると、そこには両面半熟焼きの目玉焼きと温野菜、それにバタースコーンが皿に載っていた。「きみと僕は言ってみれば近い将来、ちょくちょく会うことになる運命のようだよ」

「どんなかたちで、なんでしょうね。聞いていいのかどうかわからないけど」朝食の最初の一口を味わいながら、トニーはぼそぼそつぶやいた。

「どうであれ」ため息をつきながらクッションのついた椅子を引き寄せてどすんと座り、ジャックは言った。「この瞬間にはすべての瞬間が詰まっている。ほかのどこでもなく、ほかのいつでもない、今ここでいいんだ」

「まあ、何でもいいですけど」トニーはしぶしぶ同意した。母国語で話されていながら理解できないことがあるとしても、以前のように居心地が悪くなることはなかった。

「ちょっと質問したいんですけど、ジャック……」と言って、彼はまるでそうすれば質問が的を射たものになるとでもいうかのようにフォークで宙にらせん状の円を描いた。

「この場所、つまり、あなたと僕が今いるこの中間の場所っていうのは、死後の世界なんですか?」

「もちろん違うさ!」頭を振りながら、ジャックはきっぱり否定した。「ここはむしろ内側の命だよ。きみの考えている死後の世界——正確に言うなら後の命だが、それとつながりがないわけではないがね」

フォークを空中に止めたまま、ジャックの言葉を理解しようとしてトニーは固まっていた。

「きみは、いわば前の命と後の命の中間に引っかかっているんだ。そしてこの二つをつなぐ橋は内側の命だ。つまり、きみ自身の魂の命さ」

「じゃあ、あなたはどこに住んでいるんです?」

「そうだな。僕はどこであれ、僕のいるところに住んでいるわけだが、住居なら後の命の中にあるよ。いいかい、この中間の場所には、きみを訪ねてきているだけなんだよ」

頭の中をいろいろな疑問や思いが駆け巡り、出された朝食を口に運びながら、味はほとんどわからなかった。

「じゃあその死後の世界は……つまり、後の命は、どんなところなんですか?」

「僕も質問があるんだけどね」ジャックは椅子に深く座り直して考え込み、上の空で上着のポケットから火がついたままのパイプを引っ張り出すと、ゆっくりと吸い込んでからまた元の場所に戻し、向かいに座っているトニーに視線を向けた。そして唇の間から煙を吐き出しながら話し始めた。

「きみは今僕に、経験を通してしか知ることのできないことについて聞いているわけだ。だが、どんな言葉なら、初めての愛の衝撃を本当に伝えることができる？　あるいは、思いがけず出くわした夕日や、ジャスミン、クチナシ、ライラックの香り、あるいは初めて自分の赤ん坊を抱いた母親の気持ち、あるいは、思いがけない喜びに驚かされたその思い、天上のものかと思うほどの音楽の一節、初めて登った山の頂に立った時の感動、蜂の巣から滴り落ちるハチミツの味……。歴史を通して僕たちはずっと、自分たちが憧れてやまないすばらしいものを表す言葉を、自分たちの知っている何かと結びつけながら探してきたんだ。だが、それはガラスを通してぼんやり見える本物の影でしかなかった」

部屋を見回しながら、「例を挙げてみようか」と言って、ジャックは窓のそばの鏡台のところに歩いていった。そこには他の細々としたものと一緒に植木鉢が置いてあった。色とりどりの見事なチューリップが咲いている。その鉢を持って椅子に戻って座ると、彼は植物を傷つけないように注意深く静かに土を崩して落とし、球根と茎があり、そしてその上に花が咲いているようすが一目瞭然になるようにした。

「これは古典的なパロットチューリップだ。ほかならぬきみの裏庭に咲いていた。見たまえ」と、彼はトニーに鉢がよく見えるように身を傾けた。「このすばらしい花びらを。羽のように柔らかくねじれている。縁はぎざぎざでさまざまな色が混ざり合ってカールしているだろう？　金、あんず色、青みがかった紫。ほら、このくぼんだところは緑で、黄色の筋が入っている。何と美しい！

ここを見てごらん、トニー。この驚異的な花を生み出した球根だ。古い木のかけらか土の塊みたいに見えるだろう？　よく知らない者が見たら捨ててしまいそうな代物だ。見るべき点は何もない。注意を引くような点も。まったくつまらないものさ。この根が、トニー……」ジャックは嬉しそうなようすでチューリップをそっと鉢に戻し、優しく土をかぶせた。「この根が、前の命なんだ。きみが知っていること、経験したことのすべては、もっと優れたほかのものの予兆としてさざ波を立てる。そしてきみが知っているもの、経験したことの中に、つまりその根の中に、どんな花が咲くかについての予兆がある。音楽や、芸術、物語、家族、笑い、発見、改革、仕事、存在の中に。だが、この根っこだけを見ていたら、こんなすばらしい花は想像できないだろう？　でもその時が来るんだよ、トニー。この花を見る時がね。その時には根っこについてのすべてが意味を持つことになる。それが後の命さ」

座ったまま、この美しくシンプルな、それでいて同時に複雑でもある花を見つめていると、苦しくなるほどきよいものの前にいるような気がしてくることにトニーは驚いた。そして再び（俺は今まで長年にわたってどこで何をしていたんだろう）という思いにとらわれた。思い出す限り、本当に生きていたと言えるような日々はない。

それでも、あわただしい仕事漬けの日々を貫くような不思議に生き生きとした小さな思い出もよみがえってきた。楽しい出来事の中で彼に訪れた一筋の光と愛と驚異と喜びの瞬間。だが、それは苦痛に満ちた叫び声に取って代わられた。彼は決して腰を落ち着け、耳を傾け、見て、深く呼吸し、思いを巡らせる者ではなかった。そしてその代償を支払っていたことを、今、目の当たりにしていた。この瞬間、窓の外に見える荒れ果てた土地がそれを表している。

「トニー、きみは根っこなんだ」ぐるぐる駆け巡る思いをジャックの言葉が遮った。「そして、どんな花が咲くかは、神だけがご存じだ。自分が根っこだということを責めちゃいけない。根っこがなければ花は咲かないんだからね。今はつまらなくて大切とも思えないゴミのように見えるものの後の姿が花なんだ」

「それがメロディーなんだ」ほんの少しだけわかったような気がして、トニーは大きな声で言った。

ジャックはほほえんでうなずいた。

「そのとおり。それがメロディーだよ」

「あなたのことがわかるでしょうか、ジャック？　後の命の中で、僕はあなたのことがわかるでしょうか？」そうなることを願いながら、トニーは聞かずにはいられなかった。

「完全にわかるさ！　花にふさわしい方法でね。根っことして根っこを見ていても理解できなかったことを理解できるようになる」

「後の命の中であなたを見たらどうなるんです？」

「こう言ったら自分を過大評価しているように聞こえるかもしれないがね、これはきみが後の命の中で出会う誰にでも当てはまることだ。今きみが座っているところから、僕の真の姿を見たら、恐らく顔を伏せて敬意を表し、あがめることだろうね。根っこが花を見たらそういうことになるのさ」

「へえ！」その答えに驚いてトニーは叫んだ。「確かに自信満々に聞こえますね」

「後の命においては、僕はなるべき自分そのものなんだ。地上で成功していた時以上の人間だし、神のご性質をこの身に宿すことになる。きみは一つの音色しかない交響曲なんて聞いたことがないだろう？　色が一つしかない夕焼けも見たことがないだろう。水が一滴だけの滝だって見たことがないはずだ。きみはきみの人生に根を張りながら、他の根っこからも花を咲かせられるような超越感をもたらすすべてのものに手を伸ばしているんだ」

トニーは立ち上がると、部屋の中をうろうろと歩き始めた。「ジャック」と呼びかけて、彼は思いを打ち明け始めた。「自分では成功者だと思っていた僕の人生は、実はぼろぼろでした。それでもそのすべての下に何か、想像を超えるような美があると思いますか？　僕は意味のある存在ですか？　つまり、僕がこの見栄えのしない何の変哲もない根っこだとしても、僕は僕らしいすばらしい花を咲かせるようにデザインされていると？　あなたがおっしゃっているのはそういうことですか？」

ジャックはうなずくと、またパイプを口から離して煙を吐いた。

「僕が思うには」トニーはさらに言葉を継いだ。「それはすべての人間について言えることなんでしょうね。誰もが生まれた時から……」

「生まれる前からさ！」ジャックが口を挟んだ。

「誰もがこの地球上で母親の胎内に宿った時から、それぞれの前の命を生き始めて、そしてやがて花を咲かせる根っこだと。そういうことですか？」

ジャックは再びうなずいた。トニーはつかつかと歩み寄ると、ジャックの真ん前に立ち、彼の両肩に手を置くと顔をぐっと近づけ、食いしばった歯の間から絶望のこもった言葉を絞り出した。

「じゃあ、このクソみたいな世界は何なんです、ジャック？　この苦痛、病気、戦争、喪失、憎しみ、不寛容、むごたらしさ、無慈悲、無関心、愚かさ、それに……」次から次に悪のリストが吐き出されてきた。「この根っこで僕たちがどんなことをするか知ってますか、ジャック。燃やしたり利用したり虐待したり破壊したりするんですよ。売り飛ばすこともある。つまらないゴミのように扱うこともあるけど、実は自分たち自身がそのゴミだと思ってるんだ」

こうまくしたてながらトニーはだんだんジャックから離れて後じさっていったが、ジャックはこの攻撃的な長広舌を顔色一つ変えずに穏やかに聞いていた。

トニーは窓ぎわまで歩いていくと、手で髪をかき上げながら、どことはなしに外を眺めた。部屋に垂れ込めた重い沈黙がカーテンのように二人の間を遮ろうとしたが、ジャックの言葉がそれを払いのけた。

「苦痛の問題は」彼の口調は物静かだった。「根っこにつきものの根源的な問題だね」

その言葉を背中で聞いたトニーはがっくりと頭を落として床を見つめた。

「自信がないんですよ、ジャック」彼は打ち明けた。「自分の問題と向き合えるかどうか。あまりにもうず高く積まれているもんでね」

「心配することはないさ、きみ」ジャックの優しい声が答える。「その時が来たら、きみはやりおおせるよ。いいかい、トニー、このことを覚えておくんだ。きみの人生の中の好ましい出来事、思い出、人にした親切、真実、気高いこと、正しいことの中で、失われるものは何一つないということをね」

「悪いことについてはどうなんです？　残酷なことや間違ったことは？」

「ああ、それについては本当の奇跡があってね」ジャックは椅子から立ち上がったらしい。トニーは両肩に肉厚のがっしりした手が置かれるのを感じた。「苦痛や喪失、傷、悪を、神はどのようにしてか、あり得ないかたちに変えることができるんだ。そういうものが恵みと愛の象徴や記念碑になるんだよ。痛んだ場所や傷が大切な思い出になったり、あるいは破壊的な恐ろしい十字架が限りのない愛の根源的なシンボルになるというのは、本当に深い奥義だね」

「それはやる価値のあることだったんでしょうか？」ささやくようにトニーは尋ねた。

「質問のしかたが間違っているんだよ、きみ。『それはやる価値があるのか』じゃないんだ。その質問はいつでも、『あなたには、そうしてあげる価値があるのか』なんだよ。そしてそれに対する答えは『イエス！』だ」

　ジャックの宣言はまるで長く響くチェロの音色のようにしばらくの間空気中を漂い、やがて消えていった。ジャックの手が、力強く肩をつかむのが感じられた。温かく励ますようなつかみ方で、愛情さえ伝わってくる。

　それからジャックはトニーを誘って言った。「ちょっとハイキングをしないかい？　きみの所有地を回って隣人たちに会ってこよう。もう少し服を着てきたほうがよさそうだね」

「隣人がいるんですか？」トニーが聞いた。

「隣人というか、まあ、不法居住者と言ったほうがいいかな。でも、もしきみがよければ、僕が一緒に行ってきみに会わせるよ。きみ次第だ。僕は外で待っているからその間に決めてくれ」

そう言い残してジャックは出ていった。取り残されたトニーは頭も心も混乱したままだったし、質問したいこともまだたくさんあったが、この場所で誰かに会うということへの好奇心のほうが勝ったので、素早く服を着ると顔を洗った。それから鏡に向かってほほえんでみたが、すぐにやれやれというように頭を振ってドアのほうに向かった。

ぴりっとした空気の気持ちのいい朝だったが、天気はこれから変わっていきそうなようすだった。彼方《かなた》の地平線に雲が湧き上がり始めている。今すぐにという感じではなかったが、やがて降り出すだろうという気配はあった。

「さあ、これを持っていくといいよ」ジャックは部屋から出てきたトニーにジャケットを手渡した。見覚えのあるコロンビアのソフトシェルだった（訳注・コロンビアはアウトドア用品などの人気メーカー。ソフトシェルはアウトドア用の防風、撥水機能のあるジャケットのこと）。ツイードのジャケットじゃなかったことにほっとしながらトニーはそれを着た。ジャックはいつものいでたちだったが丸い持ち手の付いた杖を持ち、かなり特徴的な古いツイードのつばの付いた帽子をかぶっていた。

「いい帽子ですね！」トニーが言うとジャックは「ああ、この古い帽子かい？　ありがとう。しょっちゅうなくすんだが、そのつど見つかるのさ。仕方がないからまたなくすまでかぶっているわけだ」と答えた。

外に立って所有地を見回したトニーは、そこが以前に比べて少し状態が良くなっていることに気づいて驚いた。カオスのようだった場所が、そんな気がする、という程度ではあったが、多少なりとも整ってきたように見える。悪い兆候としては、向こうの城壁に、以前はなかったと思われる亀裂が入っているのがはっきりと見て取れることだった。いや、前に見た時に気がつかなかっただけかもしれない、と思いながら、ジャックが指差す小道の方向に目をやると、木立があり、その向こうにかすかに幾筋かの煙が立ち上っているのが見える。

「で、隣人っていうのは？」とトニーが改めて尋ねると、ジャックは答えを渋るように、ただほほえんで肩をすくめてみせた。

連れ立って歩きながら、トニーはまたジャックに尋ねた。「ジャック、僕がこの中間の場所――どういうわけか、僕自身だということの場所に連れてこられたのは、僕がしでかした悪事と対面させられるためなんですか？」

「いや、違うよ、きみ。その正反対さ」とジャックは請け合った。

「中間の場所も後の命も、きみのした悪事ではなく良い行いの上に成り立っているんだ。だからといって、してしまった悪事なんてたいしたことではないとか、なかったことになるということではないがね。それはごらんのとおり、きみの周りに転がっている。だが、ここでは解体よりも再建に重点が置かれているのさ」

「ええ、でも……」と言うトニーを、ジャックは手を上げて遮った。

「もちろん、新しいものを建てるためには古いものは壊されなければならない。よみがえりのためには十字架がなければならなかったようにね。だが、神はどんなことも無駄にはなさらない。我々が心の中に生み出した悪でさえも。解体されるべき建物の中にも、かつては真実であり、正義であり、善であったものがたくさん残されている。それらは新しい建物の中に組み入れられる。実際、今あるものはむかしの古いものなしでは今のようではあり得なかったんだ。だからこれは、魂の改装といったところだな。きみもオレゴン出身なら、リサイクルについては詳しいだろう。え?」そう言ってくすくす笑うジャックに、トニーの頰も緩んだ。

「なるほど。新しい建物を建てるっていうところがいいですね。解体するっていう部分は、どうもね」と言うトニーに、ジャックは「ああ」とため息をついた。「確かにそこは大変な部分だね。だが、真実と正義と善と真理が建てられるためには、まず倒されなければならないものがある。裁きと解体がなければならないのさ。それは重要なことというよりも、本質的なことだ。とは言え、神は優しい方だから、きみの参与なしにその解体工事を始めたりはしない。たいていの場合、神がやる部分はほんのちょっぴりだ。我々はうわべを装うことにかけては名人だが、結局は自分でそれをぶち壊してしまうのさ。神から独立したために非常に破壊的な生き物になってしまった我々は、まず、トランプカードを重ねた不安定な家を作り、自分でそれを壊すんだ。あらゆる種類の依存症、権力欲、嘘という隠れみの、悪評を張り巡らせることによる防御、評価されることへの渴望、人の魂の売買……あらゆるカードの家を建て、それが崩れないかどうか、息を詰めて見守っている。だが、恵み深い神のおかげで、我々はいつか息を吹きかけざるを得なくなる。その時、神の息もそこに混ざって、カードの家は全部崩れてしまうというわけだ」

道はだんだん細くなっていった。かつては平らな歩きやすい道だったようにも見えるが、今はあちこちに石が落ちていたり木の根が張り出してごつごつしており、二人の歩調も遅くなった。悪臭が、最初はかすかに、次第にだんだん強く漂ってきて、最後は強烈な匂いとなり、トニーは鼻にしわを寄せた。

「うわあ、何の匂いだろう。これはまるで……」

「ゴミの匂い？　そのとおり。まさにそれだよ」ジャックが答えた。「きみの隣人たちは片付けが上手ではないし、そんなことのために時間を費やしたりもしない。つもった、ゴミをすてるつもりもない」ジャックは自分のだじゃれに気をよくしてトニーにウインクしてみせた。「ほら！」

　百ヤードほど向こうから、大きな影が二つ、ゆっくりとこちらに近づいてくる。ジャックが手を上げたのでトニーは止まった。

「お別れの時が来たようだ、アンソニー。この中間の地点でまた会えるかどうかはわからないが、後の命の時間においては、確実に何度もお目にかかることだろう」

「行っちゃうんですか？　隣人はどうするんです？　僕のことを紹介してくれるんじゃなかったんですか？」

「僕は『きみに会わせる』と言ったはずだよ。紹介する必要はない」ジャックの口調は優しく穏やかだった。そしてかすかにほほえむと、「僕は彼らに好かれていないもんでね。僕たちが一緒にいるところを見られたら、彼らは混乱するだろう」と付け加えた。

「混乱しているのは僕のほうですよ。まあ、いつものことですけど」とトニーが言った。「何が何だか」

「混乱する必要はないさ。きみがひとりにされることは決してないということだけ覚えておくといい。必要なものもそのつど与えられるから」

ジャックは振り返ってトニーを抱きしめると、優しく、頬をかすめるようなキスをした。まるで父親が大切な息子にするように。

トニーは滑り出した。

第12章　ややこしくなってきた話

真の友は、真正面から刺す。

オスカー・ワイルド

ああ、何てこった！　トニーはまたマギーの目を通して見ていた。キッチンの窓越しに、二人の男が家の前でリンカーン・タウンカーを降りて出てくるところを見ていた。

「マギー？」トニーは呼びかけた。「あれは何だい？」

「トニー？」マギーは嬉しそうに大声を出した。「あなたが来てくれたなんて、全能の神に感謝するわ。どこに行ってたのよ。ああ、でも今はそれはどうでもいいわ。私たち、今、大問題に直面してるのよ。あの車から降りてくる人たちが見える？　ほら、あの人たち」

トニーにはマギーの興奮が大波のように寄せてくるのが感じられたが、促されるままに、彼女が言った二人の男がこちらのほうをちらちら見ているようすに意識を向けた。すると、そのうちの一人に見覚えがあることに気がついた。

「クラレンス長老は警官なのかい？　そんなこと言ってなかったよね」

「クラレンスは警察官よ。何であなたにいちいち言わなくちゃいけないのよ。どうしてそんなに落ち着かないの？　何か悪いことでもしたわけ？」

「してないよ！」トニーはきっぱり否定した。「ただ、意外だったからさ」

「勘弁してよ！」マギーは大声を出した。「ただ意外だったっていうだけのこと？　ちょっと、やだ！　こっちに来るわ！　ねえ、どうにかしてよ！」

トニーにはどういうことかさっぱりわからなかった。普通の状況だったら彼女にこんな声を出されたらどこか隠れる場所を探しただろうが、今のこの状態ではそれはばかばかしい冗談としか思えなかったので、彼は笑い出してしまった。マギーは急いで廊下を走り抜け、大慌てで口紅を出すと化粧を始めた。トニーもいつまでも面白がって笑ってはいられず、彼女の化粧にアドバイスの口出しをしたりし、やっと落ち着いてくると、次の大波がやってきても余計な口出しをしたり、からかったりしないでいられるよう、彼なりに最大限の努力をした。マギーは鏡をにらみつけた。もし、視線で人を殺せるなら、彼女の頭の中には白人の男の死体が転がっていただろう。

玄関でベルが鳴った。「何でそんなにうろたえてるんだい？」トニーが聞いた。マギーは最後に髪の一筋をなでつけながら、鏡に向かってささやいた。「ドアの外に立っているクラレンスは、私が今、いちばん会いたくない人だもの。そして彼と一緒にいる人にはそれ以上に会いたくなかったわ」

「あの初老の白人の男のことかい？　あれは誰なの？」

「大きな聖書を持ってるでしょ。彼は、教会の牧師の一人でホレス・スカーよ。どんな人かは、忘れなかったらあとで話すわ」そう言って彼女がちょっと笑ったのを見て、トニーも少し安心した。

ベルがもう一度鳴った。「出たほうがいいんじゃないか。あの二人はきみが窓のところに立っていたのを見たかもしれないし、きみの車は家の真ん前に停まっているんだから。ところで、あの車の傷はいつ……」

「そんなこと説明してる場合じゃないでしょ」マギーはぴしゃりと遮った。「まったくもう、あなたって人をいらいらさせるのが得意ね」

彼女は立ち上がるともう一度服のしわを伸ばし、ドアのほうに向かった。

「まあ、スカー牧師じゃありませんか。なんて嬉しいサプライズかしら。それにウォーカー長老、お目にかかれてとても嬉しいですわ。あれ以来……えぇっと、あの、私、ちょうど出かけようとしていたところで」

「おや、そうでしたか」牧師が口を開いた。「ちょっと、お話ししたいことがありましてね」

「……ああ、ええ、もしよろしければコーヒーかお茶を召し上がっていってください。ちょっとだけなら時間がありますから。どうぞ、お入りになって」

マギーが脇にどいて道をあけると、牧師が中に入り、クラレンスもそれに続いた。クラレンスは目で謝っていたが、その口元はかすかに笑っていた。マギーはうろたえながらも精一杯のほほえみを浮かべ、二人を居間に案内した。部屋に入ると二人は腰を落ち着ける場所を見つけ、牧師は堅苦しく背筋を真っすぐに伸ばして、警察官のほうはくつろいだようすで座った。

「おやおや、ハリーじいさんはちょっと偉そうだな」トニーが感想を述べ、マギーは咳払いをして彼に警告の合図を送った。

「失礼。お二方にコーヒーか紅茶をお持ちしましょうね」

「いや、私は結構」牧師は生真面目な口調で断った。

「僕は水を一杯いただけるかな、マギー。もし、ご面倒でなかったら」牧師は彼に目配せをして、これは公式な面会の場であって親しげな口調は適切ではないと伝えようとしているようだった。

「面倒だなんて。ちょっとお待ちになって」向きを変えてキッチンに入るなり、彼女はささやいた。「トニー、その口を閉じてらっしゃいよ。気が散るじゃないの。それに彼の名前はホレスよ。あなたはスカー牧師と呼びなさい！」

「でも、彼は……」

「しーーーっ！　一言もしゃべらないで。わかった？」

「かしこまりました。仰せになったことは確かに承りました！　お約束いたします。以上」

マギーが居間に戻ると、ささやき声で交されていた会話が止んだ。水の入ったグラスを受け取ったクラレンスは軽くうなずいて感謝を伝えた。マギーは尋問を受けるような気持ちで二人の前に座った。

「ありがとう！」

「ミセス・サンダース」と牧師が口火を切る。

「ミズ・サンダースです」とマギーは訂正した。「結婚しておりませんので」と付け加えながらクラレンスに向けてほほえまずにはいられなかったが、そんな自分を蹴っ飛ばしてやりたい気持ちだった。

「そうでしたね、ミズ・サンダース。ご存じのように、私はスカー牧師です。あなたが出席している教会の正牧師の一人です。あの教会にはもうどれくらい通っていらっしゃるのかな？　六～七か月にはなりますか？」

「二年半ですわ」

「おや、そうですか。時が経つのは早いものですな」牧師は言い繕った。「もっと早くあなたにお会いできなかったことが残念です。あるいは、もっといいかたちでお会いできたらよかったんですがね。だが、夕べのような出来事があったとなると、その……」

「ああ、あの件ですね……」マギーは腕を伸ばして牧師の膝を軽くたたき始めた。彼はまるで、触られると何かがうつるとでもいうかのように、とっさに椅子の上で姿勢を変えて彼女の手を逃れた。

「あれはとんでもない勘違いだったんです。つまり、私、最近、大きなストレスを抱えていたものですから。おわかりになるでしょ？　ほら、リンジーのことで。夕べはそういうことが一気に押し寄せてきてしまって。申し訳ありませんでした……」マギーは自分の謝罪が空回りしていることに気づきながら黙ることができなかったのだが、スカー牧師が手を上げてそれを制止したので、話の途中で口をつぐんだ。

「リンジーというのはあなたの娘さんかな？」牧師はけげんそうなようすで尋ねた。

「私の娘？　いいえ！」驚いたマギーがクラレンスに目をやると、彼はそれ以上深入りしないほうがいいというように、かすかに頭を振った。マギーは牧師のほうに向き直って、「リンジーが誰だか、ご存じないようですね？」と聞いた。

「ええ、すみませんが知りません。それはさておき、あなたに理解していただかなければならない大切なことは、私にはあの教会に対する責任があるということです。私が監督をしている霊的生活について いてね。教会員の霊的生活に対する責任ですよ」

「へぇえええ！」トニーが叫んだ。マギーは蚊に刺されたようなふりをして自分の足をぴしゃりとたたいてこすりながら、トニーに邪魔をせず黙っていろという合図を送った。マギーがほほえんだのを見て、牧師は先を促されたのだと思い、意を強くした。

「夕べの……あの……出来事について考えたのですが、私には教会員を導き、教育する義務があったというのに、最近それがおろそかになっていたことに気づいたのですよ。まったくもって私の落ち度でした。神に心を深く探られて示されましてね。ゆうべは一睡もできずに、御言葉《みことば》、根本的な教義、教会の秩序と教会員の振る舞いに対して怠慢だった罪を告白し、悔い改めをしていました。ミズ・サンダース、あなたには本当に感謝をしています。あなたのおかげで、私も教会員もすっかりたるんでいたことが明らかになったのですからね。そういうわけで、今朝はお礼を言うためにここに来たわけです」

そういうと彼は満足げに椅子に座り直した。マギーとクラレンスも同じように座り直したが、こちらの二人は呆気にとられていた。

マギーは「あ……どういたしまして、と申し上げるべきかしら？」と言うのが精一杯だった。

「ごまかされるなよ！」トニーはたまらずに口を出した。「嘘の匂いがぷんぷんしてるぜ。この男は自分のことしか考えてないいんだ」

マギーはまた足をぴしゃりとたたき、牧師が身を乗り出した時は思わず立ち上がりそうになった。

「ミズ・サンダース、私たちの教会は健全で活気のある宗教的な共同体です。聖霊の働きに対しても心が開かれています。女性が礼拝に全面的に参加することも認めていますし、時には預言を語ることさえ許可しています。もちろん、指導者が先にそれを聞いて、よしとした場合に限られますが。女性たちは子どもたちに聖書を教えていますし、子どもたちを教えることほど大事な責任はほかにありません。彼らは私たちの教会の未来なんですから。私たちが真理として大切に守っているのは、神の御前に男と女とは平等であり……」

「しかし？」トニーがささやいた。「『しかし』って言い出すに決まってるぜ」マギーは足をたたいてこすった。

「男性も女性も聖霊からいただいた善きものを表現することができます。男性も女性も、教会の根源的な命であり成長なわけです」

「来るぜ……」マギーはさらにはっきりと強く足をたたいたが、牧師は気に留めなかった。

「私たちは男も女も分け隔てをしない神の言葉を支持しています。しかし……」

「ほーら、来た！」トニーが満足そうにあざける。「言ったとおりだろう？　このもったいぶったまぬけ野郎はまるで……俺みたいだな。実際のところ」

「しかし聖書は、我々が教会でどのように働くかということではなく、神が我々をどのようにごらんになるかについて語っているのです。そして忘れてはいけないことは、神は秩序の神だということなのです。これは各人が自分の役割を果たすうえで非常に大切なことです。一人ひとりが神に命じられた役割に留まるなら、教会は正常に機能し、キリストの健全な体として維持され、祝福されるでしょう。そこでミズ・サンダース、聖書から御言葉を少し読んで差し上げたいのですよ」

そう言うと、牧師は擦り切れた使い古しの欽定訳《きんていやく》聖書を取り出し、この日のためにしるしを付けておいた箇所を直接開いた。クラレンスは椅子に前屈みに座っていたが、牧師が聖書を取り出すとそれにじっと目を注いだ。

「コリント人への手紙第一の十四章はこう言っています。読んで差し上げましょう、ミズ・サンダース。もしよかったらあなたも一緒に読んでください。三十四節からです。『教会では、妻たちは黙っていなさい。彼らは語ることを許されていません。律法も言うように、服従しなさい。もし何かを学びたければ、家で自分の夫に尋ねなさい。教会で語ることは、妻にとってはふさわしくないことです』」

「許されていない」「律法」「服従」「夫」という言葉を強調しながらその箇所を読み終わると、彼は聖書を閉じて背もたれに寄りかかり、重々しくうなずいてみせた。

「さて、ミズ・サンダース、あなたが結婚されていないということをお聞きしましたが、聖書に『夫に尋ねなさい』とあっても夫がいらっしゃらないわけですね。その場合は教会の男性指導者がその役割を担ってあなたの頭《かしら》となってあなたを助けましょう。もしあなたに何か質問があれば、私が個人的に相談にのりますし、霊的な事柄について励まして差し上げます」

きよいというよりは気まずい沈黙が訪れた。トニーでさえ口を開けなかった。マギーはこの申し出に、どう応じればいいかまったくわからなかった。

「これは皮肉ですよ！」クラレンスがしっかりとした確信のある声でそう言った時、マギーと牧師は同時に彼の顔を見た。

「失礼、何ですって？」クラレンスの妨害にスカー牧師は心底驚いたようすだったが、プロらしくすぐに気を取り直した。「ウォーカー長老、あなたはミズ・サンダースをご存じだというし、一緒に来ていただいたほうが彼女も気が楽かもしれないと思ったからご同行いただきましたが、さっきお話ししておいたように、あなたは今日ここに話をするためではなく証人としていらしたのです」

「これは皮肉です」クラレンスはもう一度はっきり、ゆっくり繰り返した。もし彼がこの時動揺していたのだとしたら、それは石のような断固とした固い表情の裏にそっくり隠されていた。

「何のことをおっしゃっているんです、ウォーカー兄弟？　あなたは私が皮肉を言っているとでも？」スカーの声には挑むような響きがあったが、クラレンスは巧みにそれをかわした。

「いいえ、先生、あなたのことではありません。使徒パウロのことです。先生がさっきお読みになった箇所を書いた時、パウロはきっと皮肉を言っていたんだと私は思います」

「おや、クラレンス、きみはバイブルスクールか神学校を出ていましたか？　知らなかったな」彼の声は、今やはっきりと嘲笑のトーンを帯びていた。「突然聖職者に任命でもされて、それで聖書のすべての奥義もわかるということですかな？　きみは聖霊が私たちをすべての真理に導いてくださるということを信じないのですか？」

もはや攻撃に近い口調だったが、クラレンスは落ち着いていた。

「信じています、先生。私は聖霊が私たちを真理に導き入れてくださることを信じていますが、私たちは時々、余計なものに目を奪われて大切なものが見えなかったりするものです。目が見えるようになるまで、時間がかかることもあるものですよ」

スカーは急いで聖書を取り出し、印をしてきた場所をもう一度読み直すと、それをクラレンスのほうに突き出して言った。

「説明してごらんなさい。ただし、覚えておいてもらいたいが、私はバイブルスクールと神学校で学び、ギリシャ語にも精通しておりますからね」

クラレンスは彼の手から聖書を受け取ると、二人で見られるようにそれを開いた。そして、「ここです」と言って指差すと、説明を始めた。「この次の節を見てください。『神のことばは、あなたがたのところから出たのでしょうか。あるいはまた、あなたがたにだけ伝わったのでしょうか』この質問はいずれも、パウロが皮肉を言ったのでない限り、意味が通じません。彼が言いたかったのは、あなたがマギーに言ったのと正反対のことです。パウロはコリントの教会の人々が彼に送った質問の手紙を引用していますが、彼らが書いていることに真っ向から反対しているのです」

「何てばかばかしい！　見せなさい！」と言うと、牧師は長老の手から聖書を引ったくった。彼がもう一度その箇所を読む間、しばしの沈黙が流れた。マギーは大きく目を見開き、ほとんど息もできないありさまだった。

「パウロが引用している律法についてはどうなんです？」スカーが挑戦するように言った。

「どれですか？」

「どれとは？」

「パウロが引用したどの律法ですか？」

クラレンスが引き下がらないのを見たスカーは狼狽《ろうばい》し、強い思い込みにとらわれている人がよくするように、議論を個人攻撃にすり替えてきた。「きみはまだ若造のくせに、何世紀も続いてきた教会の歴史や我々よりも、ずっと賢く知恵のある神学者たちの考えに反対するわけですね。その神学者たちは私に賛成してくれますよ。これは、自分に世俗的な注目を集めたかった女性が大声でわめき散らした事件なんかより、もっとゆゆしき問題ですよ」

「すみません、今、何ておっしゃいました？」マギーがとがった声を出した。

「口を慎まれたほうがいいですよ」クラレンスはそうアドバイスしたが、牧師はそれどころではなかった。

「教会の権威者として、そしてきみが責任ある応答をすべき相手として言いますが、クラレンス、きみは私に従うべきですし、聖書の言葉を受け入れるべきです」

「お言葉ですが、先生、私はあなたには従えません。私はポートランド警察の警官です。私は神に従い、私が属する共同体の人々に仕えます」

「よろしい！　では、きみはこの……この……このイゼベル（訳注・旧約聖書列王記に出てくる神に敵対する悪女）の仲間になることを選んだわけだ」

マギーとクラレンスが同時に椅子から立ち上がったのを見て、スカーはすぐに、自制心を失ったことを後悔した。クラレンスが彼のほうに近寄っていき、「謝罪なさるべきですね、先生。いくら何でも言いすぎですよ」と告げた。

「そのとおりですね」と牧師も認めた。「言いすぎてしまったことをお詫びします。申し訳ない」とマギーに謝ったが、すぐにクラレンスに向き直った。糊《のり》のきいたかっちりとしたシャツの襟から怒りが立ちのぼってくるのが目に見えるようだった。「だが、きみ、きみもこの女性も、もう私の教会には来ないでいただきたい。きみはできるだけ早く、長老の役職を降りる辞表を私に提出してください」

「あなたは何でも必要だと思うことをなさってください。ですが、スカーさん、私はそんなものを提出するつもりはありません。そして、あなたはもうお帰りになるべきだと思いますよ。今すぐ!」彼の声は落ち着き払っていたが、その裏に断固とした意思とうむを言わせぬ強さがあることは明らかだった。

「いいね、彼は大好きだ!」トニーが叫び、マギーは唇の端に浮かびそうになるほほえみをかみ殺していた。

それ以上、言葉を交わすこともなく、スカー牧師はそそくさとアパートを出ていき、車のドアをバタンと閉めると、警官の隙のない視線に見送られながら、ゆっくりと通りを走り去っていった。

「主よ、彼のような者から我々をお救いください」そう言うとクラレンスは独り言のようなため息をついた。それから無線を使って自分が担当する警察管区を呼び出してからマギーのほうを振り向き、「今、確認したら、仲間が数分のうちにパトカーを回してくれるそうです。マギー、本当に申し訳ない」と謝った。「ホレス氏は悪い人ではないと思うんだが、ほかにどうすればいいのかわからなかったんだろうな。こんなことになるとは思っていなかったんだが、その片棒をかついでしまったことが恥ずかしいよ」

「冗談だろ？」からかうようにトニーが言った。「夕べのことを別にすれば、さっきのことは今まで見聞きしたことの中でいちばん面白かったよ」

「あ……、夕べのことは」と、マギーは口を開きかけたが、クラレンスはそれを遮った。

「ああ、忘れるところだった！」そう叫んで、彼はコートのポケットに手を突っ込み、小さなジップロックを取り出した。「僕がホレス氏と一緒に来た本当の理由は、これを返すためだったんだよ。これはきみのじゃないかな？　僕の服に女性のイヤリングがくっ付いているなんてことは、そうそうないのでね」

マギーは恥ずかしさも忘れて元気を取り戻した。「まあ、クラレンス、ありがとう！　これは母から譲られたイヤリングの片方で、私にとってはとても大事な意味のあるものなの。何てお礼を言ったらいいのかしら」

そして、トニーが「キスはだめだぞ！」と叫ぶより先に、彼女は自分のヒーローを抱きしめ、その頬に盛大にキスをした。

「くそっ！」とうめいて、トニーは滑り出した。

暗闇から浮かび上がってくると、トニーは、自分が直接マギーを見ていることに気がついた。もし、優しさや愛情に色がついているとしたら、今、目にしているものこそがそれだと彼にはわかった。彼にも覚えがあるアドレナリンの波が押し寄せてくる。

クラレンスは後じさりして銃に手をやりながらささやいた。「マギー、この部屋には男性がいるのかい？」

「おっと！」トニーが声を上げると、クラレンスはくるりと向きを変えて後ろを見た。

何が起こったのか、マギーにはすぐにわかった。

「あ……、クラレンス？」彼は振り返り、極度に緊張し、用心しながらマギー越しに部屋のすみずみに目をやった。

「ちょっと手短にお話ししなくちゃ。あなたの警察のお仲間がこちらに向かってるけど、その前にお伝えしなければならないことがあるの。ここに座って」

クラレンスは警戒の態勢をとかないまま、自分の背中が壁に向かう位置の椅子を選び、ゆっくりと座った。それからやっとマギーのほうに注意を向け、「マギー、誓って言うけど、僕は男の声が『くそっ！』って言うのを聞いたんだ」と断言した。

「ええ、多分そうでしょうね……」と言うマギーを、クラレンスは困惑した表情で真っすぐ見つめた。「ただ、その男はこの家ではなく、あなたの頭の中にいるのよ」

「何だって？　マギー、何を言っているのかわからないよ。僕の頭の中にいるって、どういう意味だい？」そう言いながらクラレンスは立ち上がりかけたが、マギーはその肩に手を置き、彼の目を真っすぐ見つめながら言った。

「トニー！　何か言いなさいよ。こんな状態で私をほったらかしにしないでちょうだい」

「あー。やあ、クラレンス、素敵な制服だね」

大きく見開かれたクラレンスの目に恐怖の影が走るのをマギーは見た。恐らくこれは、そうそうあることではないだろう。

「クラレンス、私の話を聞いて」マギーは必死になって呼びかけた。「説明するから」実際、どうすればいいのかわからなかったが、マギーはまず自分が彼を落ち着かせなければならないと確信していた。

「マギー」クラレンスがささやき声で尋ねた。「それは、きみが夕べから言っていたトニーという名前の悪霊のことかい？」

「俺は悪霊じゃない！」トニーがわめく。

「悪霊ではないのよ」マギーもきっぱりと言った。

「じゃあ、どうして彼が僕に話しかける声が聞こえるんだろう？……ああ」彼にもやっと事の次第が飲み込めてきた。「じゃあ、きみは夕べ、彼がきみに話しかける声を本当に聞いたんだね？」

ほっとしていいのか、ぞっとすればいいのか、クラレンスにはわからなかった。

「何ですって？　じゃあ、あなたは信じていなかったのね？」マギーはその瞬間を楽しみながらも、少し不安になっていた。

「トニー、私が誰かにキスしたら、その相手のところに移ってしまうっていうこと、どうして教えてくれなかったの？」

「きみは誰とキスしたんだい？」興味ありげにクラレンスが聞いた。

「キャビーだよ。彼女はキャビーにキスしたんだ」とトニーが答えた。

「キャビーにキスしたのよ」マギーもそう言った。

「トニーは、あの時はそれが重要なことだとは思わなかったと言ってるよ」クラレンスが伝えた。

「きみが彼の前の奥さんを捜し出して彼女にキスしないかと心配だったんだそうだ。悪かったって言ってる」クラレンスは視線を横にそらしながら「自分がこんなことをしているなんて信じられないよ、マギー」とつぶやき、すがるように付け加えた。「いったいどうなってるんだい？」

「いいわ、聞いて」マギーは彼のほうに身を乗り出しながら言った。「トニーというのは年配の白人男性で……」

「彼は、年配ではないと言ってる」クラレンスが口を挟んだ。

「彼のことは無視して。トニー、黙っててよ。とにかく、彼はポートランドのビジネスマンで、神様のことはあまり信じていなくて、事故に遭ってオレゴン健康科学大学病院に担ぎ込まれることになって、昏睡状態でそこにいるの。それで、彼は神様に出会って、何だかよくわからない使命を与えられたらしいのよ。で、かくれんぼをしていたキャビーの中に入り込んじゃって、夕べ私がキャビーにキスしたもんだから私のほうに移ってきて、彼が私に話しかけてきた時、私は悪霊だと思ったの。で、今日私があなたにキスしたから、彼は今、あなたのところにいるってわけ」

「本当の話？」

マギーはうなずいた。クラレンスはショックを受けたようすで座り込んだ。あまりにも突飛な話だったが、本当のことなのかもしれない。（オッカムの剃刀《かみそり》か）とクラレンスは思った。ほかの条件がすべて同じである場合に、より単純な説明のほうが、込み入った説明より優れているという原則のことだ。確かにこれはシンプルな説明かもしれないが、そんなことがあり得るのだろうか？「きみのことを白人男性と共有するっていうのは気が進まないな」クラレンスは頭に浮かんだ考えを口にした。

マギーは腕を組み、肩を丸めて、不審そうな顔をした。「あら、そう？　私がこんな信じられないような話をしたあとで、あなたが心配するのはあなたと私のことなの？」そう言ったあとで、彼が言ったことの意味が彼女にもようやくわかった。二人はにやっと笑い、うなずき合った。

「それで、彼のフルネームは何て言うんだい？」マギーを真っすぐ見つめながらクラレンスが尋ねた。

「あー、僕は今ここにいるのでね。自分で答えられるよ、どうもありがとう！」トニーが口を挟んだ。

「トニー……、アンソニー・スペンサーよ」マギーが答えた。

「トニー？」まるでトニーが別の部屋にいるかのように、クラレンスは大きな声で呼んだ。「待てよ、きみはアンソニー・セバスチャン・スペンサーなのか？」

「ああ、そうだよ」トニーが答えた。「それと、きみは怒鳴る必要はない。普通に話してくれ。それはそうと、どうして僕のミドルネームを知ってるんだい？　誰も僕のミドルネームなんて知らないのに」

「だって、ほら、僕は警官だからね。僕たちはきみの件について調べていたんだ。ちょっと疑わしい点があったのでね。ドアノブに血が付いていたきみのマンションを捜索したんだよ。あれはきみの血だろうね？」

「ああ！　そうだと思う。すごく気分が悪くなってあそこで倒れて……よく覚えていないんだ。ところで、きみたちはどうやって僕のマンションに入れた？」

クラレンスはほほえんだ。「悪いね。ドアを蹴破ったんだよ。暗証番号がどうしてもわからなかったもんで、むかしながらのやり方で入ったってわけさ」

ちょうどその時、パトカーが止まって、運転していた警官がクラクションを鳴らした。クラレンスはドアまで歩いていき、片手を開いて突き上げ、あと五分待ってくれという合図をした。車の中の警官は笑ってうなずき、親指を立てる合図を返した。

「すばらしい」クラレンスは自分に向かってつぶやいた。この事態をどう説明すればいいのだろう。

クラレンスは向きを変え、独り言を言っているのではないとわかるようにしてこう尋ねた。「トニー、僕たちはきみのマンションで監視用のツールをたくさん見つけたんだが……それも、かなりハイテクの……。あれはきみのものだろう？」

「ああ」トニーは認めた。「僕のだ。ちょっと被害妄想っぽくなっていたんだ。だけど誓って言うけどバスルームと寝室には隠しカメラは置いてないよ」そう言いながら、彼は急に後ろめたさを感じた。警官を相手に話していれば、多分それは当たり前のことだろう。

「ああ、僕たちもそれは気づいたよ。電波をたどろうとしたんだが、完全にシャットダウンされた。あれはどこかで録画していたのかい？」

トニーは声を出さずに心の中でうめいた。それはつまりすべての暗証番号が自動的にリセットされたということで、彼にとっては由々しき問題だった。

「ダウンタウンのオフィスでだよ」と答えたが、それは嘘だった。まだ、秘密の場所を打ち明ける気にはなれなかったのだ。

「ふーん」クラレンスはつぶやきながらマギーのほうに振り返った。「さて、マギー。これからどうしたらいいだろうね？」

「いいことを思いついたよ」助けになることを言うようなふりをしながら、その実、会話の流れを巧みに変えようとして、トニーが甲高い声を出した。

「あー。トニーがいいことを思いついたそうだ。マギー、彼は……」クラレンスはそこでにやっと笑ってから続けた。「僕がきみにキスをすればいいと言ってる」

「本当に？　彼がそう言ったの？　彼がそう言ったのか、あるいはあなたがキスをしたくてでっち上げているのか、どうやったらわかるのかしら？」

「わからないよね」クラレンスは認めた。「でも僕自身は彼の言うことは完全に理にかなっているし、有益だとも思うな。試してみるくらいはいいんじゃないか？　彼がきみのもとに戻ってくれれば何よりもありがたい」

「何よりもありがたい？」マギーは頭をかしげて眉を上げた。

「ああ、キスそれ自体を別にすれば、という意味だよ」クラレンスはくすくす笑った。

そして二人はもう一度キスした。今度のは、頬への軽いキスではなく、「長い間、これを待っていた」という類いのキスだった。幸いにも、トニーは自分がまた見覚えのある場所に滑り出していくのを感じ、気がつくとマギーが愛している男の目をのぞき込んでいた。

「もう充分だろう！」トニーはわめいた。「何かすごく嫌な感じがするんだよ。ゾクゾクするんだ」

「彼は帰ってきたわ、クラレンス」マギーはほほえんだ。「でも、もうキスはしないでおきましょう。また同じようにうまくいくかどうかはわからないんだし、あなただって事件の捜査を彼に手伝ってもらいたいわけではないでしょう」

「そうだね」クラレンスはマギーを優しく抱きしめながら言った。「きみはまったく、僕が今まで出会った女性の中で、いちばん興味深い変わった人だよ。彼……、トニーはいつもずっとここにいるのかな？」

「いいえ。いたりいなくなったりよ。どうも私はそれをコントロールできないみたいなの。神様のなさることはいつでも不思議よね。あとで電話するわ。……彼がいない時に」彼女はささやき声で付け加えたが、トニーは「聞こえてるよ！」と口を挟んだ。

クラレンスが立ち去りかけた時、マギーは急に何かを思い出したようにその腕をつかんだ。

「ねえ、クラレンス、あなたが警官としてこのセバスチャンの背景とかいろんなことを調べていた時……」「トニーだ。頼むからセバスチャンはやめてくれ」彼がそう頼み込むのを聞きながらマギーは続けた。「彼の身内を見つけなかった？」

「ああ、彼の兄弟を見つけたよ。ジェフリーだったかジェラルドだったか……」

「ジェイコブ？」トニーは驚いて聞いた。マギーがその質問をそのまま繰り返す。「ジェイコブ？」

「ああ、ジェイコブだ。彼はこの町に住んでいるんだよ。でも何でそんなことを聞くんだい？」

「彼と話さなくちゃいけないことがあるの。会わせてもらえないかしら？」

クラレンスはしばらく迷ってから「何をしてあげられるか、ちょっと考えさせてくれ。この件に関してはすべてが普通じゃないからね」と言って頭を振った。

マギーはクラレンスにさよならのキスをしそうになるのを危ういところで踏みとどまって、代わりにもう一度ハグをした。それから振り返りもせずにパトカーのほうにすたすたと歩いていく彼を見守っていた。だが実は、仕事中の警官としての体裁を保つために、彼がどんなに苦労して込み上げて来る笑いをかみ殺していたか、彼女は知らなかった。

一方トニーは、過去の記憶とそれに伴う感情に押しつぶされそうになりながら、言葉を失っていた。

第13章　内なる戦い

使徒は「神は愛である」と語った。
それゆえ、神が無限の存在であるならば、神は無限の愛の源であり、
神が無尽蔵の存在であるならば、神は尽きることのない愛を湧き上がらせ、
あふれ出させる愛の源である。
それゆえ、神が不変かつ永遠の存在であるならば、
神は不変かつ永遠の愛の源である。
ジョナサン・エドワーズ

「もしもし？」

電話の向こうの声は、トニーのそれとはまったく違って柔らかく、弱々しいとさえいえそうな声だったので、マギーは驚いて一瞬、言葉に詰まった。

「もしもし？　どちらさまですか？」

「ああ、すみません。ジェイコブ・スペンサーさんですか？」

「ええ、そうですが。そちらは？」

「こんにちは、スペンサーさん。私はマギーと言います。マギー・サンダースです。あの……あなたのお兄さんのトニーの友達なんですけど」

「僕たちは、友達だったのか?」トニーが割り込んだ。「きみの友達でいるのはなかなか大変なことだけどね」

彼女は片手を上げて彼を制した。

「兄に友達がいたとは知りませんでした。彼のことはよくご存じなんですか?」

「ええ、かなり親しいんです」つい、そんなふうに言ってしまってから、すぐにまずい言い方をしたと気がついた。「いえ、親しいっていうか、そういうんじゃなくて……つまり、その『親しい』じゃなくて……」マギーはぐるりと目を回しながら続けた。「恋人とか、そういう関係じゃなくてただの友達です。ただ、彼って、しばらく一緒にいると頭の中に居座るようなところがあって」受話器の向こうから上品な笑い声が聞こえてきた。

「ええ、僕の覚えているトニーはそんな感じですよ。それでミズ・サンダース、ご用件は何でしょう?」

「どうぞマギーと呼んでください。……トニーが今オレゴン健康科学大学病院で昏睡状態になっていることはご存じだと思うんですが……お見舞いに行かれたことは?」

しばしの沈黙があった。「いいえ、そのことは昨日警察から連絡が来て初めて知ったんですよ。それからずっと迷ってはいるんですが。どうして迷うのか、自分でもわからないんですけど。だって、会いにいっても、兄にはどうせわからないはずですからね。でも……私たちの関係はちょっと込み入っていまして、何というか、疎遠になっていたもんですから。まあ、でも、きっとそのうちに行くと思いますよ。……多分」

「実は、お願いしたいことがあるんです、スペンサーさん」

「ジェイコブと呼んでください。それで、お願いというのは？」

「私はあの病院で看護師をしているんですが、科が違うんです。一度トニーの病室に行って、ちゃんとケアしてもらっているところを確認したいんですが、私は家族じゃないのでお見舞いはできないんです。なので、もし……」

「あらかじめお詫びをしておきますが」と、ジェイコブが口を開いた。「あなたが本当に彼の友達だということを確認しておかなければならないと思うんです。用心しすぎということのない時代ですからね。彼の元妻の名前をご存じですか？　両親の名前も？」

ジェイコブの質問に対してトニーが教えてくれた名前を全部マギーが答えたので、彼は安心したようだった。

「マギー、もう一つだけ聞いていいですか？」

「もちろん、どうぞ、ジェイク。何でしょう？」

「トニーは今まで、あの……彼は……」ジェイコブの声は少しかすれ始め、マギーは彼が何かを求め、ほとんど懇願するような口調になっていることに気づいた。「彼は……僕のことについて何かあなたに話したことはありますか？　僕の話題に触れたことは？」

トニーは黙り込み、マギーも一瞬言葉を失った。「ジェイク、あなたに何かお伝えできることがあればよかったんだけど、でも、トニーは家族のことについてはあまり話さなかったの。自分ひとりの胸に収めていたようでした」

「ええ、ええ……わかります」ジェイコブの声には打ちのめされたような響きがあった。「ただちょっと気になったものですから。それだけです」そう言って咳払いをすると、「では、マギー、この電話を切ったらすぐに病院に電話をして、あなたを面会者リストに加えるように言っておきます。お電話ありがとうございました。あなたと兄の関係についてはよくは知りませんが、彼のことを気にかけてくれる人がいたことは嬉しいですよ。……ありがとうございました！」

「どういたしまして、ジェイク」と答えたところでふと思いついて「ジェイク、あなたはどこにお住まいですか？　もしかして……」と言いかけたが、電話はすでに切れていた。

「トニー？」マギーは自分の内側に向かって呼びかけ、無言のうちに答えを要求した。

「そのことについては話したくないんだ」ぶっきらぼうな答えが返ってきた。

「そう。話してくれる気になったら、いつでも聞くわ」マギーは言った。

しかしトニーからの答えはなく、彼の存在も消えたことが感じられた。「トニー？」やはり返事はない。行き先はわからないが、彼が行ってしまったことだけはわかった。「ああ、神様」ささやき声で彼女は祈り始めた。「あなたが何をしようとなさっているのかわかりませんが、どうぞあの二人の傷ついた心を癒やしてください」

トニーはひとりでそこに立ち、二つの影がゆっくりと坂を上ってくるのを見ていた。今まで彼はマギーやクラレンス、ホレス・スカーと時間を過ごしてきたはずなのに、ここでは少しも時間が経っていないようだった。中間の時間？　自分のいる場所を認識しようと彼は必死で頭を働かせた。ジャックは本当に行ってしまったようだ。二つの大きな影は彼が立っている場所から百ヤード以内のところまで近づいてきていた。

今は誰にも会いたくない気分だったし、それが隣人たちならなおさらだった。トニーの心の中はたちまちかき乱され、波立った。マギーとジェイクの会話を聞いたことで彼の心は崩壊し、自己嫌悪でいっぱいになり、厳重に封印していたトラウマが呼び覚まされたのだった。どうしてそうなったのか自分でもよくわからなかったが、防衛機能が働かなくなってしまったようだ。あふれ出てくる感情を秘密の金庫に閉じ込めて埋めてしまうことが、もはやできない。近づいてくる二人を歓迎する気になれないまま、彼はそこに立ち尽くし、ただ、待っていた。

彼らが近づくにつれ、まるでその存在に追いつめられるように、深い孤立感と孤独が増してくるのが感じられた。しかし奇妙なことに、あんなに大きく見えた二人の姿は、近づいてくるにしたがって小さくなっていくようだった。

やがてトニーから十フィートほどのところまで来ると、二人は自分が前に出ようと押し合いへし合いしながら立ち止まり、彼をじっと見つめた。二人の間から腐敗臭が立ちのぼり周囲に広がっていく。どちらの身長も四フィートに届かない。

二人を見ていると、どういうわけかその立ち居振る舞いには、かすかに身覚えがあるような気がした。背が高く痩せているほうは、ビジネスマンがランチ・ミーティングに着てくるようなイタリアン・シルクの三つ揃えのスーツを着ていたが、布の光沢はかなりあせていた。

もう一人の服はいろんな素材を少しずつめちゃくちゃに縫い合わせたものでひどく悪趣味な色遣いになっており、サイズも彼の体には小さすぎた。

二人とも、この荒れ地にはまったくの場違いな存在だった。もし彼らがもたらす絶え間ない不安感と緊張がなかったら、二人が並んでいるようすは、笑いを誘う光景ですらあった。

「きみたちは誰だい？」彼らのほうに歩み寄ることなく、トニーは尋ねた。

「僕たちの名前は……」背が低いほうの無断居住者が、甲高い声で息を切らしながら早速答えようとすると、もう一人がその後頭部を引っぱたき、トニーのことはまるっきり無視して相棒のほうに身を屈めながら深いバリトンの声でがみがみとどやしつけ始めた。

「名乗っちゃだめだろ、このとんま。わざわざ面倒を起こすつもりか？」

それからトニーに向かってにっこりと笑ったが、その笑顔はぞっとするほど歪んでいた。彼はまるで指揮棒を振るように手を振りながら話し始めた。「この相棒ときたらまったく場をわきまえることができないようで、心からお詫び申し上げます。私たちのことは、どうぞビルと」と、親指で仲間のほうを指し、「サムと呼んでください」と言って軽く会釈をして、自分がそのサムであることを示した。

「ビルとサム？」背の低いほうの無断居住者が大きな声を出した。「そんな名前しか思いつかなかったのかい？　ビルとサム？」サムがもう一度彼を引っぱたこうと片手を上げると、ビルは縮み上がった。

思い直してビルをぶつのをやめたサムは、偉そうなもったいぶった態度でトニーのほうに向き直った。

「オーケー。では……サム」トニーはわざとらしく強調してその名前を呼んだ。「きみたちはここで何をしているんだ？」

「それはですね、ご主人」と言って彼は目玉をぐるぐる回し、その質問がまるで聞くまでもないことのような素振りをした。「私たちは城壁の番人でございます。それが私たちの役目でして」何よりも重要なことを告げるようにそう述べると、彼は襟の折り返しのところから目に見えない何かを払い落とすような仕草をした。

「そうですとも」ビルも口を挟んできた。「それが私たちの役目……そのとおりです、ご主人、城壁の番人です。すべての城壁を守っております。私たちは皆優秀な番人でして、私たちは皆忙しく壁を見張っておりまして、私たちは皆この仕事が得意でして、私たちは……」どこでしゃべり終えたらいいのかを探しあぐねるように、彼の声はだんだんと小さくなっていった。

「さらに私たちは庭師でもあります」サムが割り込んだ。「この辺の雑草を抜いております」

「雑草を抜いている？　僕がここで見たのは全部雑草ばかりだったけどね」

「いえ、そんなことは……。お言葉ですがご主人、私どもはよく仕事ができる者ばかりでして、城壁を見張り、雑草を抜いております」サムはそう言いながら辺りを見回していたが、あるものを見つけて顔を輝かせた。

「あそこをごらんください、ご主人」丸っこい小さな指でそれを指差しながら小道のほうに数歩歩いていくと、大きな岩が突き出ている下から何かを引っこ抜いてきた。彼が満足そうにつまみ上げて見せたのは美しい野バラだったが、彼が触ったために、あるいは、根っこから切られてしまったために、しおれかけていた。

「それは花じゃないか！」トニーは叫んだ。サムはしげしげとその花を見つめてから振り返って反論した。

「いいえ、そんなことはありません！　これは雑草です。見てください、色がついているでしょう。ということは、これは雑草です。それにこれはいまいましいこのちくちくする、えーと……」

「棘《とげ》」ビルが助け舟を出した。

「そう、棘で覆われています。花にどうして棘なんか付いてるんです？　これは雑草ですよ！　でも私どもが抜いて焼いてしまいますから、これがどんどん広がっていくことはありません。それが私どもの仕事です。私どもはこの仕事がとても得意ですのでね」

「よろしい」トニーは腹を立てて言った。「ここは俺の土地だ。その俺が命令する。もう二度と花……雑草を抜いたり焼いたりしてはならない。たとえ棘が付いていてもだ。わかったか？」

二人は、盗み食いをしようとしていた現場を取り押さえられたような顔をした。

「本気ですか？」サムが聞いた。「雑草が増え広がっていって、辺り一面この嫌らしい色と棘でいっぱいになったらどうするんですか？」

「本気だとも！　二度と雑草を抜いてはならない。わかったのか？」

「わかりました、ご主人」ビルがつぶやいた。「でもほかの連中には伝えません。私は伝えません」

「ほかの連中？」トニーが聞きとがめた。「おまえたちは全部で何人いるんだ？」

「何百もですよ！」ビルが即答した。それから許可か支持を求めるようにサムを見上げたがそのどちらも得ることができないまま言葉を続けた。「いや、何千もです。我々は何千人もいるんです」

少し考えてからさらに付け足した。「正直なところ、何百万もいて、雑草を抜いて城壁を守っているんです。それが仕事ですのでね。城壁を守ることが。何百万もの我々が雑草を抜いて城壁を守っているんです」

「なるほど。そいつらにお目にかかりたいものだね」厳しい口調でトニーは言った。

「それはおできにならないんですよ」プラスチックのような愛想笑いを浮かべて、サムが答えた。

「なぜ、できないんだ？」

「それは……」もっともらしい答えを探しながら、ビルが口を開いた。「我々が目に見えない存在だからです。ええ、そうです。目に見えないんですよ！　何百万もの目に見えない我々が雑草を抜いて城壁を守っているんです」

「だが、おまえのことは見えているぞ」トニーが冷静に答えた。

「ああ、それは仕方なかったんですよ」とビルが説明し始めた。「彼らに仕事を命じられたら、言われたとおりにするしかありません。さもないと……」

サムがまたビルの後頭部を引っぱたき、トニーに向かってもう一度とってつけたような笑顔を見せた。

「『彼ら』ってのは誰だ？」トニーが詰問した。

「それは、ほら」サムが応じた。「ちゃんとした組織ならどこでも、指揮系統ができていて物事を決めて命令を下す人がいるもんでしょう。そういう……」と言ってあたかも教師が生徒を指すかのようにビルに目をやった。

「指導者たち」とビルが答える。

「そのとおり。そういう指導者たちが私たちに、組織から与えられた役割を果たし……」と言って、サムはまた、脚本を考えるかのようにうなずいていた相棒のほうに目をやった。

「務めと責任を果たすように命令してくるんです」ビルがサムの言葉を引き取って答えた。

「そのとおり」とサムも言ってうなずく。「その務めと責任を果たすためにあなたのところに来て、私たちから距離を置くことの重要性についてご説明しているんです。もちろん、あなたご自身のためにね」

「おまえたちから距離を置く？」トニーは鋭い口調で返した。「ぜひ、その指導者たちにお目にかかりたいものだね」

「いえいえ、それは無理ですよ」頭を振りながら、ビルが慌てて答えた。

「だから、なぜ無理なんだ？」

「なぜなら……そんなことしたらあなたは砕け散って粉々になっちゃいますよ。だから無理なんです。小さな骨や肉の破片や気持ちの悪いもんがあらゆる方向にぶっ飛んでいっちまいますよ。汚いじゃないですか。まあ、ある意味でちょっとばかし見ものかもしれませんが」

ビルは調子づいて生き生きしてきたが、サムのほうはもっともらしくうなずきながらも、その目には後悔の色が浮かび、下唇はわなわなと震え始めていた。

「俺が粉々に砕け散る？」トニーは大声を出した。「俺がそんなばかげた話を信じるとでも思ってるのか？　さあ、そろそろいい加減、本当の名前を教えてもらおうか」

背の低いほうはますます背が縮んだように見えた。「言わなくちゃだめかな、スワッガー？（訳注・威張ること、自慢）彼に本当の名前を言わなくちゃだめかな？」

うんざりした目つきで相棒を見やりながら、もう片方が言い返した。

「たった今、教えちゃったじゃないか、このとんま！　まったくおまえはいつまでたってもとんまなまんまだな」それからトニーのほうを振り返ると、もったいぶった声の中に優越感をにじませながら自己紹介した。「お聞きのように、私の名前はスワッガーです」そう言いながらごく軽く会釈してみせたが、その態度は相変わらず傲慢そのものだった。「そして、このばかが」と、相棒のほうに頭を傾けながら彼は続けた。「ブラスター（訳注・大言壮語、怒鳴り散らす）です。以前の名前はブラフ」（訳注・はったりをかける、脅す）だったんですが、最近ブラスターに格下げになりましてね」と言ってトニーのほうに少し身を傾け、秘密を打ち明けるというような素振りでささやいた。「あなたにはきっと、その理由がおわかりだと思いますが」

「おまえたちの名前はブラスターにスワッガーだと？」信じられないという顔をして、トニーが繰り返した。「こんなばかな話は聞いたことがないね。そんなあほらしい名前、誰がつけたんだ？」

「それはもちろん、あなたですよ」ブラスターがうっかり口を滑らし、次の瞬間また頭を引っぱたかれた。

「黙れ、このまぬけ」スワッガーがどやしつけた。「ぺちゃくちゃしゃべってばかりいやがって。少しは黙っていられないのか？　エゴがおまえを昼飯に食っちまうぞ。そうすれば……」

「だまれ！」トニーが命令すると、驚いたことに二人はすぐに口をつぐみ、そろって彼のほうに顔を向けた。トニーは、彼らのいかにも思い上がった傲慢な態度がかすかな恐れに取って代わられるのに気づいた。二人はトニーと直接目を合わせるのを避けて、地面や自分の相棒のほうをちらちらと見ている。

「ブラスター、俺がおまえたちにその名前をつけたっていうのはどういう意味だ？」

ブラスターは自分に重圧が重くのしかかってきているとでもいうように、神経質に体重を右足と左足に交互に乗せ替えていたが、ついにこらえきれなくなったようすで口を開いた。「私たちのことがわからないんですね？」

「何でおまえたちのことをわからなきゃいけないんだ。こんなばかげた二人組を？」

「でも、私たちに名前を与えてくれたのはあなたですよ。というか、私たちの名前はあなたの振舞いや選択からつけられた名前なんです。私たちはあなたのものですよ。私たちは、いいですか、あなたのブラスターでありあなたのスワッガーなんです」

「そのとおりだよ、トニー」グランドマザーの声がした。突如として現れた彼女はトニーの横に立っていた。「おまえが彼らに声を与え、おまえの魂の中に居場所を与えたから、彼らはここにいるのさ。成功するためには彼らが必要だとおまえは考えたんだよ」

二人はグランドマザーの存在にまったく気づいていないようで、その声も聞こえないようだったが、ますます神経質になり落ち着かなくなっていった。

「無断居住者！」大きな声でトニーは言った。ようやくわかり始めてきたことをグランドマザーの前で口に出してみたのだった。

「無断居住者？」スワッガーが甲高い声を出した。「私どもは無断居住者ではありません。私どもはここに住んでいるんで。ここにいる権利があるんですよ！」

「ここは俺の土地だ。俺の所有地だ」トニーは宣言した。「そして俺は……」

「何なんですか？」できるだけ自分を大きく強そうに見せようとしながらブラスターがかみつくように言った。「ここがあなたの所有地だなんて、誰が言ったんですか？　ばかにするのもいい加減にしてくださいよ。さもないと、しまいには……」

「しまいには、どうするつもりだ？」トニーが詰め寄った。

「いや……別に、特に……どうしようかと考えていただけで……」ブラスターは縮んでいき、しゅんとして以前より背が低く小さくなってしまったようだった。

「思ったとおりだ。おまえたち二人はただの臭い息だ。役立たずのろくでなしだ。俺が成功するために必要だと勘違いした結果の想像の産物だ」

「でも役に立ったでしょ？　え？　あなたはそれで成功してたじゃないですか」トニーの顔をちらっと見上げながらスワッガーが言った。「つまり、私たちはあなたと一緒に勝利したんじゃないですか。感謝してほしいくらいですよ！」泣きつくようにそう言ったが、トニーの鋭い視線に合うと、すぐにしおれてしまった。

「感謝しろだと？」と言いながら、だんだん理解が進むにつれて、トニーの心は乱れた。「ブラスターとスワッガーを使いながら成功したんだとしたら、おれが収めた勝利とは何だったんだ？　もし俺がおまえたちを必要だと考えたせいでおまえたちがここにいるんだとしたら、俺はおまえたち二人を合わせたよりももっとばかだ。おまえたちなんか必要なかった。俺に必要だったのは正直さと誠実さと……」

「雑草です！」スワッガーが口を挟んだ。

「何だって？」

「雑草です。正直さだの誠実さだの、そんなものは雑草です。色がいっぱいついていて、棘もあります。ろくでもない代物ですよ」

「ほかの者にも会っておいで」まだ彼の隣に立っていたグランドマザーが促した。

「俺をほかの連中のところに連れていけ」トニーは二人に命じた。「粉々になるだの何だの、くだらないことはもう言うなよ」

「一つだけ、小さなお願いが」背の高いほうが卑屈なようすで言った。スワッガーの態度からはもうほとんど傲慢さが消えていた。「エゴには、あなたが私たちを無理やりエゴのもとに案内させたのであって、私たちにはどうしようもなかったんだってことを言ってもらえますか？」

「エゴ？　それがおまえたちの指導者なのか？」トニーが返事を待っていると、二人はうなずいた。

「じゃあ、エゴがおまえたちのボスなんだな？」

「ええ」ブラスターが認めた。「彼は私たちより強くて、私たちに命令をするんですよ。彼のところにあなたを連れていったら、私たちのことを怒ると思うんですよね。で、直接報告すると思うんですよ、ビッグ・ボスに……おっと」また頭を引っぱたかれると思ってブラスターは顔をしかめたが、スワッガーはもはや警告もあきらめて、うちに引きこもっていた。

「ビッグ・ボスっていうのは誰だ?」トニーが聞くと、ブラスターの顔に薄笑いが浮かんだ。「あなたに決まってるじゃないですか、ミスター・アンソニー・スペンサー。この荒れ果てた土地の哀れな持ち主、あなたこそビッグ・ボスですよ。私はあなたのそばでいつでも待機していますよ。無情で狡猾《こうかつ》なあなたのそばで」

トニーには、彼が自分のことをあからさまに侮辱しているのかどうかわからなかった。だが、そんなことはどうでもいい。彼らとの会話を打ち切ると、トニーは二人をもと来た道のほうへ追い返し、彼の横にいたグランドマザーと一緒にそのあとをついて行った。

坂を下っていくと、道にはだんだん石が目立つようになり、倒れた木などが転がり、通るのも大変なほど荒れ放題の状態になっていった。まるで巨人の手によって岩がばらまかれたあとのようだった。道が二またに分かれるところまで来ると、トニーは二人が進まなかったほうの、右に下っていく道に目をやった。そのはるか前方に建物が見える。それは窓のない分厚いブロックでできた建物で、壁に組み込まれるようにして建っていて、ほとんど見分けがつかないほどだった。

「おい、あの建物は何だ?」立ち止まってそちらの方向を指差しながらトニーは尋ねた。

「ああ、スペンサーさん、あなたはあの場所には何の用もないはずですよ」足を止めずにスワッガーが答えた。「あそこには近づかないことです。ボスのところにお連れするだけで、もう充分面倒なことになってるんですから」

「いいから、言え！　あれは何なんだ？」トニーは命じた。

「あれは神殿ですよ」肩越しに振り返りながらブラスターが答え、あざけるように笑いながら続けた。「あなたはご存じのはずですけどね。ご存じのはずですよ。だって、あれを建てたのはあなたなんですから。あそこで礼拝していたじゃないですか」

「もう、よせ」二人が選んだ道を足を早めて進みながら、スワッガーが怒鳴った。

「何て奇妙な……神殿だって？」とトニーは考え込んだ。それが何であれ、その正体を知るのはもう少し先のことになりそうだ。彼はすぐに足の短い二人組に追いついた。

トニーの鼻にしわを寄せていた悪臭は今や卵が腐ったような強烈な臭いになり、吐き気を抑えるために口で息をしなければならないほどだった。その臭い淀《よど》んだ空気に加え、一歩歩くごとに孤立感と惨めさが増していくので、グランドマザーが一緒にいてくれることがありがたかった。黙って彼の横を歩く彼女は、この一連の出来事に少しも動じていないようすだった。

カーブを曲がったところで、トニーは驚いて立ち止まった。五十ヤードも離れていないところに、さまざまな種類の、大きさもまちまちな建物の一団が密集していたのだ。

その建物の一群の二百ヤード向こうには、所有地の境界線のいちばん端っこであるそびえ立つ岩の根元が見える。今まで、はるか遠くからしか見たことのない岩だった。初めてその石の建築物を見た時にはあまり気にも留めなかったが、今は間近でその細部を観察することができた。

それは大きな石を念入りに、一分の隙もないように組み合わせて何百フィートもの高さに積み上げており、その先端は低く垂れ込めた雲の中に消えていた。

密集した建物の一つから、背の高い痩せた男が現れた。彼の容姿はどこか不均衡で不自然なところがあり、トニーは近くに寄ってしげしげと見つめたい衝動に駆られた。そうだ。頭だ。体の他の部位に比べて頭がかなり大きく、目はいささか小さすぎ、口は幾分大きすぎた。彼の顔には、肌色のペーストのような厚化粧が施されていた。

「スペンサーさん、我がつつましき住まいへようこそ。私はあなたの永遠のしもべでございます」彼は媚《こ》びるようなほほえみを浮かべた。彼の声はチョコレートシロップのように不健康そうでなめらかだった。しゃべるたびに厚化粧がはがれ、完全に下には落ちずに顔からだらしなくぶら下がる。その下には醜い青い痣《あざ》が見えた。完全な自己陶酔に浸っている人の前に立たされたように、鼻持ちならない傲慢さへの嫌悪感がトニーを襲った。

「おまえがエゴだな」きっぱりとした口調でトニーが言った。

「私の名前をご存じで? ええ、そのとおり確かに、私がエゴです。あなたにお仕えしております」そう言って彼は深々とおじぎをした。「ここでお目にかかるとはいささか意外でしたな」と言って、トニーを案内してきた二人に軽蔑のにじみ出た一瞥《いちべつ》をくれ、さらに「おまえたち二人にはあとでたっぷり礼をしてやるからな」とどやしつけた。

二人はすくみあがり、体も一回り小さくなったようだった。ボスの前では彼らはもうスワッガーでもブラスターでもなかった。建物のそばでは、一ダース近くの奇妙な外見の生き物が押し合いへし合いしながらこちらを見ていた。

「おまえはなぜ存在するんだ」質問というよりはなじるようにトニーが聞いた。

「なぜ？　あなたが決断を下すお手伝いをするためですよ」化粧のはがれかけた顔にずるそうな表情を浮かべながらエゴが答えた。「あなたがどんなに重要な人物か、また、あなたのお世話になっている者たちが成功するためにあなたをどれだけ必要としているか、彼らがあなたにどれほど恩義があるかを思い出させて差し上げるためですよ。それから、あなたの気分を害した連中、そいつらにかけられた迷惑を忘れないようにするお手伝いもしています。この世界で重要なのはほかならぬあなたであることをあなたの耳元でささやくことが私の仕事でございます。スペンサーさん、あなたは本当に重要な人物で、誰もがあなたを愛し、憧れ、尊敬しております」

「それは嘘だ」トニーはぴしゃりと答えた。「俺は尊敬や愛情に価するような人間じゃないんだ」

「おやおや、スペンサーさん、あなたがそんなばかなことをおっしゃるのを聞くのは胸が痛みます。あなたはそれらに価するどころか、それ以上の存在ですよ。彼らにしてやったことを思い出してくださいよ。彼らにできることと言ったら、彼らのためにあなたがなさった努力を認識することくらいでしょう。少なくとも彼らはあなたに多大な恩がありますよ。あなたは別に、そのお礼に世界を差し出せとおっしゃっているわけじゃない。ただ、恩があるということを認識してほしいと思っているだけです。それだけです。あなたの従業員たちは、雇用主があなたじゃなかったら失業していたでしょうね。あなたの共同経営者たちだって、あなたの優れたスキルがなかったら、今ごろ肉体労働に明け暮れていたでしょうよ。それなのにあいつらときたら、あなたから権力を奪い取ろうと陰でこそこそ企んでいるんです。あなたのことをまったく理解していないんですよ。あなたが天からの贈り物であることをわかっていないのです。考えるだけで胸の痛むことです」そう言って彼は巨大な額に手を当て、ひどく傷ついて悲しそうな顔をしてみせた。

トニーは彼が今言ったようなことを、自分の心の中だけで思ってきた。そこには自分勝手な理屈や恨みつらみがたくさん混ざっていて、それが彼の行動に大きな影響を与えていたことが、今となってはよくわかるのだった。自分自身の傷ついたエゴとの対峙は、醜く歪んだものだった。「俺はもう、そんな自分でいるのはたくさんだ！」

「スペンサーさん、それこそがあなたがかくも偉大な人間であることを証明する言葉ですよ。ご自身で告白したことの真実に耳を傾けてごらんなさい。すばらしい！　あなたのように謙遜で罪を深く悔い、自我を捨てて違った道を歩もうとするクリスチャンを、神は本当にお喜びになるに違いありません。私はあなたを友と呼び、兄弟と呼べることを誇りに思いますよ」

「おまえは俺の兄弟なんかじゃない！」トニーは素っ気なく否定したが、彼の言ったことを反芻《はんすう》しながら頭の中ではいろいろな思いが駆け巡っていた。エゴの言ったことは、あるいは当たっているのではないか？　神はトニーに変わってほしいのではないか？　悔い改めてほしいのではないか？

だが、エゴの言葉にはどこかおぞましい偽りの響きがあった。それはまるで、トニーの古い問題をもっと見栄えがして聞こえもいい、偽善的な新しい問題にすり替えようとしているかのようだった。トニーの心の奥底にはいつも渇望があった。ある時はあからさまで、ある時は密かにだったが、それはいつでも、「自分の手柄にしたい」という同じ渇望だった。

「俺はおまえの正体を知っているぞ」トニーは言い放った。「おまえは俺の最も醜く、そして恐らく最も正直な姿だ！」

「スペンサーさん、そのとおりです。あなたはいつも正しい。あなたは自分に死ななくてはなりません。ほかの者たちの心配ごとやいろんなゴタゴタの面倒を見てやるために、自分の必要や願いをあきらめなくてはならないのです。無償の愛ですな。最高の善であり最も美しい犠牲です。神も何よりいちばんお喜びになりますよ。あなたはご自分を十字架につけて、自我に死に、自分の人生の王座に神をお迎えしなければなりません。そして神に主権を」と言って細い指を突き立てる。「お渡しするのです」

「どうも正しいことを言っているような気がするんだよな」その疑問がトニーの心をくもらせ、不安な気持ちにさせた。グランドマザーのほうにちらっと目をやると真っすぐな視線が返ってきたが、相変わらず辛抱強く沈黙を守っている。彼女の目には愛情がこもっていて、決して見捨てはしないと請け合っていたが、無言の振る舞いのうちに、これは彼自身の戦いだということを伝えていた。

　彼女が助太刀《すけだち》してくれないことにトニーは苛立ち始めた。ただ横に立っているだけで、どうして何もしてくれないのだろう。自分にはこんな論戦をするための備えなど、何もないのに。

「もちろんあなたはいつもどおり正しいですよ、スペンサーさん。イエスが見せた手本以外のことを考えるのはよしましょう。彼は私たちを贖《あがな》うために自分自身を与えたのです。イエスがすべて捨てたから、私たちはすべてを持っているのです。おわかりになりませんか？　これこそイエスがあなたに望んでおられることなのです。彼のようになること、自由になることです！」エゴが最後に言い放った言葉は、石の塔の上にまで響いていった。それから彼はゆったりとした円を描きながら踊り始め、両腕をゆっくりと上げ下げしながら歌った。「自由！　選択の自由。愛する自由、生きる自由、生かす自由、幸福を追求する自由、社会や家族のしがらみから解き放たれる自由、自由だからこそ何でもしたいことをする自由！」

「やめろ！」トニーが怒鳴った。

両手を腰に当て、片足立ちのままエゴがぴたりと止まった。

「それは俺が今までさんざんやってきたことだ。でも何をしたって俺はまったく自由じゃなかったんだ」トニーの怒りが燃え上がった。「俺が自由を使ってやったことと言えば、周りの者を傷つけ、自分の心に壁を張りめぐらして、何も感じられなくしたことくらいだ。それがおまえの言う自由なのか？」

「そうですね」エゴは腕を下ろし、両足をしっかりと地面につけて言った。「自由にはいつも代償が伴うものです」彼は「代償」という言葉を一語ずつ伸ばしながら発音し、それがこだまとなって建物に跳ね返されてきた。「スペンサーさん、歴史をごらんなさい。いつの時代にも自由と引き替えに命を落とす人々がいました。あなたの惑星には血を流すことを必要とせずに誕生した政府や州は存在しないんですからね。戦争が必要とされ正当化されるときには、平和が悪とされ、政府がそれを真理だと言うなら、あなたも一個人としてそれを真理だと言わなければならないのです」

どこがどうとは言えなかったが、トニーには、エゴの論理が歪んでねじれているように感じられた。トニーが何か引っかかっているのを見て取ったエゴは急いで言葉を継いだ。「イエスをごらんなさい、スペンサーさん。あなたの自由の代価はイエスのすべてです。彼はあなたに自分の命を与えてあなたを自由にしたんです。彼は神のところに行って訴えました」またもや芝居がかったようすで空を仰ぎ、目を閉じ、心の底からの嘆願をもって天にとりなすかのような素振りで語り始めた。「愛する神よ、あなたの怒りは私に注いでください。罪に汚れた不道徳な人間たちに対するあなたの怒り、哀れな人間たちの吐き気がするような数々の悪行に対するあなたのきよい怒りはすべて私に注いでください。怒りの弓はたわみ、矢はつがえられ、正義が彼らの心臓めがけてその矢を放とうとしています。どうぞ、その怒りを、彼らの代わりに私に注いでください。あなたの恐ろしい仕打ちは私が耐えますから、彼らの邪悪な振る舞いを赦してください。彼らの代わりに私を、あなたの永遠の炎で焼きつくし、今も彼らの頭上に振りかざされている聖なる義の刃は私の上に振り下ろしてください」それだけ言い終わると、エゴはまるで巨大な刃に真っ二つにされたかのように頭を垂れた。

彼の言葉は遠くに吸い込まれていき、沈黙が訪れた。しばらくして口を開いたトニーの声は力強さを取り戻していたが、口調は柔らかかった。

「それはうまくいったのか？」

エゴは我に返った。トニーのこんな反応は予想していなかったのだ。「どういう意味です？」

「それはうまくいったのかと聞いているんだ。イエスは神の怒りに耐えるという役割をうまく果たせたのか？　それは役に立ったのか？」

「もちろんうまくいきましたとも。それは何しろイエスのことですからね」彼は自信なさそうに答えた。

トニーはもう一度念を押すようにたたみかけた。「つまり、神は自分の怒りを人間の代わりにすべてイエスの上に注いで、それでその激しい怒りは永遠におさめられたと。おまえの言っているのはそういうことか？」

「そのとおりで……いえ、まったくそのとおりというわけでは……。鋭いご質問ですね。スペンサーさん、大変すばらしいご質問ですよ。そのような独創的な問いを発するご自分を誇りに思うべきですよ」

彼が答えに詰まって窮していることをトニーは見抜いていた。

「で？」

エゴは両足に交互に体重を乗せながらそわそわと落ち着かない素振りで口を開いた。「つまりですね、こう考えるべきなんですよ、スペンサーさん。あなたにだけお話しする内緒のことなんですが。ほら、仮説っていうのはべらべらしゃべらないほうがいいに決まっていますからね。でもまあ、あなたと私だけの間で、ってことで。つまり、神様ってのはなかなか付き合いにくいお方だってことですよ。神が創造なさったものは……」と手のひらを上げて上を指し示しながら彼は続けた。「見事に神に背きました。その結果、神の怒りというものは、常に神の性質の一部であり続けているわけです。例えば、永遠に燃え続ける炎のように。いわば必要悪ですよね。この炎は、イエスの十字架を受け入れない者や感謝しない者を永遠に焼き続けるのです。ここまではいいですか？」彼はトニーの同意を求めて、ごてごてに塗りたくった顔の中で完全に浮いている眉毛を片方上げてみせた。

「ですから、あなたがいつもそれを覚えていなければいけないかどうかは別として、神についていつも変わらない事実の一つは、神の怒り——彼がすでにイエスの上に完全に注ぎ出した義なる怒りなんですよ。この怒りを逃れたいなら、あなたはイエスのようにならなければならないんです。人生を神に明け渡して、イエスが生きたようにきよらかに純粋に生きなければならないんです。『わたしが聖であるから、あなたがたも、聖でなければならない』。これが聖書の言っていることです」

「ということは」足元の乾いた荒れた土を見つめながらトニーは言った。「俺のような者には望みはないということだな。おまえが言っているのはそういうことだ。イエスのようにきよらかに純粋に生きるなんてこと、俺にはできない」

「いいえ、それは違いますよ、スペンサーさん。希望はいつでもあります。特にあなたのように一生懸命努力をする人、あなたのように特別な人にはね。ただ、確実ではないってことです。それだけです」

「つまり、神といい関係を持てるというのは希望的観測であって、確かな話じゃないってことだな？　ただの可能性だというわけだな？」

「どうか希望的観測を過小評価しないでください。あなたの世界のほとんどすべてのものは希望的観測によって成り立っているんですからね、スペンサーさん。ご自分のことも卑下なさらないでください。希望的観測に基づいてあなたが何かを願うことによって、あなたは神のようになれるのですから」

「神は、実に、そのひとり子をお与えになったほどに、世を愛され……」どこかで覚えた聖書の一節を、トニーは挑むように口にした。

エゴはがっくりと下を向き、「信じられないくらい悲しいことですよね」と言って頭を振った。

「悲しい？」トニーは言い返した。「悲しくなんかない。もしこれが本当なら、俺が聞いた話の中でいちばん美しいことだ！　神は世界を愛しているんだ！　それはつまり、神はこの世界に住んでいる俺たちのことを愛しているということだ。神は俺を愛してるんだ！」

そう言ったとたん、トニーの中で怒りがまぶしい光を放って燃え上がり、トニーはそれを意識して、エゴにぶつけた。「いいか、よく聞け。おまえの企みなんか知るもんか。おまえは嘘つきで、おまえの嘘は悪魔的で……」

「しーっ！」甲高い声でそう叫ぶと、エゴは即座に立ち直り、大きくほほえんでみせた。「スペンサーさん、このへんではそんな言葉は使わないんですよ。それはただの古い神話です。私たちはそんな……そんな醜い忌まわしい惨めな存在ではありません！　私たちはあなたを助けるために遣わされたのです。神からのメッセージを伝える霊ですよ。あなたの道を平らにして、あなたを真理に導く任務を与えられた光と恵みのガイドです」

「嘘つき軍団め！　それがおまえたちの正体だ！　おまえたちは皆、何の権利があってここにいるんだ。言ってみろ。誰の権威によってここにいる権利を得たと言うんだ？」

「きみだよ！」住居群の中でいちばん大きな建物の中から声が響き渡った。その建物のドアが開き、巨大な男が現れたのを見て、トニーは後じさった。彼が現れると、生ゴミと硫黄が混ざったような刺激臭が辺りを満たした。トニーは呆然として突っ立っていた。彼が今顔を突き合わせているのは……彼自身だった。ただし、むこうのほうがずっと大きい。彼の前にそびえ立っている男は恐らく十フィート近い身長だったが、その点を除けばまるで鏡を見ているかのようにトニーそのものだった。だが、近くに寄ってまじまじと見つめると、細かな点で違いがあった。この巨人の手と耳は若干大きすぎ、目は少し小さすぎてバランスを欠いていた。口は横に大きすぎ、笑顔は歪んでいる。彼の立ち居振る舞いは権力者のようで自信に満ちていた。

「ソショ」トニーの肩のそばに立っていたグランドマザーが巨人につぶやいた。「ワキパジャン！」彼女の声の調子から、その奇妙な言葉が褒め言葉でないことはわかった。彼女がいてくれることがありがたく、自分のイミテーションと対峙するストレスを彼女が和らげてくれることが嬉しかった。

「それで、おまえは誰なんだ？」トニーは強い口調で尋ねた。

「ちょっと、ちょっと、スペンサーさん」胸の前で腕を組んで彼は笑った。「もちろんわかってるだろう？　私は、上等なきみ自身だよ。きみがこうなりたいと願っていた姿さ。後押ししてくれる者たちの助けを借りながら、私を作り上げたのはきみ自身じゃないか。きみが私に糧を与え、服を着せ、そうして長い月日が流れ、きみの想像をはるかに超えて私はこんなにも強くなったんだ。そして今となっては、私がきみを作り上げてきたとさえ言えるのさ。きみの深い渇望の中から生まれた者として、私は私の創造者であるきみに借りがあった。だが私は懸命に働いて、その借りは返してきたからね。もはや存在するためにきみの力なんか必要としないんだ。私はきみより強くなったんだよ！」

「それなら出ていけ！　存在するために俺を必要としないっていうんなら、さっさと荷物をまとめて出ていけよ！　おまえの仲間も忘れずに連れていけ」

ビッグ・トニーは愉快そうに答えた。「いや、そういうわけにはいかないんだよ、スペンサーさん。ここは私の領分だからね。これが私のライフワークなんだ。基礎を築いたのはきみかもしれないが、その上に建物を建て上げてきたのは私たちだからね。きみはずっと前に私たちにここにいる権利を与えたんだ。安全と確実性と引き替えに私たちにその権利を売ったんだよ。きみ自身が私たちを必要としたんだ」

「安全と確実性？」トニーはやり返した。「ひどい冗談だね。俺は、そんなものにお目にかかったことはない」

「ああ、スペンサーさん。そんなことはどうでもいいんだよ」と答えた巨人の声は、催眠術にかかった人のそれのように一本調子だった。「きみが実際に安全と確実性を手にしたかどうかはどうでもいいんだ。きみがそれを手にしたと思えたかどうかが問題なんだ。きみには、苦しみと夢、希望と絶望から現実を作り出すすばらしい力がある。神であるきみが現実を作り出すんだ。我々はただ、きみが聞きたいと思う言葉をささやいて、手伝いをしただけだよ。そのおかげできみは自分の潜在能力に気づくことができて、自分がコントロールできる想像の世界を作り上げることができたんだ。この残酷で無情な世界を、きみは私のおかげで生き延びることができたんだぜ」

「だが……」トニーは言い返そうとしたが、ビッグ・トニーが一歩前に進み出て、それを遮った。

「アンソニー、私がいなかったら、きみは死んでいたはずだよ。私がきみの悲惨な人生を救ったんだ。きみが自分の存在を消してしまいたいと願った時、生きろと言ってやったのはこの私だ。きみは私のものなんだよ！　私なしではきみは何もできないんだ」

　トニーは足元が崩れていくような感覚に襲われた。まるで目に見えない崖っぷちでよろめいているような気分だった。グランドマザーのほうを振り返ったが、そこには彼女の輪郭だけが残っていて、その姿は薄くなっていってしまった。トニーの目の前にカーテンが引かれてその視界を遮り、ここ数日間、はっきりと具体的だったすべてのものが、その明瞭さと色を失った。地面は黒い毒を流し始め、マリオネットの周りにまとわりつく切れた糸のようにトニーの上に流れ出し、彼から、はっきりとものを見て考える能力を奪い取る。

　激しい絶望感がトニーの心のもろい部分を食い尽くし、命を吸い尽くし、いつも苛まれてきた深い孤独の水底に彼を突き落とした。グランドマザーは消えていた。トニーはひとりぼっちで何も見えなかった。

　その時、頬に吐息を感じ、うっとりするようなキスをされた。かぐわしい香りが、その場を埋め尽くしていた悪臭を追いやった。それから彼の耳にささやき声がした。「おまえは完全にひとりぼっちだね、トニー。それがおまえにふさわしい。おまえは生まれないほうがよかった」

　そのとおりだ、と彼は思った。俺はひとりで、そしてそれが俺にふさわしい。差し出されたすべての愛を、俺は自分で殺してきたのだ。そして今や俺は歩く死人に等しい。

　その告白は、要塞の城壁が最後のひとかけらまで崩れていくように、彼を粉々に打ちのめした。冷え冷えとした恐怖の指が胸を締めつけ、肉を突き通して心臓にまで届き、それを握りつぶして鼓動を止めた。トニーは凍りつき、なすすべもなく身も心も石のようになっていた。

その時トニーは、遠くから小さな女の子の笑い声と歌う声がこちらに近づいてくるのを聞いた。身動きもできず、息をすることすらままならない。声の主も、こんな真っ暗闇の中では彼を見つけることもないだろう。ここにいることにも気づかないはずだ。「神様」と、彼は祈っていた。「あの子が私を見つけてくれるように助けてください」

やがて遠くに灯りがちらつくのが見え、それが歌声とともにだんだん大きくなってきたかと思うと、彼の目の前に女の子が立っていた。年は六歳くらいでオリーブ色のなめらかな肌をしており、漆黒の髪を白い小さな花輪で束ね、片方の耳にも白いエンレイソウを差している。驚くほど美しい茶色の目をもっていて、その目はほほえんでいた。

彼はひとりではなかったのだ。彼女は彼を見つけた。そう思うと安堵感が押し寄せ、少し緊張がゆるみ、前より深く息を吸うことができた。だが同時に、彼はあることに気づいた。（しゃべれない）

そのとたん、女の子は輝くような笑顔を見せた。「わかってるわ、トニーさん」そう言って笑い声を上げ、「でも、たまにはしゃべるより考えることのほうが大事なの」と言った。

トニーはほほえんでいる自分に気がついた。（ここはどこだ？）心の中で彼は思った。

「私たちは、トニーさん、どこにいるのかしらね？　私たちは、トニーさん、ひとりきりじゃないわ」そう言うと少女は、ブルーとグリーンの花で彩られたドレスをひらひらさせながら、まるで舞台に立っているかのようにくるくると回ってみせ、最後にゆっくり深々とおじぎをした。彼女の無邪気で温かみのある存在は、彼が感じていた冷たい重みを少しだけ軽くしてくれた。もし口が開けたら、彼は大きな声を出して笑ったことだろう。

(「私たち」か……。それじゃ、「私たち」はどこにいるんだ?)再び心の中で問いかけたが、彼女はそれには答えなかった。

「あなたは誰?　トニーさん」子どもらしい仕草で頭をかしげてそう聞くと、彼の答えを待っている。

(希望を失った敗残者だよ)そう思ったとたん、絶望で胸が締めつけられた。

「それがあなたなの、トニーさん?　希望を失った敗残者?」

自分自身を責め立てるような想念や、彼に対する訴えを検証する裁きの場のイメージが次から次へと嫌になるほど湧いてきた。

「ああ、トニーさん!」責めるような響きは少しもなかったが、彼女はこう言った。「そんなものじゃないわ。もっと、もっとよ」それは、彼に対する評価ではなく、客観的な事実を述べているのだった。

(それじゃ、俺はいったい何者なんだ。希望を失った敗残者以上の者だなんて)彼は思った。

少女は彼の周りをスキップしながら回り始めた。彼の視界から出たり入ったりしながら、数を数えるように指で彼の体に触っていく。そして歌うようにして彼にこう告げていった。

「トニーさん、あなたは力ある戦士、あなたはひとりじゃない、あなたは学ぶことを知っている人、あなたは驚異的な宇宙、あなたはグランドマザーの大切な人、あなたはパパなる神の子とされた人、あなたの力ではその事実は変えられない、あなたは美しいカオス、あなたはメロディー……」

彼女が一節歌うごとに、彼を縛っていた氷のような鎖がほどけていき、一息ごとに深く呼吸できるようになっていく気がした。

この子は何を知っているんだろう？　こんな小さい女の子なのに。彼が確かに感じているその力が、彼女の言葉がもたらしているものなのかどうかはわからなかったが、それは彼の凍りついた心の奥底で鳴り響いていた。彼女の存在は春の訪れが雪解けをもたらすようだった。その温かさが氷を溶かし、新しいものを呼び覚ます。

彼女は、彼の真ん前に立つと体を傾け、彼の頰にそっとキスした。

「きみの名前は何ていうんだい？」トニーはやっとささやくことができた。

少女は明るい笑顔を見せた。「ホープ《希望》よ！　私の名前はホープ」

心の堰《せき》が切れて、涙が地面をぬらし始めた。ホープは手を伸ばして彼のあごを上げ、彼が彼女のすばらしく美しい瞳をのぞき込めるようにした。

「彼と戦いなさい、トニーさん」彼女はささやいた。「ひとりで戦うわけじゃないわ」

「彼って？」

「空虚なあなたの想像の産物たちとよ。彼らは神の性質を知ることに抵抗しているの。彼らと戦いなさい」

「どうやって？」

「怒るのよ。そして彼らに真理を告げなさい」

「怒るのは悪いことだと思っていた」

「悪い？　私は悪いことに対していつも怒っているわ」

「きみは誰なんだ？」ついに彼は尋ねた。

「私はこれ以上ないくらいにあなたを愛している者よ」と言うと、彼女はまた笑って、後ろに下がっていった。「トニーさん、暗闇の中に入ってしまったとき、自分の炎を燃やしてはだめ。自分でつけた火をかざして自分の周りをぐるぐる回ったってだめよ。暗闇は神の性質を変えることはできないわ」

「グランドマザーは僕を置き去りにして行ってしまったと思ったんだ。……戦いの真っ最中に」

「あなたを残していくことなんか絶対にないわ。あなたの想像の産物が彼女の姿をあなたの視界から隠しただけ。あなたが自分の炎をかざしていたからよ」

「どうすれば、そうしないでいられるのかがわからないんだ」トニーは打ち明けた。

「信頼するのよ、トニーさん。信頼しなさい。あなたの理屈や感情や想像が何と言おうと、信頼しなさい」

「でもそういうことが本当に苦手なんだ」

「私たちも、それは知ってるわ。でもあなたがひとりじゃないということ、あなたが望みのない者ではないということを信じなさい」少女はもう一度、ほほえんで彼の頬にキスした。

「トニーさん、あなたのお母さんの言葉をただ信じなさい。できる？」

「できる限りやってみるよ」少女に対してというよりは自分自身に対して、トニーはそう答えた。

「ほんのちょっと願うだけでいいのよ、トニーさん。イエスは信頼することがとても上手なの。彼が違いを生み出してくれるわ。そこから始まるいろんなことと同じように。信頼は続いていく過程なのよ」

「きみはどうしてそんなことを知ってるんだい?」トニーが尋ねると少女はにやっと笑った。

「私はあなたが思うよりは年をとってるのよ」そう言うと、そよ風に吹かれるように彼の周りを回りながら三度めのダンスをし、彼のほうに身を傾けてもう片方の頬に三度めのキスをした。

「トニーさん、この言葉を覚えていて。『タリタ・クミ』」それから一歩下がって自分の額を彼の額につけ、深呼吸を一つしてからささやいた。「さあ、行って。しっかり怒るのよ」

大地震に襲われたように、感情が大きく揺らぐのを感じ、怒りが暗い空間を引き裂いて穴を開け、殺されたカラスのような闇が辺りに飛び散った。

トニーは地面に膝をついたままでいたが、うめき声を上げながら立ち上がった。グランドマザーがさっき姿を消した場所にまた立っているのが見えた。その顔は無表情だったが、口の端にかすかな笑みが漂っている。

「おまえは嘘つきだ!」グロテスクな自分自身の姿に指を突きつけながらトニーは怒鳴った。「俺にはもう、おまえなんか必要ない。おまえに与えた権利はすべて剝奪する。俺の人生に口出しする権利も、力をふるう権利も、全部剝奪する。今、この瞬間にだ!」

ビッグ・トニーの自信に亀裂が入り、彼はよろめきながら後じさった。「私はおまえより強いんだ!」「おまえにそんなことができるものか!」それでも彼は怒鳴り返した。「私はおまえにそんなことが

「確かにそうなのかもしれないが」トニーも負けてはいなかった。「その強さはどこか別の場所で

発揮すればいい。ここは俺の領地だ。ここは俺の家で、ここは俺の心なんだ。そしておまえにはここにいてほしくない」

「断る！」相手は足を踏みならしながら言い張った。「おまえには私を追い出す力なんかない」

「俺は……」一瞬、ためらったが、頭から飛び込んでいくように、思い切って叫んだ。「ひとりでここに立っているわけじゃない」

「おまえは！」ビッグ・トニーはこぶしを突き上げて叫んだ。「おまえはいつもひとりだった！……完全にひとりだ！　今だってここに誰もいないじゃないか。え？　誰がおまえなんかと一緒にいてくれるもんか。おまえは今もひとりだし、見捨てられて当たり前の人間なんだ。おまえには俺しかいないんだ！」

「嘘をつくな！」怒りを込めてトニーは叫んだ。「おまえは今までずっと、そうやって嘘をついてきたんだ。そしてその嘘は痛みと苦しみしか生み出さなかった。おまえとはもうこれで終わりだ！」

「おまえはひとりぼっちだ」ビッグ・トニーは鋭くささやいた。「おまえなんかにレベルを合わせてくれるやつがどこにいる？」

「イエスがいる！」自分で叫んでおきながら、トニーはその言葉に驚いた。「イエスがいる！」もう一度叫び、さらにこう付け加えた。「それに聖霊と、イエスの父なる神がいる」

「イエスの父なる神だと？」ビッグ・トニーは吐き捨てるように言った。「おまえはイエスの父なる神を嫌っていたはずだろう。おまえの両親を殺した神じゃないか。おまえの母親を無惨な目に遭わせたやつじゃないか」そう言って彼のほうに歩み寄るとにやりと笑ってさらに言った。「おまえのひとり息子まで殺しただろう。助けを求めて叫ぶあの子を、死の彼方へ蹴落としたんだ。おまえの祈りなんか全部無視してな。自分自身の息子に対してしたのと同じように、おまえの無垢な息子まで殺した邪悪な神を、どうして信頼できるんだ？」

「してないさ！」トニーはうなるように大声を出した。彼の言ったことは本当だ。敵の顔に勝ち誇った表情が浮かぶ。

トニーは視線を落としたが、すぐにグランドマザーのほうにそれを戻した。彼女は彼の横に、銅像のように身じろぎもせずに立っていた。「確かに神についてはそれほどよくは知らないが、イエスは彼を信頼している。俺にとってはそれで充分だ」

巨大な体で恐ろしい容貌をしていたにせのトニーは縮み始めた。彼の顔も体も陥没し始め、洋服がだらしなくたるみ始める。そしてついに、以前の彼の影のようにしか見えなくなった。今やパロディーのような姿でしかない。

トニーは、あの小さな女の子と一緒にいた時のような平安な気持ちになっていた。「で、城壁の番人たちはおまえの役に立ったのか？」縮みきった哀れな男にトニーは聞いた。彼は一瞬だけ反論するかのような素振りを見せたが、すぐにあきらめ、代わりに肩をすくめてトニーの指摘を受け入れた。

「よろしい！」トニーはきっぱりと言った。「立ち去ってくれ。おまえの嘘つき仲間もみんな連れていけ」

二人が言い争っている間に集まってきていたたくさんの奇妙な生き物たちが不安げに彼のほうを

見た。その中には以前に見かけたやつも混ざっている。彼らはすっかり威厳を失ってすすり泣くばかりのかつてのリーダーを、憎悪と軽蔑のまなざしで見つめていた。

彼らの親分が力と権威を失ったということは、彼らももはや何の力も持たないということだ。ブラスターとスワッガーでさえ、以前とは比べようもなくぺらぺらの薄い存在になっており、悲しそうに見えた。

お互いを忌み嫌い合っているさまざまな容貌の奇妙な生き物たちは、城壁にあいたいちばん近い裂け目のほうに向かいながら、ぶつぶつと文句を言い、つぶやきながら、進んでいった。

グランドマザーと一緒に彼らの後ろを歩いていきながら、トニーは一行を照らすほの暗い光の中で彼らの後ろ姿を見ることができた。短い行進の間、彼らは時々、仲間の腕を引っ張っては転ばせたが、それが唯一の楽しみのようだった。

トニーは今歩いている小道が、石や岩がたくさん落ちている場所を抜け、壁を越え、暗い森の中に入っていくことに気がつき、グランドマザーにささやき声で聞いた。「あいつらはどこに向かっているんですか？」

「おまえが心配することはないよ、トニー。彼らは導かれて歩いているんだから」

「導かれて？」トニーは驚いた。「でも、導いているような人は誰も見えませんが」

「それはおまえが、そこにないわけじゃないものを見ることができないからさ」グランドマザーはくすくす笑った。

「まいりました」と答えてトニーもにやりと笑った。城壁がぼんやり見えてくる辺りで二人は立ち止まり、打ち負かされた奇妙な生き物の団体が小道を進んでいき、立ち並ぶ常緑樹の影に入っていくのを並んで見送った。

グランドマザーが腕を伸ばしてトニーの肩に手を置いた。「今日はよく戦ったね、息子や。だが、今回勝利を収められたからと言って、油断しちゃいけないよ。おまえの心の壁の中には、まだ彼らの声の残響があるからね。うかうかしていると、彼らが戻ってきてあんたにつきまとおうとするからね」

グランドマザーに触れられたところから力が注がれるような気がした。彼には彼女が警告してくれたことの意味がよくわかった。「でも、あの壁はどうしてまだここにあるんですか？ 壁の番人が消えたなら、壁も崩れてもよさそうなもんじゃないですか？ どうして壊しちゃってくれないんですか？」二人は向きを変えて、今は空き家となって虚《うつ》ろにたたずんでいる建物の一群のほうに帰っていった。

「どうしてって、この壁を造ったのはおまえだからね」グランドマザーが口を開いた。「おまえのあずかり知らぬところでそれを壊したりはしないんだよ。壁を崩すことを焦りすぎると、その壁が愛する者の上に倒れていくかもしれないだろう。『自由』は、思いやりをないがしろにしたり忘れたりすることの新しい言い訳になり得るからね。バラには棘があるってわけさ」

「よくわかりませんね。どうしてバラには棘があるんですか？」

「注意深くそっと扱うようになるためにさ」その答えには納得できた。

「でも、いつかは崩れるんでしょう？ あの壁も」

「もちろんさ。いつかはね。でも、世界の創造だって一日で完成したんじゃないように、あの壁だって一夜にして建ったわけじゃない。時間をかけて築かれていったものなんだ。だから壊すのにも時間とプロセスってもんが必要なのさ。ただ、明るい側面としては、おまえが心の中からあの生き物たちを追い出した今となっては、たとえおまえが望んでも壁が存在し続けることは難しいだろうってことさ」

「僕が望む？」トニーは驚いた。「どうして僕があの壁を残しておきたいなんて思うんですか？」

「おまえは自分の身を守るために、あるいは少なくとも守られていると感じるために、あの壁を建てた。あれは信頼することの代用品だったのさ。おまえは今、信頼するということは、なかなかの努力を要する道のりだということを学び始めたところだね」

「じゃあ、僕自身があの壁を必要としていたんですね？」

「おまえが、信頼できるのは自分だけだと考えていた頃は、そうだね。あの壁を必要としていた。邪悪なものから自分を守る対処法として壁を作るというのはよくあることさ。でも、最初はおまえを守っていたものが、しまいにはおまえを損なうことになってしまった」

「じゃあ、今は壁は必要ないんですか？　壁にも役立つ部分があったんじゃないですか？」

後ろから抱きしめられるのを感じると同時に「きみに必要なのは境界線だよ」というイエスの声を聞いた。「壁じゃなくてね。壁は自分と相手を分断するが、境界線は自分と相手を尊重するものなんだ」イエスの抱擁に身をゆだねると、自分でも驚いたことに涙が静かにあふれて地面に落ちた。

イエスは言葉を続ける。「僕たちの創造の中でも、境界線は最も美しい景色の特徴になっている。

海と岸辺の境、山と平地の境、峡谷が川と出合う場所みたいにね。きみが安心感と確信をもって僕たちを信頼することを学んでいくうちに、僕たちは境界線の中で一緒にわくわくするすべをきみに教えていくよ。そうしている間に、きみはもはや壁を必要としなくなるさ」

イエスがそう語っている間にも、壁が崩れていくのをトニーは感じていた。壁がすべて消え去ったのではない。だが、自分は、すべての欠点や失ってしまったもの、いろいろなものに格付けする癖、プライド、すべてをひっくるめて、受け入れられているのだと知ったことが、心の壁に明らかな影響を及ぼしていた。これが愛だったのだろうか？　愛されるというのはこういうことだったのだろうか？

グランドマザーが口を開いた。「さあ、『大いに泣く者』よ、おまえにはまだやることがある。そしておまえがまたここを去る時が近づいている」

イエスが血のように赤いハンカチを取り出し、トニーの鼻水と涙を拭った。三人は、最近では嘘つきたちの館になっていたガタのきた建物の集合体がある場所まで戻ってきた。その建物にふと興味を覚えて、トニーはいちばん手前の家に触ってみた。すると、外見はしっかりと頑丈そうに見えたその大きな建物は、ちょっと触れただけで崩れ落ち、瓦礫《がれき》と塵と化してしまった。

「うわべだけじゃないか」彼は自分に言い聞かせるように大声で言った。「実のない嘘だ」

後ろに立っていたグランドマザーが明るい顔で笑った。「おまえの声に現れた変化が嬉しいね」

「どういう意味ですか？」トニーは尋ねた。

「魂の癒しを体験し始めた人間は、その変化が声に出るのさ。誰の耳にも明らかなくらいね」

「へえ」トニーはつぶやいた。考えたこともなかったが、言われてみればそういうものなのかもしれない。

「トニー、きみに渡したいものがあるんだ」トニーが考え込むのを遮るように、イエスが言った。「きっとすぐにこれが必要になるよ」

そう言って、イエスは大きな鍵の束をくれた。そこには形も大きさも質感も違うたくさんの鍵があった。

「これは何ですか？」トニーが聞くと、つぶやき声でグランドマザーが答えた。

「これは鍵さ」

トニーはにやっと笑ってさらに聞いた。「ええ、鍵だっていうことはわかりますが、何の鍵なんです？」

「錠を開ける鍵だよ」彼女はぼそぼそと答える。遊ばれていることはトニーにもわかっている。

「何の錠です？」

「ドアさ」

「何のドアです」

「あらゆるドアだよ。たくさんの鍵はたくさんのドアのためのものさ」

「降参です」トニーは笑いながらイエスのほうを振り返った。「これはどういうふうに使えばいいんですか？」

「ただ、その中から一つ、鍵を選べばいい。きみの選んだ鍵が、ある時点で重要なものになる」

「一つだけ選ぶんですか？　もし間違った鍵を選んじゃったらどうなるんですか？」当惑しながらトニーが聞いた。

「きみの選んだ鍵が正しい鍵ということになるんだよ、トニー」励ますようにイエスが答えた。

「でも……」トニーはためらいがちに聞いた。「どうしてあなたが選んでくださらないんです？　あなたは神で全能なんだから、僕が選ぶよりそのほうがいいでしょう」

イエスはほほえんだ。目尻のしわが、その笑顔にかえって輝きを増し加える。「一緒にやりたいからだよ。きみを操るんじゃなくてね」

「じゃあ……僕の選択を信じてくれるんですね？」

「もちろんさ！」イエスもグランドマザーもうなずいた。

トニーは時間をかけて鍵の束から一つひとつの鍵を選り分け、最後にこれと決めたものを取り出した。それは、中世のヨーロッパの城にある樫の木のドアに似合いそうな古い鍵だった。

「いい選択だね」グランドマザーが請け合った。「よく選んだ」そう言うと、ポケットから青い光の糸を取り出し、鍵に通した。そして腕を伸ばしてトニーの首にそれをかけてシャツの中にしまい込み、彼の目を深くのぞき込んで一言だけ言った。

「お行き！」

第14章　顔と顔を合わせて

私たちの後ろにあるものも前にあるものも、
私たちのただ中にあるものに比べれば些細なものだ。
ラルフ・ワルド・エマーソン

「マギー？」

「あら、また会えて嬉しいわ。どこに行ってたのよ？　待って、いいのよ。知りたくないわ」

「説明してもきっと信じてくれないと思うよ。今までの人生経験なんて、あそこではほとんど何も意味がなかった。あそこでのあまりにも意味深い、不思議な体験に比べれば、僕の人生に語るべきものなんて何もなかったよ」トニーはそこで一息おいて、マギーの目を通して辺りを見回した。

「僕たちは今、病院に向かっているところだね？」二人はターウィリガー通りのウィラメット川を遠くに見渡せる地点を通り過ぎているところだった。サウスウェスト・キャニオンを右に曲がって坂を登っていくと、トニーがいつも、賢い人たちが住むレゴランドのようだと思っていた巨大な住宅街が現れる。そこには医学界の最高レベルの知識人たちや医学生たちが多く住んでいた。

キャニオン・ガレージの近くまで来た時、マギーはついに彼に聞いた。

「トニー、どうして私たち、病院に行くの？　あなたはどうして昏睡状態になっている自分に会いたいわけ？」

「僕も確信があるわけじゃないんだけど」とトニーは言葉を濁しながら答えた。「これが僕のするべきことのうちの一つなんだ」

「ふーむ」マギーはつぶやいた。「誰かさんが本当のことを話していなくても、私は仕草でそれを見分けようとしなくていいわけよね。少なくとも丸ごと本当の、神に誓えるような真実を話していないとしても。まあ、何であれ、それがする価値のあることであるように願うわ」

トニーは答えず、マギーもそれ以上深追いはしなかった。しばしの沈黙のあと、トニーは口を開いてマギーに尋ねた。

「マギー、ちょっと医学的な質問をしてもいいかな」

「どうぞ。できる限り答えるわ」

「死人は血を流すかな」

「ああ、それは簡単ね。死人は血を流しません。血を流すには鼓動している心臓が必要なの。何でそんなことを聞くの？」

「ちょっと気になっただけさ」とトニーは答えた。「少し前に誰かがそんなこと言ってたな、と思って。きみの答えを聞いてみれば、当たり前のことだとわかったよ」

「知らないけど当たり前なんてことはないわ」と答えながら、マギーは車を駐車場に入れ、助手席の小物入れからＩＤカードを取り出し、自分の財布に滑り込ませた。「え？　自分の駐車許可証は持ってないのかい？」からかうようにトニーが言った。「ないわ。順番待ちのリストがあるのよ。もらえるまでに何年もかかる場合もあるわ。だから自分専用の駐車場がすぐに手に入るなんて期待してないの」「ここでは看護師は患者を医師から守るために存在するんだと思ってたよ」と言ってトニーはくすくす笑った。

マギーは車を出ると、いちばん近くの建物に向かった。それは空に向かってそびえ立つ巨大な白いブロックのような建物で、淡黄色の本館につながっていた。「永遠の炎」のモニュメントと、オレゴン健康科学大学・ドレーンベッカー子ども病院の看板の横を通り過ぎる時、トニーは尋ねた。

「どうしてこの道から行くんだい？」

「リンジーのところに寄りたいからよ」マギーは小声でぼそぼそと答えた。逆らったところでどうしようもない。彼は囚人で彼女が看守なのだ。二つの銅像がドレーンベッカー子ども病院の正面玄関を守っていた。一つは頭の上に石を乗せてバランスをとっている犬で、もう一つは猫とサルがヤギの頭の上に乗っている銅像だ。ともすれば厳しい現実に直面する場所の入り口に添えられたささやかなユーモアだった。

「信じてもらえるかどうかわからないけど、トニー」マギーはささやいた。「すごくつらい瞬間もあるけど、ここはとても精神が高められるすばらしい場所でもあるの。私が今までやってきた中で最高の仕事よ」

「きみの言葉をそのまま信じるよ」彼は答えた。病院のロビーがあまりにも広々と明るいことに、トニーは驚かされた。明かりがふんだんに取り入れられ、清潔で、左側には子どもの遊び用の家が置かれ、スターバックスまでがその熱狂的なファンの列とともに存在した。人がいっぱいのエレベーターに乗り込むと、マギーは十階のボタンを押した。

「十階の南棟、小児がん病棟よ」とトニーに告げてしまったあとで、その行為が周囲の目にどう映るかに気づいた。何人かが彼女のほうをちらっと見てほほえんでみせたあと、気まずい空気が流れる中、エレベーターは上昇していった。エレベーター内の人々は、できるだけ早く外に出たがっているように見えた。

彼らは「タツノオトシゴ」でエレベーターを降りた。各階と各科にはさまざまな動物や生物の名前がつけられているのだ。インターミディエイトケア（訳注・ICUから一般病棟へ移動する前の段階の病棟）と非腫瘍性血液疾患の治療室を通り過ぎ、タコノマクラ（訳注・平べったいウニ）という診療科を通り、それから血液・腫瘍内科である「ヒトデ」に入った。マギーはささやいた。「ここにいるのは私の友人たちだから、お行儀よくしててよ」

「はいはい」と答えたあとで、トニーは口調を変えて付け加えた。「ありがとう」「どういたしまして」そうつぶやくと、彼女はドアを押して中に入っていった。

「マギー！」

「ミスティ！」

廊下の角にある受付に向かう途中で背の高いダークブラウンの髪をした女性と会ったマギーは、ハグをしたが、いつもの習慣でキスしてしまわないように気をつけた。これ以上複雑な事態を招きたくはない。

「今日はシフトは入ってるの？」

「ううん。リンジーのようすを見にきただけ」

　ほかの誰かと会話をしているスタッフや、電話をしているスタッフ、その他、仕事で忙しくしている人々も、マギーを見ると手を振ったりほほえみかけたりして挨拶を送った。

「多分、病室でハイジと一緒になるわ。ちょっと前にリンジーの部屋に行ったから。あちこちに指示を出すので大忙しよ。毎日、毎日同じこと。ああ、ほら、来たわ」

　振り向いたマギーを、快活な、ブロンドの女性が気さくな笑顔で抱きしめた。「ハイ、マギー。リンジーに会いにきたの？」

　マギーがうなずくと、ハイジは言葉を継いだ。「今日は調子がよくて何時間か遊ぶことができたのよ。だからあなたが行った時に眠っていたとしても驚かないでね。本当に頑張り屋さんのかわいい子だわ。できることなら家に連れて帰りたいくらい」

「私も本当に家に連れて帰りたいわ」とマギーが言った時、彼女の心にぐっとくるものがあるのをトニーは感じ取った。

「今日はちょっと寄って、少しだけ顔を見るために来たの。そのあと脳神経外科に行かないといけないのよ」

「どうかしたの？」眉を上げてハイジが聞いた。

「具合が悪いの、あなた？」ミスティも向こうから口を挟んだ。

「違う、違う。ちょっと別の……友達がいて。顔を出してくるわ」

「あ、そうなの」ハイジが答えた。「私も受け持ちを見て回らなきゃ」そしてもう一度マギーをハグしながら付け加えた。「マギー、あなたも知ってると思うけど、私たち、リンジーのために祈ってるわ」

「ありがとう、ハイジ。今はそれが何よりありがたいことだわ」とマギーは答えた。

会話の中にあふれている優しさや感情に圧倒されて、トニーは口を開けずにいた。マギーは勝手知ったる病棟を九号室に向かって進んでいった。

「きみの友人たちは優しいね」とトニーは言った。「それにかわいいし！」

「は！」マギーは小さな声で笑った。「彼女たちは最高よ。でも、侮られないように気をつけないと。ミスティはパイナップル・プリンセスでこのフロアの番犬みたいな存在なの。彼女の目をかいくぐって何かを持ち込もうとしても絶対に無理よ。首を取られてナースステーションの受付に持っていかれるだけだから。それから、かわいいブロンドの子といちゃつこうなんて考えないことね。このへんでブロンド爆弾（訳注・性的魅力のある女性を指す俗語）って言う場合、強調されるのは『爆弾』の部分だからね」そう言ってまた声をひそめて笑うと、こう付け加えた。「それから、あなたが良くなったあとも、私の友達を引っかけようとしたりしないでよ。調べはついてるんだからね。女性がらみのあなたの評判は決して褒められたもんじゃないんだから」

病室に着くと、マギーは素早くドアを開けて中に滑り込んだ。そこには、少しでも楽な体勢を取るため、上半身をわずかに起こしたベッドでぐっすりと眠っているはかなげな少女がいた。髪はすっかり抜け落ちて坊主頭だったが、それがかえって彼女に子どもらしい無垢な美しさを添えていた。片手に恐竜のぬいぐるみを抱いている。その背中のぎざぎざの突起物からみるとステゴザウルスらしい。

彼女の体は半分だけ毛布の下に隠れていて、思春期特有のひょろりと長い足がはみ出してぶら下がっていた。静かで柔らかく、それでいて苦しそうな呼吸のリズムが病室を満たしている。

トニーはそれだけでもう充分こたえていた。小児科の病室に近寄らなくなってどれくらい経つだろう。……あれからずいぶん長い月日が過ぎたのだ。トニーは自分がうちに引きこもり、もがき始めたことに気づいていた。彼自身の葛藤と、このティーンエイジャーの少女に対するマギーの深い激しい愛情が混ざり合い、拮抗《きっこう》していたが、マギーの愛情が徐々に優勢になっていった。まるで、リンジーを思うマギーの気持ちが、ドアから出ていこうとするトニーの腕をつかみ、その場に留まらせたようだった。彼はもう一度少女を見、その寝息を聞き、息を吸った。すべてが恐ろしいほどなじみのある感覚だった。

「フェアじゃないよな」周りにはマギー以外誰もいないのに、彼は小声でささやいた。

「ほんとにね」眠っている子を起こさないようにマギーもささやいた。

この子についてこれ以上何かを知れば、個人的なかかわりが深まり、内心の葛藤も激しくなることはわかっていたのでためらいはしたが、結局聞かずにはいられなかった。

「この子の病気は何だって言ってたっけ?」

「急性骨髄性白血病」

「治療できるんだろう?」期待を込めて彼は聞いた。

「たいていの病気は治療できるわ。ただ、彼女の場合、フィラデルフィア染色体に陽性であることが問題で、そのせいでリスクがずいぶん高くなってるの」

「フィラデルフィア染色体？　それは何だい？」

「一つの染色体の一部が、別の染色体の一部になってしまうことよ。例えば、リンジーは今この九号室で眠っているけど、フィラデルフィア染色体は九番染色体を含むのね。それで、二十二号室から家具が何セットか運び出されて九号室に詰め込まれて、九号室のものがいくつか二十二号室に入れられて、それぞれが本来あるべき場所ではないところにある状態になっちゃうってことなの。で、ここが皮肉なんだけど、もしリンジーがキャビーみたいにダウン症候群だったら、病状が好転する可能性はもっと高かったの。この世界では、どうしてそうなるの？　ってことが時々起こるものね。考えれば考えるほどわからなくなるわ」

「医者は何て言ってる？」その答えを本当に聞きたいのかどうか確信が持てなかったが、彼はついに聞いてしまった。知れば、それは重荷になる。だが、その重荷を分かち合えば、多少は軽くなるかもしれない。

「骨髄移植や化学療法やそのほかのことをやって、大体五十パーセントかな。でもフィラデルフィア染色体の件が治癒の可能性を大幅に低くしちゃってるの。それに加えて、リンジーの父親がいろんな人種の入り交じった人で、それが移植の適合を難しくしてるのよ。その父親自身は今どこにいるのかわからないし。医師たちは今、臍帯血《さいたいけつ》移植の可能性について話し合っているけど、それはそれでいろいろと難しい点があるの。つまり、私たちには奇跡が必要だっていうことなのよ」

二人は沈黙したまま座っていた。マギーは実の娘を見るように少女を見つめ、静かに祈っている。トニーはトニーでジレンマに直面していた。この病院には、リンジーのような子どもたちがたくさんいる。そしてその一人ひとりは、誰かの人生の中心を占めるような存在なのだ。その中から一人だけを選んで癒すなんて、どうしてできるだろうか。それならいっそ、自分自身を癒したほうがいいのではないだろうか？　彼には人脈もあれば富もある。それを用いれば一人だけではなく、多くの命を救うことができるかもしれない。彼のために変えられたこと、彼の中で変わったことのすべてを考慮しなければ。もし彼が自分を癒すことを選択したら、グランドマザーは怒るだろうか？いや、きっと理解してくれるに違いない。

彼の心の中では二つの選択が激しくせめぎ合っていた。一度は、一つの選択を引っ込めることにほとんど成功しかかっていたのだが、その時、目の前にいるこの小さな少女の潜在的な未来が、彼女の体内で起こっている戦いのために短く断ち切られようとしているのを見てしまった。彼自身の息子のためだったら、何も迷いはしなかっただろう。だが……この子は彼の子どもではない。

「そろそろ行こうか？」トニーはささやいた。

「そうね」疲れとあきらめの混じった声で答えると、マギーは立ち上がって少女のそばに歩み寄り、彼女の額に優しく手を置いた。

「愛するイエス様、私には、私の愛する者を癒す力がありません。ですから、あなたの奇跡を願い求めます。どうぞこの子を癒してください！　でも、たとえあなたがこの子をあなたのいる故郷に呼び寄せることで癒してくださるのだとしても、私はあなたを信頼します。信じます」それからリンジーのほうに身を屈め、キスしようとした。

「だめだ！」トニーが警告を発したので、マギーは動きを止めた。それから体を起こすと、リンジーの頬から髪の毛のない美しい頭を、羽毛でなでるようにそっと触った。


二人は血液・腫瘍内科を出ると、九階に下りるエレベーターのほうに向かった。オレゴン健康科学大学病院と、ドレーンベッカー子ども病院と、ポートランド・VA・医療センターは九階でつながっている。空中回廊からは、クモの巣状に広がる路面電車の線路や停留所が見え、そこから毎日、患者や見舞客が乗り降りし、川のそばのマカダム通りから病院の中に出たり入ったりしている。

オレゴン健康科学大学病院の病棟に入ると、マギーはまた真っすぐエレベーターに向かい、下に下りるボタンを押した。

「ありがとう、トニー」やっと聞こえるほどの小さな声で、でもはっきりと彼に聞こえるようにマギーはつぶやいた。「今日は私、どうしてもリンジーに会いたかったの」

「かまわないさ」彼は答えた。「かわいい、尊い子だ」

「あなたにはわからないほどよ」マギーはきっぱりと言った。もちろん彼女の言うとおりだろう。だが、トニーにもその断片は感じ取ることができた。

二人は七階でエレベーターを降り、待合室と外科のＩＣＵの先にある廊下に出ると、左に曲がってインターミディエイトケアの治療室の向かいにある神経疾患のＩＣＵに入った。

マギーはインターフォンの受話器を取り、鍵のかかったドアの向こうにあるアンソニー・スペンサーがいる病棟の受付を呼び出した。ドアが開き、彼女は真っすぐに受付に向かう。

「マギー・サンダースと言います。アンソニー・スペンサーの面会に来ました」

「お会いしたことはないかしら?」受付の若い女性はほほえんだ。「お顔に見覚えがあるような気がするんだけど」

「ああ、多分この建物の周りのどこかで会ったことがあるんだと思うわ。私はドレーンベッカーの血液・腫瘍内科で働いてるの」

「ええ、きっとそうね」そう言ってうなずくと、彼女はコンピュータの画面を見ながら続けた。

「ええーと、マギー・サンダース、ええ、リストにあるわ。親戚ではないでしょう?」

「どうしてわかった?」マギーも彼女もにやっと笑った。「でも彼のことはかなりよく知っているので」マギーはうっかり口を滑らせそうになったがあやういところで気がついて、「彼が昏睡状態に陥ってから弟さんが私をリストに加えてくれたの」と無難に話を終えた。

「弟さんて、ジェイコブ・スペンサーね?」マギーがうなずくと彼女は続けて言った。「あの部屋には一度に二名しか入れないってことはご存じよね?」

「もちろん。でも多分、定員オーバーの心配はしなくていいんじゃないかしら」とマギーは答えた。少し皮肉っぽい返答になってしまったが、彼女は緊張していたのだ。受付の女性はコンピュータの画面をもう一度目でなぞり、「でも、あなたの名前はリストの四番目に載っているの」と言ってまたほほえんだ。

「四番目?」トニーが驚いて声を上げた。「ほかに誰の名前があるっていうんだ?」

「ということは、ほかの三名はご家族ね？」マギーが代わりに聞いた。

「ええ。ジェイコブ・スペンサー、ローリー・スペンサー、アンジェラ・スペンサー、そしてあなたよ。でも、今はこのうちの誰も会いにきていないわ。彼の部屋は十七号室よ。どうぞ、そこを少し戻っていって」

マギーはほっとしながら「ありがとう」と答え、その場を去った。トニーは思い乱れながら「くそっ！」と口にした。「しーっ」マギーが小声でいさめる。「そのことについてはあとで話しましょう」

二人は照明にこうこうと照らされている部屋に入っていった。その中心には、一人の男性が無数の機械につながれてベッドに横たわっている。マギーは歩み寄ると、トニーが真っすぐに彼自身を見下ろせるであろう場所に立った。

「ひどいざまだな！」彼は叫んだ。

「まあ、ほとんど死にかけてるような状況なんだから」マギーはなだめ、機械類を見渡しながら続けた。「それにこれを見る限り、頭の中もあんまり働いていないみたいよ」

トニーはマギーの言葉を受け流した。頭の中がまだ混乱していてそれどころではなかったのだ。

「元妻とアンジェラがここに来たなんて信じられない！」

「リストに載っていたローリーね？　彼女があなたの元妻なの？　何年くらい結婚してたの？　アンジェラっていうのは？」

「ああ、ローリーが僕の妻だった人だ。今は東海岸に住んでる。そして僕たちの娘のアンジェラもその近所に住んでる。それは多分、僕から遠く離れていたいからだと思う。何年結婚していたか？……どっちの結婚のこと？」

「どっちの結婚てどういうこと？　彼女と二回以上結婚したことがあるわけ？」マギーは信じられない思いで聞き返し、大声で笑い出しそうになるのをこらえるために手で口を押さえた。そして口に蓋をしているその手の隙間から「どうして今までそういうこと全部、何も教えてくれなかったの？」と聞いた。

「それは……」と言いながら、どうすればこれ以上、質問の集中砲火を浴びずにすむか、考えあぐねた。

「確かに僕は今までの人生の中で、二回結婚したんだ。で、元の妻に対してやったことについて、今ではかなり恥ずかしく思っている。だから、そのことについては話したくなかった」

「アンジェラとはどうなの？」

「僕はひどい父親でね。家の中に肉体が存在するからって、それで父親がいるってことにはならない。僕はいろんな意味で娘の人生から姿を消してしまったんだ」

「彼女は知ってるの？」

「知ってるのかって、何を？」

「あなたの元の奥さんは、あなたが悪かったと思っていることを知っているのか、って聞いているのよ」

「知らないだろうな。そんなことは一度も口にしたことがないから。自分がしでかした本当にろくでもないことについて、ちゃんと理解できていなかったんだ。……それに、わかるだろ？　僕の決して褒められたもんじゃないこの性格もあるし……。ともかく、悪かったと思ってるよ……」

「トニー」マギーは語りかけるように言った。「百パーセント悪い人間って、私は今まで会ったことないわ。かなり悪い人間なら知ってるけど、完全に悪い人は知らない。誰でもむかしは子どもだった思うと、私は、人間についての希望を抱くことができるの。結局人は、自分が身につけていることと、やり慣れていることをやるのよ。それがどういうことなのか自分自身わかっていないとしてもね。それが何なのか、時間をかけて理解したらいいんじゃないかしら。そうしてしまう理由は必ずあるわ」

「そうだね。少しずつわかり始めているような気がしてるよ」トニーは答えた。マギーは思いやり深く、それ以上深追いしなかったので、二人はしばらくの間それぞれの物思いにふけった。

　やがて、マギーがその沈黙を破った。

「それじゃあ……二人がお見舞いに来たっていうことは、あなたにとっては驚きだったのね？」

「すべてが驚きだよ」トニーはうめくように言った。「きみはどうせ、サプライズが好きなんだろ？」「あら、サプライズを過小評価するもんじゃないわよ。それがあるから、自分は神じゃないんだって思い出せるでしょ」「笑っちゃうな！」彼は答えた。「きみにあそこでの会話を聞かせられたら……いいんだ、気にしないで」

　マギーは彼の次の言葉を待っていた。

「つまり、クラレンスに教えられるまでは、僕はジェイクがこの辺りに住んでるってことさえ知らなかったんだ。最後に聞いた話では、コロラドのどこかにいるってことだった。ローリーとアンジェラは僕のことを心底嫌っているから、ここに来るなんてまったく考えられない。もし……」トニーはひと呼吸置いて、今から言おうとしていることについてもう一度考えてから言葉を続けた。「もし、二人が、僕がもうすぐ死ぬと思っていて、僕の遺産に興味があるんじゃなければ」

「うーん、それはちょっとシビアすぎる見方だし、被害妄想っぽくない？　単にあなたのことが心配でここに来たとは考えられないの？」

沈黙が訪れた。それはトニーの頭に浮かんだことのない考えだった。

「トニー？　私を取り残してひとりでどこかに行っちゃわないでよ！」

マギーとの会話は、ここ最近のごたごたですっかり忘れていたことをトニーに思い出させた。

「ああ、しまった！」と叫んだ彼の声は、ほとんどパニックを起こしているようだった。

「トニー、静かに！」彼の声があまりにも大きかったので、マギーはほかの人にも聞こえるのではないかと心配するほどだった。「どうしたっていうの？　何が『しまった』なのよ」

「遺言だよ！」彼がもし、うろうろ歩き回ることができたなら、きっとそうしていただろう。

「マギー、倒れて意識不明になる直前に、僕は遺言を書き変えたんだ。今の今までそのことを完全に忘れてたよ。信じられないな！　何てことをしちまったんだろう」

マギーは彼のその声の中に、何か不穏なものを感じた。「しーっ、トニー、落ち着いて。遺言を書き変えたからって何だっていうの？　あなた自身の遺言じゃない」

「ああ、マギー、違うんだよ。僕は本当にまぬけだったんだ。みんなが自分を狙っているような気がして、あの晩は飲みすぎて、それでつい……」

「つい、何なの？」

「マギー、わかってほしいんだけど、僕は正気じゃなかったんだ」

「で、今は正気なの？」彼女はこの状況の皮肉さに大声で笑い出しそうになったが、彼のために何とかこらえた。「それで、そんなにうろたえるなんて、一体何をしたわけ？」

「すべての財産を猫に譲るって書いたんだ！」

「何ですって⁉」自分の聞いたことが信じられなかった。

「猫だよ！」トニーは打ち明けた。「遺言書を書き直して猫のためのチャリティに全部寄付するって書いたんだ。ネットで検索していちばん最初に出てきた猫の保護活動をしている団体にね」

「猫？」頭を振りながら、マギーはもう一度その言葉を繰り返した。「何で猫なのよ？」

「くだらない理由だよ。猫にはいつも親近感を持っていたもんでね。ほら、猫ってのは人を操るのが得意だろ。僕もそうだったからね。でも、本当の理由は純然たる悪意さ。ローリーは猫が嫌いなんだ。そうやって、墓の向こうからみんなに舌を出してやるつもりだった。もちろん彼らの反応を見られるわけじゃないだろうけど、それでもある種の満足感をもって死ねるんじゃないかと思ったんだよ」

「トニー、私も猫は好きだけど、でもこんなばかな話聞いたことないわ。それに、これは想像し得るかぎりいちばん残酷な仕打ちの一つだと思うわよ」

「ああ、今ならそのとおりだとわかるよ。信じてくれ。今の僕はむかしの僕とは違う。でも……」

彼はうめくように言葉を続けた。「信じられないよ。本当に何もかもめちゃくちゃにしてしまった」

「それで、トニー……」反射的に彼に怒りをぶつけたくなる気持ちを抑えながらマギーは聞いた。「私たちが今日ここに来た本当の理由は何なの？　どうしてここに来たかったの？　まさか自分の美しい顔を見たかったというわけじゃないでしょ？」

トニーも今となっては自分自身を癒せるかどうか、自信がなかった。この病人を生かすことを本当に望んでいたのかどうか、確信が持てなくなっていたのだ。たとえ自分自身のためであっても、こんなに大きな決断を下すとは、一体自分は何者だというのだ。実際にここに来てみて初めて、自分がそのことをちゃんと考えていなかったことに気づいた。

イエスとグランドマザーは、彼は誰でも癒すことができるが、その能力は決して単純ではなく、呪いのようにさえ感じられるだろうと言っていた。横たわる自分と直面し、改めて選択を突きつけられ、トニーは呆然としていた。

テレビに出てきて病人を癒す伝道者や、サーカスの司会者のイメージが頭に浮かぶ。実際に癒すとなったら、どんなふうにすればいいのだろう？　それを聞くのも忘れていた。

「トニー！」マギーがもう一度呼びかけた。

「マギー、ごめん。ちょっと考えごとをしていたんだ。僕の額に手を当ててくれるかな？」

「あなたの額に？　いっそキスしてあなたを元いたところに送り返すっていうのはどう？」マギーが脅すように言った。

「そうされても仕方ないだろうね。でも、もしできれば、手を置いてもらえないかな」

マギーはためらうことなく手を伸ばし、トニーの額に手を置き、彼の次の行動を待った。

「イエス様！」どうすればいいのかわからないまま、彼は叫んだ。選択すべきことは明らかなように思えた。彼は生きなければならない。正さなければならないことがある。遺書もその一つだ。

「さっきのは祈りなの？　それとも悲鳴？」マギーが聞いた。

「多分、両方かな」と認めながら、トニーは思い切ってマギーに打ち明けることにした。

「マギー、実は今、板挟みになって困ってるんだ。どうすればいいかずっと考えていたんだけど、もうわからなくなってしまった」

「ふーむ。聞かせてくれる？」

「マギー、神は僕に、誰か一人を癒す力を与えると言ったんだ。だから自分を癒すためにここに来た。でも、それが正しい決断かどうか……」

「何ですって⁉」マギーは弾かれたようにトニーの額から手を引っ込めた。

「わかってる、わかってるよ」トニーは必死に、彼女だけでなく自分も納得させられるような言葉を探した。

その時、ドアをノックする音がして、看護師の制服を着た女性が静かにドアを開けて中をのぞき、マギーのほかにも誰かいるのではないかと疑っているように辺りを見回した。まだ驚きの覚めやらぬマギーは、トニーの頭の上に手をかざしたまま凍りついているところだった。あまり穏やかな光景とは言えない。

「大丈夫？　何も……」看護師はひと呼吸置き、もの問いたげに片方の眉を上げて確認した。「問題はない？」

マギーはできるだけ自然に見えるように静かに手を下ろして答えた。

「もちろんよ！　何も問題はないわ。まったく異常なしよ」マギーは必死にほほえんでみせると、相手を安心させるようにベッドから一歩離れた。「私たち……」と言いかけて、咳払いをしてごまかし、「親しい友人のお見舞いにきたものだから、あの……祈っていたんだけど、聞こえたかしら？」

「親しい友人？」トニーが思わず口を挟んだ。看護師はもう一度部屋の中を見渡し、すべてのものが定位置にあることを確かめると、「気の毒そうな顔」を作ってほほえみながらうなずいてみせた。

「お見舞いはそろそろ終わりそうかしら？　この部屋を訪ねたがっている人たちが来ているので、あとどれくらいかかるか教えてあげたいんだけど」

「あら！」マギーは大声を出した。「もう終わったわ」

「終わってないよ！」トニーが異議を挟んだ。「私たち、今日はもうこれで」と言ってしまってから、マギーは弁解がましく看護師に言った。「つまり……神様と私のことね。私たちは、神様が私にしなさいとおっしゃったことを終えたわ。祈りなら、どっちみち、どこでもできるんだから、ほかに待っている人がいるならあなたの横をすり抜けて、すぐにおいとまするわね。その方たちをお通しして。私は別の日にまた来ることにするから」

看護師は一瞬迷うようにドアを押さえていたが、すぐにそれを大きく開けてマギーが通れるようにした。彼女の横を通り抜けると、マギーは奥歯をかみしめたまま「主よ、赦してください。祈りのことについて嘘をついてしまいました」とささやいた。

「何かおっしゃった?」耳聡《みみざと》い看護師は、ちょっと怪しい女性から患者たちを守るために、すぐ後ろを静かにつけて歩いていたのだった。マギーはぐるっと目玉を回すと、振り返って彼女にほほえみかけた。

「祈っていたの。……祈っていただけよ」ささやき声でマギーは続けた。「癖みたいなものよ。いろいろありがとう。じゃあ、行くわ」

マギーは向きを変えて受付のほうに歩き始めた。そこでは受付スタッフが、一組の男女と何かを話していた。女性のほうは魅力的で、体にぴったり合ったスーツを身につけ、男性のほうは北西部の男性の典型的なスタイルであるジーンズとフリースとウィンドブレーカーというでたちだった。彼らの話題はマギーについてだったらしく、こちらにその姿を認めると、マギーを指差した。

「信じられない!」あからさまに不安そうな声でトニーが言った。「ローリーだ。しかも一緒にいるのはジェイクだ。どちらとも何年も会ってなかったんだ。どうしようか?」

「マギー? あなたがマギーですか?」ジェイクが歩み寄ってきて、そっとハグした。「ここで会えて、とても嬉しいですよ」一歩下がってほほえみながら彼は言った。

それが真心からの優しいほほえみだったので、マギーも自然に「ジェイク、お会いできて本当によかったわ」と答えた。そこに美しい女性が近寄ってきたので、マギーは彼女のほうを振り返った。

「あなたがローリーね? もしあなたが来たってことをトニーが知ったら、それはきっとかなりの……そして喜ばしい驚きだったことでしょうね」

「やめてくれ」トニーがうなった。

ローリーは、感謝の気持ちを伝えるかのように、両手でマギーの手を包んだ。

会ったとたんに、マギーはこの二人を好きになり、トニーもそのことに気づいた。

「俺は終わった」トニーがつぶやいたが、マギーはそれを無視した。

「確かにそうかもしれないわね。『驚き』っていう部分に関しては」ローリーはそう言って笑った。

彼女の顔つきは明るく生き生きしている。「この何年かのうちに交した会話といえば全部、弁護士を通してのものだったから。そうすれば少なくとも礼儀は保てるでしょう？　きっと私のことについて、彼からひどい話をたくさんお聞きになっているでしょうね」

「それが、そんなことなかったのよ」マギーは答えた。「彼はあまり、家族のことや個人的なことは話さなかったの」ジェイクが視線を床に落としたことに気づいたマギーは素早く付け加えた。

「でも、最近の彼は変わろうとしていたのよ。自分は何てひどい人間だったんだろう、って言ってたわ。みんなを遠ざけたり、ひどい扱いをしたりしたって」

「オーケー」トニーが口を挟んだ。「二人とも心当たりがあるはずだ」

マギーはさらに言い募った。「私、ちょっと思ったんだけど、もしかしたら彼がそんなふうだったのには、脳腫瘍が少し関係していたかもしれないわ。看護師だからちょっとはそういう知識があるの。脳腫瘍が自分やほかの人への認識に影響を与えることがあるのよ」

「もしそうだとしたら」目の端に悲しみをたたえながらローリーが答えた。「彼はずいぶんむかしから脳腫瘍だったっていうことになるわ。そうではなくて、ガブリエルを失ったことが大きかったんだと、私は思ってるの」

「ガブリエル？」マギーは聞き返した。

ローリーの顔には一瞬驚きが走ったが、すぐに悲しそうなあきらめの表情に変わった。「ああ、トニーはゲイブのことを話してないのね？　まあ、驚くには価しないわ。これは絶対に口にできない話題だったから」

「ごめんなさい」と言ってマギーは手を伸ばし、ローリーの肘のあたりに触れた。「私、トニーのことは何も知らないのよ。もしそれが個人的なことだったら、私に話さなくちゃいけないなんて思わないでね」

「いいえ。聞いてもらったほうがいいと思うわ。私の人生と、私たちの生活において、あれが最も辛い時期だったの。何年も経ってから、私にとっては大切な出来事に変わったけど、トニーにとっては違ったわ。彼は決して抜け出すことのできない深い淵《ふち》に落ち込んでしまったみたい」

涙が一筋、つーっと頬を伝い、彼女は素早くそれを拭った。「ゲイブは私たちの初めての子どもで、あの子のおかげでトニーの人生に光が射したみたいだったわ。でも、ずっと腹痛と嘔吐に悩まされるようになって、五歳の誕生日の翌日に、病院に連れていったの。医者は腹部の画像を撮って、肝臓に腫瘍を発見した。そしてそれが珍しい肝臓がんの肝芽腫であることがわかったの。がんはすでに転移していたから、もうほとんど手の施しようがなくて、ただ、あの子の命の火が消えていくのを見ているしかなかったのよ」

「わかるわ」と言ってマギーは彼女を抱きしめた。「私は小児がん病棟で働いているからわかるし、その話を聞いてとても胸が痛むわ」

　ローリーはしばらく彼女に身を預けていたが、やがて一歩下がるとバッグからティッシュを取り出して涙を拭い、再び口を開いた。

「トニーはそのことで自分を責めたの。今、思えば、愚かしいくらいに。それから私を責めた。ガブリエルは生まれた時低体重児で、それが時には病気の要因になると考えられていたの。そして、どういうわけかそれは私の責任だということになったのね。それからもちろん、医者たちを責め、神を責めたわ。私もしばらくは神を責めていた。でも、何か悪いことが起こったときに神を責めていたら、信頼できる存在は何一つなくなるし、そんなふうに生きていくことはできないって気がついたのよ」

「そうね」共感を込めてマギーがうなずいた。「私もそういう結論に達したわ。自分を愛してくれていると信じられない相手を信頼することはできないわよね」

「それで」と、ローリーは深いため息をついた。「トニーと私はひどいかたちで離婚をしたの。それも二回。それでも私は、最初に恋に落ちた頃の彼を覚えているから、アンジェラと一緒に朝いちばんの飛行機に乗ってきたのよ。わかってもらえると思うけど、あの子にとっては大変なことだったわ」

「アンジェラのことね？」

「ええ。あの子と父親の最後の会話は怒鳴り合いだったの。それで、あの子、パパに向かって『死ねばいいのに』って言っちゃったのよ。トニーが東海岸を最後に訪れた時の電話で、彼が倒れる直前のことだったわ。あの子は今、待合室の外にいるんだけど、ここまで来て、まだパパには会いたくないって言い出したの。もう少し時間がかかりそう」

「残念ね」マギーは言った。「もし何か私にできることがあったら、ぜひ知らせてね」

それからマギーは、横で静かに二人の話を聞いていたジェイクのほうを振り返った。苦労の多い人生だったことがわかる外見だったが、その内側には優しい心を持っている男だった。

「ジェイク、私の電話番号はご存じよね？」

「いや、知りませんが、教えていただけると助かりますね」

三人は手早く連絡先を交換した。「しっかりと自活の目処《めど》が立つまで、今は、自立支援施設で暮らしているんですよ。もう二〜三か月になるかな。でも最近、ちゃんとした仕事が見つかったんで、もうじき自分の部屋を借りられるだろうと期待しています。ローリーが電話を借りてくれたので、連絡も取りやすくなりました」

「ありがとう、ジェイク。あなたとお兄さんの関係についてはよく知らないんだけど、でも、彼があなたのことをとても気にしていたことは知ってるわ」

彼はにっこりほほえんだ。「そう言ってくださってありがとう、マギー。僕にはとても大きな意味のあることですよ。トニーは勝利者で、僕は負け犬で、二人の間の距離はどんどん開いていくばかりだったのでね。ここに戻ってくるのも僕には大変なことで、僕はただ……」目の中に盛り上がってくる涙を必死にこらえていたが、ついにそれがあふれ出した。「僕はただ、その溝を埋めようと僕がどれだけ必死だったか、兄がわかってくれたらいいのにと思ってたんです。そうしたら、誇りに思ってくれたかもしれないって」素早く涙を拭いながら「すみません」とほほえんで、続けた。「最近、特に頑張っていたんです。僕にとっては回復の兆しが見えてきたところなんですよ」

マギーはもう一度彼をハグした。ニコチンと安っぽいコロンの匂いがしたが、気にならなかった。彼には深い内面がある。

「マギー？」ジェイクが尋ねた。「お聞きしたいことがあるんです。僕たちは医者や看護師たちとその話をしたんですが、彼が延命措置を拒否する書類にサインしていたかどうか、ご存じですか？医者が言うには、トニーは生命維持治療の事前指示書に登録していなかったそうなんです。それで、そういった指示書をオフィスかどこかに保管していないだろうかと思って」

「延命措置拒否の書類？　知らないわ」と答えてから、マギーは付け加えた。「でも、もしそういうものを残していたら、見つけられるかもしれないわ。それに、もしかすると医療面専門の弁護士をつけていたかもしれないし。ちょっと調べてみて、何かわかったらお知らせするわ。いい？」

「それは助かります。医師たちは、彼の状態はあまりよくないと言うもんでね」

「そう。さあ、お二人は彼に会っていらっしゃいよ。これからどうするか方針が決まるまで、私たちは奇跡を祈ることにしましょう」

二人はマギーにお礼を言うと、ＩＣＵの方に向かって歩いていった。

「何か言うことは？」マギーは小声でささやいた。

「何もないよ」そう答えた声がかすれて割れていたので、マギーの気持ちも和らいだ。二人は待合室のほうに歩いていき、マギーは立ち止まってそこでおしゃべりをしたり雑誌を読んでいる人たちの顔を確かめ始めた。

「あの子だ」まだ沈みきった声でトニーが言った。「あの隅で携帯をいじってるきれいなダークブラウンの髪の子だよ。仲直りしようと思ったんだけど、あの頃は酔っぱらってばかりで。結局何もしなかった。今となっては何て言ったらいいのかわからないよ……」彼の声は再びかすれた。「あの子にも、ほかの人たちにも」

マギーは、待合室の片隅に座っている目を赤くした、それでも充分魅力的な、若い女性のほうに歩いていった。携帯電話の上で指を動かしていた彼女はマギーを見上げ、頭を傾けて「何か?」と聞いた。

「こんにちは。私はマギー・サンダースというの。この病院の看護師よ。あなたはアンジェラ・スペンサーさんね？　でしょ？」

彼女はうなずいた。

「あのね、スペンサーさん、私はここで働いているだけじゃなくて、あなたのお父様の個人的な知り合いなの」

「父の知り合い？」アンジェラは姿勢を正し、携帯電話をバッグにしまった。

「どういう知り合いなんですか？」

マギーはその答えを準備していなかった。「えーっと、教会で会ったのよ」

「うそ！」アンジェラは頭をのけぞらせて驚いた。「私の父と？　教会で会ったんですか？　人違いじゃないかしら」

「人違いじゃないわよ。あなたのお父さんはアンソニー・スペンサーでしょ？」

「ええ。でも……」彼女はマギーのことをちらっと見ながら言った。「あなたは父のタイプの女性には見えないんだけど」

マギーは笑い声を上げげた。「どういう意味？　ほっそりしていて小柄じゃないってこと？　それに控えめでもないし？」

アンジェラも笑顔を見せながら言った。「いいえ、ごめんなさい。私はただ……あなたって何だか、人を安心させてくれる雰囲気があるわ」

マギーはくすくす笑いながら、アンジェラの隣に腰掛けた。「あなたのお父さんと私は、恋人同士ではなくて、ただの友達だったの。それも最近、教会で出会ったばっかりのね。あなたのお父さんは、宗教的な場所に対しては、なかなか複雑な感情を持っていたみたいよね。それが、知り合ったきっかけと言えるかな。私もちょっとそんな感じがあったから。別に、そこに本当の命がないとか、価値がないとか、そういうことじゃないんだけど、毎日の務めとか政治とか仕事の安定とか、そんなことを気にしているうちに、ちょっとそういうところから遠ざかっちゃうことがあるのよね」

「わかります」とアンジェラは答えた。

「スペンサーさん」とマギーが呼びかけると、「アンジェラと呼んでください」と答えて、彼女はもう一度ほほえんだ。

「じゃあ、私のことはマギーと呼んでね。あなたに会えてよかったわ」二人はそこで改めて自己紹介をしたように、握手をした。

「アンジェラ、さっきあなたのお母さんと話したんだけど、あなたはお父さんとちょっと喧嘩《けんか》しちゃったみたいね？」

アンジェラは視線を床に落とし、必死に感情を抑えようとしてから、再びマギーの目を見て答えた。

「ええ。私が最後に父に何て言っちゃったか、聞きました？　その時私、父に向かってわめきちらしてたの。そして私が、パパなんか死んじゃえばいいのにと言った二、三日後に、父が倒れて瀕死の状態だって聞かされて。それで私は、謝る機会を失ってしまって……」

マギーが彼女の肩に手を置き、バッグからティッシュを出して渡すと、アンジェラは感謝してそれを受け取った。

「ねえ、アンジェラ、聞いて。それはあなたのせいじゃないわ。多分、私がこんなことを言う必要はないんだと思うけど、ちゃんと声に出して言っておきたいの。それはただのタイミングの話で、私たちにはコントロールできないことなのよ。ごめんなさいなら今でも言えるわ」

アンジェラは再びマギーを見上げた。「それはどういう意味？」

「私は看護師でいろいろなケースを見てきたけど、中には、昏睡状態にありながら周りで起きていることを全部聞いて知っていたっていう人もいるのよ。だからあなたも、お父さんに言いたいことは何でも言えばいいわ。私は、彼にはそれが絶対聞こえると思う」

「本当にそう思う？」彼女の瞳にかすかな希望の光がともった。

「思うわ」マギーはきっぱりと断言した。

「もし、あの部屋に行くとき、誰かに一緒にいてほしいと思ったら、私の連絡先はジェイクに渡してあるから。電話をしてくれればいつでも駆けつけるわ。昼だろうと夜だろうと」

「ありがとう、マギー」アンジェラの目から涙があふれた。「全然知らない人だったのに、ここで会えて本当によかった。あなたが言ってくれたことに本当に助けられたわ。とっても怖かったの……」

マギーはアンジェラを抱きしめ、トニーはマギーの中で、光が射し込んでくる窓に顔を押しつけながら泣いていた。その窓を通して彼は外を見ることができたが、外から彼を見ることはできない。泣いている娘のほうに手を差し伸ばしたが、こんなに近くにいる彼女は、果てしなく遠い。

彼は、言葉にされることさえなかったすべての失われたもののために、彼が台無しにしてしまったすべてのことのためにすすり泣いた。激しい後悔が押し寄せてきたが、それをしっかりと受け止めた。

「赦してくれ」かすかな声でそうささやくと、トニーはそこからいなくなった。

第15章　神殿

見捨てられた者が泣いている場所を見出したとき、
石の心は肉の心になる。
ブレナン・マニング

気がつくと、最近、激しい戦いが繰り広げられたばかりの城壁のそばの野原に戻っていた。小道が二またに分かれているあの場所に、また立っている。左へ行く道は、彼の心の中の嘘つきたちが住んでいた住居群、右へ行く道は、神殿だと教えられたブロック造りの建物につながっていた。

トニーは消耗しきっていた。先ほどの出来事と、まだ彼の中で渦巻いている感情の嵐のために、エネルギーが全部、体から流れ出ていってしまったようだった。「赦してくれ」という言葉は、まだ彼の唇の上に残っていて、真実な思いとして心の中に響き渡っていた。孤独感が、気ままな風のように彼の顔を吹き抜けていく。

嘘つきどもは悪い連れだったかもしれないが、少なくとも連れではあった。恐らく、彼に訪れた真の変化は、きちんとした関係を迎え入れるため、心に更地を作っていっているのだろう。後悔と喪失の中に、新しく訪れるものへのかすかな期待と兆しがあった。

だがとりあえず今は、右の道の先にあの建物がまだある。遠くにあるその建物を、トニーは見分けることができた。花崗岩の塊が城壁の中に組み込まれているようだ。もしそこに、はっきりとした曲線と人工的な装飾が施された先端が見えなければ、城壁の上に落ちてきた巨大な岩と見間違えたかもしれない。

神殿？　この神殿をどうしろというのだろうか？　この場所はなぜ重要な場所なのだろうか？　トニーには、自分がここに引き寄せられていたという自覚があった。自分を招く声が聞こえてきそうだ。だが、それだけではなかった。心の中にかすかな恐怖と、これは何か正しくないものだという不吉な予感のようなものがあり、それが彼の足を止めていた。

これは神の神殿なのだろうか？　父なる神の？　いや、恐らく違うだろう、と彼は推察した。グランドマザーは、神に関するものは壁の外にあると言った。この神殿は壁の中にある。こんな、外から見えるところに窓もドアもないような建物に神が住みたがるとは思えなかった。

トニーは、自分が行き詰まっていることに気づいていた。こんなことを自問し続けているのは、待ち受けているものを先延ばしにしているだけにすぎない。

グランドマザーがいたなら「いいからもうお行き」と言っただろう。いや、彼女とイエスは間違いなくここにいた。だが今は、自分自身の限界がその事実を見えなくしているのだということも、トニーにはわかっていた。

「質問があるんですけど」とつぶやいてから、ひとりでにやりと笑った。祈りというのは、こんなシンプルな、神との関係の中で起こる会話のことだったのか。

トニーが右側の道に足を踏み出すと、小さなトカゲがちょろちょろと岩の間に走り込んだ。すぐに、自分が今、干上がった川床を横断しているのだということに気づいた。かつてはこの場所を豊かな水が満たしていたのだろう。あちこちに湿気を含んでぬかるんでいる場所があるところをみると、水はまだ、彼の足の下のどこかを流れているようだ。

川は真っすぐに神殿のほうに伸び、遠くの城壁の中に流れ込んでいたらしい。一歩進むごとに、柔らかい砂が彼の足をとらえるようになり、進みにくくなっていった。最後の百ヤードは一歩一歩格闘するような苦行となり、息を整えるために立ち止まって体を折らなければならないほどだった。だが、いちばん辛かったのは肉体的な苦労ではない。一足ごとに湧き起こる感情の激しい葛藤だった。彼の中のすべてが「戻ろう」と言っていた。新しい一歩を踏み出したときの期待は、川床から舞い上がり、視界を遮る埃の渦の中に消えてしまった。

神殿の城壁のいちばん手前にたどり着く頃には、嵐が猛り狂っていた。息もできないくらいの暴風雨に見舞われ、トニーは何かつかまれるものはないかと必死に城壁の表面を探った。しかし、それはガラスのようになめらかで滑りやすく、彼は向きを変えて背中で寄りかかり、身を支えなければならなかった。目で探せる範囲内には、ドアも入り口もない。行き止まりだ。

一つだけ確かなことがあった。それは、彼はここに来るべきだったということだ。あの連中は、ここは彼自身が建てたもので、彼が礼拝する場所だと言っていた。もしそれが本当なら、どうにかして中に入る方法を見つけなければならない。立っているのも大変な雨の中、曲げた腕で顔を覆い、地面から跳ね上がって体を打つ砂に耐えながら必死に考えた。自分の中で、このような場所に該当するような部分は何だろう？　礼拝する場所！　礼拝する場所はどこだ？　人生の中心となるようなところのはずだ。成功？　いや、それでは漠然としすぎている。力？　それも本質的なものではなく、正解だとは思えない。

「イエス！　どうか助けてください」彼は息をのんだ。祈りの答えなのかどうかはわからないが、ある思いがひらめいたのだ。それは、静寂の中で、はるか彼方の空から夜が明けていくように徐々にはっきりしてきた。そして、それが明らかになっていくにつれ、深い絶望感も湧いてきた。その建物が何なのか、今、彼にはわかっていた。これは墓標だ。墓そのものだ。死を記念する墓所なのだ。

顔を上げ、城壁に押しつけると、心のいちばん奥のいちばん大切にしている部分から川のように涙があふれ始めた。城壁の冷たいなめらかな石にキスして、「ガブリエル」とささやく。

その瞬間、彼のすぐ横に雷が落ち、城壁はもろいガラスのように粉々に砕け、トニーは膝から崩れ落ちた。その振動で城壁の表面に、廊下に続く入り口が現れ、トニーはその闇の中をはうようにして進んでいった。中に入ると、大嵐は起こった時よりもっと唐突に止んだ。こわごわと壁に手をはわせながら、暗い空間をゆっくりと進んでいく。急にどこかに落ちやしないかと怖くてたまらなかった。

二回、角を曲がり、門からほんの短い距離を進むと、以前、彼が自分の魂の門のところで見たようなかんぬきが付いていた。

このドアもまた、音もなく開いた。中に入ると光が洪水のように押し寄せてきたので、目が慣れるまで顔を背けなければならなかった。

トニーは、小さな聖堂のようなところに立っていた。美しく、装飾されているものの、シンプルな造りの建物だった。

窓から射し込む光の中で、埃の粒子が一瞬だけ燃え上がるように輝きながら舞っている。だが、その美しさに似つかわしくない防腐剤のような匂いがその部屋を満たしていた。

聖堂の中には椅子も信者席用のベンチもなくがらんとしていて、ただ奥のほうに祭壇があったが、まぶしい光に照らされていて、その細部を見極めることはできなかった。トニーは前に一歩進みながら、「俺はひとりじゃない」とささやいた。その声は大理石の柱や床に反響して返ってきた。「俺はひとりじゃない」今度は大きな声で宣言するように言うと、前方の光に向かって歩き始めた。

その時、突然光の中で何かが動いたのが目に入り、彼は凍りついたように足を止め、恐ろしいほどの期待を込めてささやいた。「ガブリエル？」自分の目に映るものが信じられなかった。彼が最も恐れ、同時に切望していた光景が目の前にある。

前方にあったのは祭壇ではなく、病院のベッドだった。ライトやさまざまな機械に囲まれ、そこに五歳のガブリエルがいる。トニーはベッドめがけて走り出した。

「だめだよ！」少年が叫ぶ。「パパ、止まって！」訴えるような声が神殿の中に響いた。

トニーは止まった。十フィート先に息子がいる。記憶の中にあるとおりの姿だ。彼の記憶は、彼の人生の冒険が始まった頃の、健康で生き生きとしたガブリエルの姿を留《とど》めていた。その息子が、腕を伸ばせば届くくらいのところに、チューブと機械でベッドにつながれている。

「おまえなのか、ガブリエル？　本当におまえなのか？」すがりつくようにトニーは呼んだ。

「そうだよ、パパ。僕だよ。でも、パパが見ているのはパパが覚えている僕の姿だよ。ここに来ちゃだめ」

トニーは混乱した。駆け寄ってあの子を抱きしめるのをこらえるために、全力を振り絞らなければならなかった。目と鼻の先にゲイブがいるのに、ここに来るなだって？　意味がわからなかった。パニックが洪水のように押し寄せてくる。

「ガブリエル、もう二度とおまえを失いたくないんだ。絶対に！」

「パパ、僕は失われてないよ。失われているのはパパのほうだよ！　僕じゃなくて」

「まさか」トニーはうめいた。「そんなはずはない。おまえはパパのところにいたんだ。この腕におまえを抱きしめて、しっかりつかんで離さないようにしていたんだ。それなのにおまえはすり抜けていってしまって、パパは何にもできなかった。赦してくれ」トニーは膝をついて手で顔を覆った。

「もしかしたら」と、顔を上げながらトニーは言い始めた。「もしかしたら、おまえを癒してやれるかもしれない。もしかしたら、神がパパをあの時に連れ戻して、おまえを癒させてくれるかもしれない……」

「パパ、だめだよ」

「だって、ゲイブ、わかるだろう？　もし神がパパを時の枠の外に連れ出してあの時に戻し、パパがおまえを癒してやれたら、パパの人生はこんなにも破綻しないですんだんだ……」

「パパ」優しく、力強い声でガブリエルが呼んだ。

「そうしたら、おまえのママのことをあんなに傷つけたり、おまえの妹にあんなに辛く当たらなくてすんだんだ。ただおまえが……」

「パパ」ガブリエルの声が大きくなった。

「ただおまえが……死ななければ。どうしておまえが死ななければならなかったんだ？　おまえはまだとても小さくて、か弱くて、パパはできることは何でもやった。ガブリエル、パパは神に、おまえの代わりにパパを殺してくれと言ったんだ。でも神はその願いも聞いてくれなかった。パパじゃ足りなかったんだろう。赦してくれ、ゲイブ」

「パパ、やめて！」ガブリエルはきっぱりと言った。トニーが顔を上げると、息子の顔には涙があふれ、その表情には父に対する圧倒的な愛が表れていた。

「パパ、お願いだからもうやめて」息子はささやいた。「もう自分を責めるのはやめて。ママを責めるのも、神様を責めるのも、世界を責めるのも、もうやめて。お願いだから、僕のことをもう、手放して。パパはもう何年も僕をこの壁の中に、パパの恐れと一緒に閉じ込めてきたんだ。もう行かせてくれなきゃだめだよ」

「でもゲイブ、どうすればいいのかわからないんだ！」心の奥底から悲しみがあふれ出し、今までの人生の中で最も正直な混じりけのない涙が流れた。「どうしてそんなことができる？　おまえを手放すなんて。パパはそんなこと……」

「パパ、聞いて」そう言ってガブリエルは膝をつき、父親の顔を真っすぐに見つめた。

「パパ、僕が本当にいるのはここじゃないんだよ。ここに閉じ込められているのはパパ自身なんだ。僕はそれが悲しくてたまらないんだよ。パパにはもう、ここを出て自由になって、いろんなことを味わってほしいんだ。心の底から笑っていいんだよ。人生を楽しんでいいんだよ。それでいいんだ」

「でもガブリエル、おまえなしでどうしてそんなことができる？　どうすればおまえを手放せるのか、そのやり方がわからない」

「パパ、僕にはそれを説明できないけど、でもパパはいつでも僕と一緒にいるよ。僕たちは一緒なんだ。『後の命』の世界では、僕たちは離ればなれにはならないんだ。パパは今、この世界の壊れた部分に閉じ込められているんだよ。もうそこから出て、自由にならなきゃ」

「それじゃ、ガブリエル」トニーはすがるように聞いた。「それじゃどうして、おまえはここにいるんだ？　どうしてパパにはおまえが見えるんだ？」

「それは、パパなる神にお願いしたからだよ。パパ、僕は、パパがいろんなことを理解するのを手伝えるように、僕をここに来させてくださいってお願いしたんだ。パパのことを心の底から愛していて、パパに自由になってほしいから、僕は今ここにいるんだよ」

「ああ、ガブリエル、ごめんよ。おまえをさらに苦しめていたなんて」

「もうやめて、パパ。わからないの？　僕は悲しくなんかないよ。僕はここにいたいんだ。これは僕の問題じゃなくてパパの問題なんだよ」

「じゃあ、パパはいったいどうすればいいんだ？」トニーはやっとの思いで声を絞り出した。

「パパが自分で建てた城壁をくぐって、ここから出ていくんだ。そして振り向かないで。ここを出ていって、パパ。僕のことは心配しないで。パパが思うよりずっと、僕は幸せでいるんだから。僕もメロディーなんだよ」

トニーは泣き笑いをしながら言った。「おまえに言ってもいいかな」次の言葉を探しながら、やっとのことでこう続けた。「おまえに会えて本当によかったよ。こんなふうにおまえに言ってもいいかな?」

「そういうふうに言ってくれて嬉しいよ、パパ」

「それから、これも言っていいかい? おまえのことを愛している。おまえに会えなくて死ぬほど寂しかった。おまえのこと以外、何も考えられない時があったよ」

「それも、言ってくれて嬉しいよ。でも、今は僕にさよならを言って。さよならって聞きたいんだ。パパはもう、行かなきゃ」

涙を流しながら、トニーは立ち上がった。「おまえはグランドマザーみたいなことを言うんだね」あえぐように笑いながらトニーは言った。ガブリエルはほほえみながら「それは褒め言葉だね」と言い、頭を振りながら付け加えた。「わかってくれたらいいんだ、パパ。僕は大丈夫だってことを」

トニーはちょっとの間、五歳の息子を見つめていたが、大きく息を吸い込むと、ついに言った。

「わかったよ、ゲイブ。愛してるよ。さようなら、僕のガブリエル」

「さようなら、パパ。またすぐに会おうね!」

トニーは向きを変えると深呼吸をして、さっき入ってきた城壁の入り口に向かって歩き出した。一足進むごとに、床は、石に打たれた水晶のようにひびが入り始めた。彼は振り向かなかった。振り向けば、決心が崩れ去ることを知っていた。

目の前の城壁がちらちらと光り始めたかと思うと半透明になり、それから、すっかり消えてしまった。背後でガラガラと大きな音が聞こえ、彼は振り向かないままに神殿が崩れ落ちたことを知った。それと同時に彼の魂にも大きなうねりが訪れ、変容を遂げたことが感じられた。足取りが、力強くしっかりとしたものになる。

ふと見上げると、恐ろしい壁のような水が彼の上に降りかかってくるのが見えた。自分に覆いかぶさってくる水の壁を前に、彼はなすすべもなく両手を大きく広げ、その水に飲み込まれることを覚悟して待った。川が戻ってきたのだ。

第16章　一切れのパイ

神はその人の個人用のドアから入る。
ラルフ・ワルド・エマーソン

「ちょっと！」と叫びながら、マギーは小麦粉の入った計量カップをキッチンカウンターに落とした。「そんなふうに急に現れて驚かさないでよ！　病院であなたの娘さんのところに私を置き去りにしてから、もう二日も経つのよ？　見てよ、このキッチンカウンター。こんなに汚しちゃって。びっくりして死にそうだったわよ」

「マギー」

「何よ？」

「きみに会えて、本当によかったよ。どんなにきみに感謝しているか、伝えたことはあったっけ？　僕は本当に……」

「トニー、あなた、大丈夫？　今までどこにいたのか知らないけど、ちょっと変よ。まるであなたじゃないみたい」

「マギー？」

声を出して笑ったトニーは、それが心地よいことに気づいた。「そうかもね。でも、今までいちばん調子がいいよ」

「ふむ。医者たちはその意見には賛成しないかもね。あなたの体調はかなり悪かったのよ。このアップルパイを作る間、いろいろ話をして整理しましょ。あなたが勝手にいなくなっちゃってから、この二日の間にいろんなことが起こったのよ。相談して、作戦を立てなくちゃ」

「アップルパイ？　僕は手作りのアップルパイが大好きなんだ。しかし、何でまた作る気になったんだい？」

マギーがにやけそうになるのをこらえていることに、トニーは気づいた。いろいろな思いが組み合わさった独特の感情が彼女の中に湧き上がってきていた。「ああ、わかった。あの警官のためにパイを焼いてるんだな？」

マギーは手を振って笑った。「まあね。彼、仕事が終わったらここに寄ってちょっとデザートを食べていくのよ。あなたが消えちゃったあと、私たち、電話でずいぶん話したの。やっと私に気づいてくれたのよ」社交ダンスの場に登場した女性のように手を振りながら、彼女は続けた。「こういう関係の始まり方ってミステリアスよね。ねえ、もし私がうっかり彼にキスしちゃったら、それはその瞬間、私があなたのことを忘れちゃったために起きた事故よ。念のために言っとくけど。そんなことにならないように気をつけるわ。でも……わかるでしょ？」

「結構だね！」と言ってため息をつきながら、トニーは、ピンポンのボールのように二つの魂の間を行ったり来たりするのはどんな感じだろうと思った。

マギーはこぼした小麦粉をシンクの中に捨て、母親譲りのレシピで作るアップルパイの材料を集めて回りながら話し続けた。

「あなたが頭の中にいた間に話してくれたことよりも、あの病院での二十分間にわかったことのほうがずっと多かったわ。あなたが家族のことをあんなに傷つけていたことに対して、私、しばらくの間は本当に怒ってたのよ。あなたの奥さん……あなたの元の奥さんは、とても素敵な人じゃないの。娘さんだってすばらしいわ。それにあの子はいろんなことがあって怒ってはいるけど、心の底では今でもあなたのことを愛してる。それから、トニー、ガブリエルのことについてはお悔やみ申し上げるわ。本当に辛いことよね」

そこでひと呼吸置いてから、マギーは尋ねた。「ところで、ジェイクとは何があったの？　それについては今でもわからないのよね」

「マギー、まあ、落ち着いて」トニーが遮った。「そのことについては、いずれ話すよ。今は、それより先に話さなくちゃいけないことがあるんだ」

マギーは手を止めて窓のほうに目をやった。

「それはつまり、誰かを癒すとか何とか、あの話？　トニー、あれには私、本当に傷ついたわ。あなたは私をあそこに行かせて、私のリンジーに対する愛情を目にしながら、その上で私の手をあなたのくそいまいましい額に置かせたのよね……」

「そのことについては本当に悪かった。マギー、赦してくれ」トニーは懇願した。「ただ、本当にどうすればいいかわからなかったんだ。それに、もし僕が良くなったら、たくさんの人を助けられるかもしれないし、僕が傷つけた人とも和解できるかもしれないと思ったんだよ。それがまったく自己中心的な考えだってことはわかってるけど……」

「トニー、やめて！」マギーは手を上げながら言った。「自己中心的だったのは私のほうよ。自分の苦しみのことばっかり考えてた。私が治してほしい人のことだけを。そんなにむかしの話じゃないんだけど、私は自分にとって大切な人たちを亡くしているの。だから、もうこれ以上、愛する人を失いたくなかったのよ。あなたに与えられたギフトをリンジーのために使ってほしいなんて願う権利は私にはないわ。私が間違っていたの。だから、私のほうこそ、赦してくれる？」

「ああ、きみを赦せだって？」驚きながらも、トニーは不思議な慰めを感じた。

「ええ。私たち、すぐに病院に行ったほうがいいわ、トニー。そして、手遅れにならないうちに、癒しの祈りをしなくっちゃ。急いだほうがいいわ。さっき言ったみたいに、この二日の間に、あなたの容態は悪化したのよ。医師たちは、もう回復することはないだろうと思ってる」

「その癒しのギフトのことについてはいろいろ考えたんだけど、マギー……」

「もちろんそうでしょうね。でも、あなたは財産を猫に譲るわけにはいかないわ！」彼女は、フォークでパイ生地をかき混ぜていた手を止め、木のスプーンを取り上げた。「猫！　まったく、今まで聞いた中で最もばかげた話の一つだわ。シマウマとか、クジラとか、かわいいアザラシの赤ちゃんのためだったら、あるいはわからなくもないけど、猫ですって？」と言って頭を振る。

「ああ、まったくつまらないことをしたよ」トニーは認めた。

「じゃ、さっさとあなたを癒しましょう。そうすればそのつまらないことを何とかすることができるでしょうよ」木のスプーンを窓のほうに向かって振り回しながらマギーは言った。

「そのことについて考えていたんだけど、マギー……」

「トニー、あなたにはあらゆる意味で自分を癒す権利があるわ。神様はあなたにそのギフトをくださったんですもの。それはあなたを信頼しているということよ。だからあなたが自分自身を癒すことが最善の道と思うなら、私はそれを百パーセント支持して協力するわ。人が自分の人生をどう生きるかについて口を挟むなんて、私がするべきことじゃないもの。私はもうすでに、身の程知らずに人を裁きすぎたと思うの。そりゃ……」小麦粉とバターのついたスプーンを振り回しながら彼女は続けた。「そうしないようには気をつけているつもりなのよ。でも、そう簡単にできることではないでしょ。それに、正直に言うと時々、人を裁くことを楽しみすぎてるなって思うこともあるわ。自分が優位に立っているように思えるからね。人を裁いて自分の利益に結びつける人たちもいるわよね。私も、はからずもその手を最も効果的に使える一人になっちゃったのかもしれないわ。わかるでしょ、トニー？　私たちはみんな、何かしらひどいことをしてるのよ。私の説教はこれで終わり。あなたのご意見は？」

「笑いたくなるほど、同じことを考えてた」とトニーは答えた。

「それを聞いて満足したわ」くすくす笑いながらマギーは言った。「真面目な話、本当の満足はクラレンスに結婚指輪をもらった時に訪れるんだけど。悪く思わないでね」

「思わないよ」と笑って、トニーは続けた。

「マギー、猫に遺産をやらないようにする方法があるんだ。ただし、何人かの助けが必要なんだよ。

巻き込む人数は少なければ少ないほどいい。ほかに選択肢がないから、ジェイクには手伝ってもらいたい。それからクラレンスだ。彼は警官だし、この役は適任なんだ」

「トニー、何だか不安になるようなことを言うのね。強盗か何かをするわけ？　そういうのって絶対にうまくいかないのよ。映画を見てればわかるわ」

「必ずしも強盗ではないよ」

「必ずしも？　ますます不安になったわ。それ、違法なの？」

「いい質問だ。どうだろう。グレーゾーンってとこかな。もし僕がまだ死んでいなければ、違法ではないと思う」

「そんなことに私のクラレンスを巻き込もうっていうの？」

「それしか方法がないんだよ、マギー」

「ねえ、私はこの話にクラレンスを引き入れるくらいなら、猫に得をさせたいわ」

「マギー、そうしなくちゃいけないんだ」

「あのね、私は外に行って野良犬にキスすることだってできるのよ。それとも猫のほうがいいかしら。猫のためにあんなばかなことをしたんですものね」

「あれは猫の問題じゃなくて、僕の問題だったんだよ、マギー。頼むから僕を信じてくれ。僕たちは、クラレンスの助けが必要なんだ」

「ああ、主よ」マギーは顔を天井に向けた。

「ありがとう、マギー」と言ってトニーは続けた。「解決しなくちゃいけない問題がまだいくつかあるんだ。僕たちが入らなくちゃならない部屋は僕の持ち物だが、それを知っている人は誰もいない。完全にプライベートな部屋で、セキュリティもできる限り厳重にしてある。問題は、警察が僕のマンションの監視カメラのデータの行き先をたどろうとした時に、セキュリティシステムがすべてログアウトして暗証番号をリセットしたことなんだ。それなしでは僕でも中に入れないんだよ」

「私がそんな話、理解できると思ってるわけ？」とマギーは答えた。

「ごめん。ただ、考えていることを口に出してみただけだよ」

「あなたが声に出して考えていることは、私が声に出して考えるのと同じだってことを忘れないで。そして、今私が考えているのは、私は混乱したってことよ」

「わかったよ。僕はマカダム通りの川のそばに、隠れ家を持っているんだ。でも、そこに入るための暗証番号がリセットされてしまって、新しい暗証番号を取得できる場所はたった三か所なんだ」

「じゃあ、そのうちの一か所でそれを取ればいいじゃない」

「事はそんなに単純じゃないんだよ。新しい暗証番号を記した手紙は、自動的に銀行のホールディング・アカウント宛てに送られる。そのアカウントは、貸金庫の中にある許可証によってのみ開けることができる。そして、その貸金庫は、僕の死亡証明書がないと開けられないことになってるんだ」

「何てこと！　それはあまりいい選択肢とは言えないわね」

「もう一つの選択肢も、すごくいいとは言えない」と、トニーは説明を続けた。「暗証番号があんなふうにリセットされた場合、自動的に速達便が作成されて、ローリーのもとに届けられるんだ。

彼女はそれが何なのか、なぜ自分に届いたのか、まったくわからない。何の説明もされていないからね。これはバックアップのためのバックアップってところさ。僕の元の妻が僕にとって重要なものを持っているとは誰も考えないだろうからね」

「待って！」マギーが口を挟んだ。「その暗証番号って、どんなふうなもの？」

「一から九十九までの一桁か二桁の数字が六個続いている。アトランダムに出されてくる数字なんだ」トニーは説明した。

「くじの番号みたいな？」シンクで素早く手を洗いながらマギーが聞いた。

「ああ、だと思う」

「こんなやつ？」廊下のフックから取ってきたバッグを引っかき回すと、彼女は得意満面で速達便の封筒を引っ張り出し、その中味を見せた。それは六つの数字がそれぞれ別の色で書き記された一枚の紙切れだった。

「マギー、それだよ！」トニーは叫んだ。「一体全体どうしてきみがそれを……」

「ローリーからよ！　あなたが主のみもとで安らぐことになったときの準備を手伝うために、私、また、病院に行ったの。その時に彼女からこれを預かったのよ。ちょうど病院に来るために家を出ようとした時にそれが届いたので、そのままバッグに突っ込んできたらしいの。差出人の住所はあなたのオフィスがある辺りだったけど、私なら何かわかるんじゃないかと思ったんですって。私は、全然わからないって答えたんだけど、彼女は、どちらにしろ預かっておいてくれって言ったの。あなたに聞こうと思ってたんだけど、さっきの話が出るまで完全に忘れてたわ」

「マギー、きみにキスしたいくらいだよ!」トニーは叫んだ。

「それはちょっと、妙な感じがするでしょうね」とマギーは答えた。「その場合、どんなことが起こるのかしら。ともあれ、じゃあ、これがあなたが必要としていたものなのね?」

「ああ、それが暗証番号だ。消印の日付を見せてくれ。うん、これだ。ああ、これでずいぶん時間の節約ができた」

「この暗証番号を取得する方法は三つあるって言ったわよね?」

「それも今はもう、必要ない。コードは電子的にダウンタウンの僕のオフィスにある特別なキーパッドにも送られたはずなんだ。そのキーパッドのアクセスコードは僕だけが知ってる。だから、そこを訪ねるしかないかな、と思っていた。それで、何か口実を作って机の前に座るんだ。ジェイクなら、僕の弟だから、そこにしばらくひとりにしてもらえるかもしれない」

「なるほど。でも、その場合……」

「そう。きみは彼にキスしなければならないし、この作戦はいろいろ複雑すぎる。今となってはジェイクを巻き込む必要もない」安心感がどっと押し寄せてきた。「もしそうなっていたら、別の問題が持ち上がるところだった」と言って、少し間をあけてからトニーは聞いた。「きみはジェイクについて、どう思った?」「ああ、ジェイコブ・エデン・ザビエル・スペンサー、あなたの弟のこと?」

トニーはまたもや驚いた。「彼のフルネームをどうして知ってるんだ?」

「クラレンスが調べたのよ。彼にはちょっとした前科があるの。と言っても、大きな罪じゃないのよ。おもに器物破損と、あとは何年も前にドラッグをやる人たちと付き合っていたことがあるの。それで、しばらくテキサスで懲役をくらってたわけ」

「くらってた？　くらってたとはまた……」

「トニー、あなたは私の背景も家族の歴史も知らないでしょ。余計な口出しはしないで」

「悪かったよ、続けて」

「昨日、病院で二〜三時間、ジェイクと一緒にいたの。彼、あなたのことをたくさん話してくれたわ。あなたが知っているかどうか知らないけど、彼はあなたが歩く地面さえ崇拝しかねないほどよ。あなただけが自分の生きる理由だって言ってた。ひどい子ども時代を過ごしていた頃、あなたが守ってくれたんだ、って。それからあなたたちは離ればなれになっちゃって、ジェイクは悪い仲間と付き合い始めて、薬にも手を出しちゃって、ちゃんと立ち直るまでは恥ずかしくてあなたに会えないって。あなたは、あらゆる意味で彼が知っている父親像に近いんだそうよ。でも自分は負け犬で、落伍者《らくごしゃ》で、依存症者なんだって言ってた」

　黙って聞いていたトニーは、冷静に対処できそうにない感情が湧き上がってくるのを感じていた。

「トニー、彼は立ち直っているわ。自助グループとリハビリとイエス様の力を借りて努力しているの。もう六年近く、薬には手を出していないのよ。パートタイムの仕事をしながらワーナー・パシフィック大学に通って、学位を取得して卒業したの。今はポートランド・リーダーシップ基金とかいうところで働きながらお金を貯めてるわ。それで、自活できるだけのお金が貯まったら、勇気を出してあなたに連絡を取ろうと思っていたところに警察から電話が来たってわけ。トニー、彼、泣いてたわよ。彼は、あなたに誇りに思ってもらうことを、世界中の何よりも求めていたの。それなのに、今までのことをあなたに話すチャンスを失ってしまったように思っているのよ。でも、私たちがあなたを癒しにいけば、彼は自分でこの話をあなたにできるわ。彼は本当に、自分があなたにとって大切な存在だということをあなた自身の口から聞く必要があるの」

冷静さを取り戻すまでトニーは黙って待っていたが、ようやく、「じゃあ、マギー」と口を開いた。「聞きたいんだけど、きみは彼の話を信頼したのか？ きみはジェイクを信頼できるか？ 彼に起こった変化は本物だと思えるかい？」

その質問の重みと、彼がそれに自分自身を賭けようとしていることの重要性を感じることができたので、彼女は答える前に慎重に吟味した。

「信頼できるわ、トニー。私は彼を信頼する。私の中のすべてが、あなたの弟は賢くて、真面目で、勤勉だって言ってる。だから私はキャビーとリンジーを預けられるくらいに彼を信頼できる。私にとっては、これは最大限の信頼よ」

「それが聞きたかったんだ、マギー。僕はきみを信頼しているから、きみがジェイクを信頼するというならそれで充分すぎるほど充分だ。ありがとう！」

彼の口調には、まだすべてを語ってはいないことを感じさせるものがあったが、彼女は追求しなかった。時が来れば、彼のほうから話してくれるだろう。

「信頼してもらえて光栄だわ、トニー」

「僕にとっては誰よりも信頼できる人だ」トニーは付け加えた。「ということは、僕はきみに話してもいいってことだよな」

「信頼はリスクを伴うわ、トニー。そして関係を築くことにもリスクはつきもの。でも、結論を言うなら、もし誰とも関係を築かないなら、この世界には何の意味もないわ。ある人との関係は面倒が多いかもしれないし、別の関係は限られた期間のものかもしれない。難しい関係もあれば、気楽な関係もあるわよね。でも、その一つひとつが大切なのよ」

彼女はオーブンにパイを滑り込ませると、温度をよく確認してから、お茶を作るために振り向いた。

「というわけで、トニー、あなたの立場からの話と、向こうの立場からの話をすり合わせてみたというわけよ。あなたが知りたいかもしれないと思って」

「ありがとう、マギー。そうしてくれて助かったよ」

「どういたしまして、トニーさん」

「トニーさん？　どうしてその呼び方を？」彼は驚いて尋ねた。

「どうしてかしら」マギーは答えた。「ただ、何となくよ。どうして？」

「どうしてってわけじゃないんだけど、僕のことをそんなふうに呼ぶ小さな女の子と出会ったもんだからね。その子のことを思い出したんだ」

「子どもっていうのは、私たちがほかの誰も寄せ付けないようなところにも忍び込んでくるものよね！」とマギーは笑った。

「ほんとにね」とトニーも認めた。

パイが焼けるまでの間、二人は軽口をたたき合っていたが、そのようすは長年連れ添った夫婦のようであり、会話の内容も、軽くはあったが意味のあるものだった。

完璧な焼き上がりのパイがオーブンから取り出された直後、モリーとキャビーが上機嫌で家に飛び込んできた。キャビーはマギーに飛びつくとぎゅっと強くハグをして、彼女の胸のあたりにむかってささやいた。「ターニー……いちか！」それからくすくす笑いながら廊下に出て、自分の部屋に向かって行った。

「あの子はただ者じゃないな」

「そのとおりよ」マギーが答える。「さっきのは何の話？」

「僕たちがちょっと前に話したことについてさ。僕がここにいるとき、彼はそれを知ってるんだ。だろ？」

「あの子はいろんなことを知ってるわよ」

バスルームから戻ってきたモリーは、夕焼けのいちばん美しい色のようなほほえみを浮かべ、マギーを盛大に抱きしめた。

「何かいいことがあった？」マギーは聞いた。

「リンジーのことで？　そうでもないわ。いつもどおりよ」と答えて、彼女は声を低くして尋ねた。

「トニーはここにいるの？」マギーはうなずいた。

「ハイ、トニー。今日はあなたのご家族とたくさんの時間を過ごしたのよ。特に、アンジェラと。私たち、彼女と仲良くなって、すごく楽しかったわ。特にキャビーと彼女はすごく気が合ったみたい。あなたの娘さんはすばらしい子ね！」

「彼は、ありがとうって言ってるわ」トニーが何も言わないうちにマギーが答えた。

「それから……」モリーはにやりと笑って付け加えた。「弟さんのジェイクと知り合えて嬉しかったわ。彼は今日、私をあなたに会わせてくれたんだけど、あなたとジェイクとでは、ジェイクのほうがハンサムね」

「彼は、それは自分が病気だからだって言ってる」マギーが通訳する。

「まあ、それはそうでしょうね」モリーは笑いながら冷蔵庫を開け、自分とキャビーのために何か食べられるものはないかと探した。

「パイがたくさんあるわよ、モリー。あなたとキャビーのために」

「すばらしい！　デザートとしていただくわ。すぐに戻ってくるわね。キャビーに、夕飯は裏庭で食べていいって約束したの。ちょっと、準備してくる」

その時、ドアベルが鳴り、続いて鋭いノックが三回響いた。それを聞いて、トニーはひとりで、内心、にやっとした。彼にとっては大きな意味を持つノックの音だが、あれはジャックでもイエスでもあるまい。

ドアの外には、温かいほほえみを浮かべたクラレンスが立っていて、マギーを抱きしめた。彼女を包む満ち足りた思いがあふれ出し、トニーは思わず目をつぶり、深く息を吸った。今まで、自分が築いた壁のために逃してきたもの、失ったものがたくさんあったのだ、と思う。

「キスはしないわ」とマギーがささやいた。「ここに誰がいるか、わかるでしょ」

クラレンスは笑った。「じゃあ、彼がいなくなったら教えてくれ。その時に埋め合わせをしよう」

「短縮ダイヤルを使って電話するわ」とマギーもくすくす笑いながら答えた。

「わあ、これは何の匂いだい?」クラレンスは大きな声で言った。「焼きたてのアップルパイじゃないか。母さんがよく作っていたのと同じ匂いだ。アイスクリームはあるかい?」

「もちろん。ティラムックのバニラよ。いい?」

「完璧だね!」クラレンスはテーブルに着き、マギーは皿にアップルパイとアイスクリームを盛りつけ始めた。「きみと付き合うようになったら、僕は今までの二倍、エクササイズをしなくちゃならないな。でも、そのパイが香りどおりの味なら、そうする価値はあるね」

マギーはパイもアイスクリームもたっぷり載せた皿に大きなスプーンをつけて手渡すと、彼が一口食べるのを待った。マギーの視線を浴びながら最初の一口を食べたクラレンスは、子どものように喜んだ。「マギー、すばらしくうまいよ。認めたくないけど、母さんのパイよりうまいかもしれない」

マギーは輝くような笑顔を見せた。

「お二人さん、俺はもう、たくさんだよ」トニーが割り込んだ。「さっきからのいちゃいちゃにはうんざりだ。ムカムカする!」

マギーがにやりと笑って言った。「トニーがあなたに挨拶してるわ」

「やあ、トニー」とマギーに向かって言いながら、クラレンスもにやりと笑い返した。彼はパイをもう一切れ口に運び、さっきよりじっくり時間をかけてそれを味わった。

「クラレンス、こんにちは」キャビーのピクニックに付き合っていたモリーが戻ってくると、彼にハグをし、カウンターから自分の皿を取ってきてみんなと一緒に座った。「何の話をしてたの？」

「タイミング、ばっちりね」自分の分のパイとアイスクリームを盛り[illegible]ながら[illegible]言った。

「これから本題に入るところだったの」

クラレンスはマギーのほうに向き直ると、真剣な面持ちになって話し始めた。「トニー、実はきみにお願いできないかと思っていることがあるんだ」

「彼は『それはよかった』って言ってるわ。なぜなら、彼もあなたに頼みたいことがあるから」

「多分、きみがクラレンスにキスしてくれたほうがいいんじゃないかな」と、トニーは提案した。

「そうすれば、通訳なしで、彼に頼みたいことを説明できる。そのほうが簡単だろう」

「冗談でしょ」マギーは跳ね返した。「私を蚊帳《かや》の外に置こうってわけ？　絶対にだめよ。クラレンスにキスをするって提案には一瞬ぐらっときたけど、それは待つことにするわ。ありがとう。あなたたち二人が何かを企むなら、そのときは私も一枚かむわ。さあ、続けて、クラレンス」

クラレンスは再び話し始めた。「トニー、これから頼むことは、決してきみに無理強いできることではないんだ。それに、それが本当に可能なのかどうかもわからない。だから、これだけは覚えていてほしいんだが、きみが引き受けてくれなくても僕はまったく驚かない。きみが僕に頼みたいことの交換条件にもならない。この点についてははっきりと了解してもらえたかな？」

「完璧に了解したと言ってるわ。でも、彼があなたに何を望んでいるか、それを先に聞いておくべきじゃないかしら」

「いや、それはいいんだ。もしマギーが協力するつもりなら、僕も協力する」と言ってから、一瞬間を置いて、付け加えるように確認した。「違法なことじゃないよね？」

「違法ではないと彼は思ってるわ」

「違法ではないと彼は思ってる？」モリーが思わず聞き返した。

「それは……よかった」クラレンスはため息をつき、気を取り直したように言葉を続けた。「で、僕が頼みたいことだが、もう一度言うけど、きみにはノーという権利があるし、言われても僕は気にしない」

三人は、この意志の強い男性が傍目《はため》でもわかるほどに自分の感情と格闘していることに気づいた。普段の彼には決して見られないようすだった。マギーが腕を伸ばして自分に近いほうの彼の手を取ると、彼は今にも泣き出しそうになったが、何とかこらえて咳払いをすると、かすれた声で話し始めた。

「僕の母はアルツハイマー病を患っているんだ。二、三年前に、僕たちはついに母をホームに入所させた。そこでは、僕たちにはできない二十四時間態勢のケアを受けられるのでね。母の病状は僕たちが予想していたより、あるいはほかの誰もが予想していたよりずっと早く進んでしまって、母が人とコミュニケーションを取れなくなった頃、僕は実家から遠く離れた場所で警察学校の訓練を終えようとしているところだったんだ」

「それは本当に辛いわね、クラレンス」と言って、モリーがクラレンスのもう片方の手を取った。

顔を上げたクラレンスの目は光っていた。「僕は母と最後の会話を交わせなかったんだ。一言も。

ある時は、母は僕のことを見分けることができる。でも、次に会うと、もうまったくわからない。母の目は虚ろで、僕はそれを見るとたまらない気持ちになる。トニー、僕は、どうしてもこう考えずにはいられないんだ。もし、マギーが母にキスをしたら、きみが母の中に滑り込んで、母の内面を見てきて、そして僕からのメッセージを伝えてくれることができるんじゃないか、って。母に、僕たちが、僕が、母を恋しく思っていることを知らせてくれることができるんじゃないか、って。ばかみたいな考えに聞こえるかもしれないし、そんなことができるかどうかわからないけど……」

「やる、って言ってるわ」マギーが伝えた。

「やってくれるって？」クラレンスはマギーを真っすぐ見つめた。その顔には密かに抱え込んでいた思いから解き放たれた解放感が表れていた。

「もちろん、彼はやるわよ」モリーも断言した。「そうでしょ、トニー？」と言ってマギーの顔を見つめる。

「ええ、彼はやるわ」マギーは繰り返した。「でも、それがうまくいくかどうか、自信はないそうよ。彼も、このことについてよくわかっているわけじゃないから」

「トニー、やろうと思ってくれただけでありがたいよ。きみには大きな借りができた」

「借りなんてできてない、って言ってるわ。そして、自分がこれから頼むことも、その交換条件ではないって。あなたには断る権利があるって」

「わかった」とクラレンスは答えた。

「じゃあ、私が説明するわね」とマギーが始めた。「彼はマカダム通りの川のそばに、トップシークレット級のスパイのオフィスを持っているの。もちろん、本当はスパイでも何でもないんだけど、誰も知らないオフィスを持っていて、そこに本当に重要なものをしまってあるのよ。クラレンス、彼は、あなたが誰か機密書類なんかを処理してくれる業者を知らないかって聞きたがってるんだけど？」そう言って、彼女は何か言いたげに片方の眉を上げてみせた。「私に聞かないでよ。私はただ、彼からの伝言を伝えてるだけなんだから」

「ああ、ケビンという友達がいて、彼はそういう業界で働いてるよ。確か、市とも契約を結んでいるはずだ。でも、どうして？」

「あるものを処分しなくちゃならないのよ。会計的なものではなく、違法なものでもなく、純粋に個人的なものなの」と、トニーのために説明していたマギーは、ふと黙り、わずかに体の向きを変え、まるで独り言のように言った。「トニー、どうして治るのを待って自分で始末をつけないのよ？」

もう一度クラレンスのほうに向き直った時、マギーの顔はけげんそうな表情を浮かべていた。「彼は、自分が本当に良くなるかどうか確かではないから、どんなチャンスも無駄にしたくないって言うのよ」マギーはさらに通訳を続けた。「トニーは自分のオフィスに入らなければならないの。彼が必要としているものはすべてそこにあって、オフィスに入るためのすべての暗証番号も持ってる。で、それをやったという痕跡を残さないですべてうまくやりおおせるためには、クラレンス、あなたが必要だって、彼は言ってるのよ。そのやり方はわかる？」

クラレンスはうなずいた。

「トニーが言うには、すごく簡単だって。さっと入ってさっと出てこられるって。そこにある金庫を開けて、中の書類に目を通さなくちゃいけないの。そしてそのうちの一束を処分することになるんだけど、あとはもしかしたら二、三のものを持ち出して、それで終わり。どんなに長くても三十分あれば済むわ。誰にも見られることはないし、私たちがそこにいたことも誰にも知られない」

「違法じゃないんだね？」クラレンスは考え込みながら確認した。

「違法じゃないって、彼は言ってるわ。彼が生きている限りはね。そこは彼の所有物だし、彼が暗証番号を持っているんだから、無断で押し入るわけじゃない。彼が一緒に行くわけだし。誰も信じてくれないかもしれないけど、あなたは彼が一緒にいるってことを知ってるでしょう？」

クラレンスはしばらく考えていたが、「手伝ってくれる？」と聞かれると、黙ってうなずいた。

「トニーは、今晩実行できるだろうか、って聞いてるわ。それと、今からあなたのお母さんに会いにいけるかしら？」

クラレンスはキッチンの時計に目をやってから、またうなずいた。

「時間はたっぷりあるな。今から電話をして面会できるかどうか確認するよ。一緒に来るのは誰と誰かな？」

「キャビーがいるから、私は行けないわ」と、モリーが言った。「でも、あとで全部話を聞きたいわ。起きたこと全部よ。いい？」

「いつだってあなたには全部話してるじゃない、モリー。私たち三人がジェームズ・ボンドごっこをしてくる間、キャビーのことをしっかり見ててね」

モリーが返事をする間に、クラレンスはもう電話をかけていた。マギーはモリーを優しく抱きしめながら「トニーが『きみならＯＫだ』って言ってるわ」とささやいた。

「何のこと?」とモリーが尋ねる。

「彼の弟のことについて……もし、付き合うことになるなら、きみだったらＯＫだって」

モリーはにやっと笑った。「さあ、どうなるかしらね」それから、椅子の背にもたれて「ありがとう、トニー。大好きよ!」と言った。

彼女の言葉は、トニーが彼女たちの会話を聞いているときにしばしば感じていたような驚きを与えた。「ああ……」少し緊張した改まった声で、トニーも言った。「僕も大好きだよ」

マギーはほほえんだ。「彼、『僕も大好きだ』って言ってるわ」

第17章　鍵のかかった部屋

最後の会話だけでなく、関係全体から、
その人の人物像を描かなければならない。
ライナー・マリア・リルケ

「お母様も、あなたに会えることをとても喜ばれると思いますよ」ボランティアスタッフがほほえみながらマギーとクラレンスを案内して、廊下の先にある個室に向かった。

普段なら、こういう言葉に苛立ちを感じるクラレンスだったが、この晩は違った。体の中で期待が渦巻いている。そして、それがリアルになればなるほど、失望に終わる可能性もまた、リアルに思えてきた。それにどう対処したらいいのか、クラレンスにはわからなかった。

（愛する神様）と、彼は静かに祈り始めた。（あなたはいつも不思議な方法でみわざを行われます。今日はすばらしい機会に恵まれました。この機会を通して、僕と、マギーと、そして特にトニーと共に働いてくださることを感謝します）

「クラレンス、あなたはお父様のことについては話してくれたことがないのね」と、マギーがささやいた。

「いい人だったよ。十年前に亡くなったんだ。父親らしい父親だった。だけど、僕らの世界の中心にいて大きな影響力を持っていたのは母だったんだ。父が亡くなったことは、これに比べれば……この状態を何と呼ぶにしろ……、これほど辛くはなかった。父は亡くなっていなくなってしまったわけだけど、母は、生と死の中間にはまり込んでしまったようで、僕たちはコミュニケーションが取れない状態だからね」

トニーは黙って聞いていたが、クラレンスが「生と死の中間」という言葉を使うのを聞くと笑みがこぼれた。思わず会話に割り込みそうになったが、思いとどまって口をつぐんだままにした。今はそれを語るべき時ではない。

柔らかな照明の部屋に入っていくと、赤と黒のドレスをゆったりと着こなした年配の黒人女性が座っていた。頬骨の高い美しい女性で、輝く目を見ると、彼女の意識がぼんやりしているとはとても信じられない。

ボランティアスタッフが部屋を去ると、マギーは背伸びをしてクラレンスの唇に長く優しいキスをした。一度しかできないキスなら、しっかりと納得のいくキスをしなければならない。

トニーは、前に短期間いたことのある、よく整理されているゆったりとした空間に滑り込んだ。すぐ正面にマギーの目が見える。

「オーケー。もう充分だよ」と彼は叫んだ。二人はほほえみながら唇を離した。

クラレンスは母親のほうに歩いていき、身を屈めて語りかけた。

「やあ、母さん。クラレンスだよ。母さんの息子だよ」

「ごめんなさい」と答えた彼女の顔は遠くを見ていて、彼のことがわかっているようすはない。

「どなたですって？」

「母さんの息子のクラレンスだよ」そう言って、彼はもう一度身を屈め、彼女の額にキスをした。

トニーはまたもや滑り出した。二分間の間に、これで二度めだ。

その場所は、彼が入ったことのあるどの場所とも違っていた。光が弱く限られており、視界が狭められていた。彼は今、はっきりとした期待が読み取れるクラレンスの顔を見ていた。

「ウォーカーさん？」と呼びかけたトニーの声は、見えない壁に当たって跳ね返ってきた。まるで、金属の円筒の中に閉じ込められたようだ。「ウォーカーさん？」もう一度呼んでみたが、やはり自分の声が跳ね返ってくるだけだ。

ウォーカー夫人の目を通して、クラレンスとマギーが並んで座り、何かが起こるのを待っているのが見える。トニーは注意深く、クラレンスに頼まれたメッセージを語りかけてみたが、それを受け取るべき人は誰もいないように思えた。

ふと、ある問題に気づいて、トニーは慌てた。どうやってここから出ればいいのだろう？　そのことについては考えなかった。多分、誰も考えていない。ここに閉じ込められてしまうかもしれないではないか。どれくらい長く？　まさか、この先、ずっと？　あるいは、彼の肉体がオレゴン健康科学大学病院でその闘いを終えた後、魂もそこに合流するのだろうか？　どちらにしろ、あまり嬉しい話ではない。加えて、彼は今、閉所恐怖症の感覚がせり上がってくるのを必死で抑えようとしていた。クラレンスが彼女にキスすれば戻れるかもしれないが、確かではない。それが彼を不安にしていた。

だが、ここに来たことは間違っていなかった。そう感じることができる。クラレンスに頼まれた時、トニーは、それはやるべきことだと思った。今でもそれが正しい決断だったと思っている。そう思うと心も落ち着いてきた。これより前に、誰かのために、交換条件も計算もなく何かをしてあげたのは、いつのことだっただろう？　思い出せないほどだ。何かにからめ取られてしまったような生き方をしていたのかもしれない。しかもそれに満足し、満ち足りた思いまで抱いていた。

それから彼はグランドマザーが教えてくれた「ラインダンスのように飛び跳ねて向きを変える」という話を思い出し、試してみた。目の前に暗闇が広がる。だが、目が慣れてくると、薄暗い壁にドアのようなものがついているのが見えた。明かりがほとんどついていない部屋の中にいるように、自分の姿を見ることができないままそろそろと歩き、最初のドアにたどり着いた。ドアは、何の抵抗もなくすっと開いた。光の洪水が押し寄せ、目が慣れるまで顔を背けなければならなかった。ようやく目を開けると、そこには実りの季節を迎えた見渡す限りの小麦畑が広がっていた。頭を垂れた穂が、そよ風のリズムに合わせて揺れている。

トニーの前から道が一本伸び、堂々とした樫の木の木立の間に消えていた。驚くほど魅力的な光景だったが、彼はドアを閉め、再び暗闇の中に飛び込んだ。すると、突然、ハミングをする柔らかな声が聞こえてきた。トニーは頭を左右に傾けながら、その声がどこから聞こえてくるのかを突き止めようとした。

それははるか前方のほうから聞こえてくるようで、彼はそちらに向かって歩いていくべきだという気がしてきた。後ろを振り向くと、ぼんやりとした薄明かりの向こうに、マギーとクラレンスが手をつないで座り、待っているのが見える。

声は、明らかに、たくさんあるドアのうち、三つ目のドアの中から聞こえていた。個人的に見覚えのあるタイプの取っ手が付いている。ここでまたこれを見るなんて、と彼の顔にほほえみが浮かんだ。ドアはすんなり開き、トニーは洞窟のようながらんとしたスペースに入っていった。マホガニーと桜材の壁は、本で埋め尽くされた棚で覆われていた。

部屋の至るところに、写真や絵など、あらゆる記念の品が散らかっている。ハミングは、さらに近くから聞こえてくる。緩いカーブを描いている壁に沿って進んでいき、角を曲がったところで彼は立ち止まった。見覚えのある顔の女性がいた。だが、写真より若く、生き生きとして活動的に見える。

「アンソニー?」部屋を明るくするような笑顔で、女性が声をかけた。

「あ、ええ、ウォーカー夫人ですか?」驚きに打たれながらトニーが返した。

「アメリアと呼んでちょうだい」と言って彼女は笑った。「さあ、こちらに来て、お若い方。そこに座っててちょうだい。あなたが来るのを待っていたのよ」

自分の手足が見えるようになっていることに驚きながら、トニーは言われたとおりにした。彼女は湯気の立つコーヒーの入った大きなカップを手渡してくれた。彼の好みのとおりのブラックだ。

「どうして……?」

「私はここにひとりでいるわけじゃないのよ、アンソニー。連れがたくさんいるの。ここは仮の住まいでね。と言っても、ずいぶん長くいるんだけど。ここでのあれこれや、ほかのこととのかかわりを説明するのはかなり難しいことなんだけどね」彼女の声は優しく澄んでいて、その話し方はまるで流れるメロディーのようだった。「体っていうのは、できるだけ自分のいる世界に留まりたがるものなのよ。私のはまた、ずいぶん粘り強いようでね。『粘り強い』って言葉はいいわよね。『頑固』よりずっといいと思わない？」

二人は声を合わせて笑った。会話はよどみなく理路整然と進んだ。

「どんなふうに伺うべきなのかよくわからないんですが、この部屋を出ることはできますか？」

「今は無理だわね。あなたが入ってきたドアも閉まっていて、中から開けるすべはないんだから。でも、私にとっては、ここは居心地がいいのよ。ここで待つ間に必要なものは全部、そろっているから。ほらね」と、大きく腕を広げながら、彼女は辺りを見回してみせた。「これは私が集めて、おしゃべりの種に、ここにしまってある思い出なのよ。なくしたものは何もない。ね？」

「何も？」

「そりゃ、思い出せないものもあるわ。でも、なくしたわけじゃない。あなたは夕焼けを残しながら沈んでいく太陽を見て、そこにカメラでは捉えることのできない深い色合いがあるのに気づいたことはある？　そしてそれをあなたの記憶にくっきりと刻みつけておきたいと思ったことは？　私が何を言おうとしているかわかるかしら？」

トニーはうなずいた。「ええ、わかります。そのすばらしい瞬間と、それをずっと持続させられないと悟る感覚は、胸が痛くなるような経験ですよね」

「そう、でも、それはすばらしい経験であって、喪失ではないでしょ。永遠の命を生きる時が来たら、そういう思い出について語り合い、楽しみ合う時となるんだと思うわ。そして、思い出すことが、その経験を生きることになるでしょう。言葉には……」と言って彼女はほほえんだ。「限界があるわね。こういうことを話し合うには」

二人はしばらくの間そこに一緒にただ座っていたが、トニーは、次にするべきことが何であれ、その時が来るまで、いつまででも満ち足りた思いでこうやって座っていられると思った。やがて、アメリアは手を伸ばしてトニーの手に触れて言った。

「ありがとう、アンソニー。こんなおばあさんに会いにここまで来てくれて。ところで、私がいるのはどこなのかしら。あなた、わかる？」

「老人ホームです。僕が見たかぎりではかなりいいホームのようですよ。ご家族はそのための費用を惜しまなかったみたいですね。それから、お気づきかどうかわかりませんが、僕はここに、あなたの息子さんのクラレンスと一緒に来たんですよ」

「まあ、本当に？」大きな声を出して、彼女は立ち上がった。「私のクラレンスがここに？　会えるかしら。どう思う？」

「どうでしょう、アメリア。僕は自分がここからどうやって出ればいいのかさえわからないもんですから。別に急いで行かなきゃいけないってことはないんですが。クラレンスからあなたに伝言があって……」

「じゃあ、ちょっと試してみない？」叫ぶように言って、彼女は彼が入ってきたドアのところまで手をつかんで引っ張っていった。彼女がさっき言ったとおり、出口はどこにもない。ただ、頭の高さのところに小さな鍵穴があるだけだ。ドアは古い樫の木でできていて、重く堅牢《けんろう》で、行く手をふさいでいた。トニーはその輪郭だけを辛うじて見極めることができた。

「ケルビムよ」彼の心に浮かんだ思いに答えるようにアメリアが言った。「不思議な生き物。力強く、それでいて慰めに満ちた存在。ドアを守り、道を守り、門を守ることが彼らの役目」

その時、トニーの頭にひらめくものがあった。これか！　シャツの中に手を入れ、自分が選んだ鍵を引っ張り出した。合うだろうか？　息をひそめ、こわごわと鍵穴に差し入れ、回してみた。鍵を下げていた糸を通して青い光が脈打つように走り、ドアは開いた。光は今や彼女の目の中にある空間を満たしていた。気がつくと、鍵は消え、アメリアとトニーは口をぽかんと開けて突っ立っていた。

「イエス様、感謝します！」そうささやくと、アメリアは敏捷《びんしょう》な身のこなしでトニーの前を通りすぎ、外に出ていった。クラレンスと、見覚えのない女性が、窓の向こうにはっきりと見える。

「母さん？」クラレンスは母親の目を真っすぐのぞき込みながら呼びかけた。「母さん、今、何か言った？」

「アメリア、あなたの目は、あなたの魂の窓なんです」トニーがささやいた。「話しかけたら、彼らに聞こえるかもしれません」

アメリアは透明な窓のところまで歩いていき、はっきりと感情を込めて呼びかけた。「クラレンス？」

「母さん？　母さんなのかい？　母さんの声だ。僕が誰だかわかるかい？」

「もちろんだよ。私のかわいい坊やじゃないか。すっかり成長して。こんなハンサムな若者になって」

　彼女は突然、クラレンスを抱きしめた。どうしてそんなことができたのかトニーにはわからなかったが、彼女は確かに抱きしめたのだ。まるで、クラレンスもトニーやアメリアと一緒にアメリアの頭の中に入ってきたかのようだったが、実際には違った。頭の中でアメリアがほほえむと、外側のアメリアもほほえんでいた。頭の中のアメリアが腕を回すと、外側のアメリアがクラレンスを抱きしめていた。

　どういうわけか、今、アメリアは内側にも外側にもきちんと存在し、クラレンスはむせび泣いていた。この数か月の喪失感が堰を切ったようにあふれてくる。マギーを見ると、彼女の顔にも涙が止めどなく流れている。

「母さん、すごく会いたかった。ホームに入れてしまって、ごめんよ。でも僕たちでは母さんの世話ができなくて。それに僕は、母さんにさよならも何も言えなくて……」

「よしよし、いい子だね」彼女は腰を下ろした。小さな細身の女性が、大の大人になった息子を優しく抱きかかえ、その頭をなでていた。

　トニーも泣いていた。彼自身が失った母親の思い出がよみがえってくる。だがそれは、心地よい痛みであり、健全な切望の涙だった。心がちゃんとつながるべきところにつながっていることを感じていたので、彼はその感情に自らを任せることができた。

「クラレンス」アメリアはささやいた。「ここに長くはいられないんだよ。この瞬間は神様からの贈り物で、思いがけずいただいた宝物みたいなものなの。どうやったら起こるのか、想像もできないような奇跡の時間なんだよ。だから、みんながどうしているか、近況を手短に教えておくれ」

クラレンスは言われたとおり、親戚や知人たちの間のどこそこで赤ん坊が生まれたとか、仕事が変わったとか、子どもたちや孫たちがああしたただのこうしただのという日常のささやかなニュースを母に伝えた。それらは他愛のない雑談のようでありながら、永遠の重みを持っていた。彼らは息つく暇もないほどに笑ったり泣いたりしながら語り合った。それからクラレンスは母親にマギーを紹介し、二人はすぐに仲良くなった。

トニーは、日常生活というもののきよさ、日々繰り返すありきたりの毎日、平凡な務めというものを取り巻き、彩る光のかけらに圧倒される思いでいた。平凡ほど尊いものはない。

一時間ほどが経過し、アメリアは別れを告げる時が近づいていることを悟った。

「クラレンス？」

「何だい、母さん」

「頼みたいことがあるんだよ」

「何でも言ってくれよ、母さん。どんな頼みだい？」

「次にここに来てくれるときは、ギターを持ってきて私のために弾いてくれるかい？」

クラレンスは驚いて椅子の上で身をそらした。「母さん、僕はギターなんてもう何年も弾いてないよ。でも、母さんがそう言うなら、もちろんそうするよ」

アメリアはほほえんで答えた。「ぜひそうしてもらいたいんだよ。おまえがギターを弾くのを聞いていたことが、すごくすごく懐かしいの。ほかに何も聞こえないときにも、音楽だけは聞こえるときがあるんだよ。そうすると心が慰められるのさ」

「そういうことなら母さん、喜んで母さんのために弾くよ。それは僕のことも慰めてくれる気がする」

「きっとそうだろうよ」彼女は同意した。「いいかい、覚えておいておくれ。私が私の中の世界のどこをさまよい歩いているとしても、おまえが奏でる音楽は、私に聞こえているからね」

時間が来たことを彼女が告げると、クラレンスはうなずき、二人は愛情に満ちた長い最後の抱擁を交わした。アメリアは後ろにいるトニーのほうに手を伸ばし、トニーがその手を取ると、それをぎゅっと強く握りしめ、彼のほうに振り返り、ようやく聞き取れるほどの声でささやいた。

「アンソニー、あなたにはいくらお礼を言っても言い足りない。こんなにすばらしい贈り物をもらったことはないわ」

「どういたしまして、アメリア。でも、これは神が計画したことだったんですよ。その手伝いをさせてもらえて光栄です」

アメリアはもう一度窓のほうに向き直ると言った。

「マギー、ここへ来てちょうだい、素敵な人」マギーの両手を取り、アメリアは穏やかな声で言った。「マギー、あなたは母親の心に喜びの歌を歌わせてくれる人よ。これは、あなたの未来についての予言というわけじゃないんだけどね、いいこと?」と彼女はくすくす笑って言った。「あなたはあなたらしい幸せをつかむのに価する人よ」

マギーは頭を垂れて言った。「ありがとうございます。ウォーカーさん……」

「『お母さん』よ、マギー、『お母さん』と呼んでちょうだい」

「ありがとうございます。……お母さん」マギーがやっとの思いでその言葉を口にすると、アメリアは身を屈めてマギーの頭のてっぺんにキスをした。トニーは滑り出した。

次の目的地に向かう車の中は静かだった。それぞれが物思いにふけっていたのだ。トニーは二人をポートランドの南西、川のそばの駐車場ビルに案内した。そこには今は使われていない無人の管理人室があり、目立たないところに、鍵のかかっていないドアもあった。トニーは車を停める位置を指示すると、携帯電話から電池とＳＩＭカードを抜くように言った。

「さすがだね」クラレンスがつぶやいた。

「クラレンス、トニーは、私たちが手袋をしたほうがいいと思ってるわよ」

「したほうがいいだろうね」と言って、クラレンスは上着のポケットから二組の手袋を取り出した。

「トニー、手袋は二組しかないからね。きみは何にも触るなよ。いいね？」

「トニーは、いいから自分の仕事に専念しろって」マギーはくすくす笑った。「彼の指紋なら、どのみちそこら中にベタベタついてるって言ってるわ」

二人は五十フィートほどの距離を注意深く進んでトニーに教えられた目的地に着いた。

「この辺りが匂うわね」わざとらしく言いながら部屋のドアを開け、マギーは壁を伝ってスイッチを探し、電気をつけた。黄色い電球がかすかな光を放ち、がらくたの詰め込まれたクローゼットのような部屋を照らし出した。

「これがあなたのスパイ・オフィスってわけ？　もっとすごいとこかと思ってたわ、トニー」

マギーの言葉を受け流したトニーは、彼女がバッグを持っていることに気がついた。

「バッグ？　え？　きみはバッグを持ってきたのか？」

「女性ならどこに行くにもバッグは持っていくわよ。ここに閉じ込められるとか、何かそういうトラブルが起きたらどうするのよ。一週間分の必需品がここに入っているんだから」

「わかったよ。ごめん、余計なことを言ったよ。じゃあ、そこの角に行ってくれ。床から三フィートくらいの高さにある錆びた箱を見てくれ。そう、それだ。蓋を開けるとキーパッドが見えるから」マギーが言われたとおりにするのを待って、トニーは続けた。「ボタンを押してくれ。九、八、五、三、五、五……そうだ。エンターキーと電源ボタンを一緒に押して、六秒間、そのままにしていてくれ」

マギーは言われたとおりにした。ボタンを押して待つとなると六秒は長く、マギーがもう少しで手を離しそうになった時、ガタガタと音がし始め、向こうの壁が後ろにスライドし、スチール製の防火扉が現れた。

「ワーオ！　それらしくなってきたわ」と声を上げ、マギーは「ダ、ダ、ダダ、ダ、ダ、ダダ……」と、スパイ映画の「ミッション・インポッシブル」のテーマを口ずさみ始めた。

トニーは頭を振りながら指示を続けた。「さあ、マギー、ローリーから受け取った紙にある二十桁の番号を読み上げて、クラレンスにキーボードに入力してもらってくれ」

「わかった。八、八、一、二、十二、六……、クラレンス、エンターキーを押してピーッと鳴るまでそのままにしてくれってトニーが言ってるわ。ＯＫ！　次は、一と三を同時に押して、もう一度ピーッと鳴るまでそのままにして。そうそう！」

二度めのブザー音とともに、壁の中でまたガタガタと音がし、何かが機械に動かされている気配がした。

「うまくいった！」トニーは安堵の息をつき、「中に入って大丈夫だ」と言った。

スチール製のドアがすっと開くと中に光が射して秘密の部屋が現れた。モダンな、最小限の装飾が施されたオフィスは、ベッドルームとバスルームと小さなキッチンとテーブルを備え、広々としたワークスペースがある。唯一ないのが窓だったが、部屋によく似合う絵が壁を飾っていた。壁の一面はそっくり全部、棚になっており、本や書類で埋まっている。部屋の隅に置かれた特大の樫材のデスクの上には、スクリーンの大きなコンピュータがあった。

ドアは自動で閉まり、外の壁が元の場所に戻る音が聞こえた。クローゼットのような部屋を照らしている電球も、タイマーによってそのうち消えることをトニーは知っていた。

「ヒューッ！」クラレンスが口笛を吹いた。「これはすごい」

「ああ」トニーはつぶやいた。「被害妄想に取り憑かれたやつが作り出した狂気のオフィスさ」

「読書が好きだったみたいね?」マギーは棚の前に立ち止まり、本を見て回った。「スティーブン・キングが好きなの?」

「ああ。その『刑務所のリタ・ヘイワース』は初版だよ。ダウンタウンのオフィスにはほかの本の初版がもっといろいろあるんだけど、それがいちばんのお気に入りだ」

「それから……」とマギーはさらに本のコレクションを確かめていった。

「オルソン・スコット・カードの本が少し……。このエマ・ドナヒューの本は、私、ずっと読みたいと思っていたやつだわ。それに、ジョディ・ピコー？　あなた、こんなもの読むの？」

「普段は読まないよ。誰かが飛行機の座席のポケットに置いていったやつを持ってきただけだ」

「へえー！　古典ものも充実してるわね。ここらへんは私の趣味と一緒だわ。ルイス、ウィリアムズ、パーカー、マクドナルド。それに事件ものやミステリーも好きなのね？」

「古い本はほとんど読んでないよ。特に最近は」と、トニーは打ち明けた。「文学的な興味というよりは、資産としての価値が基準になってるんだ。時々、ダウンタウンのパウエルズ（訳注・ポートランドにある世界最大規模の書店）に行って買ってくるんだ。あそこには驚くほど希少価値のある本のコーナーがあるのを知ってるかい？」

「ちょっとお二人さん」とクラレンスが割って入った。「トニーには悪いけど、この場所は長居したいような場所ではないんでね、目的のものをさっさと手に入れて、とっとと出ていったほうがいいと思うんだ」

　トニーもそれに同意し、ワークスペースのデスクの反対側に二人を連れていった。床に埋め込んである金庫には、よく見るタイプのダイヤル式のキーがついていた。マギーが九、十八、十、四、十二と、時計回りと反対回りを交互に回していくと、ドアが浮くようにして開いた。中には紙の束と書類、現金などがさまざまな大きさの箱にしまわれて入っていた。

マギーはコートのポケットから黒いゴミ袋を取り出すと、聞いた。

「どれを持っていけばいいの？　現金？」

トニーは笑いながら答えた。「いや、残念ながら現金はみんな通し番号でそろえてあって、外部にその記録がある。知らないうちに誰かがここに忍び込んでコソコソやったらわかるための保険さ」

「うわあ！　本当に偏執狂ね。でも、感心したわ」

「ありがとう、と言うべきなんだろうね」とトニーは答えた。「でも、クラレンスはこの部分は見ないほうがいいかもしれないと言ってくれるかい。そのほうが面倒を避けられるかも。それから、キッチンとバスルームの水を使わないようにとも言ってくれ。それも記録が残る」

マギーがトニーの言葉を伝えると、クラレンスは素直にその場を外した。

「よし、じゃあ、マギー、右側にある書類の山が見えるだろ？　ああ、それだ。それを一つかみ、外に出してくれるかい？　ただし、順番は崩さないでくれ。目当てのものを見つけなきゃならない」

マギーは言われたとおりにして、公的な書類のように見えるものを一山、自分の目の前に置き、そのいちばん上に乗っているものを読んだ。

「遺言書？　これが猫に財産をやるっていうあのくだらないやつ？」

「ああ。前にも言ったとおり、精神状態が良くない時だったんでね。そのいちばん上のやつをゴミ袋に入れてくれ」彼は密かに安堵のため息をついた。緊張がとけ、みぞおちのあたりにつかえていた不安の塊のようなものが溶けていく。

「じゃあ、次は上から十束くらいの書類を取って、きみの右側の床に置いてくれ」

「それもみんな遺言書なの？」

「ああ。それ以外何がある？　あの頃の僕はかなり気まぐれなやつだったのさ。気持ちがころころ変わった」

「その頃のあなたと出会わなくてよかったわ」腹立たしそうにマギーが言った。「きっと友達にはなれなかったでしょうね」

「残念ながら、そのとおりだろうね。もしそんなことになっていたら、僕にとっては大きな損失だったよ、マギー」

　マギーは一瞬、言葉を失った。それから、優しい声になって尋ねた。

「次は何を探す？」

「いや、もう探してもらわなくて大丈夫だ、マギー。ただ、僕がストップと言うまで、ページをめくってくれるかい」

　二人は慎重に、たくさんの書類をそうやって確かめていき、確認の終わったものは右側に積まれていった。

「ストップ！」トニーが叫んだ。探していたものが見つかったらしい。「これかもしれない。マギー、どこかよそを見ていてくれ。頭は動かさないで。でも読まないでほしい。僕の確認が終わるまで」

「いいけど」トニーが見ているものを読みたいという誘惑と必死に戦いながらマギーはうめいた。「トニー、私は好奇心が強いDNAを持ってるのよ。ちょっと、もう勘弁して」

「じゃあ、きみが引っ張り出した書類の左側に置いてある写真があるだろ。それでも見ていてくれ」トニーは言った。「それで気が紛れるだろう」

保護カバーで覆われた古びた写真をめくり始めたマギーが、驚いて手を止めた。「ねえ、トニー、私この写真、見たことあるわよ」

「何だって?」トニーもびっくりした。「そんなわけがない」

「いいえ、見たわ」マギーは主張した。「何日か前、ジェイクに同じ写真を見せてもらったの。保存状態はこれより悪くて、しわや折り目がたくさんついていたけど、これと同じものよ。これは彼とあなたと、あなたたちのママとパパでしょ?」

「ああ、そうだ」と言いながら、トニーはショックを受けていた。ジェイクがこれと同じ写真を持っていただって?

「ジェイクは、ママとパパの写真で持っているのはこれだけだって言ってたわ。靴の中に隠していたから誰にも盗まれなかったんだって。これが彼が覚えている最後の、家族と一緒の幸せな日々なんだって……ごめんなさい、トニー、私はただ……」

トニーはやっとの思いで小さくささやいた。「いいんだ、マギー。この世には、まだまだ驚くことがたくさんあるみたいだな」それから、ふと思いついてこう尋ねた。「マギー、ジェイクは、この写真の中で僕たちは何のことでこんなに笑っているのか言わなかったかい?　どうしても思い出せないんだよ」

「ああ！」マギーは笑い出した。「言ってたわよ。あなたが笑ってるのは……」と言いかけてやめ、こう提案した。「ねえ、トニー、それはジェイクに聞いたほうがいいわよ。絶対にそのほうがいいわ」

「マギー」トニーは懇願した。「やめてくれ。頼むから、教えてくれよ」

「お二人さん、いつまで油を売ってるんだい？」隣の部屋からクラレンスの声がした。「早くここを立ち去ったほうがいい」

「仕事に戻って、トニー！」マギーがささやいた。「私は次は何をすればいいの？」

「そうだな。おかげさまで探していたものは見つかったよ。公証人の署名があるやつなんだ。あの頃の僕には価値のあるものだったんだろうな。とにかく、これをいちばん上に乗せて、ほかの書類と一緒に金庫の中の元の位置に戻してくれ。うん、そうだ！　あとは右の書類の山、それはゴミ袋に入れてくれ。そしてそれを袋ごとクラレンスの友達に渡してもらってシュレッダーにかけてほしいんだ」

マギーが言われたとおりのことを終え、金庫の扉を閉めようとしたところで、トニーが口を開いた。

「ちょっと待って！　あと何点か、持ち出したいものがある。いちばん上の棚のずっと左を見てくれ。封筒にＴＷＩＭＣと書いてあるやつだ。あった？　それを取り出してくれ。あとは、ええーっと、ああ、そうだ、今の棚の下にもう一つ、書類の束があるだろう？　うん、それだ。その中にアンジェラ宛の手紙があるんだ。見つけた？　ありがとう」

「アンジェラへの手紙？」マギーが聞いた。

「僕にだってそういう瞬間はある。普段言えないことを手紙に書くことだってあるんだ。謝罪とか、そういう類いのことをね。でも一度も送ったことはない。それはいちばん最近書いた手紙だ。もし、僕の癒しがうまくいかなかったら、それを彼女に送ってほしいんだ。約束してもらえるかな？」

マギーは少しためらってから「ええ、トニー。約束するわ」と答えたが、すぐに「でも、全部うまくいくわよ。そしたら、あなたは自分の口で彼女に伝えられるわ」と付け加えた。

「だといいね」トニーは口ごもりながら答えた。

「もういいかな？　終わったかい？」クラレンスが固い声で聞いた。

トニーは素早く頭を巡らし、あることを思い出した。「いや！　もう一つあった。いちばん下の左の隅に小さな青い箱がなかったかい？　それも持ち出してほしいんだ。中は見ないでおいてくれるかい？　かなり個人的なものなんだよ。これがここにあったとは誰も知らないだろう。でも、ここに放ったらかしにしておきたくないんだ」

「いいわ、トニー」余計なことは何も聞かず、マギーはフェルトのカバーがついた小さな箱を取り出し、二通の手紙と一緒に自分のバッグの中にしまった。

「終わったわ」マギーはそう言いながらクラレンスにゴミ袋を渡した。

彼は、それをどう処理すればいいかわかっているというようにうなずいて受け取り、マギーがきちんと金庫をロックして閉じるのを手伝った。

「明かりのことは気にしなくていい」トニーが言った。「センサーで自動的についたり消えたりするんだ」

彼らは来た道を戻りながら、何かを落としたり位置を変えたりしていないか注意深く確認した。

車に戻ると、沈黙を破ってマギーが口を開いた。

「で、トニー、次はどうする？」

確信に満ちた声で彼は答えた。「次は、病院に戻って、癒しのギフトを実行に移そう」

第18章　クロスロード

私は十字路であなたに出会った
一本の道がほかの道に出合うところで
私はあなたに名前すら聞かなかった
気に留めることすらしなかった

私には自分の見たものしか見えなかった
あなたが落ちていくところは見なかった
あなたを愛していると言ったけれども
愛することについてほとんど何も知らなかった

あなたを置き去りにするつもりはなかったけれど
そうしようと思ってしたわけではなかったけれど
私はただ、まったく別の方向を向いていた
思っていることを何も言わなかった

この道を渡ろうと思ったわけではない
そうしたい気持ちはあったけれど
代わりに、あなたがそこにいないかのように振る舞った
あなたなんかいないと信じ込んだ

ああ、私は金の鎖につながれていた
喉も心臓も鎖で縛られていた
その拘束のほうが、あなたよりリアルに感じられたのだ
そのことがあなたと私を隔てていた

私に答えてくれる声がほしい
真実なる方がほしい
見ることのできる新しい目がほしい
私自身の私の中にいる方、それはあなたです

ああ、どうかこの道を渡る私を導いてください
この道は宙ぶらりんの道

私の砕けた魂の中に来てください
本当のものは目に見えないのだ

第19章　ギフト

赦しとは、すみれが自分を踏みつぶした足にふりかける芳香である。

マーク・トウェイン

これまでにないほど生き生きとしたトニーだったが、同時に疲れ果ててもいた。眠ったと言うべきか、休んだと言うべきか、その中間のような状態にあった彼は、夢を見た記憶もないが、目覚めた時、ずっと抱きしめられていたような気がした。眠っている間に自分がいたのがどこであれ、そこは安全だったし、これからも安全な場所だろう。それについて誰かが説明してくれるとしても、今は聞きたくなかった。あまりにも疲れすぎている。死にかかっていると言っていい。彼はそれを、圧倒的な平安をもって受け入れていた。さあ、行動に移す時が来た。

「マギー?」

「トニー、いつ帰ってくるのかと思ってたわ。もう、あなたがいないと変な感じがするのよ」

「そう言ってくれてありがとう」

「私は、思ったことしか言わないわ」と親しみを込めて言ってから、マギーはくすくす笑って付け加えた。「たいていはね」

「今日のご予定は？」彼は聞いた。「病院にはいつ行けるかな」

「聞いてくれて嬉しいわ。どこに行ってたのか知らないけど、あなたがいない間、私はあちこちと電話していたのよ。私たちはみんな、今日の午後に病院へ行くわ」

「私たちって？」興味をそそられたようにトニーが聞いた。

「みんなよ。クラレンスも来るわ」と言ってから、マギーは慌てて付け加えた。「あ、心配しなくていいわよ。何をするつもりかは話していないから。ただ、みんなで集まれたらいいわね、って言っただけ」

「だから、みんなって、誰のことなんだい？」トニーはまだ、彼女の言っている意味がわからなかった。

「私たちみんなよ、わかるでしょ」と言って、彼女は指を折り始めた。「クラレンス、私、モリー、キャビー、ジェイク、ローリー、アンジェラ」と数えてから、思わせぶりに間をあけて、「そしてあなたよ。八人。リンジーを入れるなら九人だけど、彼女はもう病院にいるから。私たちだけで教会を始められそうね。何で集まったのかわからないよりそっちのほうがいいわよね」

「それって、名案かな。あそこに全員が集まるなんて」

「何が名案かなんて誰にもわからないわよ。自分で決断しながら、あとは流れに乗ってみるしかないわ。それでどうなるか、見てみましょうよ。その日の恵みはその日だけのものよ。精一杯味わわなきゃ」

「わかったよ」トニーはしぶしぶ承知した。その日の恵みのうちに留まるという選択も悪くないだろう。それ以外のことはどのみち、想像でしかない。

いつものように忙しくパンを焼いていたマギーが、ふいに手を止めて尋ねた。

「トニー、あなた、今日が何の日か知らないんじゃない？」

「知らない」と、彼は認めた。「時間の感覚を失っていたんだ。眠っているような状態がどれくらい続いていたのかもわからない。今日は何か特別な日なのかい？」

「今日はイースターの日曜日よ！」とマギーは教えた。「一昨日がグッド・フライデー、つまり、私たちの燃える怒りを十字架の上のイエスに負わせた日。イエスが完全に私たちの立場に立たれた日。私たちの罪の中で、父なる神にしか見出せないくらい深く失われた日。……そういう日よ。神が、怒れる罪人の手に落ちた日」

「本当に？」トニーはマギーの口調に驚きながら聞いた。

「トニー、わからないの？　今日は、よみがえりの日曜日なのよ！　そして、私たちが病院に行って、あなたを死からよみがえらせる日。神の力によって、あなたを新しい命へと呼び覚ますのよ。そういう日曜日なのよ！　わくわくして仕方ないわ！」ペンテコステの血がたぎるとでもいうように、彼女はバターのついたベタベタの木のスプーンを振り回しながら小さく踊ってみせた。

「ねえ、何か言いなさいよ！　ご感想は？」

「あとどれくらいでここを発つんだい？」彼女のテンションに合わせようとしながら言ってみたが、思ったより冷静な声になってしまった。

「トニー！　こんな信じられないようなことを前にして、どうしてそんなに冷めていられるの？

どこか悪いわけ？」

「僕は白人だからさ……体の外に抜け出てはいるけど。どう言えばいいんだろう」と言ってトニーは笑った。「誰かに踊らされたりするかもしれないほかのどこかじゃなくて、きみの頭の中にいられてよかったと思うよ」

心の底からトニーに同意しながら、マギーも笑った。

「すぐに出発するわよ。パン生地が膨らむのを待っているんだけど、そのあとすぐにここを出るわ。モリーとキャビーはもう病院にいるの。多分、ほかの人たちも。確かじゃないけど」

トニーは「いいね」と答えたが、マギーは、どこかで聞いたことがあるような気がするメロディーをハミングしながら、自分の仕事に夢中になっていた。すべてが刻々と進んでいく。


マギーは神経疾患のＩＣＵの待合室に入っていき、モリー、ローリー、アンジェラ、ジェイクと温かい挨拶を交わした。キャビーはロビーにあるスターバックスにラテとホットチョコレートを買いにいっていて席を外していた。クラレンスはマギーに「普通の」、でもかなり長めのハグをしたので、彼女は他の人に気づかれるのではないかと思うと、もう少しで赤くなるところだった。

しばらくするとマギーは、トニーの部屋で祈りたいのだが、ひとりで行かせてほしい、と頼んだ。少し感情があふれて祈りに熱がこもりすぎてしまった場合、ほかの人たちをとまどわせたくないから、というのがその言い訳だった。待合室を出ていくマギーに、クラレンスは「わかってるよ」という合図にウィンクをよこし、「僕も祈っているよ」とささやいた。

マギーが受付を済ませてトニーの部屋に近づいていくと、白衣の医師が中から出てきた。

「マギー、金庫の中から取ってきたあの手紙、まだ持ってるかい？」トニーは聞いた。

「あなたがアンジェラに宛てて書いた手紙？」唇を動かさないようにしながら彼女はつぶやいた。

「いや、それじゃなくて、もう一通のほう。今、持ってる？」

「ええ」

「それを、今僕の部屋から出てきたあの医師に渡してくれ。早く。彼が行ってしまう前に」

「すみません」マギーは医師に声をかけ、医師は立ち止まって振り返った。

「お引き止めしてすみません。これを先生にお渡しするようにと言われたものですから」と言ってバッグの中を引っかき回し、外側にＴＷＩＭＣと書かれた封筒を引っ張り出して渡した。

「私に？」医師は驚いたようすで受け取って封を切ると、うなずきながらそれに目を通し、「よかった！　これを待っていたんだ。スペンサー氏の生命維持に関する医師指示書だ」と言った。

「何ですって？」と叫んで、マギーは彼の手からそれを引ったくった。確かにそれは、本人と公証人の署名がされた生命維持に関する医師指示書だった。栄養管、静脈からの水分補給、酸素吸入などについて特定の指示を記しつつ、トニーはほとんどすべての生命維持治療を拒否する意思を明らかにしていた。また、病院に対して、人工呼吸器を外す許可というよりは指示を与えていた。

「申し訳ないが」と言いながら医師がゆっくりと手を伸ばし、マギーの手から書類を取り返し、「これは我々に、患者の意思に従ってこれからの処置を……」と説明しようとするのを、「わかっています」と遮って、マギーは向きを変え、何とか冷静になろうとしながら歩み去った。トニーの部屋に入ると、幸いそこには看護師も誰もいなかった。

「トニー！　どういうことよ？」人に聞かれて前のように追い出されないことを願いながら、かすれたささやき声で彼女は叫んだ。

「どうかしてるわ。もうすぐ癒されるから人工呼吸器はもういらないと思ってあんな書類を渡したってわけ？　どういうつもりなのか説明してよ」

彼が何も答えなかったので、マギーはベッドに歩み寄り、彼の体に手を置いて言った。「祈りなさいよ、トニー！」それから、緞帳《どんちょう》が降りてくるように次に確実に起こることを予想して震え始めた。「何よ、もう！　トニー、早く。癒されるように祈ってよ」

トニーは泣いていた。「できないよ！　マギー、僕は今までずっと、自分自身のためにだけ生きてきた。そして今、やっと、その生き方をやめられる時が来たんだ」

「でも、トニー」マギーはすがるように言った。「そんなのって、自殺と同じじゃない。あなたは自分を癒すことのできるギフトをもらったんだから。それにあなたは、あなたが知っていることを知らない人々を助けることができるわ。あなたは自分の手で命を取り戻すことができるのよ！」

「いや、違うよ、マギー、そうじゃないんだ。そうはできないんだ。もし神が僕を生かすことに目的を持っているなら、神自身が僕を癒すと思う。だから僕はこのギフトを自分のためには使えない」

「だって、トニー」悲しみの波に揺さぶられながら、彼女は懇願した。「このギフトを使わなかったら、あなたは死ぬのよ。それがわからないの？　あなたに死んでほしくないわ」

「マギー、優しいマギー、わかってるよ。でもきみは、きみの言葉が僕にとってどんなに大きな意味を持つか、わからないだろうね。僕はもうずっと死んでいたんだ。人生のほとんどを死にながら過ごしていたようなものさ。そしてそのことに気づいてさえいなかった。自分では生きているつもりで、周りの人々を僕の死で打ちのめして歩いていたんだ。でも、今は違う。僕は生きてる。人生で初めて、僕は生きていて、自由で、完全に僕自身の心が決める選択をできるんだ。そうやって、僕は決心したんだよ。僕は命を選んだ。僕のために。そして……リンジーのために」

マギーは床に崩れ落ちて泣いた。この瞬間、彼女は逃げたいと思った。ここにいたくなかった。神が目的を果たすとき、その手伝いをさせてくださいなどと祈らなければよかったと思った。その重みに押しつぶされそうだった。にもかかわらず、同時に、心の中に喜びの光も射したことが辛かった。リンジーのために背負ってきた重荷と、トニーのための嘆きが心の中で混ざり合う。

立ち上がった彼女は、落ち着きを取り戻そうとして呼吸を整えていたが、ついにこう尋ねた。

「トニー、本気なのね？」

彼女の感情と自分自身の感情に打たれて、トニーはしばらくの間声を発することができずにいたが、ようやく口を開くとこう言った。「今までにしたどの決断よりも、この決断については自信があるよ。こうすることが僕にとっての正しいことなんだ。マギー、それは自分でよくわかってる」

マギーは洗面台のところに行き、顔を洗い、やっとの思いで、鏡とその中にいるトニーの目を見た。それから最後にほほえむと、うなずいた。

「わかったわ。それなら急がなきゃ。本当にいいのね」

「ああ、マギー。本当にいいんだ」

「そう。ねえ、それじゃ私が作るキャラメルロール、食べられないわね」ティッシュを目に当てながら彼女は言った。「ばかみたいね！　でも、本当に、あなたに食べてほしかったわ」

「食べるよ、マギー。しばらくの間、食べられないだけだ。でも必ず食べるよ」

マギーが待合室に戻ると、そこにいた全員がすぐに、何か起こったことに気づいた。彼女が生命維持に関する医師指示書が出てきたことを説明すると、クラレンスは片方の眉を上げたが、何も言わなかった。

「近親者と話をするまでは、医師たちは何もしないわ」と言ってジェイクにうなずいてみせると、また涙が込み上げてきた。「ちょっと、リンジーのところに行ってきたいの。訳は話せないんだけど、そうしなければならないのよ。戻ってくるまで、皆さんはちょっとここで待っててくださる？数分で戻ってくるわ」

「一緒に行くよ」有無を言わさぬ調子でクラレンスが言った。

「私も」モリーもきっぱり断言すると、ジェイクのほうに向かって「戻ってくるまでキャビーのことをお願いしていいかしら？　かくれんぼをさせないでほしいの」と頼んだ。

少しとまどいながらもジェイクはうなずき、快く引き受けた。

三人で歩き出そうとした時、マギーは急に振り返って言った。

「キャビー、ちょっとこっちに来て」

そして、誰にも聞こえないくらいの小さな声で「キャビー、トニーが『いつか、っていうのは今日のことだよ』って言ってるわ。何のことだかわかる？」

アーモンド型の美しい目から涙をこぼし、彼はうなずいた。「バイ」とささやいて、マギーの顔に手を添えて彼女の目の奥をのぞき込み、「あいすき！」と言うと、背を向けて走り出し、ジェイクの腕の中に飛び込み、その胸に顔を埋めた。

メインビルを出て、ドレーンベッカー子ども病院のリンジーの部屋に向かう間、三人は口をきかなかった。クラレンスは病棟の看護師に呼び止められたが、モリーが口添えをし、健康状態についていくつかの質問を受けたあと、中に入れてもらうことができた。リンジーは起きて本を読んでいた。

「ハーイ！」と言ってほほえみ、クラレンスのほうに顔を向け、次にマギーのほうを見てにこっと笑った。

「そう、彼がクラレンスよ。あなたに話した警察官。クラレンス、こちらがリンジーよ。リンジー、クラレンスよ」

「お会いできてとても嬉しいわ、クラレンス」握手をしながらリンジーは明るい笑顔を見せた。

「僕のほうこそとても嬉しいよ」わずかに頭を下げて挨拶を返すようすを、リンジーはとても素敵だと思った。

「リンジー、あなたのためにお祈りしたいと思ってきたんだけど、いいかしら？」モリーは手を伸ばしてマギーの腕に触りながら言った。その顔には不安そうな表情が浮かんでいる。親友に対する不信の念はみじんもなかったが、次に何が起ころうとしているのかわからなかったのだ。

マギーはモリーを抱きしめて、涙を流しながらその耳元でささやいた。「モリー、これはトニーからあなたへのギフトなの。私たちみんなに対するギフト。私を信じてくれる?」

彼女はうなずいた。その目はもの問いたげに大きく見開かれている。

「リンジー?」マギーが確認すると、「もちろんよ」と少女はほほえんだ。大人たちの涙に少しとまどいながら、「祈ってもらえるときはいつでも祈ってもらいたいわ。誰かに祈ってもらったあとは気分が良くなるんだもの」

「いい子ね」と言ってマギーはバッグを探った。

「さあ、このオイルをあなたの額にちょっと塗るわね。別に魔法じゃないのよ。これは聖霊を象徴するものなの。さあ、それじゃ手を置いて祈るわよ。いい?」

リンジーはもう一度うなずいて、枕に寄りかかり、目をつぶった。マギーはオイルで彼女の額に十字を描いた。「これはイエス様を象徴するものよ。そして今日はよみがえりの日曜日というとても特別な日なの」マギーの声が震えてかすれたのを聞いて、リンジーは目を開けた。

「大丈夫よ、リンジー」

リンジーは安心したようにもう一度後ろに寄りかかり、目を閉じた。マギーは少女のまだオイルが光っている額に手を置き、前かがみになった。

「タリタ・クミ」とささやくと、リンジーはパッと目を開けて前方を見つめたが、その視線はマギーを通り越しているようだった。彼女の目は大きく見開かれ、目尻から涙が流れ始めた。次の瞬間、リンジーはマギーを見てささやいた。(訳注・「タリタ・クミ」は、新約聖書の中でイエスが亡く

なった少女をよみがえらせる時に言った言葉。アラム語で、「娘よ、起きなさい」という意味）

「マギー、あの人は誰？」

「あの人って誰のこと、リンジー？」

「あの男の人よ。あの男の人は誰？」

「どの男の人？　どんなようすの人だった？」呆気にとられながらマギーが聞いた。

「あの男の人よ、マギー。私が今まで見た中でいちばんきれいな茶色の目をした人。私のことを見ていたわ、マギー」

「青い目だ」トニーが言った。「もし僕のことを考えているなら、僕の目は青だ。多分、彼女はイエスを見たんだろう。イエスは前に、僕は彼から離れて誰かを癒すことはできないと言っていたから」

「それはイエス様よ、リンジー」マギーは答えた。「あなたはイエス様を見たの！」

「何か言っていたわ」リンジーは母親の顔を見上げながら言った。「ママ、イエス様が私に何か言っていたわ」

モリーは座って涙ながらに娘を抱きしめた。「何て言ってたの？」

「私には意味がわからなかったわ。『最善のものはまだこれからだ』って。どういう意味かしら、ママ。最善のものはまだこれからだ、って？」

「ママにもわからないわ、リンジー。でも、信じましょう」

「ごめんなさい、リンジー」とマギーが割って入った。「私は神経疾患のＩＣＵに戻らなきゃいけないの。モリー、そろそろ行かなくちゃ」

モリーが席を立ってマギーと部屋の隅に行くと、クラレンスがリンジーの横に座り、彼女が今読んでいる本について質問し始めた。モリーは何度も、何かを言おうとして口を開きかけたが、今の思いを表す言葉をどうしても見つけられずにいた。

「マギー、彼女に、この出来事に関係することができて、とても嬉しかったと伝えてくれ」と、口を開いたのはトニーのほうだった。「起こったことのすべてについて、だ」

モリーはうなずき、やっとの思いでささやいた。「トニー？　あなたはイエス様なの？」

「は！」彼は笑い出し、マギーもにやりと笑った。「モリーに違うと言ってくれ。でも、仲はいい、って」

その答えを聞いてモリーはほほえみ、身を寄せてささやいた。

「トニー、私は、あなたが思う以上にあなたはイエス様に似ていると思うわ。私、どんな言葉でもお礼を言い尽くすことはできない」

「トニーがさよならって言ってるわ、モリー。それと、お礼をしたいと思うなら、ジェイクのことを気にかけてやってくれって。いい？」

「ええ、いいわ」モリーは涙ながらにほほえんだ。「愛してるわ、トニー！」

「僕も、あ……愛してるよ、モリー」こんなにシンプルな言葉なのに、こんなに口にするのが難しい。それが本音だとわかっているというのに。

「マギー、僕が号泣し出す前に、ここを出てくれ、頼む」

数分後、マギーとクラレンスはオレゴン健康科学大学病院の待合室に戻り、ほかの人々が一人ずつトニーの部屋に行って別れを告げている間、キャビーの面倒を見ていた。それは、生と死の狭間にいるような、もろくはかない場面で、マギーは共感と同情をもたずにこの聖なる空間にいることはできなかった。

アンジェラが自分の番を待っている時、マギーは隣に座り、トニーからの手紙を彼女に手渡した。それを読んだ彼女は、二十分もの間、慟哭していたが、やがて母親がそばに来て娘を慰めた。アンジェラは自分の番が来ると、ひとりでトニーの部屋に行き、しばらくすると真っ赤な目をして涙を流しながら戻ってきた。

「大丈夫?」アンジェラを抱き寄せながらマギーが聞いた。

「さっきよりはね。私、パパにものすごく腹を立ててた、って言ってきたの。病室でもすごく怒っちゃった。あの場所をめちゃくちゃにするかと思うくらい。でも、言葉で怒りをぶつけるだけにしておいたわ」

「彼はそうされて当然よ、アンジェラ。ただ、彼はほかになすすべを知らなかっただけなの。彼自身の苦しみのせいだったのよ」

「ええ、パパも手紙にそう書いてたわ。でも、そんなの私のせいじゃない」

「そうね。あなたがどれだけ怒っていたか、お父さんに言えてよかったと思うわ。それって、癒しの第一歩よ」

「私もそう思う。それに、パパを愛してるってことも、パパに会えなくなることが辛いってことも言えて、よかったと思ってるわ」

アンジェラは、一歩下がってマギーの目をしっかりと見つめ、「ありがとう、マギー」と言った。

「何が？　アンジェラ」

「はっきりとはわからないけど」アンジェラは弱々しくほほえんだ。「でも、あなたにありがとうって言いたかったの。それだけ」

「そう。それじゃ、どういたしまして。伝えておくわね」

アンジェラはもう一度ほほえんだが、マギーの最後の言葉の意味はよくわからなかった。彼女は母親のところに行くと、疲れきったようすで隣に座り、もたれかかった。

次に戻ってきたのはジェイクだった。すっかり打ちのめされたように見えるが、その目にはまだ光と生気が残っている。

「彼に話しておかなくていいの？」マギーがささやいた。

「できないよ」あきらめたようにトニーは答える。

「どうして？」

「僕が臆病だからだよ。それが理由だ。いろいろなことが変わったけど、それでもまだ、怖すぎるんだ」

マギーがクラレンスにだけわかるようにかすかにうなずくと、彼は彼女の隣に座り、彼女をハグするふりをしてささやいた。

「ありがとう、トニー。あのゴミ袋の中に何が入っていたかは知らないが、あれはすでに産業用シュレッダーにかけられたよ」

「彼にありがとうと伝えてくれ、マギー。それから、僕が彼のことをどんなにいいヤツだと思っているかってことも。届くかどうかわからないけど、彼のお母さんにも挨拶しに行くよ」

「伝えるわ」マギーは答えた。

ついにマギーの番が来て、最後の別れを告げるため、彼女はひとりでトニーの部屋に向かった。

「これで猫にやらずにすむわけね！」彼女は言った。

「ああ、猫にはやらない。おかげさまでね」とトニーは答えた。「金庫に残してきた遺言書には、すべてをジェイク、ローリー、アンジェラで分けるように書いてある。ある晩、飲みながらボブ・ディランの曲を聞いていたことがあるんだ。知ってるかな、女性歌手がカバーしてる……」

「メイク・ユー・フィール・マイ・ラブ？　アデルが歌ってるわね」

「ああ、それだ。それを聞いているうちに何だかすごくむかついてきてね、全部書き直したんだ。翌朝は二日酔いだったけど、書き直した遺言書に公証人の署名をさせに行くほど、まだむかついてた。でもそのあとで、いつものように気が変わったってわけさ……」

マギーとトニーの間に沈黙が訪れ、室内には絶え間ない機械音だけが響いた。

やがてマギーが沈黙を破って口を開いた。「何て言ったらいいのかわからないけど、トニー、あなたのおかげで私の人生は変わったわ。いい方向にね。あなたは私にとって大事な友人で、どんなふうにさよならを言って別れればいいのかわからない。あなたがいなくなってしまったら、その空白を埋められるものは何もないわ」

「そんなことを言ってくれる人は、今まで誰もいなかったよ。ありがとう」彼はさらに言葉を続けた。「マギー、きみに言わなくちゃならないことが三つあるんだ」

「わかった。でも泣かせないでよ。もうこれ以上は無理だわ」

トニーは一瞬黙ってから、話し始めた。「マギー、一つめは罪の告白なんだ。いつか、きみからジェイクに話してくれる日がくるかもしれない。僕は言えなかった。本当に臆病だと思う。でも、言えなかったんだ。あまりにも、ひどすぎて」

彼が言葉を探している間、マギーはじっと待っていた。

「ジェイクと僕は引き離された。それは僕のせいだったんだ。ジェイクにとっては僕がすべてだったし、僕は彼のために生きていた。ある一つの家族……里親候補になったある家族に出会うまでは。いろんなやりとりがあって、僕もその家族と話をして、彼らが養子を取ろうとしていることを確信した。問題は、彼らが養子にできるのは一人だけだったということと、僕がどうしてもその一人になりたかったことなんだ。僕はもう一度、家族がほしくてたまらなかったんだよ」

この話は誰にもしたことがなかった。彼は今、秘密という重荷の下に隠されていた恥の感情と格闘していた。

「それで、その家族にジェイクのことについていろいろ嘘を吹き込んだんだ。彼は僕より幼くて、かわいくて、扱いやすかったからね。だから、彼らがジェイクを養子にするのをためらうような話をあれこれでっち上げた。ジェイクには決して気づかれないような方法で、彼を切り捨てたんだ。ある日、児童福祉関係の人たちが来て、ジェイクを連れていった。彼は泣きわめいて暴れて僕の足にしがみついて、僕も彼を離すまいとしているかのように抱きしめてみせたけど、実際のところは、マギー、僕はどこかでホッとしていたんだ。彼らがジェイクを連れていってくれることに。彼だけが僕の家族だった。それなのに、僕は、別の家族に属することを夢見て、本当の家族を、本当の愛を捨てたんだ」

心を落ち着かせるまで、しばらく時間が必要だった。マギーは、何とかしてその傷ついた孤独な少年を抱きしめられればいいのにと思いながら、黙って待っていた。

「それから何週間かして、僕はその家族に呼ばれた。そして、彼らが養子を取るという大きな決断をしたと聞かされた。でもそれは僕じゃなかったんだ。どこかの赤ん坊だった。だから、あとでケースワーカーが来て、僕が来るのをわくわくしながら待っている『すばらしい家族』のところに連れていってくれるから、と言われた。孤独には慣れているつもりだったけど、これはまた別次元の喪失体験だったよ。

マギー、僕はジェイクのそばにいるべきだったんだ。ほかにそうしてくれる人は誰もいなかったんだから。僕は彼の兄貴で、彼は僕を完全に信頼していたのに、僕はあいつを手放してしまった。いや、裏切ったんだ」

「ああ、トニー」こらえきれずにマギーは言った。「辛かったわね、トニー。あなただってまだ、ほんの小さな子どもだったんだもの。そんな選択をしなければならなかったこと自体が、気の毒で仕方ないわ」

「それから、僕の人生にゲイブが現れて、僕は初めてこの腕に、自分に属する誰かを抱きしめたんだ。彼を守りたいと思ったけど、できなかった。この手からすり抜けていくのを止めることさえできなかった。彼のことも失ってしまったんだ。アンジェラは、僕の愛を知らずに育った。あの子も失うことになったらと思うと怖くて怖くて、抱きしめることさえしなかった。そしてローリーのことも……」

彼は今、自分自身に向かって語っていた。その言葉は朝の霧のように空中を漂っている。すべてを告白し終わると、思いがけず安堵のため息がもれ、重荷を下ろすことのできた実感が立ちのぼってきた。

二人はしばらくの間、その余韻の中を黙って漂っていたが、やがてトニーは大きく深呼吸をしてから言った。

「あの青い箱を持ってるかい？」

「もちろん」マギーはそれをバッグから引っ張り出してみせた。

「それをジェイクにあげてほしいんだ。母からもらった唯一の品だ。亡くなる数日前にくれたんだ。まるで、別れが近づいていることを知っていたみたいに。母はそれを母の母からもらい、母の母はそのまた母からもらったんだそうだ。いつか愛する女性が現れたらあげなさいって言われたんだけど、僕は誰かを本当に愛することのできる健全な心を持つことはできなかった。ジェイクなら、誰かを愛することができると思う。いつか、彼が愛する女性にそれを贈ることができるだろう」

マギーがそっと蓋を開けると、中には小さな金の鎖と、シンプルな金の十字架が入っていた。

「きれいね、トニー。ええ、ジェイクに渡すわ。ねえ、いつかこれがモリーの首にかかるといいわね。そう思わない？」

「ああ、そうだね。そう思うよ」トニーも同意した。「そうなったら嬉しいよ」

「それで、三つめは何？」

「三つめがいちばん重要で、そして多分、僕にとってはいちばん言うことが難しい言葉だ。マギー、愛してるよ！　心から愛してる」

「わかってるわ、トニー。ちゃんとわかってる。私も愛してるわ。ああ、どうして私、今日、お化粧なんかしたのかしら？」

「オーケー、もうこれで充分だ。僕にキスして、病室を出て、みんなのところに行ってくれ」

「ジェイクとあなたたちが、あの写真の中でどうして笑っているのか知りたい？」

トニーは笑い声を上げた。「もちろんさ！」

「あなたが覚えていないなんて驚きなんだけど、あなたのお母さんはあの時、自分のコーヒーに砂糖と間違って塩を入れちゃったんですって。それで、一口飲んだとたん、とても淑女とは思えないようすでそれを吹き出して、前に座ってた盛装の女性に引っかけちゃったのよ。ジェイクはもっと面白おかしく話してくれたんだけど。でも中味はわかったでしょ？」

「思い出したよ」トニーは笑った。「その日一日、それで笑ったんだった。どうしてそんなことを忘れられたんだろう。だって、あれは……」

「さようなら、トニー」マギーは涙を流しながらささやいて、ベッドに横たわる男の額にキスをした。「また会いましょう」

トニーはこれが最後となる滑走を始めた。

第20章　現在

私たちが目にしているもののすべては、
目にしていないものの影である。
マーティン・ルーサー・キング・ジュニア

　三人は、はるか下に渓谷を見下ろす丘に立っていた。トニーの所有地だったが、ほとんどそれとは見分けがつかない。神殿を壊した川は、城壁もほとんど洗い流してしまっていた。一度は焼き払われ、荒れ果てていた土地は、今や草に覆われて生き生きとしていた。

　グランドマザーが口を開いた。「良くなったね！　ずっと良くなった！」

「とてもいい！」とイエスも同意した。

　トニーにとって重要なことは、今この瞬間、この二人と一緒にここにいることだった。湧き上がるような喜びと落ち着きが、同時に心を包み込む。確固たる予感と、胸の踊るような期待が、平安にくるまれているような感じだ。

「あれ？」トニーは大きな声を出した。「あなたたちの住まいはどこです？　両方とも見当たらないじゃないですか。あの農場風の家もあの……」「掘っ建て小屋も」とグランドマザーが小さな声で引き取った。「あんなものはいらなかったのさ。今ではこの土地のすべてが私たちの住まいなんだから。ほんの小さな切れ端じゃなくてね。私たちは全部じゃなければ満足できないからね」

「時間だ」と言って、イエスが宙に手を伸ばした。

「時間？」興味をそそられてトニーは尋ねた。「あなたのお父さんに会う時間ってことですか？　パパなる神に？」

「いや、違うよ。きみはすでに彼には会ってる」イエスは笑ってトニーの肩に手を回し、顔を近づけてささやいた。「タリタ・クミ！」

「何ですって？」トニーは叫んだ。「冗談でしょ？　あのブルーとグリーンの服を着た小さな女の子が？」

「イメージでは、決して神を定義することはできない」とグランドマザーが口を挟んだ。「だけど、それこそ私たちが意図した現れ方さ。イメージが持つ一つひとつのささやき、息づかいが、私たちの性質を知る小さな手がかりになるだけさ。素敵だろ？　え？」

「素敵です」トニーはうなずいた。「じゃあ、『時間だ』っていうのは何のことです？　パパなる神が来てくれるんですか？」

「祝宴の時間だ、ってことだよ。後の命、だ。みんな集まって話に花を咲かせよう」イエスが答えた。「それから念のために言っておくけど、今まで、パパがいなかった時は一瞬たりともないよ」

「じゃあ、今、この時は？」

「今、この時は」高らかに勝利を宣言するようにグランドマザーが言った。

「最良の時だよ！」

読者の皆さんへ

もし、あなたがまだこの本を全部読み終わっていないのなら、このページには、先に読むべきではない部分が含まれていますので、後回しにしていただければと思います。

アンソニー・スペンサーという名前は、私の末の息子のゲーム上のアバター（化身キャラクター）に由来しています。登場人物たちは、私の知人たちを合成したような人格が、書いているうちに独自性をもって生まれてくることが多いのですが、モリーの息子・キャビーに関しては、その限りではありません。

キャビーは、友人の息子・ネイサンを完全にモデルにしています。ネイサンは、数年前、ポートランド・トレイルブレイザーズ（訳注・ポートランドに本拠地を置くプロバスケットボールのチーム）の試合を観戦中に「かくれんぼ」を始め、試合会場から外に出て高速道路を歩いているところを二台の車にはねられて、亡くなりました。

ネイサンはダウン症候群でした。キャビーの人物像のうち、ネイサンと違うところは一つもありません。彼のお気に入りのあだ名も、カメラを「拝借」して自分の部屋にしまっておくような癖も、全部そのままです。この小説を書いている間、私はネイサンの母親と会話を重ねながら、キャビーという登場人物のディテールを描いてきました。

　ある日の午後、彼女が電話をかけてきて言うことには、私と交した会話によって好奇心を刺激された彼女は、倉庫の中にしまってあったネイサンの私物を調べてみることにしたのだそうです。すると案の定、おもちゃのギターケースの中に、見覚えのないカメラを発見しました。中味を確認すると、驚いたことに、私の家族の写真でいっぱいでした。亡くなる二年前、ネイサンは我が家にやってきた時、私の姪のカメラを「拝借」していったらしいのです。私たちはその間ずっと、姪がそのカメラをどこかに置き忘れてしまったのだとばかり思っていました。

　ネイサンをこの作品の中に描く光栄を与えてくれた彼の家族に対して、感謝の思いでいっぱいです。ハンディキャップといろいろな制限がもたらす試練に日々直面していたネイサンと彼の家族の中に共存していた素朴な美しさと、ある種の葛藤の両方が描けていたらいいけれど、と願っています。

　物語の中に出てくる医療的な側面についても、たくさんの助けをいただきました。レスポンダー・ライフ（救命救急サービス）のクリス・グリーン、ライフ・フライト（ドクター・ヘリ）の外科の看護師であるヘザー・ドッティに感謝します。筋書きの中に、大変貴重な情報を得ることができました。

　正確な場面描写をするために必要な質問を受けてくれたオレゴンのクラカマス郡救急センターのボブ・コジー、アンソニー・コリンズ、そして、とりわけトレイシー・ジェイコブセンに感謝します。オレゴン健康科学大学病院（特に神経疾患ＩＣＵ）、ドーレンベッカー子ども病院（特に血液・腫瘍内科）の看護師やスタッフたち、そして、今は現役を退いている脳神経外科医のラリー・フランクス博士に感謝します。

物語の中で彼らに教えてもらいながら書いた部分は、傷ついた人間の危機的状況に際して、いつも臨戦態勢にある人々について学ぶ機会となりました。個人的に知り合うチャンスでもない限り、自分自身がその危機的状況に陥るまでは、こういう人々とかかわりを持つことはないものです。

緊急通報に応答するスタッフ、消防署のスタッフ、救急車の搬送スタッフ、警察、医療スタッフ、技師、医師、看護師の皆さんは、日常生活を覆す悲劇から私たちを救うために活躍してくれる縁の下の力持ちです。あなたがたの存在を意識していない、あるいは当たり前の存在だと思っているすべての人々に代わってお礼を申し上げたいと思います。本当に、本当に、どうもありがとう！

オッター・ロックの美しい隠れ家を執筆場所として私に提供してくれたチャドとロビンに感謝します。同じように、マウント・フードに場所を与えてくれたマンフォード一家にも感謝します。あなたがたのご厚意なしには、この本を時宜にかなった出版に間に合わせることはできなかったでしょう。

親愛なるリチャード・トゥイスとラコタに感謝します。この本を読んでくれたら、あなたがたにどんなに助けられたことか、一目瞭然でしょう。我々は皆、グランドマザーと一族を必要とするものです。友人と家族に恵まれている私は、その名前を全部挙げるには紙面が足りません。彼らが私の人生に織り込まれていること、また私という人間を形成するのに影響を与えてくれていることに感謝しています。とりわけ、私をいつも励ましてくれるヤング一族と、ウォーレン一族に特別の感謝を。

妻であり友であるキム、六人の子どもたち、二人の義理の娘、一人の義理の息子、六人の孫たち（今のところ）に、真心からの愛を捧げます。きみたちは私の心の喜びです。

『神の小屋』を読み、その感想を分かち合い、大切な、それでいて時に驚くほどの痛みを伴う自分自身のストーリーの中に私を招き入れてくださった読者の皆さんに感謝します。あなたがたは私に、測り知れないほどの名誉を与えてくださいました。

ダン・ポーク、ボブ・バーネット、ジョン・スキャンロン、ウェス・ヨーダー、デイビッド・パークス、トム・ヘントフ、デニーン・ハウエル、キム・スポールディング、そしてすばらしいハシェット出版の皆さん、中でも、デイビッド・ヤング、ロルフ・ゼッタステン、編集者のジョーイ・ポール、それから熱心な働きをもって絶えず私の一歩一歩を励ましてくださる多くの外国の出版社に感謝します。貴重なアイディアと励ましをくれた編集者アドリアンヌ・イングラムに特別な感謝を。この本は彼女のおかげでより良いものとなりました。

ミシシッピの友人であり、神学者であるバクスター・クルーガー博士と、フォトグラファーのジョン・マクマリーに感謝します。彼らはいつも私を支え、また言葉の選び方についてアドバイスをくれました。バクスターの著書である *The Shack Revisited* は、『神の小屋』についての最良の本です。

北西部に住む家族と友人たち、クローズナー家、フォスター家、ウェストン家、グレイブ家、ハフ家、トロイ・ブラメル、ドン・ミラー、ゴフス、メアリーケイ・ラーソン、サンズ、ジョーダンズ、最初の頃からの読者であり批評家となってくれたラリー・ギリス、デール・ブルネスキー、ウェス&リンダ・ヨーダーに感謝します。

C・S・ルイス（友人の間では「ジャック」で通っていました）からはインスピレーションを受け続けています。ジョージ・マクドナルド、ジャック・エリュールも人生の良き道連れです。マルコム・スミス、ケン・ブルー、それに、あのオーストラリア人たちとニュージーランド人たちは、永遠に私の人生の一部です。マーク・ブロッサード、ジョニー・ラング、イマジン・ドラゴンズ、サド・コックレル、デイヴィッド・ウィルコックス、ダニー・エリス、マムフォード&サンズ、アリソン・クラウス、エイモス・リー、ジョニースイム、ロバート・カウンツ、ウィントン・マルサリス、ベン・レクターなど、また綺羅星《きらぼし》のごとく輝く大御所たち、バディ・グリーン、フィル・ケギー、チャーリー・ピーコック、ジェームス・テイラー、ジャクソン・ブラウン、レナード・コーエン、そしてブルース・コバーン。これら、さまざまなミュージシャンの音楽が執筆を支えてくれました。

物語の中で、地元の建造物や特定の場所を描いたのは、理由があって故意にそうしたことです。オレゴンは、そこで生活をし、家族を養うのにはすばらしい場所であり、私の大好きなところなのです。

最後に、そして何にもまして、人としてのイエスの中に、ご自分を捨ててまで私たちを愛してくださる途方もない愛を示してくださった父なる神、子なる神、聖霊なる神に感謝をささげます。あなたの恵みは、私たちの行いとは無関係の圧倒的な愛です。――私たちにはどうやっても変えることのできない愛です。

真理を求めるなら
最後に慰めを見出すかもしれない。
慰めを求めるなら
慰めも真理も得ることはないだろう。
まやかしの言葉と希望的観測に始まり、
絶望に終わるのみだ。

C・S・ルイス

訳者あとがき

本書（原題 *Cross Roads*）は、二〇〇七年に出版されるや欧米で大ヒットし、日本でも二〇〇八年にサンマーク出版から、そして絶版になっていたものが二〇一五年にいのちのことば社から再出版された小説『神の小屋』（原題 *The Shack*）の五年後、二〇一二年に米国で出版された小説です。

著者のウィリアム・ポール・ヤング氏は、幼少の頃から抱えていた、自己を引き裂くような葛藤、恥、恐れ、破綻と、そこから長い時間をかけて回復していった魂の軌跡について、事実を一つひとつ説明するより、『神の小屋』と『クロスロード』を読んでもらったほうがよく理解してもらえる、と語っています。

そういう意味で本書は『神の小屋』とセットのような作品であり、事実、主人公が幼い子どもを亡くしてから心が冷えきっている点や、まるで想像もできないような姿で現れる父なる神と聖霊、そしてイエスと共に、心の奥底を探られるような道のりをたどっていく点などの共通点があります。

死とは何か、愛とは何か、罪とは何か、多くの重要なテーマについてのメッセージが込められていて、何重もの読み方ができる点も『神の小屋』と同様ですが、私個人が本書からいちばん強く受け取ったメッセージは、人の心というものの底知れない深さと、それがどんなにひどく損なわれていたとしても、神はそれをあきらめないし、回復させることができる、ということでした。

主人公のトニーは、少年時代に愛情深い両親を失ったところから、人生の厳しい現実に直面させられ、心に深い傷を負いながらも少年時代を何とか生き延び、大人になってようやく自分の家庭をもち、初めての子どもにありったけの愛情を注ごうとしていた矢先に、その幼い息子を病で失ってしまいました。

それからのトニーは、再び傷つけられることを恐れて、愛情や友情といったものからは距離を置き、皮肉で悲観的で攻撃的な思考パターンを身につけ、経済的、社会的な基盤を強化することで自分を守ろうとします。

同情の余地は大いにあるものの、そんなトニーの「なれの果て」は、冷酷で傲慢で猜疑心が強く利己的な人間で、もし、周囲にこんな人がいたなら、「こういう人は死ぬまで変わらない。できるだけ関わらないようにするしかない」とレッテルを貼って終わってしまうのではないでしょうか。

しかしそんなトニーに、本書が描く聖霊・グランドマザーは、「道を見失ったからって、愛はおまえを責めないからね。そして愛はおまえをそのままそこに一人で放ってはおかない」と語りかけるのです。

これもこの小説のテーマの一つだと思うのですが、人は、表面に現れてくるものだけで、その人のことを全部わかったような気になることがあるものです。けれども、それはとんでもなく傲慢な考え方だと、この本は訴えています。私が特に好きだった場面の一つは、アルツハイマーを患って、外から見れば、頭も心も虚ろになってしまったアメリアの内面に、豊かに実った美しい小麦畑が広がっているというシーンです。

また、トニーはダウン症候群のキャビーをかわいそうだと言いますが、グランドマザーは、トニーとキャビーでは、損なわれている部分が違い、キャビーの損なわれている部分のほうが目につきやすいだけのことだ、と答えます。そして、それぞれの人生というものは決して比べられないものなのだから、他人より劣っているところがあるからといって落ち込む必要はない、と諭します。

自分と人とを比べないというのは、大変難しいことのように私には思えます。けれども、神様が一人ひとりの人間を、底知れない深みと広がりをもつ一つひとつの宇宙とみなし、その宇宙の中でどんな困ったことが起ころうとも、どんな損なわれ方をしようとも、そのまま放っておくことも、あきらめることもしないと言ってくださるならば、自分を見る目も、他人を見る目も変わってくるし、比べる必要もないと思えるような気がします。

「今見えていることが、すべてではない。そこには神様が働く余地がある」という視点をもって自分や他人とつき合うことができるなら、目の前にいる一人ひとりをもっと尊重し、性急な決めつけをしないですむようになるのではないでしょうか。そして、誰かのことを安易に評価して決めつけることをやめれば、人間関係はもっと豊かに深くなっていくのだろうと思います。なかなか難しいことではありますが、ぜひ取り組んでいきたい課題です。

英語力の乏しい私が本書を訳すにあたっては、多くの方のお力添えをいただきました。神学・哲学的な面のみならず、私にとって難解な箇所全般について示唆を与えてくださった巣鴨聖泉キリスト教会牧師の小嶋崇先生に感謝申し上げます。博識な小嶋先生に教えていただかなければ、私は、

「アイルランドのジャック」がC・S・ルイスだということもわかりませんでした。
医療面、経済面について訳語のアドバイスをくださった Dr.Norma Wyse、斉藤斉さんに感謝申し上げます。いつも快く質問に応じてくださる Andrea Johnson、今回も本当にありがとうございました。Special Thanks to Vladimir Pap. I could not do this work without your help.
心強い伴走者となってくださった編集者の藤原亜紀子さんに、心から感謝します。
そして、いつも私を特別な祈りで支えてくださる中澤利江さんにも心からの感謝を。

二〇一七年八月

結城絵美子

クロスロード

〜回復への旅路〜

2017年10月15日発行

著者　ウィリアム・ポール・ヤング

訳者　結城絵美子

発行　いのちのことば社フォレストブックス

〒164-0001　東京都中野区中野2-1-5
編集　Tel.03-5341-6924　Fax. 03-5341-6932
営業　Tel.03-5341-6920　Fax. 03-5341-6921

装幀　ロゴス・デザイン（長尾優）

印刷・製本　シナノ印刷株式会社

Printed in Japan

ISBN978-4-264-03382-0 C0097